LA FORMA DELL'ANIMA

May Lasso

Alle mie stupende e bellissime nipoti,
Chiara, Elena e Cataleya.
Siate combattive come Adhana
e sagge come Layla

DALL'AUTORE
AL LETTORE

Permettimi di iniziare ringraziandoti per aver scelto di condividere con me le avventure dei protagonisti di questo romanzo.

Ogni volta, quando mi si chiede di classificare un romanzo in una macro-categoria, devo confessare che vado nel panico. Nel caso della "Forma dell'anima" dovrei indicare fantascienza o sci-fy, ma questa storia va ben oltre una semplice classificazione. Questa storia parla di amori, tradimenti, vittorie e sconfitte e tutte le vite dei protagonisti si muovono in un'ambientazione fantascientifica. Insomma, non è la fantascienza la protagonista, ma sono i personaggi. Spero che anche tu possa amarli quanto li amo io, lasciandomi un segno del tuo passaggio, con un comento o una recensione.

Buona lettura.

May Lasso

Il Fantastico Mondo di Lasso May

CAP.1

Anno dell'Unione Galattica 852

C'era stata un'altra vita prima di quella. Una vita il cui ricordo viveva sigillato in fondo al cuore, ma alle volte per quanto si sforzasse, per quanto cercasse di tenerlo sepolto dentro di lei, quel ricordo emergeva ostinato. Si insinuava con prepotenza fra i pensieri, trascinandola violentemente sulla scogliera dove il vento, anni prima, l'aveva chiamata con la voce di sua sorella.

Che strano! Mentre il mondo intorno a lei andava letteralmente a pezzi, mentre il caos assordante degli allarmi e delle voci del suo equipaggio la circondava, sentiva solo il riverbero delle onde. L'aria profumava di salsedine e non di metallo e di bruciato.

In quel mondo lei non aveva un nome, non aveva nulla, neppure il diritto di esistere. In quel mondo lei era solo una cosa. Ma erano trascorsi anni dal giorno sulla scogliera e lei non era più una vhe'sta. Lei era Adhana Var-Hell, il capitano dell'Electra, ed in quel momento la sua nave e i suoi uomini avevano bisogno di lei. Doveva sollevare le palpebre e risolvere quel problema, eppure la sua mente la trascinò nuovamente sulla scogliera, nel preciso istante in cui il suo volo venne interrotto da un violento strattone. Nel preciso istante in cui i suoi occhi si persero nei freddi occhi grigi di uno sconosciuto.

Scosse la testa cercando di fuggire a quei ricordi e focalizzò la sua attenzione sul fantasma che non l'abbandonava mai.

"Cosa devo fare?" gli chiese senza usare la voce.

"Lo sai" rispose lui, nella sua fredda posa da osservatore, con le mani giunte dietro la schiena, completamente indifferente a tutto ciò che lo circondava.

Si lo sapeva, ma era azzardato, folle e rischioso.

Sollevò le palpebre e si concesse il tempo necessario per studiare ancora una volta la strumentazione di bordo o, almeno quella che non era andata distrutta durante lo scontro con i pirati, che stavano cercando di abbordarli e derubarli del loro prezioso carico.

Doveva salvare la sua nave, doveva salvare il suo equipaggio e stranamente doveva salvare anche sé stessa.

"Le armi e le comunicazioni sono funzionanti?" domandò rivolta a nessuno in particolare.

"Sì comandante, ma i retrorazzi... senza sarà

impossibile atterrare" rispose qualcuno in quella cacofonia di suoni e voci.

Già i retrorazzi... senza, atterrare sarebbe stato quasi impossibile.

"Lo pensi tu ragazzina! Hai molte altre opzioni e lo sai." L'eco della voce dell'ombra rimbombò nella sua testa, così come tutti gli insegnamenti che le aveva lasciato. *"Non esistono manovre impossibili. Esistono solo manovre difficili."*

"Non esistono manovre impossibili, solo manovre difficili!" ripeté calma, parafrasando il suo mentore. Per un attimo l'equipaggio della nave la guardò allibito. "Mettetemi in contatto radio con la base di Alycion."

La soluzione stava prendendo forma nella sua testa, ma aveva bisogno anche dell'aiuto dei militari, dei dannati militari.

"Se mi buttassi giù dalla scogliera adesso, lui verrebbe a salvarmi?" chiese ancora una volta senza usare la voce al fantasma con il pastrano da capitano, che vedeva sempre al suo fianco.

"Adesso sai volare. Non ne hai più bisogno" le rispose con quel suo sorriso dolce e arrogante, lo stesso sorriso che in un lontano passato era riuscito a terrorizzarla.

Lei sapeva volare perché lui le aveva insegnato a farlo. Non lo avrebbe deluso concludendo la sua avventura in quel modo. Meritava di più. Tutti loro meritavano qualcosa di più.

"Contatto con la base di Alycion stabilito" la informò l'addetto alle comunicazioni, mentre il rumore degli allarmi e delle lamiere che cedevano sotto i colpi nemici sovrastavano il suono della sua voce.

"Qui Adhana Var-Hell, comandante dell'Electra. Siamo inseguiti da un gruppo di pirati. Ci troviamo nel settore ventiquattro!"

"Adhana!"

Quella voce... Un groppo le strinse la gola. Conosceva quella voce, e non apparteneva al mondo dei ricordi.

"Patrick." Pronunciare quel nome la portò troppo vicino alle lacrime. Non era pronta a sentirlo, non era ancora pronta ad affrontare il passato. Eppure lo aveva sempre saputo, non si poteva fuggire per sempre. Presto o tardi sarebbe dovuta tornare sulla Terra, a casa, e fare i conti con tutte le questioni che aveva lasciato in sospeso.

"I caccia sono appena partiti. Saranno lì in pochi minuti, cercate di resistere!" la incoraggiò l'uomo agitato.

L'urgenza della situazione le permise di riconquistare il controllo delle emozioni. Cancellando ogni dubbio e ogni tentennamento si rivolse alla sua squadra.

"Motori alla massima potenza!" ordinò.

"Ma capitano... non abbiamo i razzi di frenata" le fece notare qualcuno.

"Un problema alla volta, ragazzina!"

"Un problema alla volta!"

Solo qualche anno prima quegli ordini, in quella stessa situazione, si sarebbero risolti con un ammutinamento, ma il tempo dei dubbi, era passato. Lei e il suo equipaggio avevano imparato a lavorare in perfetta sinergia. Non sapeva se la loro fosse cieca fiducia o mera rassegnazione. Tutto ciò che sapeva era che avevano ancora molte cose da fare, e lei non avrebbe permesso che quella diventasse l'ultima delle loro avventure.

La nave pirata alle loro spalle esplose. I caccia erano riusciti ad intercettarla velocemente. L'onda d'urto rese ancora più instabile l'Electra che cominciò a ballare pericolosamente, mentre la forza di gravità del pianeta moltiplicava la loro velocità di discesa.

"Caricate tutte le armi ancora funzionanti!" ordinò fissando negli occhi il fantasma del suo mentore, che le sorrideva divertito. "Pronti a fare fuoco, con tutto l'arsenale di bordo, al mio comando."

I suoi uomini si irrigidirono, ma non appena la sua voce diede l'ordine non esitarono neppure un istante.

CAP. 2

Anno dell'Unione Galattica 838

C'era qualcosa di inquietante e allo stesso tempo romantico nel tramonto su Halydor. I tre soli tingevano il cielo di riflessi madreperlacei colorando le acque dell'oceano di mille sfumature diverse. Gli akenty lo amavano e odiavano al contempo. Era il primo pianeta che incontravano sulle Rotte Oscure, ed era l'unico sul quale non erano liberi di muoversi. Molti lo chiamavano il pianeta delle contraddizioni, forse per via della terra brulla e arida in netta contrapposizione con mari pescosi e ricchi di vita.

Erik ancora non riusciva a capire se quel posto gli piacesse o meno, sapeva solo che smuoveva qualcosa in lui e quella era già una conquista, visti gli ultimi anni.

Si accese il suo immancabile sigaro, e si godette la fresca brezza che si divertiva a giocare fra i lunghi capelli color argento. Sapeva di essere atteso e di non avere tempo da perdere, ma la cosa non lo turbava minimante. Voleva godersi quelle poche ore lontane dalla nave.

Aveva iniziato il suo viaggio sulle Rotte Oscure solo un anno prima. La sua nave, la Yside, era una delle tre navi in grado di compiere quella lunga tratta, che richiedeva almeno dieci anni per essere portata a termine.

Gli sembrava di aver trascorso a bordo una vita intera. Per questo non aveva esitato a farsi avanti quando l'autista del tycar, il veicolo sul quale avrebbe dovuto caricare il pescato della giornata, era stato arrestato per una rissa, proprio davanti ai suoi occhi. Il proprietario del veicolo e della licenza commerciale con Halydor aveva chiesto a gran voce chi volesse prendere il posto del suo disgraziato figlio. In molti avevano arricciato il naso all'idea di trovarsi a bordo di quel trabiccolo maleodorante, ma Erik non si era lasciato sfuggire l'occasione.

Il tycar, fedele alla sua fama, si era rivelato una trappola su ruote, puzzolente di pesce stantio. A metà percorso, l'uomo aveva optato per una fermata strategica per allontanarsi dal terribile tanfo della cabina di comando, pensando con rammarico che il prigioniero doveva passarsela molto meglio di lui. Con un gesto nervoso si massaggiò la lunga barba color argento che nascondeva il volto di un uomo non più vecchio di trent'anni, ma con lo sguardo senza tempo.

Il sigaro si consumò fin troppo presto e dato che

ne aveva solo un altro con sé, decise che era ora di ritornare al suo dovere, anche se questo significava dover salire nuovamente a bordo di quel catorcio puzzolente.

Si stava stiracchiando rumorosamente quando il suo sguardo cadde sulla figura di una giovane donna, non molto lontana da lui. Se ne stava eretta sul promontorio, immobile come una statua, completamente rapita dal fragore delle onde sottostanti.

C'era qualcosa nella sua posa che gli fece scattare un campanello d'allarme e, senza sapere come, capì perché si trovasse lì.

"Ehi tu!" le gridò cercando di attirare la sua attenzione, ma lei non mosse un solo muscolo. Non si era neppure accorta della sua presenza. Erik cominciò ad avvicinarsi con cautela, ma non fece in tempo. La ragazza si abbandonò al vuoto che avido la raccolse fra le sue braccia.

Non si rese neppure conto di essersi buttato a sua volta, ma capì davvero quello che aveva appena fatto solo quando le afferrò la vita con un braccio, cominciando a precipitare assieme a lei.

In quel momento ricordò.

La sua capacità di guarigione ultraveloce era misteriosamente scomparsa. Quel salto avrebbe potuto ucciderlo.

Con un movimento del polso azionò un minuscolo arpione nascosto nel suo bracciale. L'arpione si ancorò alle rocce sovrastanti e la loro caduta venne bruscamente frenata, mentre la spalla dell'uomo emise uno schiocco sinistro. Il dolore fu così intenso da svuotargli di colpo i polmoni. Strinse i denti cercando di tornare a respirare, ma quando i suoi occhi si posarono su quelli azzurri della ragazza, il suo cuore perse un battito. L'espressione di quegli occhi gli fece più male della spalla slogata.

Lui conosceva quello sguardo. Lo aveva visto sul volto dei bambini distrutti dalla guerra, nel volto delle madri che piangevano i loro figli perduti. Lui conosceva benissimo quello sguardo, non aveva fatto altro che cercare di sfuggirgli per tutta la vita.

Rimasero a fissarsi per un lasso di tempo che parve durare un'eternità, ignari dell'oceano che ruggiva sotto i loro piedi. All'improvviso la ragazza interruppe l'incantesimo cominciando ad agitarsi come una gatta selvatica. Lo colpì in pieno volto con un violento ceffone, cercando di districarsi dalla sua presa d'acciaio.

Invano l'uomo cercò di calmarla.

I suoi movimenti furiosi liberarono l'arpione della presa sulla roccia, lasciandoli cadere nuovamente verso il basso.

Il sangue si gelò nelle vene di Erik.

Sarebbero morti!

Superando il dolore, che dalla spalla si dipanava per tutto il braccio, cercò di muovere le dita per riavvolgere il cavo e tentare un nuovo lancio, ma fu troppo lento e le acque dell'oceano li ingoiarono. Le correnti li trascinarono verso gli scogli che, minacciosi, attendevano le loro vittime sacrificali. Le onde li sommersero sballottandoli sulle pietre aguzze.

Prontamente Erik avvolse la ragazza nel suo abbraccio, per proteggerla. Pensò che quello fosse un modo davvero stupido di morire, soprattutto per uno come lui.

La marea li trascinò in secca in una fenditura nella scogliera. Il corpo maciullato di Erik avvolgeva prepotentemente quello della ragazza, priva di sensi. Invidiò la sua incoscienza, perché in quel momento il processo rigenerativo, che lo distingueva da qualunque altro uomo, voleva farlo urlare dal dolore fino a rimanere senza più voce.

Credeva che quel dono lo avesse abbandonato per sempre, e invece...

Il sangue smise di scorrere e i tagli cominciarono lentamente a rimarginarsi, mentre l'uomo stringeva i denti e attendeva paziente che quella tortura giungesse al termine.

Nel suo abbraccio la giovane cominciò a tossire e sputare acqua.

Era viva!

Non sapeva cosa lo turbasse di più se il fagotto tremante nel suo abbraccio, o il ritorno del suo dono rigenerativo.

Non riusciva a comprendere come fosse possibile. Il suo corpo si era rifiutato per decenni di guarire da solo. O almeno così gli avevano detto, perché lui di quegli anni non ricordava nulla.

Quando i processi rigenerativi smisero di dargli

il tormento fu sopraffatto dalla stanchezza, che trascinò la sua coscienza in un luogo remoto lontano dal mondo, ma soprattutto da sé stesso.

Si destò che il cielo era ancora illuminato dall'ultimo dei tre soli che, con calma, si avviava verso il tramonto, riempiendo la volta celeste di meravigliose sfumature violacee. Si mise a sedere mentre ogni movimento gli ricordava dolorosamente il peso dei suoi anni, segno che il processo di rigenerazione non era ancora completato.

Guardò confuso e al tempo stesso entusiasta le proprie mani.

Nessun taglio. Nessun livido.

Non riusciva a comprendere. Fino al giorno prima le sue capacità rigenerative sembravano svanite nel nulla. Cercò di analizzare il fenomeno con calma, ma più ci ragionava su e più la situazione gli sembrava assurda. Un dubbio lo assalì strappandogli la gioia di quell'istante. E se fosse stato solo un fenomeno transitorio?

Cercò di calmare il respiro che era diventato frenetico. Era vivo, e persino la ragazza lo era. Per il momento doveva solo accontentarsi.

Riportò l'attenzione sul fagotto grigio che giaceva inerte accanto a lui. Respirava, ma la sua pelle era gelida. Erik si guardò intorno per cercare qualcosa da usare per accendere un fuoco e scaldarla, ma a parte qualche alga essiccata non c'era poi molto.

Sbuffò spazientito.

In che razza di situazione era andato a cacciarsi?

Con gesti goffi e impacciati la liberò dagli abiti fradici e cominciò a sfregarle la pelle, cercando di scaldarla. La ragazza riprese coscienza dopo un tempo esageratamente lungo e per ringraziarlo della sua fatica lo colpì con l'ennesimo ceffone.

"Allora è un vizio!" sbottò senza rendersi conto di aver alzato il tono della voce. Lei si fece piccola, nascondendosi terrorizzata dietro i brandelli dei suoi abiti.

Sorpreso da quella reazione, Erik, si sentì in imbarazzo.

"Scusami!" disse parlando la lingua degli akenty, sperando che la conoscesse. Si trattava di un gergo universale adoperato sui pianeti delle Rotte Oscure.

Erik non conosceva il grado di diffusione della lingua in quel mondo, classificato di grado quattro, ovvero con il più basso indice di civilizzazione.

La ragazza abbassò pudicamente lo sguardo, e Erik non fu certo che avesse compreso le sue parole, almeno fino a quando non mormorò a sua volta un timido "Scusa!"

"Riesci a capirmi?" domandò l'uomo.

"Poco" confessò pronunciando le parole con un forte accento esotico.

"Vuoi che ti accompagni a Seth?" chiese scandendo bene le parole.

La ragazza impallidì e si nascose dell'altro dietro i suoi abiti.

No, non voleva tornare a Seth, pensò cercando un modo per districarsi da quella situazione.

"Purtroppo io devo andare. Sono già in ritardo, ma se vuoi..." non gli fece neanche terminare la frase che cominciò a scuotere nervosamente la testa avanti e indietro.

Erik pensò che fosse assurdo doverla abbandonare lì a sé stessa dopo aver fatto tanto fatica per salvarla, ma le regole degli akenty erano chiare. Nessuna interferenza. Salvandole la vita aveva già interferito abbastanza.

Si sollevò in piedi con il cuore pesante.

"Non muoverti. Più tardi ti porterò abiti e cibo" le disse rendendosi conto del peso delle proprie parole solo dopo averle pronunciate.

Gli occhi di lei si sollevarono increduli sui suoi.

Da quanto tempo aveva smesso di ascoltare la sua umanità? Da quanto tempo si comportava solo come un ospite di passaggio nella sua stessa vita? Eppure davanti a quegli occhi sperduti e colmi di sofferenza, era stato facile ritrovare l'Erik che aveva perso tanto tempo prima.

Le sorrise e con il cuore pesante la lasciò per tornare al suo veicolo. Non sapeva se l'avrebbe trovata ancora lì, sapeva solo che sarebbe tornato.

Prima che la giornata potesse giungere al termine dovette subirsi le lamentele dei pescatori di Seth che lo avevano atteso in secca sulla spiaggia per quasi un'ora, e persino quelle del proprietario del tycar. Lasciò scivolare tutto, così come faceva sempre, e non appena si fu liberato di tutte quelle seccature tornò al pensiero che lo aveva tormentato nelle ultime ore. Stranamente non si trattava delle sue ritrovate capacità rigenerative, ma della misteriosa ragazza che era riuscita a scivolare sotto lo strato di apatia che lo aveva avvolto come un soffocante bozzolo, per anni.

Preparò in tutta fretta un borsone con provviste precotte, una lampada, coperte calde e indumenti asciutti infine, inosservato, lasciò la nave dalla sua uscita privata. Ne aveva disattivato le spie pochi mesi dopo il suo imbarco sulla Yside. Non amava che qualcuno lo controllasse, soprattutto Scott Norton.

Si servì di un natante discretamente silenzioso, per non attrarre sguardi indiscreti. Fu costretto a navigare guidato solo dalla scarsa strumentazione di bordo. Halydor non aveva lune, e la notte sembrava un mostro famelico in grado di divorare tutto e tutti.

Ad un certo punto temette di essersi perso, ma dopo diversi tentativi trovò l'anfratto nel quale li aveva sospinti la corrente solo poche ore prima.

La caverna era vuota.

Che la ragazza fosse fuggita?

"Dove sei?" chiese ad alta voce. Era davvero frustrante non avere un nome con cui chiamarla.

Il silenzio seguì la sua voce. Si diede mentalmente dello sciocco per essersi dato tanta pena. Stava accarezzando l'idea di andarsene quando un rumore sospetto lo bloccò.

"Sono io, Erik!"

Non sapeva se quel pomeriggio avesse avuto il tempo di presentarsi. Ricordava solo che aveva avuto una fretta dannata di fuggire da lì e da tutte quelle strane sensazioni che si stavano improvvisamente risvegliando in lui.

"Non temere ragazzina. Non voglio farti del male."

Dato che la piccola indigena non aveva alcuna intenzione di lasciare il suo nascondiglio, Erik, decise di prenderla per la gola.

Si sedette sul pavimento di roccia e cominciò a frugare nel borsone alla ricerca del necessario.

Poco dopo nella caverna, adesso ben illuminata, aleggiava un delizioso profumo che convinse la giovane a lasciare il suo nascondiglio e sedersi accanto alla lampada che fungeva da riscaldamento e fornello.

Soddisfatto, Erik, le passò un vassoio, al quale si premunì di staccare la pellicola protettiva, così che la giovane potesse godersi il suo primo pasto da chissà quanti giorni. Lei parve apprezzare davvero molto lo spezzatino, e senza vergogna ne chiese un'altra porzione. Erik fu ben lieto di prepararla, mostrandole come usare quei pasti già pronti.

Le fece vedere l'interno del grosso borsone, pieno fino all'orlo di altrettanti vassoi, con altrettanti pasti. Poi prese un involto di abiti puliti e glieli passò.

"Mi spiace, non ho abiti femminili nel mio appartamento. Dovrai accontentarti dei miei."

Lei non fece tante storie, raccolse l'involto e si nascose nel suo angolo per cambiarsi indisturbata. Tornò poco dopo con un largo paio di pantaloni legati in vita da una cintura, un maglione color crema, e comodi calzettoni pesanti che usò come calzature.

"Almeno sarai al caldo!" commentò Erik rendendosi conto che i suoi abiti le andavano decisamente grandi. Avrebbe voluto chiederle tante cose, ma la ragazza era esausta e faticava a tenere gli occhi aperti.

Erik prese dal borsone un sacco a pelo e le spiegò come usarlo.

"Io tornerò domani sera se vorrai" le disse quasi timoroso della sua risposta.

A quel punto lei sorrise e annuì con il capo, riempiendo il suo cuore di qualcosa di molto simile alla gioia.

CAP. 3

Anno dell'Unione Galattica 852

L a base militare di Alycion sorgeva su un'isola artificiale nel bel mezzo dell'oceano Pacifico. Trattandosi di un avamposto militare, la sua ubicazione era mantenuta segreta e non risultava su nessuna mappa. Adhana la conosceva perché quella un tempo era stata la sua casa.

Mancava dalla Terra da quasi tre anni, ed i contatti fra lei e Patrick si erano interrotti da allora.

Non era trascorso un solo giorno in cui l'uomo non avesse pensato a lei, completamente sola fra le stelle, in fuga da un passato troppo pesante e troppo doloroso. Quando il suo tenente lo aveva informato che l'Electra si era messa in contatto e si trovava in una grave situazione di pericolo, Patrick non aveva esitato.

La nave era in fiamme, eppure Adhana continuava a spingerla verso la Terra, incurante della manovra di atterraggio. La forza di attrazione del pianeta l'aveva trasformata in una massa rovente ma, Adhana non accennava ad attivare i retrorazzi. Troppo tardi, Patrick, comprese che dovevano essere fuori uso. Una morsa gli strinse il petto, non poteva credere che sarebbe stato costretto ad assistere alla morte di Adhana e del suo equipaggio.

Strinse i denti e senza accorgersene trattenne il fiato. La cicatrice, che gli sfregiava la parte destra del volto, sembrò intensificarsi per via della tensione.

Una volta abbandonata la stratosfera i sistemi di frenata ausiliare dell'Electra entrarono in funzione. Una mini esplosione fece saltare la parte posteriore della carlinga e giganteschi paracaduti realizzati in polimeri simil metallici si aprirono. La velocità di caduta rallentò, ma non abbastanza. Fu a quel punto che le armi dell'Electra cominciarono a fare fuoco in un punto preciso in mezzo all'oceano, sollevando una gigantesca massa d'acqua che ingoiò la nave, trascinandola negli abissi.

I secondi che passarono furono tremendi, eppure dopo quella che parve un'eternità lo scafo dell'Electra riemerse in superficie.

"Mobilitate immediatamente i soccorsi!" ordinò Wincott con la mascella indolenzita, ricordandosi di respirare.

Senza perdere altro tempo abbandonò la sua postazione e diede ordine ad uno degli uomini di accompagnarlo in auto fino alla scogliera. Era troppo scosso per guidare da solo e, la gamba menomata gli impediva di raggiungerla a piedi.

Una piccola folla di curiosi si era riunita sulla scogliera, attratta dalla spettacolare esplosione causata dall'Electra a pochi chilometri dall'isola.

La nave galleggiava a pelo d'acqua. Le pompe dovevano essere entrate in funzione automaticamente, ma la carlinga, che Wincott ricordava bianca, era completamente annerita. Diversi natanti e veicoli aerei avevano già raggiunto l'imbarcazione e i soccorritori si stavano attrezzando per tagliare il metallo ed estrarre gli eventuali sopravvissuti.

Quando il boccaporto superiore venne aperto dall'interno i soccorritori si paralizzarono sorpresi. Nessuno se lo aspettava. Le prime ad uscire furono due donne, ma nessuna di loro era Adhana. Sembravano sotto shock, ma lasciarono la nave sulle loro gambe. I soccorritori le accompagnarono fino alle scialuppe, calate a mare per facilitare il trasporto dei feriti.

Uno ad uno i membri dell'equipaggio dell'Electra lasciarono la nave. Adhana fu l'ultima a risalire in superficie, era impossibile non riconoscerla. I lunghi capelli color oro spiccavano anche se sporchi di fuliggine. Sorrideva, nonostante i segni di quella terribile avventura stampati sul volto.

Nonostante la gamba rigida Patrick discese il sentiero che portava fino alla piccola spiaggia accanto alla scogliera, dove le ambulanze aspettavano i feriti per condurli al polo medico della base.

Non appena gli occhi di Adhana si posarono sui suoi, l'uomo sentì in un solo colpo il peso di tutto quello che la guerra aveva tolto loro.

"Bentornata a casa" le disse cercando un sorriso da offrirle. Adhana si precipitò fuori dalla scialuppa prima ancora che fosse trascinata in secca, e si gettò fra le sue braccia, senza riuscire a trattenere le lacrime. Patrick l'abbracciò forte, stringendola con possesso. Adesso era di nuovo a casa. Adesso era nuovamente al sicuro, pensò mentre i suoi occhi si riempivano di lacrime.

CAP. 4

"Può rivestirsi, capitano" le disse il medico del polo clinico di Alycion dopo averla sottoposta ad una lunga serie di esami e controlli, gli stessi ai quali erano stati sottoposti tutti i membri dell'equipaggio dell'Electra. Fortunatamente non c'erano stati danni più gravi di qualche frattura. Persino lei se l'era cavata con un polso lussato e qualche livido.

"Siete stati molto fortunati. Ho visto danni molto più seri con atterraggi meno azzardati del vostro" le disse il medico mentre Adhana si rivestiva dietro il paravento.

"Non credevo ce la saremmo cavata con così poco" ammise il capitano.

"Dovrà comunque tenere quel polso a riposo per almeno una ventina di giorni. E mi raccomando non dimentichi la terapia."

Adhana si congedò dal medico solo per trovarsi dinnanzi ad un ansioso Patrick, che l'attendeva in corridoio.

"Allora?" le domandò apprensivo.

Adhana sollevò il polso fasciato nel tutore e sorrise.

"Un polso lussato e qualche livido."

Patrick tirò un sospiro di sollievo.

"Ha fatto anche un controllo alla testa? Perché solo una pazza avrebbe rischiato una manovra simile" la rimproverò falsamente arrabbiato.

"La tua è tutta invidia. Non ci riusciresti neppure con un drone, figuriamoci con una nave a pieno carico" lo punzecchiò divertita.

"Ricordami di non volare mai con te."

"Un giorno lo farai e ne sarai anche entusiasta, vecchio mio."

"Cosa farai adesso?" le domandò

"Andrò a Alycion e dormirò almeno tre giorni. Poi mi riorganizzerò."

Patrick non poteva fare altro che invidiarla quando parlava così. Neppure il fatto che la sua nave fosse ridotta ad un rottame riusciva a demoralizzarla.

"E l'Electra?"

"Mi servirebbe il tuo aiuto per traghettarla fino a Lamia. Poi da lì si occuperà di tutto il mio vice, Jarod Byren."

"Organizzerò il trasporto oggi stesso. Comunque ho un piccolo appartamento ad Alycion, ti cerco subito le chiavi."

"Ti ringrazio, ma non sarà necessario, ho voglia di farmi coccolare e viziare in ogni modo possibile. Ho già prenotato il più lussuoso degli alberghi che sono riuscita a trovare."

Patrick sorrise divertito.

"Allora lascia almeno che uno dei miei uomini ti accompagni."

"Patrick, volevo andare a trovare Ian. È sempre nel solito ospedale?" domandò incapace di dare voce alla vera domanda che voleva porre.

"La situazione non è cambiata. – ammise con un tono di voce cupo – Non si è ancora svegliato. Ma in ospedale non potevano più prendersi cura di lui. L'ho fatto trasferire in una clinica privata, ma dovremmo affrontare l'argomento con più calma."

Adhana sentì un brivido oscuro accapponarle la pelle. Sapeva di cosa voleva realmente parlare ma lei non era pronta. Non era ancora pronta. Patrick lo comprese.

"Abbiamo tempo. Adesso va e prenditi cura di te stessa" la esortò e Adhana fu fin troppo felice di accontentarlo, anche se prima doveva parlare con Byren.

Non fu affatto sorpresa di trovarlo sulla scogliera intento ad organizzare le operazioni di vendita del carico. Durante il volo Jarod non aveva alcuna funzione utile, ma a terra era lui ad occuparsi di tutte le trattative commerciali.

Così come la maggior parte dell'equipaggio dell'Electra, Jarod era un giovane uomo sulla trentina. Aveva l'incarnato scuro, e portava i lunghi capelli neri legati in sottili treccioline.

Quando i suoi occhi color peltro si posarono sulla figura delicata e aggraziata del capitano, sorrisero sinceri.

"Ti hanno dimesso!" esordì felice "Credevo ti avrebbero rinchiuso e avrebbero dato alle fiamme il tuo brevetto di volo dopo quella pazzia" la canzonò.

"Non è un semplice brevetto di volo, – lo corresse – e poi vi ho portati a terra tutti vivi, se non sbaglio" gli fece notare.

"Si, ma il mio povero braccio si è rotto quando mi sei atterrata addosso."

"Vorresti dire che il mio polso si è lussato quando mi sei caduto addosso tu. E se non ricordo male ti ho anche sentito piagnucolare che saremo morti tutti."

"Io non piagnucolo mai. Ti sarai confusa con qualcun altro."

Adhana lo guardò torva e Jarod comprese che forse era meglio cambiare argomento.

"Ho già contattato i giusti clienti per il nostro carico, ma non so come prelevarlo."

"Patrick ci aiuterà a tirare la nave in secca a Lamia. Vendi e paga i ragazzi. Avete tutti un bel po' di arretrati da riscuotere. Prendetevi qualche giorno libero, ma lasciate i Kom attivi. Ho bisogno di riposare un po', poi mi preoccuperò di come tornare a viaggiare."

Jarod la guardò allibito.

"Adhana! Non abbiamo più una nave."

Adhana non rispose. Sapeva benissimo di aver

perso la loro unica nave.

Jarod si rese conto del suo errore quando vide lo sguardo della ragazza rabbuiarsi. Solo in quel momento si rese conto che Adhana si stava ostinatamente sforzando di non guardare in direzione dell'Electra. Quella non era una semplice nave per lei. Quella era il ricordo più vivo e importante del loro viaggio sulle Rotte Oscure. Era stato suo marito a restaurarla e, in quei tre lunghi anni, Adhana l'aveva difesa contro tutto e tutti, rischiando la sua stessa vita. Ridurla in quello stato per salvare tutti loro le era costato molto più di quanto riuscisse ad ammettere. Un altro frammento della sua vita con quell'uomo era andato in pezzi. E Adhana stava correndo il rischio di frantumarsi a sua volta, come quattro anni prima.

"Mi dispiace!" sussurrò abbassando lo sguardo.

"Non devi scusarti. Hai solo detto la verità. Ma..." non riusciva a trovare le parole per proseguire.

"Va a goderti il tuo albergo lussuoso. Io mi occuperò di tutto il resto e quando sarai pronta ci preoccuperemo del dopo" le disse facendole abbozzare un tiepido sorriso.

"Ti ringrazio. Contattami immediatamente in caso fosse necessario."

Jarod annuì e per costringerla ad andare via, tornò a dedicare la sua attenzione al Kom che stringeva fra le mani.

Compreso che non c'era più bisogno di lei, Adhana, lo lasciò al suo lavoro.

Così come programmato la ragazza dedicò i tre giorni successivi al riposo. Erano settimane che non si concedeva più di un paio di ore di sonno a notte, e non fu affatto difficile mantenere i suoi propositi. Quando si svegliava si recava nella SPA dell'albergo e si godeva ogni tipo di confort.

Quando non dormiva o si rilassava, trascorreva il tempo arrovellandosi su come trovare una soluzione al suo più grande problema.

Il fantasma di Scott Norton, non si faceva vedere da giorni e Adhana per un attimo sentì la mancanza dei suoi saggi consigli. Se avesse parlato con un medico terrestre della sua presenza, le avrebbe sicuramente prescritto un bel po' di psicofarmaci, ma non sarebbero serviti a nulla. Il fantasma non era frutto di un danno della sua mente, ma era uno strascico dell'energia vitale dell'uomo. E lei era un'halydiana, un'halydiana capace di vedere la forma dell'anima di alcune persone. Alle volte quelle forme avevano un aspetto geometrico. Altre volte si lasciavano percepire come elementi naturali, come l'anima di Scott che somigliava ad un turbine, una tempesta. Anche se al momento della sua morte i due erano distanti, il residuo dell'anima del capitano l'aveva raggiunta, per qualche oscura ragione, e come un satellite era entrato nella sua orbita e non era più riuscito a disperdersi. Alle volte Adhana lo richiamava a sé inconsapevolmente, così come era accaduto durante la fuga dai pirati, ma quando provava a chiamarlo consapevolmente Scott non compariva. Avrebbe voluto che qualcuno le avesse insegnato ad usare i suoi doni, ma su Halydor nessuno si era preoccupato di farlo, perché lei era solo una vhe'sta.

"Un tuo consiglio adesso sarebbe davvero gradito" disse con un rumoroso sospiro, ma come si aspettava Scott non comparve.

Pensò che fosse davvero sgarbato da parte sua ignorarla in un momento simile.

Doveva tornare a volare e questa volta non si sarebbe accontentata di una nave inadeguata come l'Electra. Voleva una nave commerciale, con stive capienti e soprattutto in grado di riportarla sulle Rotte Oscure.

Le colonie stavano guarendo dalle ferite inferte dalla guerra e il mercato era affamato dei preziosi materiali delle Rotte Oscure. Eppure lei era lì, bloccata a terra. Non era l'unica in quella situazione. Poco prima della fine della guerra la classe degli akenty era stata decimata. Una delle grandi navi non era mai rientrata dal suo viaggio sulle Rotte Oscure, un'altra era andata completamente perduta e la terza era stata distrutta. Le Rotte Oscure erano diventate un sogno lontano, anche perché tutti i cantieri navali stavano lavorando a pieno regime per l'esercito, per ripristinare le flotte militari, e la scarsità di materie prime rallentava il processo. Si sentiva intrappolata in un loop dal quale non vedeva via d'uscita.

Il Kom vibrò e Adhana sobbalzò spaventata da quella improvvisa intrusione nella sua calma. Il bracciale nel quale era incorporato era disperso fra le coltri disfatte del letto, e la ragazza impiegò qualche secondo per trovarlo.

Non si stupì di vedere il volto di Jarod sul display. La vacanza era terminata.

L'uomo la raggiunse in camera con una valigia. Senza perdersi in complimenti, si fiondò sul vassoio della colazione arrivato solo pochi minuti prima.

"Ti ho portato le tue cose. O almeno quelle che non sono andate bruciate" disse con la bocca piena di pancake sui quali si era preoccupato di versare una generosa dose di sciroppo.

"Serviti pure" lo canzonò Adhana.

"Grazie!" rispose affatto pentito.

"Vado a farmi una doccia e a cambiarmi. Ordina un'altra colazione" gli disse prima di scomparire in bagno con la valigia.

"Ti ho portato i dettagli della vendita del carico" disse Jarod passandole un Kom, mentre si concedeva un bis della deliziosa colazione dell'albergo. Adhana lo lesse con attenzione, sbalordita dalle capacità commerciali dell'uomo che era riuscito a piazzare tutto il carico in così poco tempo.

"Non ho fatto in tempo a metterlo sul mercato che le multinazionali di mezzo pianeta se li sono contesi. Così ho optato per un'asta al rialzo. Come vedi sono riuscito a spuntare quasi il doppio del valore attuale per tutto il carico. Ho pagato i ragazzi, ho pagato la Adhana capitano e ai proprietari della SCN è rimasto abbastanza da potersi permettere il miglior attico della città" si vantò senza modestia.

"Il carico di cristalli di Adon è invenduto però" gli fece notare Adhana guadagnandosi uno sguardo torvo da parte dell'altro.

"Ho dato una sbirciata non del tutto legale alle riserve e alla domanda degli ultimi sei mesi. Non li ho messi sul mercato perché fra qualche settimana varranno almeno sei volte il valore attuale."

Il volto di Adhana si illuminò. Quelle erano davvero ottime notizie.

"Ora che ti ho reso una donna incredibilmente ricca, dimmi come vuoi festeggiare la lieta notizia?"

"Niente festeggiamenti oggi. Finalmente Patrick mi ha mandato l'indirizzo della nuova clinica dov'è ricoverato Ian, voglio andare a trovarlo."

"Una clinica? – domandò sorpreso Jarod – Non era ricoverato nell'ospedale di Alycion?"

"A quanto pare non volevano continuare a sprecare risorse preziose per qualcuno che secondo loro non si sveglierà mai più dal coma." Dopo quelle parole pronunciate con rabbia e dolore Adhana piombò in quello strano silenzio che la rendeva triste e distante. Il silenzio che Jarod odiava, perché sapeva bene dove portava. Così per costringerla a reagire le strappò il pezzo di brioche che reggeva in mano e lo divorò in un solo boccone, guadagnandosi uno sguardo di disappunto.

"Andiamo, ti accompagno. Mi sono sempre piaciute le infermiere."

"Solo se dopo offri il pranzo, visto che ti sei scroccato tutta la mia colazione."

Jarod sorrise divertito, almeno per il momento la crisi era stata scongiurata.

"Guarda che quella ricca sei tu. Io sono solo un umile impiegato."

Lungo la strada Adhana fu tranquilla e spensierata, ma davanti all'ingresso della clinica il suo umore mutò rapidamente, tanto che Jarod fu quasi costretto a trascinarla di peso fino all'accettazione. Un'infermiera avanti con gli anni li scrutò con una certa severità.

"Sono qui per visitare il dottor Silver" disse mostrandole le sue credenziali grazie al sofisticato computer inserito nel suo bracciale.

"Lei è una parente?" e mentre porgeva la domanda stava già controllando la lista delle visite autorizzate. Il volto di Adhana comparve sullo schermo.

"Sì!"

La mano di Adhana tentennò sulla maniglia. Non aveva il coraggio di aprire quella porta. Deglutì a vuoto e lottò contro ogni fibra del suo essere per mettere un piede davanti all'altro ed entrare. La stanza era piccola e confortevole. Il letto sembrava immenso rispetto al corpo smagrito dell'uomo. Il volto pallido gareggiava con le lenzuola immacolate. I ricci neri erano pettinati all'indietro, ma nessuno aveva mai pensato a tagliarli. Ian non amava portarli in quel modo.

Sulla mensola accanto al letto, unico mobilio della stanza, spiccava un vaso di cristallo contenente una bellissima rosa rossa. Adhana sistemò i fiori che aveva portato nel medesimo vaso, poi si sedette sul letto accanto a lui. Con dolcezza strinse la sua mano fra le proprie. Era gelida, nonostante la stanza fosse calda.

"Perché non ti sei ancora svegliato?" E prima che potesse rendersene conto la voce le si incrinò e lacrime clandestine cominciarono a solcarle le gote.

Sapeva di non essere ancora pronta, ma non immaginava quanto male potesse fare affrontare i suoi demoni.

La porta della stanza si aprì e Adhana trasalì. L'infermiera per un attimo tentennò, indecisa se entrare o meno. Stava per tornare sui suoi passi, quando Adhana le disse di entrare. Aveva bisogno di ritrovare il controllo delle sue emozioni, e la presenza di un'estranea era un motivo valido per farlo. La donna si mosse rapida e veloce, cercando di liberarla quanto prima della sua presenza, ma quando vide il mazzo di fiori colorati non riuscì a trattenere un sorriso.

"Sono certa che il Dottor Silver sia felice di ricevere la sua visita."

Adhana la guardò esterrefatta.

"Il colonnello Wincott non viene a trovarlo?"

"Tutti i giorni, ma..." non sapeva se fosse giusto tradire il segreto dell'uomo.

"Ma?" la incalzò con più determinazione di quanto avrebbe voluto.

"Lui non riesce ad attraversare quella porta. Gli lascia la sua rosa e va via."

Pensare allo stupido atteggiamento di Patrick l'aiutò a vincere la battaglia contro le lacrime, perché la tristezza venne soppiantata immediatamente dalla collera. Possibile che l'uomo non si rendesse conto della sua fortuna? Ian era ancora vivo e un giorno si sarebbe svegliato. Il suo Erik invece... Nel lungo anno in cui avevano atteso la sua rigenerazione le avevano permesso di vederlo solo una volta e solo per pochi minuti. Non aveva potuto neppure sfiorare il suo volto, perché il suo corpo era custodito in una capsula. Eppure Adhana aveva un ricordo orribile di quel momento, perché avvicinandosi ai resti di suo marito non aveva sentito nulla. Nessuna forma, nessuna sensazione. Quel corpo era un guscio vuoto. Aveva provato ad avvicinarsi per cercare di sentire meglio, illudendosi che la sua anima fosse solo debole e non scomparsa, ma non glielo avevano permesso. L'avevano portata via quasi di peso e da quella volta le avevano impedito di visitarlo ancora.

L'infermiera la salutò e andò via. Adhana riprese il suo posto accanto a Ian, sfiorando con delicatezza la pelle del viso.

Ripensò ancora all'ultima volta che le era stato permesso di rivedere il suo Erik. Dopo quella strana visita era così furiosa che era scesa nell'hangar, sull'isola di Lamia, e aveva sfogato la sua rabbia su tutto quello che si era trovata davanti. Aveva fatto a pezzi tutto quello che era riuscita a rompere e ad un certo punto si era armata di una sbarra di ferro e aveva cominciato ad inveire contro la collezione di navi del marito. Tutti relitti ristrutturati dall'uomo nel corso degli anni.

Poi i suoi occhi si erano posati sull' Electra e il suo cuore aveva cominciato a sanguinare. Erik aveva riparato quella nave durante il loro viaggio sulle Rotte Oscure.

Adhana si era avvicinata alla carlinga e l'aveva sfiorata con le dita.

"Prendila e parti!"

Era stata la prima volta che aveva sentito quella voce nella sua testa. Per un istante aveva creduto fosse la voce di Erik, anche se diversa. Poi si era voltata e i suoi occhi si erano posati sull'ombra di Scott Norton.

Si era spaventata al punto tale da fuggire dall'hangar e non tornarci più per giorni, ma Scott non smetteva mai di comparirle davanti. Aveva impiegato settimane a capire che era il suo dono di halydiana a materializzare la sua presenza, e lo aveva compreso solo quando aveva percepito la tempesta, la forma dell'anima di Scott.

Così lo fece. Radunò gli ultimi superstiti della Yside, coloro che non erano partiti per la missione di guerra. Con enorme fatica li convinse a seguirla in quella che sembrava un'impresa impossibile. Solo il giorno in cui la morte di Erik venne ufficialmente dichiarata, trovò il coraggio di prendere la decisione che aveva rimandato per mesi. Mentre l'esercito sfoggiava la morte di suo marito per guadagnare consensi, nascondendo al mondo intero la più oscura delle verità, Adhana abbandonava la Terra per tornare ad essere un'akenty, una figura a metà fra l'esploratore e il mercante. Era così che quelli come lei si facevano chiamare.

L'Electra era stata la sua casa e la sua àncora di salvezza per tre lunghi anni, ma aveva sempre saputo che non avrebbe retto a lungo. Adesso aveva bisogno di una nuova nave, una nave che le permettesse di portare anche Ian con sé. Non avrebbe abbandonato la sua famiglia un'altra volta.

"Questa volta nessuno resterà indietro. Quindi non temere, non ti lascerò più solo, ma tu cerca, se puoi, di risvegliarti."

Gli posò un bacio sulla fonte, ma prima di andare via decise di lasciargli qualcosa che rendesse meno fredda quella camera. Frugò nella borsa e ne estrasse un disco dorato. Lo posò sulla mensola e ne sfiorò appena la superficie. Il disco si modellò a formare una cornice metallica, all'interno della quale comparve un'immagine olografica. Erano lei, Scott ed Erik nella sala comandi della Yside. Alle loro spalle, in una cornice di robusto legno, era custodito il progetto dell'antico galeone al quale il progettista della Yside si era ispirato.

Adhana soddisfatta si apprestò ad uscire, quando Scott comparve sulla porta facendola trasalire.

"Tu hai già una nave!"

Adhana lo guardò allibita. Il dito dell'uomo puntava alla cornice. Per un attimo la ragazza sentì le forze venirle meno e dovette reggersi al letto per non cadere. Poi Scott si portò la mano dietro al collo. Adhana ancora sotto shock lo imitò e le sue dita sfiorarono una piccola cicatrice.

"L'ISP!" esclamò sconvolta. Come aveva fatto a non pensarci prima?

Scott sorrise compiaciuto e scomparve in un battito di ciglia, così come era comparso.

Adhana uscì dalla stanza quasi volando. Intercettò Jarod nel corridoio, intento a familiarizzare con una giovane infermiera. Ignorando le sue proteste lo trascino via quasi di peso.

"Ho trovato una nave!"

CAP. 5

Anno dell'Unione Galattica 838

E rik trovò una strana serenità negli incontri serali con la giovane indigena. Era una ragazza vivace e intelligente. Apprendeva e migliorava il suo scarso vocabolario del linguaggio degli akenty con una velocità che lo lasciava piacevolmente sorpreso. C'era una scintilla in lei che lentamente riaccendeva i tizzoni della sua umanità spenta. Era un balsamo sulle ferite che il tempo aveva tracciato nella sua anima. Starle lontano era una tortura dolce e amara, che terminava ogni sera nel calore del suo sorriso.

Quindici giorni trascorsero veloci. Troppo veloci. Presto la Yside avrebbe ripreso il suo viaggio sulle Rotte Oscure, ma Erik non si sentiva pronto a lasciare la sua indigena. Non si sentiva in grado di recidere il legame che si era creato fra loro. Mille dubbi lo tormentavano. Come avrebbe fatto sopravvivere da sola? Non aveva nessuno che potesse prendersi cura di lei, e non c'era posto dove potesse trovare asilo.

Non interferire!

Il monito della Lega degli Akenty risuonava come una minaccia, un'ombra oscura sulla sua ritrovata serenità.

Aveva i nervi tesi e si sentiva sul punto di crollare. La prima ad accorgersi del suo stato d'animo fu proprio lei. Con la gentilezza che la contraddistingueva prese la sua mano nella propria stringendola appena. Bastò quel semplice gesto a calmare la sua mente impazzita, a fermare il treno in corsa dei pensieri autodistruttivi.

"Cosa succede?" gli chiese con il suo delizioso accento.

Erik tentennò indeciso. Come poteva dirle che il tempo a loro disposizione era giunto al termine? Come poteva trovare le parole adatte per dirle addio?

Non ne ebbe bisogno, perché lei lo capì da sola.

"Fra quanto tempo?" gli chiese semplicemente, sorprendendolo.

Erik non riusciva ad affrontare la serietà dei suoi occhi azzurri, così le tuffò una mano fra i lunghi capelli biondi e la strinse a sé, beandosi della sua presenza.

"Dopodomani" mormorò appena.

La sentì irrigidirsi. Sentì il suo cuore andare in pezzi assieme al proprio. La ragazza si strinse a lui con altrettanta forza e, Erik, seppe che c'era qualcosa di profondamente sbagliato nella loro separazione.

Quel pensiero lo tormentò fino a quando non accettò la realtà dei fatti. Fino a quando non si arrese all'evidenza. Non poteva perderla, tanto quanto lei non poteva perdere lui. Così fece quello che avrebbe dovuto fare già da tempo.

Quando si trovò dinnanzi a quella porta, per un attimo, gli mancò il coraggio di farsi avanti. Le circostanze però complottarono contro di lui o agirono per lui, a seconda di come si voleva interpretare la cosa. La porta degli appartamenti di Scott Norton si aprì, e il comandante della Yside si bloccò sorpreso sull'uscio.

Erik lo osservò e per un attimo non vide il saggio capitano, ma il ragazzino scapestrato che più volte aveva messo a dura prova la sua pazienza.

Si diede dello sciocco. Scott non aveva più sedici anni. Anche se grazie alla gioventù genica ne dimostrava appena quaranta ne aveva più del doppio.

A strapparlo con violenza dal corso dei suoi pensieri ci pensò Scott che con i suoi modi sbrigativi e schietti lo trascinò quasi di peso nel suo appartamento per catapultarlo su uno dei divani di pelle del salone.

Prima che Erik potesse protestare o dire anche solo una parola, l'uomo gli piazzò un bicchiere di cognac fra le mani. Erik lo ingollò senza neppure gustarne il sapore. Il capitano, senza bisogno di invito gliene riempì un altro che questa volta rimase quasi inviolato.

"Vecchio mio, tutto bene?" gli domandò sorpreso da quella visita improvvisa. I suoi occhi neri, in netto contrasto con la capigliatura brizzolata, lo studiarono con attenzione, cercando di carpire qualche indizio.

Il suo tono era amichevole, ma celava una sorta di ansia che Erik percepì immediatamente. Diviso fra la collera e il rimorso decise che sarebbe stato meglio dedicare la sua attenzione al cognac, che questa volta assaporò.

"È da un po' che non ti si vede in giro" continuò il capitano. Nonostante i suoi modi accoglienti, c'era una solta di riserbo nei suoi occhi. Come se qualcosa di sospeso aleggiasse fra loro. Un vecchio fantasma di quel passato di cui Erik non aveva memoria.

"Ero un po' preso dalle mie cose." Mentì sapendo di mentire.

"Ho saputo che stai portando tu il tycar a Seth dopo l'arresto di Byren." La gettò lì come se fosse una notizia appresa per puro caso ma, Erik sapeva che non accadeva nulla sulla nave che sfuggisse all'attenzione del capitano.

Lo sguardo che gli rivolse lo costrinse sulla difensiva.

"Non ti stavo spiando, - si giustificò precipitosamente – sono solo in pensiero per te." Sembrava sincero, eppure quella questione in sospeso, era ancora lì nella sua voce, nei suoi sguardi. Ed Erik ignorava di cosa si trattasse. Non glielo avrebbe chiesto. Non poteva permettersi di svelare il suo segreto. Questo non gli impedì di provare una punta di rimorso. Sapeva che, nonostante tutto, Scott era in ansia per lui, per il fatto che si trovasse lì invece che in patria, per il suo lungo e volontario esilio, e persino per quella visita improvvisa ed inaspettata.

"Sto bene." Mentì ancora una volta.

Scott preferì sorvolare sulla sua ultima affermazione, temeva che insistere non avrebbe portato a nulla di buono.

"A cosa devo il piacere della tua visita, dunque?" domandò cauto, come se si trovasse fra le mani un fragile vaso di cristallo.

Erik ingollò quello che restava del cognac e si sollevò per servirsi da solo, sotto lo sguardo attento dell'amico.

"Esistono convenzioni per far migrare gli indigeni di Halydor?" domandò a bruciapelo.

Ad un tratto la poltrona sulla quale il capitano era seduto divenne scomoda. Qualcosa baluginò nel suo sguardo.

Sconforto.

Sorpresa.

Perché? Si domandò Erik. Perché?

"Cos'è accaduto?" domandò Scott cercando di accantonare qualunque timore lo avesse colto precedentemente.

"Rispondi alla mia domanda" lo ammonì Erik con quel piglio tipico che lo faceva sentire ancora un cadetto alle prime armi. Forse esagerò, ma non sapere cosa ci fosse stato fra loro negli anni bui della sua mente, lo innervosiva.

"No!" fu la risposta secca e nervosa del capitano.

Erik abbassò lo sguardo sul bicchiere di nuovo pieno.

"Devo estrarti le parole una per volta?" esclamò il capitano esasperato dal suo lungo silenzio.

"Io non posso lasciarla qui, – disse parlando a sé stesso – non ha nessuno."

"No!" fu la secca risposta del capitano che ritrovò in un solo istante tutta la sua determinazione.

"Non è una richiesta!" scandì Erik con voce ferma.

"Non importa! Io sono il capitano, e sono io che do gli ordini qui!" precisò Scott strappandogli dalle mani la bottiglia di cognac per riempire anche il proprio bicchiere.

"Sono io il proprietario della Yside e della compagnia commerciale. Quindi tu farai quello che dovrai fare per assicurarti che la ragazza parta con noi" precisò Erik fronteggiandolo senza alcun timore.

Scott lo guardò attonito. Lo stava facendo di nuovo, pensò amareggiato, adoperava la sua autorità per imporgli il proprio volere.

"Erik, ragiona! Potresti correre il rischio di perdere la licenza commerciale con Halydor. Ho impiegato anni per sottrarla alla Ruby."

"Mi spiace mandare in malora tutti i tuoi sforzi, ma esistono altri mondi con alimenti simili a quelli di Halydor."

Scott Norton lo guardò furioso ed esasperato.

"Non ho fatto altro che ripeterlo, per mesi. Ma no, tu hai insistito per avere la licenza con questo orribile pianeta. Non ricordi?"

Erik lo guardò confuso, ma si affrettò a celare i suoi veri sentimenti, sottraendosi allo sguardo indagatore del capitano. Certo che non lo ricordava, ma non poteva dirglielo.

"Risolvi la cosa o lo farò io a modo mio" si limitò a minacciarlo imboccando l'uscita. Non poteva stare lì un secondo di più, troppi fantasmi, troppe verità che gli erano precluse.

Passarono quasi due ore prima che Scott tempestasse di pugni la porta del suo appartamento, ignorando l'uso di un comodo congegno chiamato campanello.

Non appena Erik premette il pulsante di apertura, uno Scott inalberato e furente entrò con grandi falcate inveendo contro di lui e apostrofandolo in tutti i modi possibili. Solo lo scampanellio che annunciava un nuovo ospite pose fine alla sua lunga litania.

Questa volta ad entrare furono una guardia ed un giovane uomo dalla pelle scura, che portava i lunghi capelli neri legati in sottilissime treccioline.

"Togli quelle manette!" ordinò Scott nervoso all'indirizzo della guardia, che si sbrigò ad obbedire. Con un semplice gesto della mano il capitano liquidò la guardia e quando furono soli finalmente si rivolse ad Erik.

"Lui è Jarod Byren, l'autista di cui hai preso il posto. È l'unico a conoscere le usanze e le tradizioni di Halydor. Lui e la sua famiglia prima facevano parte dei mercanti della Ruby e hanno sempre avuto a che fare con la gente di questo posto."

Solo in quel momento Erik degnò il nuovo ospite della sua attenzione. Byren invece sembrava confuso e sorpreso di trovarsi sull'ultimo ponte della nave, quello dove vivevano il capitano e il misterioso passeggero che occupava l'appartamento accanto al suo.

"Dobbiamo trattare con il villaggio di Seth perché ci concedano il permesso di portare con noi una ragazza" spiegò velocemente Scott.

"Una Vhe'sta" lo corresse Erik sorprendendo Byren.

"Signore non ci daranno mai una delle loro preziose vhe'sta" rispose ansioso il giovane.

"Cosa significa? Cosa sono le vhe'sta?" domandò Scott confuso e ancora più nervoso.

"Sono delle vittime sacrificali, signore. Le donne halydiane posseggono un dono, ovvero possono spostare quella che loro chiamano anima da un corpo ad un altro. Sembra che senza questo processo non possano concepire. Le ragazze che vengono sacrificate per dare un corpo a queste donne sono appunto chiamate vhe'sta."

Quella precisazione fece accigliare Scott che posò lo sguardo furioso su Erik.

"Perché non me lo hai detto subito?"

"Perché non avevo idea di cosa significasse." Ed era sincero. La ragazza non gli aveva mai rivelato il vero significato dell'essere vhe'sta. Ogni volta che Erik aveva provato a strapparle qualche informazione lei si era chiusa in un silenzio ostinato e carico di dolore, e solo ora ne capiva la ragione.

Quelle informazioni gli fecero capire che doveva assolutamente portarla via da lì.

Scott lo studiò in attesa di qualcosa che tradisse le sue intenzioni, ma non trovò quello che cercava così dirottò nuovamente la sua attenzione su Byren.

"Ne sei certo?" domandò. Non conosceva la società di Halydor, in fondo era la prima volta che la sua nave atterrava su quel pianeta. Fece bene attenzione a celare i suoi veri sentimenti ad Erik. Non voleva dare speranze alla sua causa impossibile.

"Purtroppo sì, signore!" confermò Byren.

"Mi spiace Erik ma, come vedi, abbiamo le mani legate" disse Scott, ritendo chiusa la questione.

"Non ci hai neppure provato!" lo rimproverò

"Cosa vorresti che facessi?" domandò seccato.

Erik decise di ignorarlo e di rivolgersi direttamente a Byren.

"Scopri con cosa posso comprare la libertà della ragazza" gli disse sfidando Scott a fermarlo.

Byren posò immediatamente lo sguardo sul capitano alla ricerca della sua approvazione.

Scott soppesò per un attimo la situazione e annuì dando a Byren via libera. Quando l'uomo andò via e i due rimasero soli, Erik lo ringraziò.

"Perché è così importante per te?" domandò il capitano preoccupato.

"Non lo so!" confessò, facendolo preoccupare ancora di più.

CAP. 6

L'attesa lo stava logorando, eppure c'era ben poco che potesse fare. Si rifugiò nel suo hangar privato per dedicarsi alla vecchia navicella bisognosa di riparazioni che occupava gran parte dello spazio. Era stato suo figlio Ian a farla imbarcare insieme a un congruo parco macchine, che credeva gli sarebbe stato utile durante il lungo viaggio sulle Rotte Oscure. A dirla tutta Ian si era dovuto sobbarcare il compito di organizzare qualunque cosa per quel viaggio, dato che al momento della partenza Erik non era molto in sé.

Nonostante fosse sceso con l'intenzione di continuare i lavori di riparazione, si sentiva così confuso ed agitato da non sapere neppure da dove cominciare. Dopo due inutili tentativi di raccapezzarsi, optò per un sigaro. Si sedette su una delle casse, accatastate acconto alla nave in riparazione, poggiando la schiena contro un'altra cassa e si accese il primo sigaro di quella che sarebbe diventata una lunga serie.

Aveva completamente perso la cognizione del tempo, quando il campanello di casa suonò e sullo schermo del Kom, che portava al braccio, comparve il volto di una donna dai lunghi capelli neri e gli splendidi occhi color smeraldo.

Erik sospirò rassegnato, pronto all'ennesima lavata di capo. Per un attimo pensò di ignorarla, ma quando la donna gli fece notare che avrebbe insistito fino a quando non si fosse degnato di aprire, decise di assecondarla.

"Sono giù nell'hangar" le disse mentre azionava il comando delle porte.

Il suono dei vertiginosi tacchi di Vivien precedette il suo arrivo.

"Hai deciso di mandare a fuoco questo posto?" lo rimproverò, notando i numerosi mozziconi di sigaro ai suoi piedi e l'aria pregna di fumo.

Erik non reagì alla provocazione, e la donna affatto contenta si sedette sulla cassa accanto alla sua, mettendo in mostra le lunghe gambe avvolte in un paio di pantaloni neri aderenti.

"Cosa vuoi?" domandò Erik, infastidito dall'eccessiva vicinanza.

"Scott mi ha raccontato della tua assurda richiesta. Si può sapere cosa pensi di fare?" continuò con tono sempre più seccato.

"Non sono affari tuoi, Vivien."

"Lo sono se metti mio marito in una posizione tanto difficile."

"Non ho messo Scott in una posizione difficile."

"A sentire lui sembra quasi che tu ti sia innamorato di questa indigena" disse cercando di sondare il terreno.

"Non dire stupidaggini, e comunque non sono affari tuoi" ribatté piccato. Non gli piaceva quando qualcuno esaminava i suoi sentimenti, soprattutto visto che non sapeva neanche lui cosa gli stesse accadendo.

"Non sembri più tu. A dire il vero non sembri più tu da tanto tempo. Ian ha detto che avevi bisogno di una pausa, ma le cose non stanno così, vero?"

Se c'era una cosa che Erik detestava era ripensare ai suoi anni bui, ma soprattutto detestava il modo in cui Vivien continuava a parlarne. La sua mente lo portò bruscamente a ricordi che per un attimo gli tolsero il fiato. Il petto sembrava esplodergli mentre il respiro si faceva sempre più corto. Sentì un dolore improvviso al braccio e finalmente i suoi sensi si annebbiarono, concedendogli l'oblio che neanche il sonno riusciva più a dargli.

Vivien l'osservava, fredda e distaccata. La pistola medica che stringeva in mano testimoniava la sua colpa. Erik scosse la testa, ma quando sollevò lo sguardo sulla donna qualcosa in lui era cambiato.

"Diventa sempre più difficile riemergere spontaneamente" disse con una voce completamente diversa.

"Me ne sono accorta, per questo gli ho somministrato una forte dose di sedativo. Dovrebbe concederci qualche minuto. Sei riuscito a mantenere il contatto con lui?" domandò preoccupata.

"La mia presa sulla sua coscienza si indebolisce sempre più, ma se ti riferisci alla ragazza indigena, ho percepito qualcosa."

"Dobbiamo preoccuparci?"

"Non lo so! È ancora confuso, ma un legame emotivo rende lui più forte e me più debole. Quindi è meglio liberarci di lei prima che possa diventare un problema" concluse, mentre Erik scalpitava per riprendere il controllo. Troppo presto, pensò il nuovo arrivato.

"Me ne occuperò io" disse la donna, nascondendo la pistola medica nella borsa.

"Sta tornando!" esclamò sentendolo riemergere con prepotenza.

Erik non riprese immediatamente conoscenza. Il sonnifero che Vivien gli aveva somministrato aveva bisogno ancora di qualche minuto per essere smaltito. La donna ne approfittò per allontanarsi, sicura che al suo risveglio, Erik, si sarebbe sentito confuso, e non si sarebbe neppure accorto della sua assenza. Prima di abbandonare l'hangar si guardò intorno. Fra tutti i veicoli perfettamente puliti e lucidati, l'unico che sembrava usato di recente era un piccolo mezzo anfibio. La donna si avvicinò alla plancia di controllo e sbuffò infastidita quando si rese conto che possedeva un computer di bordo senza archivio. Non importava, aveva altri modi per scoprire dove teneva nascosta la sua indigena.

Erik si destò dopo qualche minuto. Non si era neppure accorto di essersi addormentato. L'ultima cosa che ricordava era la conversazione pungente avuta con Vivien. Non ricordava chi dei due l'avesse spuntata, ma non aveva importanza visto che il Kom vibrò e gli mostrò il volto di Scott.

"Ci sono novità?" chiese ansioso e preoccupato al contempo.

"Byren è tornato. Siamo nel mio appartamento, raggiungici" si limitò a rispondere il capitano. Erik non se lo fece ripetere due volte.

Byren e il capitano non avevano affatto un'aria entusiasta e questo lo mise in allerta.

"Ebel Var-Hell, uno dei più importanti marinai di Seth ha confermato che la sua vhe'sta è fuggita di casa da più di due settimane. Purtroppo la figlia a cui era destinata era sul punto di morire e per questo è stato costretto a sacrificare una delle figlie più giovani."

Scott ed Erik lo guardarono confusi. Nessuno dei due sapeva cosa volesse effettivamente dire quello scambio.

Byren abbassò lo sguardo timoroso per quanto doveva dire.

"Hanno sacrificato una figlia che si erano concessi il lusso di amare e non una cresciuta solo per diventare un sacrificio umano. Questo rende la vhe'sta colpevole di omicidio. Quando la troveranno la tortureranno e morirà fra le più atroci sofferenze. La sua punizione sarà di esempio alle altre."

Erik sbiancò di colpo. Non credeva che la situazione potesse precipitare fino a quel punto. Cercò di analizzare il contesto con freddezza. L'unico vantaggio che possedeva era che nessuno sapeva dove fosse nascosta.

Scott, però, lo conosceva meglio di quanto credesse e con furbizia anticipò le sue mosse.

"La ragazza è già sulla nave?" gli chiese pronto a linciarlo sul posto.

"No!" rispose Erik e in quel momento si pentì amaramente di non averla fatta imbarcare prima.

"Almeno questo me lo hai risparmiato. – disse colmo di biasimo – Dovunque lei sia ti consiglio di lasciarla lì, gli uomini di Seth hanno circondato la nave. Non posso impedirglielo, ma posso rifiutarmi di farli salire a bordo visto che la ragazza non è qui. Naturalmente se tieni davvero a lei, ti sconsiglio di provare a raggiungerla, correresti solo il rischio di rivelare il suo nascondiglio a chi la vuole morta."

L'ammonimento di Scott gli gelò il sangue nelle vene. L'idea di non poterla rivedere, di non avere neppure l'occasione di dirle addio lo privò in un solo istante di tutte le forze. Non si rese neppure conto di essersi appoggiato alla scrivania del capitano con tutto il suo peso. Davanti a quella reazione inaspettata Scott cominciò a preoccuparsi.

Con poche, frettolose parole si liberò di Byren e quando furono soli, fu quasi costretto a guidare Erik di peso alla poltrona più vicina.

"Erik?" cercò invano di ottenere la sua attenzione, ma inutilmente. L'uomo guardava un punto fisso sul pavimento. "Erik!" urlò questa volta scuotendolo appena da quello stato di trance.

"Non posso lasciarla qui" mormorò appena sollevando lo sguardo confuso su di lui.

"Perché è così importante per te?" Scott non riusciva a capire, così come non capiva l'intensità della sua reazione. Dov'era finito il valoroso generale terrestre? Dov'era il temibile eroe della galassia? Faticava a riconoscerlo. Quello davanti a lui era un uomo confuso e fragile ed Erik Silver nella sua vita era stato tutto fuorché confuso e fragile.

L'espressione sul suo volto dimostrò per la prima volta la condanna e la sofferenza di un uomo incatenato per sempre allo scorrere del tempo.

"Perché ho rubato la sua morte. Il suo dolore, la sua vita, sono una mia responsabilità e se la lascio qui sarebbe stato meglio non l'avessi mai fatto. Non ha nulla. Non può abbandonare il suo rifugio. Morirà di fame e di stenti se la lascio qui."

Scott comprese ben poco di quel discorso sconclusionato.

"Con tutti quegli uomini appostati intorno alla nave rischieremmo solo noie, ma una volta decollati potrai mandarle rifornimenti con un caccia. Sarà più facile farlo passare inosservato" gli suggerì Scott cercando per la prima volta di capire il suo punto di vista.

Quelle parole accesero in Erik una falsa speranza.

"Potrei persino portarla via da qui" azzardò.

"Potresti, ma non diventerà mai una cittadina dell'Unione se non avrà con sé un documento della sua gente che ci autorizza a portarla con noi."

"Sciocchezze! Potrei acquistarne uno e tu lo sai bene" ribadì recuperando il vecchio piglio che Scott ricordava.

"Se davvero dovessi fare una cosa simile non potrai mai più riportarla su Halydor."

Erik si sollevò di scatto in piedi. Forse non lo aveva neppure ascoltato, pensò Scott pentendosi di avergli fornito la soluzione che da solo non era riuscito a trovare.

La notte scese anche troppo presto per i gusti di Erik. L'idea di non poter raggiungere la ragazza nel suo covo lo rendeva agitato e intrattabile, per questo preferì evitare chiunque e organizzare il viaggio di recupero fin nei minimi dettagli. Anche se cercava di tenere la mente impegnata, il pensiero di lei sola e in vana attesa nella grotta lo faceva impazzire. Cosa avrebbe pensato non vedendolo arrivare? Cosa avrebbe pensato vedendo la Yside partire?

Scosse energicamente il capo. Doveva tenere quelle domande e quei pensieri lontani se non voleva impazzire, ma soprattutto doveva recuperare il suo sangue freddo. Il sonno lo colse di sorpresa ma, portò con sé solo incubi. Si destò di soprassalto confuso e spaventato. Gli ci volle un lungo istante prima di ricordarsi di essere a bordo della Yside, in viaggio sulle Rotte Oscure. Si sollevò dal divano e si versò da bere una generosa dose della prima bottiglia che gli capitò sottomano. Riprese a respirare con regolarità, ma lo strano turbamento, che lo aveva costretto a svegliarsi, non si decideva ad abbandonarlo.

Dalla grande vetrata del salone osservava contemplativo il suolo brullo e bruciato di Halydor quando il suo Kom vibrò.

"Sta succedendo qualcosa di strano" disse Scott in comunicazione audio.

Quando raggiunse il capitano in sala comandi lo trovò intento a studiare un filmato riguardante l'esterno della nave. Era ancora notte fonda e gli uomini che circondavano la Yside si erano ritirati, senza nessuna ragione apparente.

"A quanto risale?" domandò il capitano rivolto all'ufficiale.

"Circa un'ora fa."

"L'hanno trovata" disse Erik furioso, dando finalmente un senso alla strana sensazione che lo perseguitava dal suo risveglio. Senza perdere altro tempo corse nel suo hangar, senza rendersi conto di avere Scott alle costole. Prima che potesse prendere la jeep, l'uomo lo afferrò per il braccio.

"Cosa vuoi fare? È tardi ormai" lo ammonì il capitano.

"Mi hai tradito!" lo accusò Erik.

"Tradito?" ripeté sorpreso Scott, non riusciva a capire.

"Non l'avrebbero mai trovata se tu non gli avessi detto dove cercare" gli urlò contro prima di salire a bordo del veicolo e partire a rotta di collo verso Seth.

Scott lo osservò incapace di reagire. Erik aveva ragione. Qualcuno lo aveva tradito, ma di certo non lui.

Nonostante fosse da poco sorto il primo dei tre soli, trovò una gran folla radunata nella piazza, al centro del villaggio di Seth. Su una specie di patibolo di roccia, la giovane indigena era stata legata per i polsi ad un palo. I suoi abiti e le sue carni erano stati lacerati dalla frusta, brandita con violenza da un uomo gigantesco e con il volto bruciato dal sole.

Erik avanzò fra la folla a spintoni, e quando i suoi occhi si posarono su quelli vuoti della ragazza, la rabbia montò violenta dentro di lui. Qualcuno cercò di fermarlo, ma non fu una scelta saggia, perché si ritrovò scaraventato a terra. Quando raggiunse il patibolo strappò con prepotenza la frusta dalle mani del boia e con la sola forza delle mani la spezzò. Fu poi il turno del boia di assaggiare la sua collera. Lo colpì con tutta la forza e l'odio che gli scorreva nelle vene.

Un manipolo di uomini gli si avventò contro cercando di fermarlo prima che potesse ucciderlo, ma furono costretti anche loro a subire la violenza dei suoi pugni.

"Fermati straniero!" lo intimò la voce di una donna. "Non uccidere mio marito" lo supplicò riuscendo in qualche modo ad attraversare le nebbie della sua ira.

"Voi state uccidendo lei" rispose con la voce ridotta ad un ringhio selvaggio.

"Lei ha abbandonato la sua casa, e mi ha costretto ad uccidere una delle figlie che mi ero concessa il lusso di amare" disse la donna in lacrime.

Erik si bloccò. La somiglianza con la ragazza era indubbia. Quella era sua madre e l'uomo che aveva massacrato di botte era suo padre. Non seppe perché, ma quella rivelazione lo turbò.

"Come si può mettere al mondo una figlia e decidere di sacrificarla?" domandò osservando la donna dritto negli occhi. Gli stessi occhi azzurri della sua dolce indigena.

"Non si può. Ti si spezza il cuore mille e mille volte. Ogni volta che incroci il suo sguardo. Ogni volta che senti la sua voce, le sue lacrime. E quando la sacrifichi… uccidi te stessa. Ma guardaci, non abbiamo altra scelta. Senza le vhe'sta siamo condannati. Senza le vhe'sta noi siamo destinati all'estinzione. Moriamo assieme alle nostre figlie solo per permettere al nostro popolo di sopravvivere."

Quelle parole scivolarono dentro la sua coscienza fiaccando la furia che lo aveva portato fin lì, eppure il suo sguardo colmo di dolore si posò sulla ragazza semincosciente.

"Lei ha risvegliato la mia umanità. Se lei muore io temo il mostro che potrò diventare" confessò a quella donna che non aveva avuto remore ad affrontarlo.

"Il suo esempio servirà alle altre!" esclamò iroso il padre della ragazza asciugando il sangue che gli colava dalla bocca e sollevandosi in piedi.

In quel momento lo sguardo di Erik si fece gelido e distante.

"Erik!" la voce della ragazza lo fece tornare violentemente in sé, scacciando l'oscurità, liberando la sua mente dai pensieri di vendetta che la stavano affollando.

Senza perdere tempo, sotto lo sguardo impotente degli halydiani, la liberò dalle grezze corde che avevano lacerato la pelle dei suoi polsi.

"Cosa vuoi per pagare il suo debito di sangue?" domandò Erik rivolto alla donna, l'unica che sosteneva il suo sguardo senza timore. Nel frattempo Byren e Scott lo raggiunsero.

"Credi che i tuoi averi potranno restituirmi ciò che ho perso o in qualche modo lenirne il dolore?"

"Non lo credo. Ma se le tue parole sono sincere ami lei tanto quanto amavi la figlia che hai perso.

Non ti chiedo di salvare tutte le vhe'sta. Capisco quello che la tua gente è costretta a fare e il dolore che lo accompagna. Ma ti supplico di aiutarmi a salvare lei. Anche se il debito di sangue non è stato completamente pagato, lascia che sia io a versare la differenza. Donerò alla tua famiglia il compenso del pescato di dieci anni. E a Seth donerò i semi di piante in grado di sopravvivere anche con le condizioni avverse del vostro mondo. Così potrete ricavarne cibo e legna" disse mettendo in chiaro le sue intenzioni.

Le sue parole causarono la reazione che sperava. Gli abitanti di Seth si guardarono confusi e al contempo eccitati.

"Anche se ti vendessimo la sua vita, le nostre leggi ti impedirebbero comunque di portarla via da qui" disse Var-Hell avvicinandosi alla moglie.

"Non se la portasse via come moglie" disse la donna mentre una luce di speranza si accendeva nel suo sguardo. Il marito la guardò furioso. Non voleva che la vhe'sta sopravvivesse alla sorella che aveva condannato.

"Erik non puoi..." intervenne finalmente Scott.

"Invece posso" rispose l'uomo, osservando la ragazza fra le sue braccia. Quanti matrimoni aveva rifiutato nella sua lunga vita? Così tanti da averne perso il conto, e adesso non desiderava altro che lei, una semplice ragazza di un pianeta senza importanza.

Scott lo guardò sconvolto. Non aveva compreso fino a che punto fosse coinvolto, ma soprattutto quanto profondo fosse il suo cambiamento. Dov'era finito l'uomo che ricordava? Era come se Erik si fosse spogliato del vecchio sé stesso, mettendo a nudo una parte che Scott non vedeva da troppo tempo.

"Erik, cosa accadrà quando torneremo sulla Terra? Una moglie indigena segnerà per sempre i progressi che hai fatto per emergere nell'esercito e nella nobiltà terrestre" gli ricordò il capitano.

Quelle parole ebbero solo il potere di farlo sorridere. La verità era che di quelle sciocchezze non gliene importava nulla.

"Non importa" si limitò a rispondere con una serenità mai provata prima. "Celebra anche tu il matrimonio, Scott. Così avrà valore sia per gli halydiani che per l'Unione Galattica."

Rivolgendosi alla donna tornò alla lingua degli akenty.

"Accetto di prenderla come moglie" disse e rivolgendosi alla ragazza continuò "Sempre che tu lo voglia."

Lei era troppo debole anche solo per parlare e si limitò ad annuire. Dovevano sbrigarsi a portarla a bordo. Lì i medici avrebbero potuto prendersi cura di lei e salvarle la vita.

"Allora devo restituirle il suo nome. Da oggi in poi non sarà più una vhe'sta" disse la donna avvicinandosi alla ragazza e posando sulla sua fronte un sofferto bacio. Poi con occhi imploranti guardò Erik, come a pregarlo di prendersi cura di lei. L'uomo non disse nulla, ma si limitò ad annuire.

"Io, Kalinda Var-Hell libero questa vhe'sta dal suo vincolo di sangue e le ridono il suo nome, riportandola nel grembo della mia famiglia. Da oggi in poi tu torni ad essere Adhana Var-Hell!" disse restituendole la sua umanità assieme a quel nome che Erik assaporò sulle labbra. Il nome più bello che avesse mai sentito.

Adhana, fra le sue braccia cominciò a piangere. Non sapeva neppure di aver mai posseduto un nome.

Kalinda Var-Hell prese le mani dei due fra le proprie e con semplici parole, pronunciate nel linguaggio degli akenty li unì in matrimonio. Solo in quel momento Erik capì che su Halydor erano le donne a governare e non gli uomini. Gli sembrava giusto, dato il sacrificio che tutte loro erano costrette a compiere, per permettere alla loro razza di sopravvivere.

Quando fu il turno di Scott di celebrare la loro unione, Erik gli chiese di non pronunciare il suo cognome. Byren non avrebbe faticato a capire chi fosse solo sentendolo, e non aveva voglia di perdere l'anonimato. In quanto ad Adhana le avrebbe spiegato tutto con calma.

La partenza della Yside venne rimandata di un giorno, per permettere ad Erik di acquistare presso i mercanti, che viaggiavano a bordo della nave, quanto promesso al popolo di Seth. Il mattino dopo una carovana di sei convogli raggiunse il villaggio. I documenti vennero siglati da entrambe le parti e Adhana Var-Hell divenne cittadina dell'Unione Galattica, libera di lasciare Halydor, libera di vivere.

Mentre la nave si allontanava dal pianeta, Erik sentì una sorta di strana nostalgia. Quel luogo tanto aspro e selvaggio gli aveva donato qualcosa che non sapeva neppure di desiderare.

Le catene che lo ancoravano al passato sembravano essere cadute sulla scogliera dalla quale Adhana si era gettata nel vuoto. Lei era riuscita lì dove tutti avevano fallito. Aveva ucciso il generale Silver, lasciando al suo posto solo Erik. Chi era adesso doveva ancora scoprirlo, ma sarebbe stato bello farlo con lei al suo fianco. Sarebbe stato stupendo.

CAP. 7

Anno dell'Unione Galattica 852

"**V**uoi burlarti di me? Non puoi essere seria." Byren era sconvolto. Girava nervosamente avanti e indietro nel ristretto spazio del veicolo anfibio che avevano noleggiato per raggiungere l'isola di Lamia.

"Non sono mai stata così seria in vita mia."

"Cerca di riflettere. Non sappiamo praticamente nulla. Non sappiamo dove sia. Non sappiamo che tipo di danni abbia. Potrebbe essere addirittura esplosa."

"Potrebbe essere un sacco di cose, hai ragione, ma io voglio provarci comunque. In fondo quando la Yside è scomparsa non esistevano ancore di comunicazione funzionanti, quindi come hai detto tu non sappiamo assolutamente nulla."

L'ottimismo di Adhana lo preoccupava, ma non riusciva a comprenderne la ragione.

"Ma se la nave fosse intatta, non credi che il capitano o qualcun altro dell'equipaggio ci avrebbe contattati?"

Adhana lo guardò rammaricata.

"La tua famiglia era a bordo..."

Jarod annuì.

"Era da poco arrivato l'ordine di partire per fornire supporto ai militari. Il capitano voleva solo volontari, non desiderava costringere nessuno. Nonostante noi non fossimo akenty, ma semplici mercanti i miei non hanno voluto abbandonare la nostra casa. E la Yside era diventata la nostra casa. La mia famiglia come quella di molti altri non ha voluto che rischiassi la vita, così mio padre mi ha colpito alle spalle e mi ha lasciato narcotizzato e incosciente a terra. Quando mi sono risvegliato la Yside era già irraggiungibile."

Lo sguardo di Jarod durante il rapido racconto si fece distante, spento, come quello di tutti coloro che erano stati lasciati a terra.

"Io non so cosa sia successo alla tua famiglia e alle famiglie di tutti gli altri, ma non credi che sia arrivato il momento di scoprirlo?" gli chiese afferrandolo per un braccio e costringendolo a sedersi al suo fianco.

"E come pensi di riuscirci?"

Adhana lanciò uno sguardo furtivo al capitano del mezzo anfibio per essere certa che non la vedesse. Fece segno a Byren di stare zitto e si portò la mano dietro al collo.

Byren si sollevò in piedi di scatto, ma remore dell'avvertimento non disse una parola.

Solo quando il mezzo anfibio si fu allontanato abbastanza dall'isola Jarod diede voce alle sue rimostranze.

"Non puoi usare l'ISP, non si possono manomettere, se solo ci provassi si disattiverebbe. È un sistema di sicurezza personale per evitare i furti di identità durante il viaggio" le ricordò l'uomo.

Gli ISP erano dei componenti biomeccanici impiantati alla base del collo di ogni uomo, donna o bambino della Yside. Servivano per restare collegati con la nave, ma il sistema di comunicazione era a senso unico, dalla persona alla nave e non viceversa.

"Lo so! Ma io sono anche comproprietaria della SCN, quindi posseggo tutte le licenze e i diritti su tutti i software della compagnia. E sai dove Erik custodiva le licenze e le copie originali?"

"L'hangar sotterraneo!" esclamò Jarod.

"Esatto! Il luogo più difeso di tutto il pianeta."

Adhana e Jarod camminavano fra le rovine della vecchia dimora dei Silver. La natura stava ormai reclamando il suo dominio sulle macerie di quella che un tempo era stata una maestosa costruzione.

Con passo deciso oltrepassarono i resti della casa senza degnarli di un solo sguardo e senza indugi si diressero all'uscita d'emergenza dell'hangar sotterraneo, costruito proprio sotto la casa, al sicuro nelle profondità dell'isola. L'hangar era alimentato dal lavoro ininterrotto di migliaia di turbine, installate a pelo d'acqua, lungo le pareti rocciose dell'isola. Le turbine venivano messe in funzione dalle correnti marine e fornivano energia perenne e illimitata per tutto l'hangar e la casa, quando era ancora integra.

L'ingresso si trovava in una piccola rientranza, che sorgeva in quello che un tempo era uno dei tanti giardini, ed era protetto da scanner biometrici.

I due si incamminarono nel lungo corridoio metallico, illuminato da fioche luci biancastre che davano al luogo un aspetto spettrale. I loro passi echeggiavano sinistri e, per un attimo, Jarod ebbe come l'impressione che qualcosa o qualcuno li stesse spiando.

"Questo posto non mi è mai piaciuto. Mette i brividi."

"È uno dei tanti trucchi di Erik, per scoraggiare visitatori indesiderati" rispose divertita Adhana

"Mi sento osservato!"

"Forse perché abbiamo un intero arsenale puntato contro di noi. Non appena attiverò il computer centrale i dispositivi di sicurezza verranno disattivati. Spero solo di ricordarmi le giuste sequenze di attivazione" disse guadagnandosi uno sguardo di rimprovero da parte dell'amico.

"Non mi sembra il momento giusto per fare la smemorata" la rimproverò.

Adhana sorrise divertita e si posizionò nel

campo di altri scanner biometrici che le consentirono l'ingresso nella sala del computer principale.

La ragazza prese posto sulla poltrona e iniziò la sequenza di riavvio. Dopo pochi minuti l'intero hangar venne illuminato a giorno, e il rumore delle armi che tornavano al loro posto fece tremare Jarod un'ultima volta.

"Come pensi di riprogrammare l'ISP?" domandò.
Per tutta risposta Adhana sbloccò uno scomparto segreto al lato della console di comando, estraendo un cilindro contenente uno strano fluido metallico che sembrava vivo.

"Femtoti?"

"Sì! Questa è la mia piccola scorta personale. Eseguirò una copia backup del programma dell'ISP e la modificherò per invertire il flusso di dati da me alla nave. Userò i Femtoti per riprogrammare il mio ISP."

"Aspetta! Vuoi riprogrammare un ISP impiantato? L'operazione potrebbe causarti seri danni neurologici o persino ucciderti!" esclamò allarmato da quella soluzione.

"Ne sono consapevole, ma sai che sono un'halydiana e in questo hangar ci sono ben quattro replicanti. Se dovesse succedere il peggio trasmigrerò."

Jarod sapeva della peculiarità delle donne halydiane e sapeva che Adhana era già migrata una volta, ma l'idea lo terrorizzava comunque.

"Farà male, davvero male. Proverai un dolore indescrivibile. – cercò di persuaderla – Sei sicura di volerlo fare? Potremmo programmare un ISP ancora non impiantato e usarlo senza inserirlo."

"Non funziona così. L'ISP si attiva solo quando si interfaccia con un utente. Persino gli ISP dei miei replicanti si attivano solo quando migro. Inoltre, qui non abbiamo l'attrezzatura per programmarne di nuovi. Quella si trova sulla Yside. Abbiamo solo cinque tentativi, se contiamo i replicanti."

"Sei se conti anche il mio" disse Jarod.

"Assolutamente no! Lo hai detto tu stesso, questa procedura potrebbe anche uccidermi. Ma io al contrario di te posso trasmigrare."

Jarod si guardò intorno, studiando l'ambiente che lo circondava.

"Dammi il tempo di contattare Reese e di farlo venire qui. Allestiremo una sala medica per ogni emergenza. Quei quattro replicanti sono gli unici che ti restano, non possiamo permetterci il lusso di sprecarli."

"Va bene. La riprogrammazione richiederà tempo, quindi chiamalo pure."

Reese era il loro medico di bordo, anche se non aveva mai completato il percorso universitario a causa di problemi di natura economica. Si era imbarcato sulla nave come semplice operaio e aveva lasciato la Yside dopo il termine del viaggio sulle Rotte Oscure per tornare a dedicarsi ai suoi studi. Ma la guerra aveva cambiato tutto anche per lui e quando aveva saputo che Adhana stava radunando un nuovo equipaggio aveva deciso di imbarcarsi nuovamente.

Adhana lavorò alla riprogrammazione dell'ISP per giorni, concedendosi appena il tempo di consumare un pasto veloce. Dormiva così poco che ad un certo punto cominciò a inveire contro qualunque cosa le si presentasse davanti. Vedendola in quello stato, Jarod capì che era giunto il momento di intervenire.

Reese, giunto da poco sull'isola fu d'accordo con lui. Nessuno dei due si sentì in colpa quando corressero il pasto della ragazza con un sonnifero, abbastanza potete da farla crollare in pochi minuti.

Jarod la portò di peso in una delle navicelle che stavano adoperando come abitazione provvisoria. Non c'erano stanze private, ma due stanzette con quattro cuccette. Jarod sistemò Adhana nella sua e seguito da Reese raggiunse l'altra stanza.

"Domani sarà furibonda" gli fece notare il nuovo arrivato.

"Meglio furiosa che esausta" fu il laconico commento di Jarod che si gettò di peso nella sua cuccetta.

Reese prese posto in quella di fronte. Era minuscola, ma lui non era alto quanto Jarod, e il suo fisico mingherlino gli permetteva di stare comodo ovunque. Aveva sangue asiatico nelle vene, tradito dalla caratteristica forma degli occhi.

"Non ti stanchi mai di prenderti cura di lei?" lo punzecchiò.

"Sono il suo braccio destro, nonostante in volo sia praticamente inutile. È mio compito prendermi cura di lei."

"Credi davvero che riuscirà a scoprire cosa è accaduto alla Yside?"

"Onestamente? Credo che tutto questo sia solo una follia ma, conosciamo Adhana. Le sue follie hanno la pessima abitudine di funzionare sempre."

Reese si sdraiò a sua volta e per un lungo istante rimase in silenzio.

"Non avevo alcun familiare a bordo, ma la gente del ponte tredici era diventata la mia famiglia. Vorrei almeno poter dar loro una degna sepoltura."

"Pensi anche tu che non si sia salvato nessuno?"

L'uomo si limitò a rispondere con un verso. Jarod sospirò e per la prima volta non seppe se augurarsi che Adhana trovasse o meno la nave.

Il mattino dopo la ragazza lanciò ad entrambi uno sguardo carico d'odio che fece gelare loro il sangue nelle vene, ma non disse nulla. Consumò la colazione, preparata da Jarod, con gusto e fame. Quando tornò al lavoro, il groviglio nel quale si era persa solo il giorno prima venne dipanato con estrema facilità. Forse riposarsi un po' non era stata una pessima idea, pensò, ma non lo avrebbe mai ammesso apertamente.

Dopo altri tre giorni di duro lavoro, la copia modificata del software era pronta. Adhana la controllò e ricontrollò almeno una decina di volte per assicurarsi di non aver commesso qualche errore o peggio aver omesso qualche comando. Quando fu soddisfatta inserì il contenitore dei Femtoti nel cilindro di programmazione. Ci sarebbero volute almeno cinque ore prima che le nuove istruzioni venissero caricate. Cinque ore durante le quali Jarod e Reese le diedero il tormento, suggerendole persino di rivolgersi al colonnello Wincott per chiedere l'aiuto di un tecnico che potesse controllare il suo lavoro. Adhana sapeva che se Patrick fosse venuto a conoscenza dei suoi piani avrebbe fatto qualunque cosa per fermarla, persino ricorrere alla forza. Quindi era meglio tenere l'uomo all'oscuro dei suoi intenti.

Quando la procedura di programmazione dei Femtoti fu completata, Adhana caricò il cilindro in una pistola medica, diluendoli in soluzione fisiologica, per favorire il passaggio nel suo organismo. La ragazza affidò la pistola a Reese e si sedette su una poltrona di contenimento.

Manette d'acciaio le bloccarono i polsi, le caviglie, la vita e la fronte. Per ultimo Reese le posizionò un morso sintetico fra i denti per impedirle di spezzarli durante gli spasmi.

"Ti somministrerò prima un calmante, ma non

appena i Femtoti cominceranno la riprogrammazione dell'ISP il dolore potrebbe diventare insopportabile. Gli spasmi arriveranno quasi subito,
ma non ti lascerò in quello stato per più di dieci
minuti. Quindi qualunque cosa devi fare falla in
fretta. Non so se potrai tollerare un secondo tentativo."

Adhana annuì e l'uomo le somministrò il calmante. Il rilassamento giunse rapidamente. A
quel punto Reese le iniettò i Femtoti, sofisticati
congegni biomeccanici, e con il proprio Kom ne
Assunse il comando.

Adhana sentì un formicolio che dal braccio sinistro si spostava velocemente verso la base della
nuca. Quando i Femtoti cominciarono ad intera-
gire con l'ISP, violando i protocolli di difesa, il
dolore si dipanò come una scossa in tutto il suo
essere. Si inarcò così tanto e così a lungo che
Jarod spaventato fece un balzo all'indietro. Preoccupato l'uomo posò lo sguardo su Reese che
non perdeva di vista il capitano neppure per un
secondo.

"È normale?" chiese torcendosi le dita.

"Nulla di quello che stiamo facendo è normale."

Quelle parole non gli furono affatto di conforto.

Adhana continuava a tendersi come una corda,
e dalle sue labbra uscivano urla di dolore attutite
dal morso che le impediva di spaccarsi i denti.

"Fermala!" lo supplicò Jarod.

"Non ancora. Può resistere."

Jarod era tentato di spintonarlo lontano dalla

console e prendere in mano la situazione, ma Reese intuendo il corso dei suoi pensieri lo ammonì con lo sguardo.

Erano trascorsi solo cinque minuti, e Adhana continuava a dimenarsi e ad urlare, lacerata dall'interno. Quando le sue lacrime divennero color cremisi e smise di respirare, Reese reagì. Comandò lo stand-by ai Femtoti e, senza curarsi dell'ansia e della preoccupazione di Jarod, che continuava a ronzargli intorno come una chioccia impazzita, prese dal kit medico che aveva preparato una siringa. Ruppe il sigillo e lasciò che polvere e solvente si mescolassero, dando vita ad una soluzione verdognola che iniettò direttamente alla base della nuca di Adhana, proprio dove era situato l'ISP.

Le tolse il morso per aiutarla a respirare, ma Adhana non riprendeva conoscenza.

"Reese!" Jarod era uno straccio e Reese cominciava a temere di aver atteso troppo, ma dopo pochi secondi i polmoni di Adhana si riempirono d'aria accompagnati da un lamento angosciante.

"...troppo presto" mormorò con voce appena udibile.

A quelle parole l'espressione di Jarod si fece dura quanto la sua voce.

"Troppo presto? Stavi morendo sotto i nostri occhi."

"Tu non capisci" la voce era ancora debole, ma il farmaco che Reese le aveva iniettato le stava restituendo velocemente le forze.

"Cosa devo capire? Tu vuoi morire per una nave che forse esiste neanche più" continuò sempre più alterato.

"Non è solo una nave. È la nostra casa, la nostra identità."

Jarod la guardò allibito. La sua collera esplose ancora più crudele.

"Loro sono morti. Sono tutti morti e noi... siamo dei naufraghi. – disse dando voce per la prima volta ai suoi pensieri più oscuri – Non puoi riportarli in vita. Non puoi salvarli. È finita! E sarai finita anche tu se non la smetti con questa follia" le urlò contro senza ritegno.

Adhana abbassò le palpebre, incapace di guardarlo ancora.

"Non posso! Se mi fermo, se accetto che è davvero tutto finito, lui sarà davvero morto."

Jarod e Reese la guardarono confusi.

"Attivate i Femtoti e andatevene se questo è troppo per voi. Ma non lo è per me." La voce del capitano era debole, ma decisa. Mentre pronunciava quelle parole il suo sguardo era ancorato al fantasma di Scott Norton, che in silenzio la osservava. "Io l'ho sentita" sorrideva e piangeva allo stesso tempo, mentre i suoi occhi si perdevano nello sguardo fiero dell'ombra del capitano. "Io ho sentito la mia nave. Adesso devo solo trovarla."

CAP. 8

Il risveglio di Adhana fu improvviso e violento. Si sentiva confusa e l'oscurità che la circondava non faceva che peggiorare le cose. Si impose di calmarsi, controllando il ritmo del respiro. Respiri lunghi e profondi.

Quando il cuore smise di battere all'impazzata cercò a tastoni l'interruttore della luce guida della sua branda. Sfiorò con le dita una superficie metallica proprio sopra la sua testa e una debole luce illuminò le tenebre permettendole di riconoscere la cabina di una delle navi di Erik. Sul tavolino accanto al letto qualcuno aveva lasciato una caraffa d'acqua ancora fresca, un bicchiere e una confezione di pasticche. Con movimenti lenti e difficoltosi la ragazza versò l'acqua nel bicchiere ed ingollò due pasticche.

Dopo pochi minuti il senso di nausea e vertigine che la tormentava cominciò a placarsi, così come il violento cerchio alla testa. Prese dal borsone, che non aveva mai disfatto, un cambio pulito e si concesse una lunga doccia. Quando lasciò la cabina, più fresca e in forze di prima, il suo stomaco venne solleticato dal buon odore di pancetta e uova che pervadeva il corridoio. Lo seguì fino alla piccola cambusa, dove trovò Jarod e Reese intenti a consumare quella che le sembrava una colazione deliziosa.

"Ha fame!" disse soddisfatto Reese osservando il suo sguardo vorace.

"Sto morendo di fame" confermò Adhana.

"È normale dopo aver dormito ininterrottamente per tre giorni di seguito" la rimproverò Jarod mettendosi subito ai fornelli.

"Ho trovato la Yside" disse all'improvviso la ragazza, facendo sobbalzare i due. Non si aspettavano che fosse riuscita nell'impresa. La seconda volta, Reese, aveva interrotto il collegamento dopo appena un minuto. Nonostante una nuova iniezione, Adhana non era riuscita a recuperare subito i sensi. Per un giorno intero aveva alternato momenti di sonno profondo a momenti di delirio. Solo quando i suoi parametri vitali erano tornati nella norma, Reese aveva smesso di monitorarla.

"Come hai fatto? Non ce n'è stato il tempo!" esclamò Jarod sorpreso al punto tale da essersi dimenticato le uova che stavano cucendo troppo.

"Jarod, la mia colazione!" lo rimproverò Adhana costringendolo a prestare attenzione.

La ragazza divorò il tutto in pochi minuti e con evidente soddisfazione chiese il bis, mentre i due uomini attendevano con ansia le sue prossime parole ma, Adhana, era talmente tanto assorta da essersi dimenticata di averli lasciati in sospeso.

"Allora?" chiese Reese spazientito dopo una lunghissima attesa. L'unica risposta che Adhana seppe offrirgli fu uno sguardo interrogativo.

"La nave… hai detto di averla trovata."

La ragazza trasalì, battendosi la mano sulla fronte.

"Vero! L'ho trovata. È qui sulla Terra. Non so in che condizioni sia, ma il computer degli ISP è ancora funzionante e sono riuscita ad usarlo per avere le sue coordinate."

"Dobbiamo andare subito a controllare" disse Jarod smanioso.

"Calma! Avvisiamo prima il resto della squadra. Una volta rintracciata non saremo gli unici a sapere dove si trova. Quella è l'ultima nave delle Rotte Oscure e fa gola a troppi. Dobbiamo prima organizzarci per il trasporto. Dovremmo controllare una ad una le navi di Erik e scegliere quelle adatte a trainarla fino a qui. Voglio che tu contatti l'equipaggio e gli dia appuntamento sull'isola per domani sera al massimo. Reese, tu andrai a Alycion e cercherai di procurarti qualche tenda di colonizzazione"

"Mentre noi ci occuperemo di questo, sarà meglio che tu riposi ancora un po'" le consigliò Jarod.

"Non c'è tempo. Dovremmo organizzare un accampamento stabile in superficie. Cercherò i punti di innesto del servizio idrico e fognario e quello elettrico, così dopo che Reese ci avrà portato le tende potremmo cominciare a sistemarci..." ma prima che continuasse a sciorinare la lista delle sue priorità Jarod la fulminò con lo sguardo.

"Potrai farlo benissimo fra qualche ora. Hai bisogno di recuperare le forze, sei ancora pallida e debole" intervenne Reese. Adhana mosse le labbra per protestare, ma l'occhiataccia che i due uomini le rivolsero la convinse a dedicare la sua attenzione al cibo che si raffreddava nel piatto. Forse dopo avrebbe dormito un po', ma solo perché era lei a volerlo.

Quando si destò, qualche ora dopo, fu ben lieta di non trovare i suoi carcerieri nelle vicinanze. Lasciò l'hangar per concedersi una lunga camminata fino alla scogliera. Il sole stava tramontando, annegando nelle acque azzurre dell'oceano, tingendo il cielo di un passionale rosso infuocato. Adhana si sedette sullo strapiombo, con le gambe che le penzolavano nel vuoto. Lei e le scogliere avevano un legame speciale.

Chiuse gli occhi e inspirò l'aria salmastra a pieni polmoni. Aveva impiegato mesi per abituarsi all'odore degli oceani terrestri, così diverso da quello degli oceani di Halydor, o almeno dall'oceano che bagnava Seth, il suo villaggio.

"L'oceano di Seth ha un odore molto più metal-

lico di quello terrestre" disse Scott comparso come sempre dal nulla. Adhana sobbalzò per lo spavento. Non si aspettava di vederlo proprio in quel momento.

"Mi hai fatto spaventare!" lo rimproverò.

"Non era solo metallico, c'era anche una nota acida che non ho mai sentito altrove" continuò Scott come se non l'avesse neanche sentita. Era così che le loro comunicazioni funzionavano. Il fantasma dell'uomo rispondeva ai suoi stati d'animo più profondi, ma non riusciva ad avere alcun dialogo diretto. Questo era il problema quando un residuo di energia vitale ti perseguitava.

"Un odore acido… quello era l'odore dell'oceano per me" disse Adhana posando lo sguardo sulle acque azzurre. "In che condizioni troverò la Yside?" gli chiese subito dopo, ma Scott non le offrì alcuna risposta, solo il suo sguardo vacuo da fantasma. "Se gli altri sono ancora vivi perché non ci hanno mai contattato, ma soprattutto come hanno fatto a trovarvi e colpirvi? Persino l'esercito non conosceva la vostra posizione. Voi eravate l'ultima arma, l'attacco a sorpresa che nessuno si sarebbe mai aspettato."

Scott la guardò come se non capisse le sue parole e Adhana cercò di accantonare la propria frustrazione. Aveva provato mille volte a porgli quelle stesse domande, ed ogni volta il capitano la guardava a quel modo, come se non riuscisse davvero a comprendere le sue parole. La sua confusione fu di breve durata, l'attimo dopo la sua attenzione fu nuovamente calamitata dall'oceano.

"Un odore simile non l'ho mai sentito prima, solo quel giorno, nel suo bacio. L'ho baciata e ho sentito l'oceano di Seth."

Adhana si voltò di scatto verso di lui. Lo guardò incredula. Era la prima volta che il fantasma di Scott le parlava di qualcosa di così personale.

"Chi era?" gli domandò, ma Scott non le rispose.

"Io non volevo che ti portasse a bordo. Non volevo neppure che ti sposasse."

"Lo ricordo bene. È accaduto una vita fa."

"È tutto accaduto una vita fa. E, tutti noi eravamo impigliati nella tela del ragno, un ragno molto furbo che non sono riuscito a schiacciare."

Adhana voleva che continuasse a parlare. Una parte di lei era convinta che l'uomo stesse in qualche modo rispondendo alla sua domanda, anche se per enigmi, ma ancora una volta Scott si perse nel tramonto.

"Parlami del ragno" gli disse sperando di riuscire a districare la confusione che regnava nei pensieri dell'uomo.

"Un ragno è un ragno. Otto zampe, otto occhi. Loro ti spiano, sanno tutto di te e tu non immagini neppure i segreti che riescono a portarti via. Ma è accaduto tutto una vita fa. Una vita che non c'è più."

Adhana mosse le labbra per chiedergli altro, ma Scott la guardò imbronciato.

"Lasciami godere il tramonto, ragazzina!" la rimproverò con dolcezza e Adhana sospirò rassegnata. Scott non era mai stato un uomo facile in

vita e continuava a mantenere quella caratteristica persino nella morte.

Si sollevò in piedi e lo lasciò al suo tramonto ed ai ricordi che quel sole morente stava smuovendo. Forse al prossimo le avrebbe raccontato di più del ragno che li spiava. Il ragno che non era riuscito a schiacciare. Si voltò nuovamente verso la scogliera e non si stupì di trovarla vuota. Scott era sparito, di nuovo. Egoisticamente sperava che il suo residuo vitale, seppur snervante, non si disperdesse troppo velocemente. Non voleva perderlo di nuovo.

CAP. 9

L a maggior parte dell'equipaggio arrivò molto prima dell'ora di pranzo. Così come richiesto da Jarod ognuno aveva provveduto al proprio alloggio.

Mentre i suoi uomini si sistemavano in superficie, Adhana e Jarod controllarono una ad una le navi della collezione di Erik. In quel momento, il giovane capitano, fu davvero grata al marito per la sua ossessione per le navi di ogni tipo. Molte non erano funzionanti e fra le poche ancora in grado di volare solo alcune potevano essere adoperate per il trasporto. I meccanici si misero subito al lavoro per revisionarle e modificarle per l'aggancio e il trasporto della Yside. Fortunatamente nel computer dell'hangar sotterraneo erano conservate tutte le specifiche tecniche della nave, così non dovettero lavorare alla cieca.

Dopo tre giorni gli uomini e le donne dell'Electra partirono alla volta dell'Antartide, lì dove la Yside era sprofondata inosservata fra i ghiacci.

Quando sorvolarono la zona i loro sguardi dubbiosi si posarono sul capitano, tradendo una sorta di delusione. Non c'era alcuna traccia della nave o di un suo possibile passaggio, ma Adhana sentiva il formicolio dell'ISP farsi sempre più fastidioso.

"Sei sicura che sia qui?" domandò Jarod preoccupato, ma quando la ragazza scese in fretta e furia dal veicolo, solo per vomitare nella neve ebbe la sua risposta.

"Non hai ancora disattivato il collegamento?" domandò incredulo Reese.

"Non potevo. E ora sai il perché" disse rimettendosi a fatica eretta ed indicando con la mano il bianco accecante che li circondava.

"Sarà sempre peggio, man mano che ci avvicineremo" la mise in guardia il medico preoccupato tanto per la sua salute, quanto per la sua testardaggine.

"Tranquillo, non appena avremo un contatto visivo spegnerò l'ISP, solo che dopo dovrete impiantarmene uno nuovo, perché questo è ormai irrimediabilmente compromesso."

"Provvederò personalmente a farlo" disse Reese ancora preoccupato dalla profonda modifica che Adhana aveva fatto al suo sistema di tracciamento.

Nonostante indossassero tute termiche sotto i pesanti parka imbottiti e avessero protetto il viso con le maschere, Adhana continuava a sentire freddo, ma era normale per lei. Era nata e cresciuta su un pianeta su cui la temperatura minima non scendeva mai sotto i quaranta gradi centigradi.

"Rientra nella tenda, ci penserò io a dirigere le operazioni all'esterno" si offrì Jarod vedendola stringersi nel suo parka.

"No! Posso farcela!" rispose ostinata.

Per sciogliere il ghiaccio vennero usate le armi termiche delle navi, e per evitare che si solidificasse nuovamente il calore dei motori venne convogliato in condutture che espellevano l'aria calda direttamente nel punto di fusione. Era un lavoro lento e snervante. Il ghiaccio artico era solido e opponeva resistenza.

Il primo a vedere la carena della nave fu uno degli uomini che si trovava sulle navicelle che mantenevano disciolto il ghiaccio. Non appena venne creato lo spazio sufficiente a far passare una persona, uno dei meccanici si calo nel pozzo, profondo diverse decine di metri.

"Sembra la carena della Yside" confermò via radio, accendendo un sorriso sul volto dei suoi compagni.

"È più in profondità di quanto pensassi, non potremmo mai sollevarla senza accendere i motori. Non abbiamo abbastanza calore" constatò Adhana preoccupata.

"Hai detto che il computer dell'ISP è in funzione, vero?" chiese via radio il meccanico.

"Si!" confermò la ragazza.

"L'ISP non è un sistema di sopravvivenza, quindi se è alimentato deve esserlo tutta la nave. Basterà entrare dentro e farla ripartire. Però, non ho le autorizzazioni necessarie" disse e dal microfono arrivò il sibilò del plasma che avrebbero usato per crearsi un varco nella nave.

"Non c'è problema, Scott aveva caricato le mie credenziali durante l'addestramento. Ti raggiungo subito."

"Non vorrai calarti in quel pozzo gelido?" domandò Jarod preoccupato.

"Non solo io. Ordina a tutti i meccanici di seguirmi. Non so se Stuart avrà bisogno di aiuto una volta dentro."

Adhana e gli altri tre meccanici vennero calati nel pozzo con l'aiuto di un'imbracatura. Quando arrivarono Stuart stava ancora lavorando con il plasma. Quello di certo non era il punto migliore da cui accedere. Lo scafo della nave lì era molto più spesso e robusto, ma era il primo punto che erano stati in grado di trovare. Al successivo conato di vomito, Adhana provò il violento impulso di disattivare l'ISP, ma sapeva di dover aspettare ancora. Aveva bisogno del suo identificativo per accedere al computer della nave. Finalmente Stuart terminò e con un calcio sfondò il piccolo pertugio che era riuscito a ricavare. Adhana diede ordine ai suoi uomini di entrare e solo quando fu sola, si liberò lo stomaco, rendendosi conto di stare vomitando bile.

Camminare nella nave inclinata non era affatto semplice. Si calarono fino a raggiungere quella che normalmente sarebbe stata una parete, ma che adesso fungeva da pavimento.

"Noi raggiungiamo la sala macchine per controllare lo stato dei motori. Tu ce la fai a raggiungere la sala comandi?" domandò Stuart. Dato il punto da cui erano entrati sarebbe stato più facile raggiungere la loro meta che quella di Adhana.

"Sì, mi servirò delle trombe degli ascensori per salire rapidamente, vista l'inclinazione della nave dovrò solo camminare."

"Sì, ma sta attenta alle porte. Se il sistema di alimentazione funziona i sensori potrebbero farle aprire proprio sotto i tuoi piedi e non sarebbe una caduta piacevole."

"Non preoccuparti, vado io con lei" disse Reese appena calatosi all'interno della nave.

"Ho un altro baby sitter ora?" borbottò la ragazza senza preoccuparsi di abbassare il tono della voce.

"Sarebbe voluto scendere quello ufficiale, ma è meglio che resti a dirigere le operazioni dall'alto" rispose a tono Reese.

Adhana sbuffò e si incamminò in direzione della sala comandi. Il fatto che le porte si aprissero al loro passaggio li costrinse a camminare al di sopra delle ante, in uno spazio così ristretto da contenere a malapena un piede alla volta. Ogni ascensore di quel livello poteva condurre solo al ponte ventiquattro, ovvero il ponte Città, l'ultimo livello accessibile a chiunque. I quattro ponti successivi erano riservati solo agli ufficiali.

"Conviene risalire fino al ventiquattresimo da qui e poi cercare un nuovo ingresso."

Reese annuì. Durante il viaggio sulle Rotte Oscure, lui era stato un semplice manovale, quindi la sua conoscenza della nave arrivava appunto fino al ponte ventiquattro. Adhana, invece, in quanto moglie del proprietario della nave, aveva vissuto sull'ultimo ponte, e aveva accesso ai restanti quattro.

La pedana dell'ascensore era malamente poggiata sulla parete laterale che ora fungeva da pavimento. Risalirono a piedi lungo la superficie resa scivolosa dal ghiaccio.

Erano arrivati a metà strada quando Stuart li contattò.

"Comandante solo uno dei motori è funzionante. Gli altri sono danneggiati."

"Puoi metterlo in funzione e usarlo per scongelare la nave?" domandò Adhana preoccupata.

"Se non ricordo male deve esserci una sorta di sistema di emergenza per situazioni simili, convogliava il calore dei motori per scaldare la carlinga. Se riesco ad individuarlo e a far ripartire il motore avremmo comunque bisogno di diverse ore per scongelare la nave, ma non potremmo assolutamente muoverla, non abbiamo abbastanza propulsione."

"Non importa. Ci penseranno le navicelle a riportarla in superficie, ma dobbiamo creare un giusto spazio di manovra per gli agganci."

"Allora cercherò di far riscaldare la carlinga solo dal lato da cui siamo entrati. Basterà escludere i settori che non ci interessano."

Adhana e Reese continuarono la loro risalita, ma man mano che si avvicinavano al ponte ventiquattro la pendenza aumentava, segno che la nave non era completamente inclinata. Quando raggiunsero il ponte Città i loro occhi si riempirono di lacrime. Quella era stata la zona più viva e bella di tutta la nave, con enormi parchi e maestosi edifici. Adesso, era solo un cumulo di rovine, in mezzo alle quali grotteschi cadaveri congelati li scrutavano con le loro orbite vuote.

Adhana si coprì il volto con le mani per non vedere, mentre Reese si avvicinò ad uno dei cadaveri correndo il rischio di scivolare sul piano inclinato.

"Sono congelati, per questo non si sono decomposti."

"Sono morti per il freddo?" domandò Adhana rifiutandosi ostinatamente di guardare in quella direzione.

"No! sono morti prima."

A quella notizia il giovane capitano si trovò suo malgrado a posare lo sguardo sul cadavere congelato nel tempo.

"Ne sei sicuro?"

"Questo sembra sangue, e le loro orbite sono...

vuote. Chi può aver fatto una cosa simile?"

Nonostante la sua fosse solo una domanda retorica Adhana non poté fare a meno di pensare al ragno di Scott.

"Quindi la nave è precipitata perché non c'era nessuno ai comandi?" domandò la ragazza.

"È molto probabile, ma lo sapremo solo quando tutti i cadaveri saranno rinvenuti. Sarà un lavoro macabro. Dovremmo rintracciare le famiglie, sempre se ce ne sono e seppellire coloro che non ne hanno una" disse Reese.

"Faremo quello che deve essere fatto, ma voglio scoprire cosa li ha uccisi e perché gli hanno fatto questo." E, mentre pronunciava quelle parole il suo sguardo si posava rammaricato e al contempo furente sulla morte e la devastazione che la circondavano.

"Se siamo fortunati nelle registrazioni di bordo potremo trovare qualche risposta."

Nelle registrazioni o nella memoria difettosa dell'ombra di Scott Norton, pensò la ragazza.

Non potendo fare altro, continuarono la risalita verso il ponte di comando, ma percorrere il nuovo sentiero non fu facile. In quel punto la nave era meno inclinata rispetto ai ponti inferiori e dovettero servirsi di corde e rampini per risalire lungo il vano dell'ascensore. Quando arrivarono alla sala comandi le luci delle loro torce illuminarono i volti degli ufficiali.

"Qualcuno gli ha sparato!" esclamò Reese dopo aver ispezionato velocemente alcuni corpi.

Adhana non lo ascoltò neanche perché la sua torcia illuminava la poltrona del capitano.

Scott era ancora seduto al suo posto, fasciato nel pastrano da capitano. Le sue orbite vuote puntavano dritto davanti a sé.

Le lacrime le rigarono il viso e se non fosse stato per la maschera protettiva le si sarebbero congelate sulla pelle.

"Sono io!" disse sconvolto l'ombra del capitano facendola sobbalzare. Adhana spostò lo sguardo dall'uomo di carne a quello fatto solo di energia. Solo in quel momento l'ombra comprese la verità.

I suoi occhi si posarono colmi di dolore su quelli di Adhana.

"Avevo dimenticato tutto questo. Avevo dimenticato il tradimento del ragno" disse colmo di dolore e rabbia.

"Chi è il ragno?" domandò Adhana senza usare la voce, non ne aveva bisogno per comunicare con lui.

L'ombra spostò lo sguardo nella stessa direzione in cui avrebbe puntato il suo cadavere se avesse avuto ancora occhi per guardare. Adhana si accorse allora che sul pavimento c'era una donna, uno degli ufficiali di bordo. Anche lei era stata freddata da un colpo di arma da fuoco, ma dritto in mezzo agli occhi. Sul suo collo una catenina, con un pendaglio dalla particolare forma di ragno.

"Non capisco!" esclamò ad alta voce questa volta.

"Cosa?" domandò Reese credendo stesse parlando con lui. Così Adhana gli mostrò il cadavere.

"Sembra sia stato giustiziato!" esclamò l'uomo. Qualcosa attirò la sua attenzione. Si chinò e prese dalle sue dita uno strano oggetto.

"Cos'è?" domandò Adhana

"Un comando a distanza. Forse è il corpo dell'assassino. Deve aver rilasciato il veleno con questo."

Adhana posò lo sguardo raggelato sullo Scott fantasma, in attesa di risposte che però non giunsero.

"Capitano noi siamo pronti, adesso tocca a te!" disse la voce di Stuart riportandola bruscamente alla realtà.

A fatica Adhana cercò di recuperare il controllo delle sue emozioni. Salì i pochi gradini che portavano alla plancia di comando. Il corpo congelato di Layla era riverso ai piedi di Sharp. Lo riconobbe dalla chioma bionda. Le lacrime tornarono a solcarle il viso mentre si chinava a sfiorare il volto dell'amica. Deglutì un groppo amaro e si sollevò in piedi.

Avrebbe voluto piangere fino a consumare tutte le sue lacrime, e lo avrebbe fatto, ma non in quel momento.

Il suo sguardo si posò sullo Scott seduto alla plancia di comando. Le sue mani erano ancorate ai comandi della nave e adesso Adhana doveva letteralmente strapparglieli via.

Gli venne in mente una cosa che Scott le aveva detto anni prima. Non ricordava le parole precise, ma le aveva detto che avrebbero dovuto strappargli i comandi della nave dalle mani. La sua era stata una macabra profezia.

Le sue dita tremanti, ricoperte dai guanti si posarono su quelle congelate dell'uomo, carezzandole appena. Non poteva fargli una cosa simile. Anche se la ragione le suggeriva che era l'unico modo possibile, il suo cuore non era in grado di accettarlo.

"È la tua nave adesso. L'ho salvata per te!" gli sussurrò l'ombra alle sue spalle.

"E se dovessi fallire?"

"Forse fallirai, ma non ti arrenderai, perché è quello che ti ho insegnato. Perché è quello che ho preteso da te sin dal primo giorno. E proverai ancora e ancora fino a che sarai un vero capitano delle Rotte Oscure. Ma devi fare il primo passo, spezzare le mie dita e prendere la tua nave."

"Non posso farcela, non senza di te."

"Io sono ancora qui. – le disse indicando il suo cuore – *Io ti conosco ragazzina. Conosco il tuo cuore e so che questo pianeta è troppo piccolo per te. Questa galassia è troppo piccola per te. Tu hai il cuore di un'akenty, e così tanti sogni da riempire questa nave e altre cento come questa. Afferra l'eredità che ho preservato per te e rendimi fiero."*

Con le parole di Scott che le rimbombavano nelle orecchie, incapace di trattenere il pianto, spezzò le dita ghiacciate del suo mentore, per impos-

sessarsi del suo destino e della sua nave, mentre
Reese osservava in religioso silenzio il suo dolore.

CAP. 10

Anno dell'Unione Galattica 838

Subito dopo la frettolosa cerimonia di nozze, Adhana era stata ricoverata nell'ospedale della nave. Date le sue condizioni, la dottoressa Reed aveva optato per l'utilizzo della capsula rigenerativa. Adhana era stata addormentata e immersa in una soluzione contenente le famose cellule rigeneratrici, in grado di stabilizzare le sue condizioni in pochi minuti e procedere alla riparazione dei tessuti in pochi giorni. Il segreto delle capsule rigenerative era rinchiuso nei componenti che formavano il liquido di stazionamento. Una sostanza gelatinosa nella quale il corpo danneggiato veniva lasciato in sospensione. Il liquido era costituito da nutrienti, sedativi e componenti biomeccanici la cui matrice organica era il brevetto più segreto e protetto dell'intera Unione Galattica.

La dottoressa Reed, primario dell'ospedale di bordo, aveva notato con un certo entusiasmo che la biologia degli halydiani era molto simile a quella umana, e che Adhana aveva risposto al trattamento con maggiore rapidità di quanto ci si aspettava. Infatti dopo soli tre giorni venne risvegliata.

Erik aveva approfittato di quel lungo lasso di tempo per organizzare il proprio appartamento e, sottraendo spazio all'ampio salone, aveva montato qualche parete divisoria per creare una nuova camera da letto per la ragazza. La nave era organizzata per arredare nuovi locali durante i viaggi e non fu affatto difficile procurarsi la mobilia di cui necessitava. Infine scese sul ponte ventiquattro, il famoso ponte Città. Era chiamato così perché al contrario del resto dei ponti, era un unico grande ambiente, all'interno del quale sorgeva una piccola cittadina, con tanto di parchi, edifici e negozi. La parte nord del ponte era riservata ai terreni coltivati e a tre diversi tipi di allevamenti, che permettevano agli akenty ed ai mercanti di poter consumare cibo fresco durante tutta la traversata. Nelle palazzine del ponte ventiquattro si trovavano anche gli alloggi dei mercanti.

Fu in un negozio di abbigliamento del centro che un Erik, alquanto imbarazzato ed impreparato, scelse alcuni abiti per Adhana. Stava girovagando sperduto e confuso fra le corsie di uno dei migliori negozi di abbigliamento, ma non aveva la minima idea di cosa prenderle. Tutto gli sembrava necessario e ogni taglia quella sbagliata. Era sul punto di scegliere una camicia quando una risata femminile lo fece voltare di scatto.

Un'espressione stupita si dipinse sul volto dell'uomo quando il suo sguardo incrociò quello della dottoressa Layla Reed, la donna che aveva Adhana in cura.

"Lei è il marito della giovane halydiana!" esclamò avvicinandosi.

Erik rispose impacciato ed imbarazzato, ottenendo come unico risultato di farla ridere ancora.

"Mi perdoni, ma la sua espressione... sono Layla Reed" si presentò porgendogli la mano.

"So chi è, dottoressa" rispose stringendola e cercando di dominare l'imbarazzo.

"Immagino sia qui per sua moglie" continuò divertita indicando il reparto.

"Volevo prenderle qualcosa per quando lascerà l'ospedale, ma..."

"Stamani ho parlato un po' con lei. Una ragazza davvero deliziosa" disse accendendo un luminoso sorriso sul volto dell'uomo. Posando lo sguardo sul suo magro bottino, la donna sospirò. Con un gesto deciso gli portò via dalle mani gli orribili abiti che aveva già scelto, e cominciò a guizzare sicura e decisa fra le corsie riempiendo le braccia di Erik delle cose più disparate.

"Ecco! – esclamò infine soddisfatta – Per qualche giorno dovrebbe bastarle. Dopodomani ho il pomeriggio libero e sarò ben felice di aiutare la giovane halydiana a crearsi un adeguato guarda-roba."

Erik sorrise. Non riusciva a credere in una simile fortuna.

"Lo farebbe davvero?" esclamò incredulo

"Devo farlo, se la lascio nelle sue mani ho il terrore dei danni che potrebbe fare" disse indicando gli abiti scartati precedentemente.

Erik ridacchiò imbarazzato.

"Allora non posso che ringraziarla, perché i danni sarebbero davvero enormi."

Terminato lo shopping l'uomo si diresse direttamente al ponte Diciannove occupato dall'ospedale di bordo.

Aveva fatto ricoverare Adhana in una camera singola, una delle poche della struttura.

La ragazza dormiva serenamente con i lunghi capelli biondi sparpagliati sul cuscino immacolato. Le tracce dell'orribile avventura su Halydor erano completamente sparite dalla sua pelle. Erik si augurava che sparissero presto anche dal suo cuore.

Nonostante si mosse con circospezione, Adhana si destò. L'uomo si sedette sul letto e le spostò le lunghe ciocche bionde dalla fronte.

"Come ti senti?"

"Coccolata e viziata" rispose godendosi le sue attenzioni.

"E questo è solo l'inizio" le disse porgendole ben tre borse di carta sintetica.

"Sono per me?" domandò scioccata sbirciando all'interno.

"Di certo non per me" rispose divertito Erik.

"Sono bellissimi!" esclamò entusiasta. "E sono tantissimi!" continuò euforica.

"Sono solo tre cambi. Mi ha aiutato la dottoressa Reed a sceglierli, e per fortuna. Mi stavo perdendo in quel negozio. Mi ha anche detto che dopodomani ti aiuterà con il resto del guardaroba."

Adhana lo guardò basita.

"Erik, è troppo. Questi andranno benissimo."

Per tutta la vita aveva indossato solo i vestiti dismessi delle figlie dei Var-Hell e non ne aveva mai posseduto più di uno alla volta.

"Mi spiace ragazzina, ma ho deciso di viziarti senza ritegno. Quindi nulla è troppo per te."

Fu la stessa dottoressa Reed a firmare le dimissioni di Adhana, ricordando loro l'appuntamento per il giorno seguente.

Prima di lasciare l'ospedale Erik sistemò al polso della ragazza un largo bracciale color argento con un quadrante nero nel mezzo.

"Questo è un Kom. Portalo sempre con te, è un minicomputer, fra l'altro contiene anche le tue credenziali. Sulla nave serve per fare qualunque cosa, spostarsi fra i vari livelli, identificarsi e persino fare acquisti. Ti mostrerò come usarlo volta per volta, ma rammenta di indossarlo sempre."

Quando arrivarono all'appartamento di Erik, Adhana rimase sconvolta. Era la casa più bella che avesse mai visto. Trionfavano i toni del bianco e del beige e sul fondo del grande salone capeggiava un'enorme vetrata che si affacciava sull'universo intorno a loro. Rimase a dir poco sorpresa nel vedere che l'uomo le aveva preparato una camera tutta per lei, anche questa nei medesimi toni di colore

dell'enorme salone. Il letto era morbido ed enorme.

"Lo so che siamo sposati, ma... ho pensato che avresti voluto un posto tutto tuo."

Non aveva mai avuto un posto tutto suo. Non aveva mai avuto nulla che fosse suo, neppure la sua vita. Con le lacrime agli occhi, lacrime di gioia, saltò al collo di Erik, che l'afferrò stringendola con possesso.

Erik si era illuso che sarebbe bastato poco tempo per gli acquisti, ma quando la dottoressa Reed lo liquidò con un semplice arrivederci, comprese che la cosa sarebbe andata avanti per le lunghe. Prima di lasciarle andare, aveva avvisato la Reed che il Kom di Adhana era collegato al suo conto bancario e potevano adoperarlo per acquistare tutto quello di cui la ragazza aveva bisogno.

Erik si trovò a bighellonare per il ponte Città senza una meta precisa fino all'ora di pranzo, quando si fermò a mangiare un boccone ad una taverna poco frequentata.

Stava sbocconcellando distrattamente un piatto di verdure quando l'ombra di Scott Norton ricadde su di lui.

"Vecchio mio, è da giorni che non ti sento" disse l'uomo prendendo posto davanti a lui e ordinando il pranzo.

"Potevi chiamare tu" gli fece notare.

"Non volevo disturbare gli sposini" disse con un certo sarcasmo che riuscì ad innervosirlo.

"Smettila!" lo ammonì.

"Di fare cosa? Ti rendi conto che negli ultimi cinquant'anni sei riuscito a costruire una leggenda? Sei passato dall'essere un anonimo capitano, sempre impegnato in missioni solitarie, a guadagnare i gradi di generale e diventare uno dei vertici dell'Esercito Galattico. Sei riuscito a diventare uno degli uomini più apprezzati e amati dall'élite dell'Unione Galattica. Sei stato fidanzato con le donne più potenti nel panorama politico ed economico. Credo che prima di partire tu avessi anche una sorta di fidanzata, e ora sposi un'indigena? Una qualunque indigena che non ti porterà né potere, né privilegi. Nulla! Ma, al contrario, distruggerà il potere sociale che hai conquistato negli ultimi anni."

Erik ascoltò le parole dell'amico con il cuore pesante. Quanto avrebbe voluto dirgli la verità, anzi avrebbe voluto gridarla a lui e al mondo intero, ma sapeva che Scott non gli avrebbe creduto. Nessuno lo avrebbe fatto. Così rimase in silenzio a sorbirsi la lunga lista dei suoi rimproveri.

"Sono stanco di essere quello che sono" disse, anche se non aveva alcuna idea di chi fosse l'uomo di cui Scott e tutti gli altri parlavano.

Il capitano lo guardò confuso e preoccupato.

"Ma cosa ti è successo? Non ho fatto domande quando Ian ti ha portato a bordo dicendomi che avevi bisogno di allontanarti da tutto. E non ho fatto domande quando per un anno intero hai vissuto come un recluso. Però, adesso, sono davvero preoccupato."

Erik si rese conto che la sua preoccupazione era sincera, ma prima di dire cose che lui non avrebbe potuto capire si morse la lingua. Scott, però, continuava a fissarlo in attesa di una risposta.

"Prima di imbarcarmi è accaduto qualcosa, qualcosa che ha cambiato tutto. Tu continui a parlare del generale, del suo potere sociale e militare e so che quel potere si riflette sulla compagnia e sulla Yside, ma non credo che tornerò a quella vita. Non chiedermi altro perché non so cosa farò dopo. Ed in quanto a Adhana... Io stavo annegando, Scott. Quello che è accaduto ha cambiato tutto e lei in qualche modo è riuscita a farmi mettere tutto in prospettiva. Non lo ha fatto consapevolmente, ma lo ha fatto. Quindi smettila di tirare in ballo quello che ero, perché quello è il passato." Aveva detto più di quanto desiderava e aveva visto l'espressione di Scott mutare al peso delle sue parole. L'uomo stava per chiedergli altro quando finalmente il Kom di Erik segnò l'arrivo di una chiamata.

Il capitano della Yside non poté non notare l'ampio sorriso che gli illuminò il volto quando sul display del suo bracciale comparve Adhana.

Erik si licenziò frettolosamente, lasciandolo con ancora più domande che risposte. Solo una cosa gli appariva evidente, qualcosa di cui forse neanche Erik si era reso conto. Quella ragazza aveva il potere di renderlo felice.

Dopo tanti anni sul suo volto aveva visto la serenità e la tranquillità di quando non era ancora diventato il generale Silver. Sorpreso, fu costretto ad ammettere con sé stesso che quell'Erik gli mancava e lo preferiva all'impettito e distaccato eroe della galassia.

All'inizio non la riconobbe. La ragazza indigena, con i lunghi e disordinati capelli biondi era scomparsa per lasciare il posto ad un'altra molto più elegante e raffinata. Quel cambiamento lo lasciò senza fiato e la lingua inciampò più volte mentre cercava di esprimere a parole quello che provava. La sua goffaggine fu tale da far sorridere tanto Adhana quanto la dottoressa Reed.

"Che ti avevo detto?" disse la dottoressa rivolta all'indirizzo di Adhana che, non riuscì a trattenere una risatina divertita.

Layla Reed abbandonò nelle mani di Erik un quantitativo impressionante di borse di carta delle varie boutique della nave.

"Il resto verrà consegnato domani nel vostro appartamento."

"Non so come ringraziarla dottoressa. Il suo aiuto è stato davvero prezioso."

"Non deve ringraziarmi, adoro fare spese e mi piace la compagnia di Adhana. – disse con affetto – Noi due ci vediamo dopodomani per quel caffè" continuò rivolta a Adhana che annuì felice.

"Che donna originale!" esclamò Erik quando la dottoressa fu andata via.

"Sì, ed è molto simpatica. Mi piace!"

"Credo che tu ti sia fatta la tua prima amica a bordo."

"Lo credo anche io."

I primi tre mesi di convivenza volarono veloci, così come veloci erano i progressi della ragazza che stava imparando a leggere il linguaggio degli akenty.

Avevano finito da poco di cenare, e si stavano rilassando sul divano. Erik era intento a cercare qualcosa da guardare sullo schermo gigante che capeggiava su una delle pareti della sala, eppure la sua vasta collezione di file multimediali quella sera non offriva nessuno spunto interessante. Adhana, invece, dopo aver estratto il Kom dal bracciale, lo aveva dispiegato in quattro parti fino a formare un foglio scuro sul quale poter leggere.

"Che parola è questa?"

Erik gli rivolse un'occhiata distratta.

"Intraprendere" lesse per lei. Con fare non curante sbirciò il testo e si rese conto che c'erano altre due parole alquanto difficili, ma quando Adhana scorse il dito sulla superficie del Kom per cambiare pagina, sorrise soddisfatto.

Non si era accorto di essersi addormentato fino a quando non bussarono alla porta di casa. Persino Adhana si era assopita, con il capo abbandonato sulle gambe dell'uomo. Sul suo viso era dipinta un'espressione beata e per un attimo Erik pensò di ignorare l'ospite sgradito e riassopirsi, ma l'altro non aveva intenzione di desistere. Erik non ebbe bisogno di vedere il suo volto sul monitor per capire che si trattava di Scott Norton. Chi altri poteva disturbarlo?

Con il Kom del suo bracciale aprì la porta di casa e ignorando lo sguardo ironico del capitano cercò di sollevarsi evitando di svegliare Adhana. Fortunatamente la ragazza aveva il sonno pesante e si accorse appena di essere sollevata e accompagnata a letto.

Quando l'uomo tornò nella sala, l'espressione di Scott lo fece innervosire.

"Togliti quel ghigno dalla faccia" gli intimò versando da bere per entrambi.

"E perché mai? In tanti anni che ti conosco non ti ho mai visto così premuroso con nessuno. Lasciami godere il momento. Anche se..."

"Cosa?" domandò infastidito

"Perché le hai dato una camera tutta sua? In fondo è tua moglie."

Erik gli passò il bicchiere in malo modo, rischiando di rovesciargli addosso il contenuto.

"Ha solo diciannove anni!" gli fece notare.

"Quindi?"

"Siediti e smettila di dire idiozie!"

"Non dirmi che dopo tutto il casino che hai combinato non ti piace più." Si stava divertendo troppo.

"Non sono affari tuoi." Ma neppure il nervosismo che, Erik, si ostentava a mostrare riuscì a nascondere il rossore che per un attimo gli infiammò il volto.

"Lo sono e come. Io vi ho sposati, quindi parla."

Erik sbuffò innervosito.

"Non abbiamo avuto modo di affrontare l'argomento. Quella ragazza ha completamente cambiato la sua vita. Ha tante cose da imparare e voglio potermi prendere cura di lei senza farmi distrarre dai sentimenti" confessò sperando che Scott la smettesse.

"Quindi ci sono dei sentimenti" sottolineò mandando in frantumi le sue speranze.

"Ci sono tante cose, e ho bisogno del mio tempo anche io" rispose enigmatico.

"Devo confessarti che durante le mie ultime soste sulla Terra ti sei sempre comportato in maniera fredda e distante, come se a stento tollerassi la mia presenza. Invece adesso sembri tornato lo stesso Erik che ho conosciuto durante il mio addestramento, quando ero solo un ragazzo."

Erik lo guardò stupito, ma sapeva di non potergli dire la verità.

"E se ricordo bene eri talmente tanto insubordinato che ti ho spedito sulle Rotte Oscure con il vecchio capitano della Yside pur di liberarmi di te" lo schernì pungendolo sul vivo, ma allontanandolo da discussioni che non poteva affrontare.

"Ero la migliore delle tue reclute, per questo hai voluto che lasciassi l'esercito e cominciassi l'addestramento per succedere al capitano Burt" gli ricordò stizzito.

"Io ricordo che eri troppo esuberante per lavorare sotto copertura."

"Beh, in fondo alla fine mi è andata benissimo. Fino a questo viaggio dovevo sopportarti solo per qualche tempo al mio ritorno sulla Terra."

"In fondo, è andata bene anche a me, non sei poi così male come capitano" disse Erik sollevando il bicchiere in un brindisi al quale Scott rispose con un sorriso.

"Che ne dici se cominciamo a fare integrare la tua indigena con una cena fra noi domani sera?" la gettò lì come se fosse un'idea che gli era appena passata per la testa, ma Erik riconobbe subito lo zampino di Vivien dietro quella mossa.

"Adhana!"

"Cosa?"

"Si chiama Adhana!"

"Già, lo avevo dimenticato. Comunque credi che sia troppo presto per lei?"

"Gliene parlerò."

Adhana si aggirava sempre sorpresa e curiosa nell'hangar personale di Erik. Non aveva mai visto tanti veicoli tanto diversi riuniti in unico posto. Ma ciò che l'attirava di più era l'unico veicolo a cui l'uomo dedicava la sua attenzione. Nei tre mesi, trascorsi a bordo, aveva scoperto che ogni volta che Erik spariva, si rifugiava laggiù per riparare una vecchia nave cargo che occupava buona parte del gigantesco hangar. Alle volte le piaceva sedersi a leggere su una delle casse, mentre Erik lavorava.

Non credeva che potesse esistere un'altra vita oltre quella da vhe'sta. Salire a bordo della Yside le aveva svelato un mondo di cui non immaginava neppure l'esistenza. Inoltre Erik era sempre gentile con lei, preoccupandosi di soddisfare ogni suo bisogno. La viziava in modi che Adhana non credeva neppure potessero esistere. Era felice con lui ma, soprattutto, era felice di essere sempre al centro delle sue attenzioni. Anche se il matrimonio era stato celebrato solo per permetterle di lasciare Halydor, non aveva mai pensato che Erik avrebbe condiviso la sua vita con lei. Non era abituata a tutto quello. Per tutta la vita era stata trattata come un oggetto di nessun valore e all'improvviso era cambiato tutto. Era frastornata, troppe cose troppo in fretta. All'inizio aveva temuto che Erik avrebbe preteso anche altro, in fondo ne aveva tutto il diritto, invece le aveva donato una camera tutta sua, lasciandola libera di affrontare tutti quei cambiamenti con calma. Un uomo di Halydor non sarebbe mai stato tanto gentile. Nonostante la società di Halydor fosse governata dalle donne, le giovani non avevano alcuna voce fino a quando non mettevano al mondo il loro primo figlio. Gli uomini abusavano della loro prima vita, consci che dopo la prima trasmigrazione, alla prima gravidanza, sarebbero stati messi in un angolo e dimenticati fino a quando non fosse richiesta nuovamente la loro presenza. O, peggio ancora, sostituiti con un marito migliore. Molte delle figlie dei Var-Hell avevano cambiato uomo dopo la prima gravidanza, e dopo quello che aveva visto fra le mura della sua vecchia casa, non faticava a comprenderne le ragioni.

Con una strana serenità pensò che tutto quello era ormai parte del passato. Halydor era ogni giorno più lontano e lei era ogni giorno più lontana dalla vhe'sta che era stata.

"A cosa pensi tanto intensamente?" le chiese Erik emergendo da sotto la nave. Aveva il viso sporco di grasso, e cercando di ripulirsi peggiorò la situazione.

Adhana sorrise divertita.

"Ad Halydor!" confessò prendendo una salvietta umida e passandogliela.

"Perché eri su quella scogliera?" le domandò l'uomo a bruciapelo. Non aveva intenzione di fargli quella domanda, ma gli era uscita dalle labbra prima che potesse anche solo pensarla.

Il volto di Adhana si rabbuiò e per un attimo distolse lo sguardo.

"Scusa non dovevo chiedertelo così all'improvviso, ma è la prima volta che parli di Halydor" cercò di giustificarsi.

"Perché la mia sorellina è stata uccisa al mio posto" confessò senza trovare il coraggio di guardarlo negli occhi.

Erik non comprese, ma non disse nulla. Le lasciò il tempo di cui aveva bisogno.

"Nella casa dei Var-Hell c'era un'altra come me. Quando una delle loro figlie è venuta a reclamare la sua vhe'sta ho capito che il momento della nostra separazione era arrivato. Fra le due ero la più grande ma, lei ha scelto la mia sorellina. L'hanno strappata dal suo rifugio accanto al camino senza pietà e senza gentilezza. Li ho supplicati di prendere me al suo posto, ma tutto quello che ho ottenuto sono stati due schiaffoni. Non appena mi sono ripresa sono corsa da lei. I servitori non hanno fatto in tempo a riportarmi in cucina, così ho visto quello che nessuna vhe'sta deve vedere. Ho visto la mia sorellina che veniva costretta a bere il veleno dell'oblio. Un particolare veleno in grado di uccidere la nostra anima, ma non il nostro corpo. L'ho vista accasciarsi, mentre i suoi occhi spenti non la smettevano di fissarmi. In quel momento ho capito che quello sarebbe stato anche il mio destino. Lo avevo sempre saputo, ma in quell'istante... – finalmente sollevò lo sguardo su di lui – Mi avrebbero portato via più di quanto non avessero già preso. Quella notte sono fuggita, ma dopo diversi giorni ero stanca, affamata e disperata. Non sapevo neanche dove fossi. All'improvviso ho sentito il rombo dell'oceano che mi chiamava con la voce di mia sorella e mi sono arresa, perché non avevo la forza di fare altro" confessò.

Adhana si accorse di stare piangendo solo quando sentì il pollice di Erik asciugarle una lacrima. La ragazza si abbandonò sul suo petto, e le braccia dell'uomo l'avvolsero come se volessero proteggerla da qualunque cosa.

CAP. 11

Scott e Vivien avevano scelto uno dei ristoranti più lussuosi della nave, ma fortunatamente Adhana aveva fatto buon uso dei consigli della dottoressa Reed. La ragazza indossava un delizioso vestito color vinaccia, e aveva lasciato che il parrucchiere le alzasse i lunghi capelli in una sobria acconciatura che lasciava scoperto il suo delicato collo. Erik dopo aver visto l'abito e l'acconciatura era stato ben lieto di aver trascorso un po' di tempo in gioielleria mentre Adhana si trovava al salone di bellezza.

Posare lo sguardo sulla collana di diamanti che adornava il suo collo, gli riportò alla mente il piacevole fremito che lo aveva attraversato mentre l'aiutava ad indossarla, quando le sue dita avevano casualmente sfiorato la sua pelle morbida e profumata. Aveva dovuto lottare contro sé stesso per non lasciarsi andare. Nel giro di pochi mesi Adhana si era completamente trasformata. Non era più la ragazzina smagrita e spaventata che era salita a bordo della Yside. Le sue carni si erano riempite, le pesanti occhiaie scomparse, le sue forme si erano ammorbidite. Erik adorava quel cambiamento, ma si rendeva dolorosamente conto che la sua attrazione per lei stava crescendo. Resistere alla tentazione di baciarla, sfiorarla, era un dolce tormento, ma si era imposto di non cedere, almeno fino a quando Adhana non fosse stata pronta.

Vedendola in quella sala gremita, mentre attirava gli sguardi di molti dei clienti, si domandò se la ragazza fosse conscia della sua superba bellezza.

Quando raggiunsero il tavolo dove il capitano e la moglie li attendevano, Erik si gustò la reazione di entrambi dinnanzi alla nuova Adhana. Erano increduli e ammaliati.

Il loro stupore crebbe durante la cena, non solo perché Adhana intrattenne una brillante conversazione usando il linguaggio degli akenty come se lo conoscesse da sempre, ma anche per le sue maniere impeccabili.

Quando le due donne si allontanarono per rinfrescarsi il trucco, mossa suggerita da Vivien, Scott si avvicinò ad Erik incredulo.

"Come fa a conoscere così bene le convenzioni sociali?"

"Ha imparato tutto in pochi mesi. È una lettrice vorace e presto inizieremo lo studio della lingua dell'Unione" dichiarò soddisfatto Erik.

"Ma se fino a pochi mesi fa conosceva a stento

poche parole. Come ha fatto a migliorare tanto?"

"Non chiedermelo. La sua mente è come una spugna. Assorbe tutto ad una velocità eccezionale. Tutto quello che conosco è legato alla mia lunga vita, ho avuto molto tempo per imparare, lei invece ha un dono. Non capisco come non sia impazzita relegata alla vita di vhe'sta. Riesce a studiare contemporaneamente due lingue diverse, e stiamo per cominciare gli studi di matematica. Alle volte non riesco proprio a starle dietro, è troppo anche per me" ammise colmo di orgoglio Erik, facendo sorridere Scott.

"Un simile talento su un pianeta tanto rozzo e primitivo. È sorprendente!"

Vivien continuava a rimirare la sua immagine nello specchio della toilette, rianimando i lunghi capelli neri e ritoccando un trucco già perfetto. Adhana assisteva immobile, in paziente attesa, ma Vivien non sembrava avere fretta.

"Quanto in là vi siete spinti tu ed Erik?" le domandò ritoccandosi il rossetto.

Adhana la guardò basita. Non aveva compreso il senso della domanda, ma la sua reazione fu la risposta che Vivien attendeva. Sorrise soddisfatta e con uno scatto richiuse la borsetta. Si poggiò con le spalle alla porta del bagno, così che nessuno potesse entrare.

"Sei solo il suo ultimo capriccio. Quando torneremo sulla Terra si libererà di te e di questo matrimonio fasullo. Erik Silver, è questo il suo vero nome, e non Erik Mills, è un uomo incapace di amare. Magari aveva solo bisogno di un trastullo per il viaggio e ha scelto te! – disse guardandola dall'alto verso il basso con perfidia – E, comunque, non ti è andata poi così male. Adesso sei una cittadina dell'Unione, sei ricca, e hai potuto abbandonare quell'orribile pianeta. Per non parlare del fatto che sei ancora viva. In fondo Erik, ha sempre trattato bene tutte le sue amanti, perché non avrebbe dovuto farlo con te?"

Quando tornarono al tavolo, Erik si rese conto del cambiamento di Adhana, tanto quanto Scott. Vivien invece continuava a tenere banco, ignorando le occhiate dei due. Quando tornarono ai rispettivi appartamenti, collocati l'uno di fronte all'altro sull'ultimo ponte della nave, Scott e Adhana furono i primi a congedarsi. Erik invece attese pazientemente di restare solo con Vivien. Con ferocia le afferrò il braccio, stringendolo al punto tale da farle male.

"Cosa le hai detto?" ringhiò mettendole paura.

"Le ho detto la verità, visto che tu le stai riempiendo la testa di menzogne." E con uno strattone si liberò dalla sua presa per correre a rifugiarsi nel proprio appartamento.

Quando Erik rientrò in casa cercò subito Adhana, ma la ragazza non era nel salone e neppure in camera sua. Stava andando via quando sentì il rumore della doccia. Bussò alla porta del bagno, ma Adhana non rispose. Riprovò con maggiore energia, ma ancora nulla. Preoccupato entrò anche senza invito. La trovò accovacciata sotto il getto della doccia. Nascondeva il volto fra le ginocchia e, anche se l'acqua nascondeva le sue lacrime, non riusciva a coprire i suoi gemiti. Erik si guardò attorno, trovando il vestito e la collana gettati in malo modo sul pavimento. Chiuse il getto d'acqua, ma Adhana sembrò non accorgersene neppure. Prese un accappatoio e lo posò sulle spalle nude, invitandola dolcemente a sollevarsi in piedi.

"Adhana." Cercò di conquistare la sua attenzione, ma lei si ostinava a fuggire il suo sguardo. "Tesoro, non devi credere alle menzogne di Vivien."

Stanco di quel silenzio la sollevò fra le braccia e la portò in camera. Nonostante le sue proteste la fece sedere sul letto.

"Vado a prepararti qualcosa di caldo!" le disse.

"Sono solo un capriccio?" gli domandò all'improvviso gelandolo sul posto.

Erik la guardò basito. Come poteva credere una cosa simile?

"Un capriccio?" ripeté confuso e ferito.

Era colpa sua, pensò con rammarico. Non era mai stato chiaro con lei. Non avevano mai affrontato alcun discorso su di loro e la natura della loro relazione.

"Se ti dicessi quello che sei veramente per me, potrei spaventarti e allontanarti. E, la sola idea, mi terrorizza" confessò

"Ho bisogno di saperlo. Ho paura di essere ancora un oggetto. Ho paura di essere ancora una vhe'sta. La tua, questa volta" disse con il cuore in mano, sul punto di scoppiare a piangere nuovamente.

Con due grandi falcate Erik le fu nuovamente vicino e prima che lei potesse rendersene conto l'avvolse in un abbraccio caldo e avvolgente.

"Tu non sei la mia vhe'sta, non lo sei mai stata, e soprattutto non sei un capriccio." Afferrò il suo volto fra le mani e la costrinse a guardarlo negli occhi. "Ero morto dentro. – le confessò – Tu mi hai ridonato la gioia di vivere, il desiderio di un futuro."

Nei suoi occhi Erik lesse la sorpresa e il terrore.

"Io voglio che tu sia mia moglie in tutto e per tutto, ma so che non sei pronta. E non importa, perché sono disposto ad aspettare tutto il tempo che sarà necessario, ma non lasciarti forviare da Vivien o da nessun altro, perché per me sei tutto" confessò infine, stanco di tenersi dentro quelle emozioni.

"Allora perché mi hai mentito?" domandò sul punto di cedere.

"Mentito?" non capiva a cosa si stesse riferendo.

"Il tuo nome, mi hai detto che è Erik Mills. Vivien dice invece che è Erik Silver, come quello del generale terrestre di cui si parla in molti testi."

Erik sorrise, come sempre Adhana aveva collegato tutto senza alcuna difficoltà.

"Perché sono io" confessò senza troppi giri di

parole.

"Allora mi hai mentito per davvero."

"Non volevo farlo, ma sono a bordo sotto falso nome perché avevo bisogno di allontanarmi dal mio passato. Quando sei arrivata avevi così tante cose da imparare che non volevo aggravarti con il peso della mia identità e della mia storia. Ma era mia intenzione raccontarti tutto, anche se non so quando, lo avrei fatto."

Adhana lo studiò con calma, valutando il peso delle sue parole.

"Hai davvero trecentoquarant'anni?" domandò poi facendolo sorridere, un sorriso amaro.

"Sì! Sono abbastanza vecchio da poter essere un tuo antenato. E se per te questo è un problema io..." ma non ebbe il coraggio di terminare la frase.

Adhana sfiorò la sua barba ridotta ad appena un velo sul volto.

"Sei sicuro di volere davvero me?" chiese con voce colma di dubbi.

"Non sono mai stato così sicuro di nulla in tutta la mia vita."

Finalmente le labbra di Adhana si piegarono in un sorriso. Erik si sentì come se un grosso macigno gli fosse stato tolto di dosso.

Lei si abbandonò sul suo petto, lasciando che lui l'abbracciasse ancora.

"Solo un altro po' di tempo!" mormorò appena.

Erik posò le labbra sui suoi biondi capelli umidi e li baciò.

"Tutto il tempo che vuoi, amore mio. Tutto il tempo che vuoi" le sussurrò facendola rabbrividire di pura e semplice gioia.

Mentre Adhana si asciugava e cambiava, Erik si era cambiato a sua volta e le aveva preparato una tisana per calmarla e soprattutto per scaldarla. Quando la raggiunse la ragazza era già sotto le coperte, ma lui insistette affinché bevesse.

Adhana si mise a sedere e sorseggiò con calma la tisana, che la fece sentire subito meglio. Soddisfatto Erik stava per lasciarla, quando lei lo fermò.

"Resteresti con me?" gli chiese in imbarazzo.

"Certo" rispose per poi sdraiarsi al suo fianco, raccogliendola nuovamente nel suo abbraccio. Adhana si abbandonò completamente contro il suo corpo e senza rendersene conto si addormentò in pochi minuti. Erik invece se ne stava lì, beandosi del suo calore e del suo profumo, felice. Troppo felice persino per dormire.

Il giorno dopo, mentre Adhana ancora dormiva, Erik decise che era arrivato il momento di affrontare Vivien. Non aveva importanza il fatto che il suo tentativo di dividerli avesse ottenuto l'effetto contrario, non doveva più permettersi di trattare Adhana in quel modo. Indossò una vestaglia da camera sui pantaloni del pigiama e lasciò che la rabbia prendesse il controllo.

Bussò con foga alla porta dell'appartamento dei Norton, ma ad aprirgli fu uno Scott assonnato e scarmigliato.

"Cosa succede?" domandò senza riuscire a trattenere uno sbadiglio.

"Dov'è?" domandò Erik spingendolo da parte ed entrando senza alcun invito. Proprio in quel momento Vivien stava uscendo dalla camera da letto. Senza rendersene conto si ritrovò schiacciata contro il muro, con Erik che troneggiava minaccioso su di lei.

"Sta lontano da mia moglie. – sottolineò con rabbia – Non osare mai più avvicinarti a lei, o parlarle. Sta fuori dalla sua vita e dalla mia. Non avevi il diritto di farla sentire un capriccio e una cosa, non dopo tutto quello che ha passato su Halydor. Si sta lasciando tutto alle spalle, finalmente, e io non voglio che tu o chiunque altro la facciate sentire nuovamente una vhe'sta. Inoltre non avevi alcun diritto di dirle il mio vero nome. Lo avrei fatto io al momento giusto."

Vivien era bloccata dalla paura. Non aveva mai visto Erik così furioso e non credeva potesse essere tanto terrificante. Aveva la bocca arida e qualunque risposta avrebbe voluto dargli non riuscì a raggiungere le labbra, perché bloccata nella sua mente.

"Erik calmati adesso…" cercò di intervenire Scott, ma l'uomo lo fulminò con lo sguardo.

"Sta fuori dalla mia vita, e soprattutto sta fuori da quella di mia moglie!" le disse prima di voltarsi e guadagnare l'uscita.

Scott lo afferrò prontamente da un braccio.

"Cosa sta succedendo?" gli domandò cercando di affermare la sua autorità, ma il suo tentativo fallì miseramente contro la risolutezza dell'altro.

"Chiedilo a tua moglie!" e dopo essersi liberato in malo modo dalla sua presa se ne andò.

Vivien, ancora inchiodata al muro sollevò lo sguardo su Scott. Sul suo volto non c'era la stessa furia di quello di Erik, ma qualcosa di peggio.

"Cosa hai detto a quella ragazza per farlo infuriare tanto?"

"La verità!" rispose aggressiva nonostante il tono mite di Scott.

"Quale verità, Vivien? Lui la ama, ma è proprio questo il problema, vero? Ama lei e non te!"

Vivien trasalì.

"È molto più complicato di così, Scott. Ci sono cose che non sai e che non posso dirti, ma so che quella ragazza non deve stare con lui" continuò rendendosi conto solo dopo di aver detto più di quanto poteva.

"Complicate? Io non ci vedo nulla di complicato. Anzi è tutto abbastanza chiaro." Non riusciva neppure a guardarla negli occhi.

"Io ti amo Scott!" gridò.

"Può darsi, ma non abbastanza."

Erik tornò in camera di Adhana e quando i suoi meravigliosi occhi azzurri lo fissarono, l'uomo si pentì di non aver sbollito la rabbia prima di rientrare.

"Mi sono svegliata e non c'eri" disse preoccupata.

"Dovevo sistemare una cosa" disse intrufolandosi nuovamente sotto le coperte per trovarsi dinnanzi al suo sguardo che sembrava trapassargli l'anima.

La mano di Adhana gli sfiorò il volto, facendolo tremare di piacere.

"Sembri arrabbiato."

"Non con te" le disse per tranquillizzarla, per poi poggiare la fronte su quella di lei. "Sono esausto" confessò, ed era vero. La lite con Vivien lo aveva svuotato di tutte le sue energie. Indipendentemente da tutto Scott era uno dei suoi migliori amici e quella tensione con Vivien rischiava di compromettere ogni cosa.

"Sei andato da Vivien?"

L'uomo si limitò ad annuire.

"Non volevo litigassi con lei."

"Non lo volevo neanche io, ma non doveva permettersi di dire certe cose. E soprattutto non doveva parlare di ciò che non la riguarda."

"Grazie!" disse all'improvviso, mentre Erik la guardava confuso.

"Di cosa?"

"Di aver salvato la mia vita. Di avermi portato sulla Yside e esserti preso cura di me. Non te lo avevo mai detto."

All'improvviso la sua collera sciamò via, e il desiderio di baciarla si fece prepotente, ma si limitò a baciarle la fronte.

"È stato un vero piacere" disse prendendola fra le braccia e stringendola forte a sé. Lei si arrese al suo abbraccio e Erik pensò che in realtà era Adhana ad aver salvato lui, riportandolo finalmente alla vita dopo anni di cupo e desolante vuoto.

CAP. 12

Anno dell'Unione Galattica 839

"Ed eccoci infine arrivati sul più bel pianeta lungo le Rotte Oscure. Dracmor!" disse Erik indicando con un ampio ed eclatante gesto della mano il paesaggio fuori dalla vetrata.

Adhana rimase rapita dalla lussureggiante vegetazione e dalle acque azzurre e limpide. Le spiagge non erano fatte di roccia come su Halydor, ma da sottile e bianchissima sabbia.

"È così diverso da Halydor!" esclamò rapita e accecata dai colori così intensi e vividi. Nell'ultimo anno sulla Yside aveva visitato già tre mondi, ma nessuno superava in bellezza quello.

"Ci sono mondi che si somigliano e mondi completamente diversi fra loro. Questo per esempio mi ricorda le spiagge tropicali della Terra" le spiegò.

"Allora il tuo deve essere davvero un bel mondo!"

esclamò senza distogliere lo sguardo dalla lussureggiante foresta. "Ma cosa cercano qui gli akenty?" domandò curiosa.

"Cristalli. Sono nelle profondità di quelle montagne laggiù" disse Erik indicando le montagne alla loro sinistra.

"A cosa servono?"

"Hanno molti usi. Vengono adoperati per la costruzione di circuiti e per alcune leghe. Essendo questo un pianeta disabitato, saremo noi akenty ad estrarre i cristalli."

"Perché non i mercanti?" domandò curiosa la ragazza, che ancora non capiva quale differenza ci fosse fra mercanti e akenty.

"I mercanti sono ospiti paganti della nave, acquistano licenze commerciali direttamente dalla Lega degli Akenty e il biglietto per il viaggio dalla compagnia commerciale, nel nostro caso la SCN, Silver Company Navigation. Queste licenze permettono loro di stipulare contratti commerciali con i popoli con cui entriamo in contatto. Come ad esempio i mercanti che acquistano i cetacei di Halydor. C'è un contratto fra loro e il popolo halydiano, e la funzione degli akenty è far sì che il contratto venga rispettato da entrambe le parti. Come dice sempre Scott, per prosperare sulle Rotte Oscure bisogna possedere etica ed onestà. L'avidità porta a guadagni momentanei e a lunghi tempi di crisi. Gli akenty invece sono l'equipaggio della nave. Sono responsabili del viaggio e del perfetto funzionamento della nave. Il viaggio sulle Rotte Oscure non è mai lo stesso. Ci sono risorse che possono essere prelevate una volta sola, risorse che non si rigenerano nell'arco di tempo che trascorre fra un viaggio e l'altro. Quindi è necessario trovare altri mondi dove poterle reperire, e questo è compito degli akenty che possono vendere la licenza di commercio alla Lega degli Akenty o tenerla per loro. Nel primo caso altre navi possono comprarla. Di solito cerchiamo mondi con risorse facilmente rigenerabili, come i cristalli di Dracmor. Naturalmente le operazioni di raccolta sono eseguite con particolari tecniche e precauzioni tali da non impoverire il pianeta o alterarne l'ecosistema."

"Per questo su Halydor non acquistate i piccoli di balena?"

"Esatto, ma Halydor commercia con i mercanti e non con gli akenty. Comunque se i marinai pescassero indiscriminatamente creature di ogni età, nel giro di pochi decenni si estinguerebbero. È un errore che è stato commesso molte volte sul mio mondo. Per diversi anni i nostri mari sono rimasti senza nessuna forma di vita. Abbiamo dovuto importare pesci di altri mondi per ripopolarli, ma la carne di quei pesci è immangiabile."

"Come per noi lo è quella dei cetacei che voi acquistate."

"È la carne di pesce più deliziosa che abbiamo mai trovato. I grossi magazzini di lavorazione del pesce la pagano a peso d'oro e voi la trovate immangiabile?" domandò Erik sconcertato.

"È stopposa e insipida" si difese Adhana.

"Non come la preparano sulla Terra. Quando arriveremo dovrò portarti a mangiarla, così dovrai ricrederti."

Quando la sala comandi diede il permesso di sbarcare, un fiume di gente si riversò calma e ordinata lungo la rampa dell'hangar principale. La sosta sarebbe durata una settimana e tutti sembravano decisi ad approfittarne per godersi quella meravigliosa spiaggia e le acque azzurre.

Erik e Adhana scelsero una zona tranquilla, abbastanza lontana dalla nave, ma non dal resto dei passeggieri. Per prima cosa montarono la tenda. Bastarono solo pochi secondi, poi tornarono a bordo per prendere le loro cose. Nel frattempo Erik fece una sosta nella sua camera e quando ne uscì indossava una chiassosa camicia hawaiana sopra un paio di bermuda color beige.

Adhana vedendolo scoppiò a ridere divertita.

"Ma cosa ti sei messo?"

"Non osare criticare il mio look da spiaggia. Piuttosto ti sei ricordata di mettere in valigia i costumi da bagno?" domandò.

"Si, tranquillo! Comunque almeno non correrò il rischio di perderti con quella camicia coloratissima" continuò a canzonarlo trattenendo a stento le risa.

"Piccola selvaggia" borbottò indispettito.

Quando fecero ritorno alla tenda, Adhana fu costretta a ricredersi. La maggior parte degli uo-

mini dell'improvvisato campeggio, indossava camice pacchiane come quelle di Erik, che soddisfatto la schernì con un sorriso.

Non appena i loro bagagli furono nella tenda,
Erik si liberò della camicia e si gettò in acqua,
mentre Adhana si accovacciò sulla spiaggia.
L'uomo le si avvicinò sul bagnasciuga afferrandole i piedi.

"Buttati!" la incoraggiò.

"Non so nuotare" confessò lasciandolo di sasso.

"Dobbiamo subito rimediare allora." Ignorando
il fatto che non indossasse alcun costume, ma un
semplice vestitino azzurro uscì e l'afferrò fra le
braccia per trascinarla in acqua con sé.

Terrorizzata Adhana protestò mentre un impie-
toso Erik la costringeva a gettarsi in acqua. La
ragazza si aggrappò a lui con tutta la forza che
possedeva.

"Sta tranquilla, ci sono io con te" le disse posandole un bacio sulla gota.

"Promettimi che non mi lasci andare" lo pregò
premuta contro di lui.

"L'ultima volta mi sembrava di non averti fatto
annegare" la punzecchiò divertito, guadagnandosi un'occhiataccia.

Vivien osservava i due, da un punto non troppo
lontano della spiaggia. Aveva bisogno di parlare
con l'altro Erik, il generale. Dall'arrivo di Adhana non aveva mai osato risvegliarlo, temendo
che il suo segreto venisse scoperto. Dal canto

suo l'uomo non aveva mai provato a contattarla, segno che le sue parole erano veritiere. La presenza di quell'indigena rendeva Erik più forte, e impediva al generale di emergere. Sapeva di essere responsabile di quella situazione. Aveva provato a spezzare quel legame in diverse occasioni, cercando però di non dare troppo nell'occhio. Solo un anno prima aveva denunciato il nascondiglio della ragazza alla sua gente, con la speranza di liberarsi definitivamente di lei, ma Erik era intervenuto e l'aveva addirittura sposata. In più occasioni aveva tentato di minare la stabilità del loro rapporto, ma l'unico risultato che era riuscita a conseguire era stato la distruzione del suo matrimonio.

Il suo sguardo abbandonò i due che giocavano fra le acque per posarsi sul Kom, aperto a foglio, che stringeva in mano. Sullo schermo c'erano i documenti del divorzio. Scott era stato paziente, aveva tollerato le sue ingerenze nella vita di Erik e Adhana, fino a quando non era giunto all'unica conclusione plausibile, anche se errata. Aveva sempre sopportato lo strano legame che la univa al generale, anche se ai suoi occhi, così come a quelli del mondo intero non c'era alcuna differenza fra il generale ed Erik.

Sposare il capitano della Yside era stata una manovra studiata a tavolino. Non lo aveva fatto per amore, ma solo per seguire il suo comandante senza destare alcun sospetto, eppure nel tempo trascorso insieme si era affezionata a lui.

Scott era un sognatore, un po' come tutti i capitani delle Rotte Oscure. Gli uomini e le donne che viaggiavano sulla Yside lo facevano per mero profitto, ma non Scott. Lui amava davvero quella vita, amava la sfida che rappresentava e spingersi oltre le rotte conosciute era per lui un istinto che a fatica dominava.

Le dispiaceva che la loro vita insieme fosse giunta al termine, ma aveva cose ben più importanti a cui pensare e rimuginare sulla fine di quel rapporto non era fra quelle.

Doveva concentrarsi sul generale, e guardando Adhana e Erik capì cosa andava fatto.

La notte calò presto, e regalò loro lo spettacolo delle acque dell'oceano rese argentate dai raggi delle due lune di Dracmor.

Erik aveva acceso un fuoco e si divertiva a rimescolare le bracci con un legnetto, mentre Adhana se ne stava accovacciata a godersi il tepore delle fiamme.

Scott Norton si avvicinò silenzioso come un gatto, e Adhana si accorse del suo arrivo solo quando la sua ombra danzò nelle fiamme. Aveva abbandonato il pastrano da capitano in favore di un paio di bermuda e una chiassosa camicia dai colori vivaci e stampe di donne e chitarre.

Adhana lo guardò con una certa soggezione. Quell'uomo la intimoriva. La sua possente figura irradiava autorità e severità e, la sua voce le sembrava profonda e severa. Inoltre in quel periodo era facile che fosse spesso di cattivo umore a causa del divorzio con Vivien.

Erik le aveva detto che quello era il suo terzo matrimonio, e che era stato più breve di tutti.

Quando trovò il coraggio di sollevare lo sguardo su di lui si rese conto che il capitano era insolitamente di buon umore.

Reggeva in una mano la canna da pesca e in un'altra un secchio.

"Come promesso ecco la cena!" esordì poggiando il secchio davanti agli occhi di Erik.

"Sei in ritardo" lo pungolò l'amico.

"Potevi prendere una canna e venire a pescare con me" lo rimbrottò Scott sedendosi a gambe incrociate accanto al fuoco e cominciando a sistemare la brace.

Pochi minuti dopo si sparse nell'aria un profumo delizioso che stuzzicò l'appetito di Adhana. Consumarono il pesce accompagnandolo con un delizioso vino proveniente dalle cantine di Erik. Dopo pochi bicchieri Adhana cominciò a farfugliare, e ogni volta che provava ad alzarsi in piedi cadeva ridicolmente a terra, suscitando le risa dei due uomini che non ebbero di lei alcuna pietà. Ad un certo punto, dondolando come una barca nella tempesta si sollevò in piedi dirigendosi verso la spiaggia, gridando che voleva farsi un bagno. I due dopo un iniziale momento di ilarità si resero conto che era seriamente intenzionata a fare quanto promesso e furono costretti a correrle dietro.

La riportarono accanto al fuoco fra risa e sfottò ottenendo solo di farla fuggire verso l'acqua ancora una volta.

Alla fine riuscirono a dissuaderla, o forse fu il vino, perché all'improvviso si addormentò nell'abbraccio di Erik. L'uomo la stringeva a sé come se fosse la cosa più importante di tutta la sua vita, suscitando l'invidia di Scott. Porre fine al matrimonio con Vivien era stato molto più doloroso di quanto fosse disposto ad ammettere.

Il sole era già alto in cielo quando Adhana si destò con un terribile mal di testa. La sua mente volò a Scott e Erik che continuavano a riempire il suo bicchiere ogni volta che lei riusciva a svuotarlo. Erik dormiva accanto a lei, respirava profondamente e Adhana decise di non svegliarlo. Piuttosto si incamminò verso la nave. Aveva bisogno di quella meravigliosa bevanda chiamata caffè.

Erik si rigirò un paio di volte prima di svegliarsi e accorgersi di essere solo nella tenda, si stirò rumorosamente e uscì all'aperto, ma neppure lì c'era alcuna traccia di Adhana. Tutto quello che trovò furono le sue impronte che andavano in direzione della nave. Stava andando a controllare quando sentì qualcuno chiamare il suo nome. Vivien si avvicinò provocante come sempre. Indossava un vestito di garza quasi trasparente che lasciava intravvedere il bikini color pesca.

"Facciamo una passeggiata?" gli chiese prendendolo sottobraccio, senza lasciargli possibilità di rifiutarla. "Ho bisogno di parlare con te." Sembrava allegra, forse aveva trascorso una bella serata anche lei.

"Non voglio allontanarmi troppo, Adhana tornerà presto" disse senza sapere che era proprio su quello che lei contava.

"Tranquillo! Che ne dici di sederci sul bagnasciuga?"

Erik annuì, non appena fu certa che nessuno li stesse guardando servendosi del grosso anello che aveva al dito, gli iniettò il solito cocktail adi sedativi. Era una dose modesta che le avrebbe concesso troppo poco tempo, ma non poteva rischiare oltre.

Erik la guardò confuso, ma prima che potesse dire qualunque cosa l'altro prese il sopravvento.

"Quanto tempo è passato?" domandò il generale scuotendo il capo come se cercasse di smaltire una brutta sbronza.

"Troppo!" rispose secca Vivien pronta alla sua collera, che immancabilmente trapelò dallo sguardo.

"Ti avevo detto di liberarti dell'indigena. Lei lo rende troppo forte!" la rimproverò.

"Ci ho provato. Ho svelato l'ubicazione del suo nascondiglio alla sua gente, ma non è servito a nulla. È riuscito a salvarla e l'ha sposata" sintetizzò la donna.

"Maledizione. Per questo mi sento così debole. Sta diventando più forte di me."

"Lei è la sua forza, ma è anche il suo punto debole" gli fece notare Vivien vedendo in lontananza la sagoma di Adhana avvicinarsi.

"Cosa significa?" domandò infastidito il generale. "E, soprattutto, sei riuscita a procurarti il veleno dell'oblio?"

"Sì, è al sicuro, non preoccuparti. Ed in quanto all'indigena fa quello che ti dico" disse prima di catturare le sue labbra in un bacio focoso.

Il generale non impiegò molto a capire e per assestare il colpo di grazia alla relazione fra i due, abbracciò Vivien e la baciò con ancora più passione. Per dare maggiore impatto alla cosa scelse proprio quel momento per lasciare nuovamente Erik al comando.

Resosi conto di quello che stava facendo l'uomo si allontanò di scatto da Vivien.

"Ma cosa?" non ricordava come quando e perché si fosse trovato in una simile situazione, ma il suo sguardo si incollò al volto tradito di Adhana. Il vassoio takeaway con la colazione rovinò al suolo mentre lei gli voltava le spalle e fuggiva via.

Erik passò lo sguardo da Vivien a Adhana, senza capire cosa fosse successo.

"In fondo è solo una ragazzina" commentò soddisfatta Vivien sollevandosi in piedi.

CAP. 13

Anno dell'Unione Galattica 852

"**P**erdonami se ti ho lasciato solo così a lungo, ma sono accadute tante cose."

Sistemò con cura i fiori nell'unico vaso sulla mensola e si sedette sul letto. Afferrò la mano del figliastro fra le proprie. Era sempre gelida, e per un attimo le riportò alla mente il suono delle dita di Scott che si spezzavano. Un brivido le corse lungo la schiena, ma si rifiutò di pensarci oltre. Doveva scacciare quel ricordo e concentrarsi solo sulle parole che l'uomo le aveva sussurrato l'attimo prima.

"Ho ritrovato la Yside. Era al sicuro, protetta dai ghiacci dell'Artico. Erano tutti lì, quelli che si sono rifiutati di abbandonarla. C'erano anche Layla e Scott..." si interruppe mentre il suono delle dita che cedevano sotto la pressione delle sue mani la distrasse ancora una volta.

"Ho dovuto fare qualcosa di orribile, qualcosa

che mi tormenta, ma che andava fatto. Abbiamo impiegato quasi una settimana per riportarla a Lamia. È stato difficilissimo. Non avevamo i mezzi adeguati, ma ce l'abbiamo fatta. La nostra nave è molto danneggiata e servirà davvero molto lavoro per ripararla e rimetterla in funzione, ma possiamo ripararla e questa è già una vittoria, non credi?"

Sospirò pesantemente.

"Abbiamo contattato le famiglie dei defunti, alcune sono state decimate durante la guerra, così ho chiamato un pastore per celebrare un funerale. Sono stati cremati e le loro ceneri verranno sparse nello spazio, sulle Rotte Oscure, assieme a quelle di Scott e Layla. Loro non avevano una famiglia e io non lo sapevo. Eravamo noi la loro unica famiglia. Quindi come vedi non posso fallire, perché oltre ad averlo promesso ai vivi, adesso l'ho promesso anche ai morti. Ma, non voglio andare lassù da sola. Voglio che tu sia con me, quindi trova la forza di svegliarti, ti prego. Abbiamo bisogno di te."

Per un attimo le lacrime ebbero la meglio e dato che non c'era nessuno per cui doveva fingersi forte le lasciò uscire, sentendosi subito meglio. Continuò a raccontargli della Yside, adagiata come una matrona sul suolo di Lamia, della piccola comunità che stava crescendo intorno alla nave e di come avrebbe profanato la collezione di navi di Erik per usarle come pezzi di ricambio. Fu una delle infermiere a porre fine al suo racconto.

L'orario delle visite era terminato.

Adhana salutò Ian con un bacio sulla fronte. Uscì in corridoio a capo chino, persa fra i suoi pensieri. Non si accorse dell'uomo che aveva appena svoltato l'angolo. I due si scontrarono, dondolando entrambi senza che nessun perdesse l'equilibrio. Quando Adhana sollevò lo sguardo rimase sorpresa di trovarsi Patrick davanti.

"Adhana!" esclamò sorpreso l'uomo mentre un sorriso si dipingeva sulle sue labbra. "Sono giorni che provo a contattarti. Ero preoccupato."

Pochi minuti più tardi si trovarono seduti ad un tavolino della caffetteria accanto alla clinica. Due tazze di caffè nero e aromatico fumavano davanti ai loro volti, mentre la folla di avventori andava diradandosi.

"Non riesco a crederci, sepolta sotto i ghiacci. Ma come hai fatto a localizzarla?"

"Ho modificato il mio ISP. Non è stata un'esperienza piacevole, ma è servita allo scopo."

"Folle ragazzina, sei matta come tutti gli akenty. Sei consapevole di aver rischiato la tua stessa vita? Ma soprattutto perché non mi hai avvisato?" la rimproverò affatto contento.

"Perché temevo non capissi, ed è stato già difficile tenere a bada Jarod e Reese, non avevo le forze per farlo anche con te" confessò Adhana sfinita.

Patrick sospirò rumorosamente e decise di cambiare discorso, ma questo non significava che considerasse l'argomento chiuso.

"In che condizioni è la nave?"

"Pessime. Ha bisogno di molte riparazioni. Ricordo che prima dello scoppio della guerra, Scott aveva ordinato diversi pezzi di ricambio ai Cantieri Maddox sulla Luna."

"Sono ancora funzionanti, se è questo che ti interessa. Li usiamo per riparare le navi dell'esercito. Ma se hai davvero qualcosa che appartiene alla tua compagnia lassù, ti conviene sbrigarti e andarlo a prendere. Dubito che i cantieri resteranno a lungo del professore."

Le parole di Patrick la fecero accigliare.

"Cosa sta succedendo Patrick?" domandò preoccupata.

"La guerra, Adhana. Le navi dell'esercito sono poche e mal ridotte e qualcuno si è stancato di seguire le regole. Vogliono usurpare i cantieri navali e metterli sotto amministrazione controllata. L'Unione esiste solo sulla carta, in realtà stiamo vivendo sotto la legge marziale."

"Cosa?"

Era incredula.

"Il Consiglio Galattico è stato quasi decimato e l'esercito sta assumendo il controllo di ogni cosa."

"Non credevo che la situazione fosse tanto critica."

"C'è un uomo, un generale. Charles Payton, è lui che cappeggia questa nuova politica militare, e temo che i cantieri navali Maddox siano solo il primo passo di una precisa manovra volta alla conquista di quella che una volta era l'Unione."

Adhana lo guardò confusa.

"Vieni con noi!" gli propose a bruciapelo. "Vieni con noi sulle Rotte Oscure. L'Unione Galattica è morta ormai e lo sai meglio di me."

Patrick la guardò avvilito, eppure le parole di Adhana avevano colto nel segno.

"Venire con te significherebbe darla vinta a coloro che stanno distruggendo quel che resta dell'Unione" si giustificò Patrick.

"Credi davvero che ti lasceranno vincere? Il cambiamento è in atto Patrick, e nessuno di noi può fermarlo, o riportare il mondo indietro."

Una risata nervosa sfuggì dalle labbra dell'uomo.

"Parli proprio tu che vuoi ripristinare i viaggi sulle Rotte Oscure?"

"La Lega degli Akenty non esiste più, e le regole sono state spazzate via, ecco perché voglio scrivere le mie prima che qualcuno mi imponga le sue. Mi hai parlato dei cantieri Maddox, ma dimmi chi potrebbe impedire a quegli stessi militari di reclamare la mia nave per il bene del pianeta? No! Io non starò qui ad aspettare che quella gente mi porti via ciò che mi è rimasto. Una volta tornata sulle Rotte Oscure, sarò io a decidere. E se dovrò eliminare la Terra dalla mia rotta commerciale per salvaguardare me stessa e il mio equipaggio allora lo farò. Io sono pronta a cambiare Patrick, e credo di avertelo dimostrato in più di un'occasione. Dimmi, tu invece cosa farai? Lotterai contro i mulini a vento o accetterai l'idea che l'Unione è morta e nessuno, nessuno vuole farla risorgere dalle sue ceneri? – poi addolcendo il tono continuò – Non lasciare che tutto questo ti consumi come ha consumato Erik."

Per un attimo i suoi occhi si velarono di lacrime.

"Se solo non si fosse imbarcato. Se solo avesse rinunciato a porre rimedio a quello che Aran aveva fatto, adesso sarebbe ancora vivo e Ian…" la voce le si frantumò e, incapace di reggere il peso delle sue stesse parole, Adhana, si sollevò di scatto dalla sedia e scappò via sotto la pioggia scrosciante.

"Aspetta!" le urlò Patrick gettando pochi spiccioli sul tavolo e cercando di correrle dietro con la gamba malandata.

Credeva di averla persa, almeno finché non voltò l'angolo e la trovò ferma ed inzuppata sotto la pioggia. La raggiunse e le sollevò il cappuccio del giaccone sui capelli biondi ormai fradici.

"Andiamo a casa mia, non è molto lontana da qui" le disse stringendola in un confortevole abbraccio nel quale Adhana si riparò senza vergogna.

L'appartamento di Patrick era situato al secondo piano di un edificio ancora in corso di costruzione. L'ascensore era inutilizzabile e dovettero salire a piedi. Nelle scale perfettamente illuminate, Adhana si rese conto delle smorfie di dolore che si dipingevano sul volto dell'uomo ad ogni gradino. Aveva perso l'occhio e per poco anche la gamba nella stessa esplosione che aveva mandato Ian in coma. La stessa esplosione durante la quale Erik era stato rapito e Adhana ferita gravemente. Solo il fatto di essere una halydiana, le aveva salvato la vita, ma aveva dovuto sacrificare il suo primo corpo.

Una volta aperta la porta Adhana si ritrovò in un modesto monolocale scarsamente arredato.

"Non è molto accogliente, ma almeno è vicino alla clinica" si giustificò facendola accomodare sul divano e prendendo dalla parete attrezzata due bicchieri puliti e una bottiglia di whisky. Ne versò una quantità generosa in entrambi i bicchieri e ne passò uno ad Adhana.

Svuotò rapidamente il suo e con gesti nervosi lo riempì nuovamente.

"C'è una cosa che devo dirti. Sto cercando le parole adatte sin dal giorno del tuo ritorno, ma..." e giù un altro bicchiere. Adhana lo guardò meravigliata. Non lo aveva mai visto bere in quel modo, come se cercasse nell'alcool il coraggio che gli mancava. Con gentilezza la ragazza fermò la sua mano prima che potesse versare altro liquore.

"Patrick..." lo incoraggiò posando entrambi i bicchieri sul tavolino davanti a loro.

"Ian... loro non lo vogliono più. Gli ho detto che se è una questione di denaro sono disposto a pagare qualunque cifra, ma dicono che non è eticamente corretto sprecare tante risorse per qualcuno che non si risveglierà mai più."

Le parole uscirono dalle sue labbra come un

fiume in piena e per la prima volta da quando lo conosceva Adhana sentì la sua voce infrangersi sotto il peso del dolore. Solo in quel momento si rese conto di essere stata egoista con lui. Aveva preso il suo dolore ed era scappata via, abbandonando Patrick al proprio.

Adhana raccolse il suo volto fra le mani e lo costrinse a guardarla dritto negli occhi.

"Tu cosa vuoi, Patrick?" gli chiese cercando per una volta di dare spazio al suo dolore invece che al proprio.

"Non conta quello che voglio io. Non ho mai accettato di sposarlo e non ho alcun diritto su di lui. Sei tu la sua unica parente in vita. Conta solo quello che decidi tu" disse colmo di rabbia verso sé stesso piuttosto che verso Adhana.

"No! Conta quello che vuoi tu. Lui è tuo marito, ai miei occhi. Quindi io farò tutto quello che tu mi dirai di fare. Perché tu sei la mia famiglia, tanto quanto Ian."

Udire quelle parole mandò definitivamente in frantumi il suo autocontrollo e senza rendersene conto si ritrovò singhiozzante fra le braccia di Adhana, che lo stringeva forte a sé cercando di placare i suoi fremiti.

"Perdonami! Perdonami Patrick se sono scappata via e ti ho lasciato solo ad affrontare tutto questo. Sono stata egoista" si scusò mentre l'uomo tornava lentamente padrone delle sue emozioni.

"Ti ho invidiata sai. Ho invidiato la tua fuga e

una parte di me ha sempre sognato di seguirti. Tentare di ricostruire l'Unione era ciò che mi impediva di impazzire" confessò.

"Adesso sono qui, e ce ne andremo tutti insieme, perché questa volta non partirò senza la mia famiglia" gli disse. "Adesso però dimmi cosa vuoi che faccia con la clinica."

Patrick non ebbe neppure bisogno di pensarci, lui sapeva cosa voleva e, non perdere Ian era in cima alla lista delle sue priorità.

"Portiamolo via da lì. Sulla Yside dovrebbe esserci il necessario per prenderci cura di lui, o sbaglio?"

Un sorriso meraviglioso illuminò il volto di Adhana.

Il giovane capitano si sentiva esausta, ma al contempo era felice. Si gettò di peso sul letto, schiacciando tutti gli abiti che vi aveva abbandonato sopra. Si guardò intorno rendendosi conto che la sua tenda era molto più spartana dell'appartamento di Patrick. Aveva solo un materasso gonfiabile che adoperava come letto e armadio contemporaneamente. Dato che quella sarebbe stata la sua casa per molto tempo doveva decidersi a tornare nel suo vecchio appartamento sulla Yside e prendere ciò di cui aveva bisogno.

Incapace di addormentarsi si sollevò dal letto e decise di aver bisogno di una bevanda calda, magari le avrebbe conciliato il sonno. La tenda adibita a cucina era illuminata, e al suo interno cinque degli uomini del suo equipaggio stavano giocando a carte.

"Capitano!" esclamò Stuart sorpreso di vederla.

"Quando sei tornata da Alycion?" le chiese Jarod mentre riempiva una grossa ciotola con patatine fritte.

"Poco fa. A cosa giocate?" chiese dimenticando di colpo la stanchezza.

"A cosa vuoi che si giochi? Stinger, come sempre" rispose Reese mescolando il mazzo e servendo anche lei.

Prima di lasciare la Terra era una frana in tutti i giochi di carte, ma dopo tre anni trascorsi con quei biscazzieri aveva acquistato una certa abilità, che comunque non impedì ai suoi uomini di vincerle almeno trenta crediti quella sera.

"Sembri distratta" notò l'unica altra ragazza seduta al tavolo.

"Si, scusatemi. Stavo pensando alla Yside."

"A cosa di preciso?" le domandò Jarod.

"Voglio trasferire Ian a Lamia. In clinica non lo vogliono più."

Era di nuovo il turno di Reese di mescolare le carte.

"Non credo ci siano problemi. L'ospedale della Yside era attrezzato per qualunque tipo di emergenza. La dottoressa Reed, capo dell'ospedale, non si affidava solo alle capsule rigenerative. Ma, non credo che sia saggio ricoverarlo proprio sulla nave. I lavori di riparazione potrebbero causare abbassamenti di tensione e black out che metterebbero in pericolo la sua vita. Conviene smontare tutta l'attrezzatura di cui potremmo avere bisogno e adattare una tenda di colonizzazione. A bordo dovrebbero essercene un bel po'. Con l'aiuto di Stuart e degli altri meccanici non dovrei impiegarci più di una settimana. Solo che questo rallenterà i lavori di riparazione."

"Non importa. Non siamo abbastanza per riparare la nave da soli. Prendi tutti gli uomini di cui avrai bisogno e procedi."

"Come faremo allora con la nave?" domandò Jarod preoccupato. Dopo tutta quella fatica sembrava che Adhana avesse deciso di arrendersi.

"Non appena avremo sistemato Ian partirò immediatamente per i cantieri Maddox sulla Luna. Abbiamo bisogno di personale esperto." Calò sul tavolo l'ennesima mano perdente e sbuffò. "Per stasera mi fermo qui, mi avete ripulita" disse sollevandosi in piedi e abbandonando il tavolo da gioco. Sentiva le palpebre pesanti e non appena si gettò sul letto si addormentò.

Quella notte sognò Erik, sognò Scott e sognò le Rotte Oscure.

CAP. 14

Non era stato facile convincere i medici della clinica a concederle il benestare per portare via Ian. Le avevano fatto perdere tempo prezioso con inutili storie su procedure mediche irregolari e avevano richiesto così tanti documenti che Adhana aveva sfiorato una vera e propria crisi isterica. Solo quando li aveva minacciati di accusarli di sequestro di persona e di vendere la notizia a tutti i media del pianeta i medici le avevano lasciato portare via il figliastro.

Adhana li aveva apostrofati con i peggiori epiteti che le erano giunti alla mente e aveva inveito contro di loro in tutte e tredici le lingue che conosceva.

Quando la questione si risolse e Ian fu al sicuro sull'isola, Adhana fu tentata di rivelare ugualmente tutto alla stampa, ma decise che non era per quella piccola vendetta che voleva farsi conoscere. Aveva qualcosa di più importante da portare a termine e, anche se la cosa non le piaceva, la sua immagine pubblica doveva essere forte. Anche se le dava fastidio ammetterlo, questa era la più grande lezione che Aran le avesse mai insegnato.

Reese si prese personalmente cura di Ian, abbandonando qualsiasi mansione a bordo. Approfittò del tempo libero che il suo nuovo incarico gli concedeva per riprendere gli studi di medicina. Se si fosse impegnato abbastanza, questa volta avrebbe lasciato la Terra come un vero medico.

Ogni qual volta entrava nella tenda del figliastro, Adhana, si convinceva che Ian avesse tratto giovamento dal trasferimento. Secondo lei il suo incarnato era divenuto più roseo e le sembrava di vederlo sorridere appena. Nessuno ebbe mai il coraggio di farle notare che il colorito di Ian fosse sempre pallido e le sue labbra non si fossero mai mosse. In compenso però l'equipaggio prese l'abitudine di passare un po' di tempo con lui. Il gruppo di stinger trasferì il proprio tavolo da gioco nella tenda del malato, permettendo a Reese di non perderlo di vista e per fargli sentire che non era solo.

L'unico che ancora non riusciva ad avvicinarsi al suo capezzale era Patrick. Durante le sue visite trascorreva il tempo ad ispezionare la nave con Adhana, ma non riusciva mai a mettere piede nella tenda. Adhana ogni volta si mordeva la lingua per evitare di inveire contro di lui e rispettare il suo dolore.

Quando Patrick si presentò sull'isola la settimana successiva, Adhana non era lì ad attenderlo per aiutarlo a combattere contro i suoi demoni. Fu Jarod ad informarlo che era finalmente riuscita ad organizzare il viaggio per i cantieri Maddox sulla Luna.

Solo in quel momento il colonnello si rese conto che l'accampamento degli akenty era cresciuto e volti nuovi si aggiravano sull'isola. Altri membri del vecchio equipaggio della Yside erano tornati dopo aver scoperto che la nave era stata ritrovata. Raggiungere la tenda di Ian richiese qualche deviazione in più rispetto alla settimana precedente, ma quando si trovò dinnanzi all'uscio sempre aperto, tentennò. I suoi piedi si ostinavano a paralizzarsi e persino tornare indietro gli risultava difficile.

Riusciva a stento ad intravvedere la sua chioma scura da quella distanza. Sentiva la sua mancanza più dolorosamente del solito. Bramava il suo sorriso, il suono della sua voce. C'era troppo silenzio da quando Ian era caduto nel suo sonno quasi eterno. Un silenzio che diventava ogni giorno più soffocante e opprimente. L'unico colpevole di quel silenzio era Aran. Era sempre stata colpa di Aran. Ogni sofferenza, ogni ferita di Ian.

L'uomo si morse le labbra, cercando di dominare il suo nervosismo. Pensare a tutto quello che

Aran aveva fatto al suo amato lo faceva diventare folle di rabbia. Quell'essere aveva distrutto la sua infanzia e adesso si stava prendendo anche la sua vita.

Gli allarmi dei macchinari cominciarono a suonare come impazziti, e per un attimo il cuore del colonnello perse un battito.

Non si rese neppure conto di essersi mosso. Non si rese neppure conto di stare stringendo le mani di Ian fra le proprie. Erano gelide. Le sue mani sempre calde e gentili adesso erano gelide.

Sollevò lo sguardo verso Reese, che trafficava mortificato con i macchinari che mantenevano Ian in vita.

"Cosa è successo?" gli domandò terrorizzato dalla risposta.

"Non lo so. È già la seconda volta che succede, eppure sembra tutto normale" ammise a disagio Reese senza distogliere lo sguardo dai monitor.

Solo in quell'istante Patrick si rese conto di aver mosso quei pochi passi che per anni non era riuscito a compiere. Un sorriso si dipinse sul suo volto, mentre con mano tremante carezzava i lineamenti del viso tanto amato.

"Eri stanco di aspettare? Come darti torto ma, – e gli posò un bacio sulla fronte – adesso sono qui. Adesso devi svegliarti."

CAP. 15

Anno dell'Unione Galattica 839

E rik continuava a fissare la vecchia nave cargo con lo sguardo spento, mentre il sigaro che reggeva distrattamente fra le labbra si consumava da solo. Era passata una settimana da quando aveva baciato Vivien, e ancora non riusciva a capacitarsi di come fosse accaduto. Era successo durante uno dei soliti dannati momenti di vuoto che lo tormentavano, rendendo la sua vita un inferno. Avrebbe voluto spiegarlo a Adhana, ma la ragazza si rifiutava anche solo di incontrarlo.

"Stai cercando di capire chi dei due sia messo peggio?" domandò Scott sedendosi sulla cassa accanto alla sua.

Erik non parve neppure accorgersi della sua presenza.

"Cosa ti è accaduto? Sono giorni che sei rintanato qua sotto" domandò cercando di attirare la sua attenzione.

"L'ho tradita" riuscì a dire. E, solo in quel momento, spostando lo sguardo su di lui, comprese che Adhana non era l'unica vittima della sua oscurità.

"Lo hai fatto di nuovo" sbottò Scott come se si aspettasse che accadesse da un momento all'altro. "In fondo è solo una ragazzina, prima o poi le passerà."

Le stesse odiose parole di Vivien pensò mentre la collera montava dentro di lui.

"Io non voglio che le passi" dichiarò con troppa veemenza.

"Eppure l'hai tradita" rimarcò dolorosamente Scott.

"Forse. Non lo ricordo. Non so neanche come sia potuto accadere" cominciò a farfugliare.

"Fai un favore a lei e a te stesso. Trovale un'altra sistemazione e liberati di lei. Una volta arrivati sulla Terra, quando il suo status di cittadina dell'Unione sarà ratificato, potrai tranquillamente divorziare."

Erik lo guardò incredulo. Rinunciare a Adhana? Poteva rinunciare all'aria che respirava, ma non a lei.

Scott parve capire l'intimo corso dei suoi pensieri solo guardandolo.

"Erik..."

"Non dirmi di rinunciare a lei. Non credo di esserne capace" confessò senza alcun timore.

"Allora cerca di farti perdonare e molla quell'altra" continuò Scott.

Erik deglutì un groppo amaro e si fece coraggio. Prima o poi lo avrebbe scoperto comunque, e non era giusto che lo sapesse da altri.

"Non c'è nulla con l'altra. Non provo nulla per Vivien." Non appena pronunciò quel nome Scott si sollevò di scatto. Prima che Erik potesse rendersene venne atterrato da un violento pugno in piena faccia.

"Sei il solito maledetto bastardo!" urlò continuando ad infierire contro di lui con tutta la sua rabbia. Erik non fece nulla, se non lottare contro sé stesso per impedirsi di rispondere a quell'attacco. Lo aveva ferito e tradito, così come aveva ferito e tradito Adhana, meritava quella rabbia e tutte le sue conseguenze.

In quei pugni Scott non mise solo il dolore per quell'ultimo tradimento, ma anche quello dei tradimenti passati. Quelle questioni in sospeso che non riusciva in alcun modo ad accantonare. Era furioso. Furioso per quei lunghi anni di indifferenza, furioso per la Yside, furioso per Vivien. E continuava a colpirlo accecato dalla rabbia, indifferente alla sua sofferenza.

Neppure vederlo a terra, placò il capitano che, con un ultimo furioso calcio, gli spezzò almeno un paio di costole.

Avrebbe continuato all'infinito se solo non si fosse scontrato con lo sguardo terrorizzato di Adhana che lo guardava disgustata e al contempo terrorizzata.

"E tu che hai da guardare?" le chiese in malo modo. La ragazza, nonostante il terrore che provava nei suoi confronti, corse verso Erik. Lo sollevò come meglio poteva, raccogliendolo nel suo abbraccio. L'uomo aveva il volto livido e la bocca era piena di sangue.

"Cosa gli hai fatto?" domandò furiosa e preoccupata.

"Solo quello che si meritava, tanto fra poco sarà come nuovo" rispose l'altro con noncuranza, non avrebbe permesso ad un'insignificante indigena di farlo sentire in colpa.

"Non sta guarendo" gli fece notare atterrita, catturando finalmente il suo interesse.

Scott si piegò a sua volta per osservare i lividi sul volto dell'uomo, e con orrore si rese conto che Adhana aveva ragione, non stava guarendo.

"Ma com'è possibile?" domandò incredulo.

"Non lo so, ma non riesce a guarire sempre."

Erik provò a dire qualcosa, ma l'unico risultato che ottenne fu sputare sangue, così provò a sollevare la mano tremante, indicando il pannello alla sua destra.

Scott fu più veloce di Adhana a comprendere e si avvicinò al pannello di controllo dell'hangar. Dopo una rapida occhiata all'inventario trovò quello che non si aspettava di trovare. Una capsula di rigenerazione. Doveva essere stato Ian a farla installare quando aveva fatto preparare gli appartamenti e l'hangar per il viaggio del padre. Premette in rapida successione i comandi e poco dopo dal pavimento emerse la capsula. Selezionò alcuni comandi e tornò subito da Erik.

"Dobbiamo spogliarlo" disse e Adhana senza fare domande lo aiutò. Quando lo privarono degli abiti Scott provò vergogna di sé stesso. Quello che aveva fatto al suo amico era crudele ed ingiustificato. Lo sollevò fra le braccia e lo sdraiò all'interno della capsula.

"Maledizione!" mormorò mentre con le mani tremanti gli sistemava sul volto il respiratore. Per un attimo la mano di Erik sfiorò la sua e Scott sentì una morsa al petto.

"Ci vediamo fra qualche giorno" disse prima di richiudere la capsula. Non appena lo fece il programma partì e il contenitore si riempì di un liquido gelatinoso.

Non appena gli occhi di Erik si chiusero, Scott sentì tutte le forze venirgli meno, e posò tutto il suo peso sulla capsula.

Erik non poteva più guarire dalle sue ferite. Non riusciva ancora a credere a quello che aveva appena visto. Solo dopo un lungo lasso di tempo si ricordò della presenza di Adhana. Se ne stava in piedi lì dove l'aveva lasciata prima, con la camicia di Erik ancora stretta fra le mani.

"Tranquilla, pochi giorni e…"

"Perché gli hai fatto una cosa simile?" domandò interrompendolo, con voce rotta dalle lacrime.

"Se avessi saputo che…"

"Lui ti considera un amico e tu…"

Scott non era molto convinto di quell'ultima

affermazione, negli ultimi decenni Erik non si era comportato molto da amico nei suoi confronti.

"È per colpa di Vivien, vero?" continuò Adhana piena di rabbia.

"Perché non mi ha detto nulla? Perché non mi ha fermato?" domandò furioso con sé stesso.

"Perché alle volte riesce ancora a guarire, alle volte no. Non sa neanche lui il perché. L'altra settimana si è fatto un brutto taglio mentre preparavamo la cena e, ha impiegato giorni per guarire" spiegò avvicinandosi alla capsula e carezzando il vetro in corrispondenza del suo volto.

"Mi dispiace Adhana, mi dispiace aver reagito con tanta violenza." Non sapeva perché si stesse scusando proprio con lei.

"Quanti giorni dovrà restare così?" gli chiese senza nascondere la sua collera.

Scott posò lo sguardo sul pannello di controllo, dove il programma di diagnostica aveva da poco finito di analizzare i danni.

"Quarantasette ore!" lesse sul display.

"Guarirà davvero?" domandò infine preoccupata senza distogliere lo sguardo da Erik.

"Guarirà" si limitò a rispondere il capitano ancora incredulo.

Quando Scott andò via Adhana si sedette sul pavimento poggiando la schiena contro la capsula. In quella settimana aveva fatto di tutto per evitare Erik, rinchiudendosi in camera sua o passando del tempo sul ponte Città con Layla. La donna aveva intuito che qualcosa la turbava, ma non le aveva fatto domande, dedicandole parte del suo tempo libero. Stava appunto tornando da una delle loro uscite quando aveva visto la porta dell'hangar spalancata e aveva sentito i rumori della lotta. Trovarsi davanti Erik ridotto in quello stato le aveva fatto dimenticare tutto, il bacio, Vivien, la sua rabbia. Tutto ciò che desiderava era che lui stesse bene.

Non si accorse di essersi addormentata in quella scomoda posizione, almeno fino a quando non sentì qualcuno scuoterla.

"Adhana!"

Il volto preoccupato ed ansioso di Scott riempì il suo campo visivo.

"Ti sei addormentata!" disse sedendosi accanto a lei sul pavimento. "È ora di cena!" le disse porgendole un vassoio coperto.

La ragazza lo guardò confusa.

"Come hai fatto ad entrare?"

"Io busso solo per educazione, ma in realtà Erik mi ha dato libero accesso a questo appartamento. Inoltre, sapevo che ti saresti dimenticata di cenare" continuò.

"Non ho fame!"

"Non importa, mangia!" le ordinò.

Adhana sospirò e sollevò il coperchio per scoprire che l'uomo le aveva portato una porzione di polpettone e purè di patate. Prese dal coperchio le posate sigillate e cominciò a sbocconcellare qualcosa, stava per mettere da parte il resto quando lo sguardo severo dell'uomo le fece capire che sarebbe stato meglio per lei finire tutto.

Anche se le scocciava ammetterlo, a stomaco pieno si sentiva molto meglio.

"Va a letto, resto io con lui" si propose.

"Non voglio lasciarlo solo" confessò sollevandosi in piedi per andare a gettare il vassoio vuoto.

"Non se ne accorgerà nemmeno."

"Ma io sì."

Scott comprese che quella era una battaglia persa in partenza, così si sollevò in piedi a sua volta avvicinandosi alla nave in riparazione.

"Mi domando come faccia a riparare simili catorci tutto solo. L'ho sempre detto che è più portato per la meccanica che per la guerra" pensò ad alta voce.

"Vi siete conosciuti in guerra?" domandò ingenuamente Adhana, adesso più calma.

"No! Ero solo un ragazzino quando entrai nell'esercito. All'epoca Erik non era ancora il famoso generale Silver. Era un agente segreto, che lavorava in incognito, nascondendo a chiunque le sue peculiarità e preferendo l'anonimato. Quando non aveva missioni da svolgere insegnava all'accademia, e fu lì che lo conobbi. Ero la spina nel fianco di tutti i miei istruttori e divenni anche la sua. Ero ribelle ed indisciplinato, detestavo l'autorità e mi trovavo lì solo perché mio padre mi aveva costretto ad arruolarmi. Mi buttarono fuori dopo solo due anni. Fu Erik a salvarmi e a darmi uno scopo. Mi presentò a Nicolas Burt, il vecchio capitano della Yside, e gli chiese di prendermi sotto la sua ala. Alla sua morte, ne presi il posto diventando il secondo capitano della Yside."

Adhana ascoltò rapita la sua storia.

"E il terzo chi sarà?" domandò curiosa.

"Non ho ancora scelto un successore. E tanto meno ho iniziato ad addestrare qualcuno per succedermi, in fondo ho a malapena ottant'anni. Lascerò la mia poltrona solo quando la mia gioventù genica si sarà completamente esaurita, e anche allora dovranno strappare i comandi dalle mie dita intorpidite" disse con orgoglio.

"Gioventù genica?" chiese curiosa, non ne aveva mai sentito parlare.

"Si tratta di una manipolazione genetica dei feti, i bambini non ancora nati. – specificò meglio – Serve a ritardare gli effetti dell'invecchiamento. In media adesso gli esseri umani vivono dai centocinquanta ai centottant'anni, ma quando raggiungiamo i trent'anni il nostro corpo invecchia molto più lentamente. Il rovescio della medaglia è che dopo che la gioventù genica si è esaurita cominciamo ad invecchiare molto velocemente, e di solito moriamo nel giro di pochi anni."

"È stupendo e terrificante allo stesso tempo."

"Sì, lo è! La chiamano la mortale bellezza della gioventù" disse perdendosi per un attimo fra i suoi pensieri. "Visto che sei intenzionata a restare quaggiù vado a prenderti una branda. Non puoi dormire sul pavimento, inoltre qui si gela."

Adhana sorrise.

"Che c'è?"

"È che ho dormito per tutta la mia vita sul pavimento. A dire il vero l'ho fatto anche qui il primo mese. Il letto era troppo morbido."

"Come ama sempre ricordarmi Erik, adesso non sei più una vhe'sta. E se sapesse che ti ho lasciata qui in queste condizioni si arrabbierebbe davvero."

Dopo pochi minuti Scott tornò con una branda, scovata chissà dove e una calda coperta. Poi si mise ad armeggiare con il pannello di controllo dell'hangar per attivare il riscaldamento.

"Per qualunque cosa vieni pure a chiamarmi, o contattami" disse puntando il suo Kom.

"Sì! Grazie capitano!"

"Scott è più che sufficiente. E non devi ringraziarmi, questo pasticcio è colpa mia." Pronunciò l'ultima parte con profonda amarezza. Non si sarebbe perdonato facilmente quanto accaduto.

Una volta sola, Adhana si sdraiò sulla branda e si gettò addosso la coperta, ringraziando mentalmente il capitano per la sua premura. Non era più abituata al pavimento, ammise con sé stessa.

Anche se dalla sua posizione non poteva vedere bene Erik, sentiva la sua presenza, o meglio percepiva la forma della sua anima. Il mare. I suoi sensi abbinavano la forma dell'anima di Erik a quella del mare. Poteva essere un mare in tempesta, un mare placido a seconda dell'umore dell'uomo, ma restava sempre e comunque il mare. Quello era un dono che solo poche halydiane possedevano. Quello che i suoi sensi riuscivano a percepire era chiamata la forma dell'anima.

Quando smise di percepirla, si destò terrorizzata. La consapevolezza che qualcosa stava accadendo l'aveva raggiunta oltre il velo del sonno, riportandola bruscamente alla realtà. Saltò giù dalla branda e per la fretta per poco non inciampò nella coperta.

Si precipitò immediatamente al monitor della capsula, ma questo segnava che il processo di guarigione stava procedendo normalmente, allora perché lei non riusciva più a percepire la sua forma?

Aveva già provato quel terrore, su Halydor, il giorno in cui la sua sorellina era stata uccisa. Aveva sentito la forma della sua anima liquefarsi e scomparire per sempre.

Si avvicinò alla capsula e si rese conto che le palpebre di Erik si stavano muovendo, si stava svegliando nonostante il narcotico.

Per un attimo si dimenticò come si respirava e spaventata fece un passo indietro. I suoi sensi si riempirono di una nuova forma, una nuova anima. Odio antico! Un'anima fatta di odio antico aveva preso il posto del mare. La paura le serrò la gola e la sua mente parve bloccarsi. Non era capace di formulare un solo pensiero sensato.

Com'era possibile che due anime condividessero lo stesso corpo?

Lui non sapeva come si fosse ritrovato a baciare Vivien.

Quel particolare che prima le era parso insignificante divenne la chiave di tutto. Lui non lo sapeva perché non era lì. Lei non aveva voluto credergli, ma Erik aveva detto la verità.

Deglutendo a vuoto Adhana si avvicinò al coperchio della capsula domandandosi se l'altro ospite potesse vederla, o se l'apertura degli occhi fosse solo un riflesso involontario e l'uomo stesse ancora dormendo.

La mano le tremava mentre la poggiava sulla lastra di vetro. Cercò di accorciare il più possibile la distanza fra loro per cercare di capire che fine avesse fatto il suo Erik. Dovette attendere un po' e aspettare che il suo cuore smettesse di battere all'impazzata prima di accorgersi che la nuova anima stava sopraffacendo quella di Erik. Era come se lo stesse soffocando.

Spaventata Adhana cominciò a gridare il nome dell'uomo, battendo forte le mani sulla capsula, ma il mare continuava sembrare un eco che lentamente svaniva. Non si accorse nemmeno di essersi messa a piangere.

"Erik!" urlò, ma non con la sola voce del corpo. Fu la sua anima ad urlare con lei. Per un attimo le sembrò che le sue mani attraversassero la parete di vetro e sprofondassero fin dentro al petto di Erik. Fu lì che lo trovò e senza sapere come lo trascinò nuovamente in superficie, mentre l'altra forma le ordinava furiosa di fermarsi. Adhana però non ebbe alcuna pietà e scacciò l'intruso in profondità.

Quando tornò in sé si rese conto di essere caduta sul pavimento, le maniche della sua maglia erano asciutte, eppure era certa di aver sentito il contatto con il tiepido liquido di stazionamento.

Gli allarmi della capsula cominciarono a suonare tutti insieme. I numeri sul display cominciarono a muoversi velocemente, fino a quando il timer non raggiunse lo zero. Adhana preoccupata si avvicinò cercando di capire cosa stesse accadendo. Temeva che qualunque cosa avesse fatto poco prima avesse messo in pericolo la vita di Erik.

La capsula si svuotò e il coperchio si sollevò da solo.

"Cos'ho fatto?"

All'interno Erik si mosse, mugolando qualcosa.

Adhana si rese conto che i suoi capelli non erano più bianchi, ma erano diventati neri e lucenti.

Che la strana creatura fosse ancora lì?

Eppure lei sentiva il mare e non quella strana forma fatta di odio antico.

L'uomo si mise a sedere mentre il liquido di stazionamento colava via dai suoi muscoli.

"Non so se detesto di più questo modo di guarire o l'altro" borbottò biascicando le parole.

Con un gesto secco, ripulì gli occhi dal residuo

gelatinoso.

"Adhana!" esclamò sorpreso di vederla. Il suo cuore perse un battito.

Erano giorni che lo evitava e adesso...

Osservandola meglio si rese conto che era pallida e le tremava il labbro inferiore.

"Adhana, stai bene?" le chiese preoccupato cercando di muoversi, poi si rese conto della sua nudità. "Potresti passarmi la tua coperta, per favore?"

La ragazza non diede segno di essersi accorta della sua richiesta. Continuava a fissarlo con un misto di sospetto e paura.

"Adhana!" alzò un po' il tono della voce e la ragazza arretrò di un passo.

L'uomo decise di lasciar perdere il pudore e scese dalla vasca, muovendosi con cautela per evitare di scivolare. Sollevò la coperta da terra, se la girò intorno ai fianchi e si avvicinò ad Adhana.

"Che cosa è successo?" le domandò preoccupato dalla sua reazione.

Adhana lo guardò allibita.

"Non ti sei accorto di nulla?" domandò sconvolta.

"Accorto di cosa? Perdonami ma questo tipo di guarigione mi lascia intontito. Ti dispiace se mi faccio una doccia prima?"

Il suo atteggiamento rilassato non era un inganno. Lui non aveva davvero idea di cosa fosse accaduto.

"No, certo... andiamo" gli rispose e, dimenticando la loro lite di pochi giorni prima, gli tese la mano.

Erik l'afferrò entusiasta. I cazzotti di Scott erano stati più efficaci di tutte le sue scuse, forse alla fine avrebbe dovuto ringraziarlo. Forse, prima però gli avrebbe restituito qualche pugno.

Quando, dopo una lunghissima doccia, Erik incontrò la sua immagine riflessa nello specchio per poco non urlò. I suoi capelli erano tornati del loro colore originario, ma com'era possibile? Forse era stato quello a spaventare Adhana, in fondo lei non aveva idea del motivo per cui erano diventati bianchi. Così come Scott, pensò con rammarico. L'uomo aveva scoperto che non poteva più rigenerarsi da solo, presto avrebbe preteso delle spiegazioni, e lui non sapeva se era pronto a fornirle.

Trovò Adhana seduta sul suo letto. Aveva ancora quell'espressione dipinta in volto. Anche se ancora in accappatoio si sedette al suo fianco.

"Stai bene?" le domandò prendendo la sua mano nella propria.

"Non lo so" confessò la ragazza a capo chino.

"Cosa ti turba tanto? Scott ha fatto o detto qualcosa?" domandò preoccupato.

"No, affatto! È stato molto cortese con me. Quando si è accorto che non potevi rigenerarti è andato nel panico."

"Adesso vorrà sapere tutto, ma la verità è che neanche io so perché non riesco più a guarire."

"Io invece credo di averlo capito" disse con tono grave incontrando finalmente il suo sguardo.

Quelle parole calamitarono tutta l'attenzione dell'uomo. Diverse equipe di medici sulla Terra, avevano provato a studiare il motivo della sua mancata rigenerazione senza giungere a nulla. Non riusciva a credere che una semplice ragazza potesse aver districato un simile garbuglio in sole poche ore.

"Cosa vorresti dire?"

"Ti ricordi che ti ho parlato della forma delle anime?"

"Sì, hai detto che la mia somiglia al mare, se non ricordo male."

"Esatto. Quando ti sono vicina io sento il mare."

"Cosa c'entra adesso la forma delle anime?"

"Sento sempre il mare quando sono vicina a te, ma poco prima che iniziasse la rigenerazione spontanea, tu sei scomparso."

"Scomparso?" domandò incredulo.

"Non il tuo corpo, ma tu, la tua anima. Il corpo era lì, sotto ai miei occhi, ma quello che sei, quello io percepisco come il mare, non c'era più."

Erik rimase in silenzio, ma il suo volto era impallidito.

"Tu non c'eri - ripeté – ma c'era qualcun altro. Aveva preso il tuo posto. Qualcuno che non avevo mai percepito in questi mesi. So che non eri tu, perché la sua anima puzzava di odio antico. Per questo quando la capsula si è aperta e ho visto i tuoi capelli neri mi sono spaventata."

Il pallore sul volto dell'uomo era aumentato e, la mano che stringeva quella di Adhana era gelida.

"Tu dici che condivido il mio corpo con un'altra persona?" domandò afferrando al volo quanto Adhana stava cercando di dirgli.

"Sì!" rispose secca. Non c'era modo di addolcire la pillola.

Erik sentì qualcosa di violento e doloroso agitarsi in fondo allo stomaco. Aveva creduto di essere impazzito. Di essere difettoso, ed invece... Il malessere divenne fisico e fu costretto a correre in bagno, dove vomitò bile.

Adhana, preoccupata, lo seguì e si sbrigò a bagnare una salvietta di spugna per tamponargli il viso. Erik con uno spintone l'allontanò da sé.

"Se le cose stanno così non puoi starmi vicino, posso essere pericoloso" disse con voce sofferente.

"Non per me" rispose furiosa tornando a tamponargli il viso.

Erik la fissò contrariato.

"Chi credi ti abbia permesso di tornare indietro?" disse sfidandolo con lo sguardo.

"Tu? Tu lo hai scacciato?" domandò confuso ed incredulo.

"Non credo di averlo scacciato. Ma l'ho spinto giù, nell'abisso nel quale lui voleva relegare te." Omise di dire che non aveva alcuna idea di come avesse fatto, Erik era già fin troppo turbato. "Ce la fai ad alzarti?"

"No! Voglio restare qui" la supplicò sedendosi sul

pavimento fresco e confortante. Sentiva la testa vorticare e temeva di non riuscire a raggiungere il letto. "Cinquant'anni!" borbottò a fior di labbra. "Cosa?"

"Cinquant'anni! Ho perso gli ultimi cinquant'anni. Avevo da poco adottato mio figlio Ian, ricordo che era a malapena un ragazzino di nove anni e all'improvviso mi sono trovato davanti un uomo. E non solo. Ero un agente segreto, e il giorno dopo ero un generale. Il mio volto era conosciuto ovunque, le mie gesta decantate, eppure io so di non aver fatto nessuna di quelle cose. Poi ho scoperto che erano trascorsi cinquant'anni. I miei poteri di rigenerazione non funzionavano più ed ero circondato da gente che non conoscevo. La mia vita era completamente cambiata, così come i miei affetti. Sono diventato instabile e pericoloso, per poi cadere in una depressione profonda dalla quale non riuscivo a risollevarmi. È stato Ian a consigliarmi di allontanarmi dalla Terra e dalla mia stessa vita. Ha preparato lui il mio viaggio sulla Yside, perché ero troppo terrorizzato da me stesso per riuscire a fare qualunque cosa."

Non aveva intenzione di dirle tutto, a dire il vero era la prima volta che affrontava davvero l'argomento, eppure le parole gli uscivano di bocca con una semplicità tale da non riuscire a fermarle.

"È stato lui a vivere la tua vita!" esclamò Adhana sconvolta, non riusciva a credere che quella creatura avesse avuto il controllo sul copro di Erik così a lungo.

Erik abbandonò disperato il capo sulla parete alle sue spalle.

Adhana non osava neppure immaginare cosa stesse provando in quel momento. Si sentiva in colpa.

"Mi dispiace Erik, forse non avrei dovuto parlartene in maniera tanto brusca."

Erik sorrise.

"Non credo ci sia un modo corretto per dire una cosa simile. E poi non voglio che tu mi nasconda qualcosa. Dobbiamo fidarci l'uno dell'altra."

Adhana annuì. La ragazza si sedette al suo fianco e abbandonò il capo sulla sua spalla.

In quel momento tutto gli sembrava irreale e inconsistente, tranne il calore del corpo di Adhana accanto al suo.

"Non ho mai baciato Vivien" le sussurrò all'improvviso.

"Lo so!" e quelle due semplici sillabe per un attimo dissiparono la tenebra che sentiva dentro.

Il mondo intorno a lui continuava a vacillare e la sua mente stava elaborando quanto appena scoperto. Cose che fino a pochi minuti prima non avevano avuto alcun senso cominciavano ad acquisirlo, anche se non capiva perché quell'altro avesse voluto diventare uno dei generali del consiglio militare dell'Unione Galattica, e perché avesse reso pubblico il loro segreto. Erik aveva sempre evitato che la gente scoprisse delle sue capacità rigenerative. Per proteggere la sua identità aveva cambiato spesso nome e solo il suo diretto superiore sapeva la verità sulla sua immortalità.

"Hai detto che sai perché non riuscivo a guarire" disse voltandosi verso Adhana che si era assopita.

Non importava, ne avrebbero parlato in un altro momento, pensò sollevandola fra le braccia e portandola in camera da letto. La sdraiò sotto le coperte e dopo essersi rinfrescato e aver indossato qualcosa la raggiunse, stringendosi forte a lei. Si addormentò quasi subito per poi svegliarsi dopo pochi minuti terrorizzato. E se l'altro fosse tornato?

Il suo sguardo incontrò quello di Adhana. Le sue mani lo condussero sul suo cuore.

"Dormi!"

CAP. 16

Quando Adhana si destò si guardò attorno confusa e dopo un po' realizzò di trovarsi nella camera da letto di Erik, cosa non insolita negli ultimi tempi. Strano era invece il fatto che l'uomo non fosse a letto, così andò a cercarlo. Se ne stava ancora con i pantaloni del pigiama e il torso nudo in soggiorno. Stava adoperando la grande vetrata come se fosse una lavagna, segnando date ed eventi. Per scrivere usava una sorta di pennarello digitale, senza inchiostro. Aveva diviso la vetrata in due, da una parte adoperava il colore verde, dall'altra il rosso.

 L'elenco che aveva stilato era lungo e dettagliato, e Adhana ipotizzò che fosse sveglio da diverse ore, o peggio non avesse dormito affatto.

 "Cosa stai facendo?" gli chiese senza riuscire a trattenere uno sbadiglio.

 "Un elenco!" rispose distrattamente senza distogliere l'attenzione della vetrata.

 "Fin lì c'ero arrivata. Un elenco di cosa?"

Erik la guardò come se si fosse accorto solo in quell'istante della sua presenza.

"Di ciò che ricordo di aver fatto e ciò che non ricordo, ma che altri dicono ho fatto."

Adhana si avvicinò e cominciò a leggere la lunga lista, mentre Erik, di nuovo dimentico della sua presenza aggiungeva altri dettagli, aiutandosi anche con i file della Yside, riguardanti il generale Silver.

Con un certo disappunto Adhana notò che negli appunti scritti con il colore rosso figuravano le relazioni con diverse donne.

"Chi sono?" disse indicando il settore della vetrata dedicato a loro.

"Secondo quanto ho appreso dai file sulla cronaca mondana, sono tutte donne con cui ho avuto una relazione, ma non mi ricordo di nessuna di loro."

Lo sguardò che Adhana gli rivolse lo distrasse per un secondo dalle sue indagini e l'uomo si concedette un sorriso.

"Lo hai detto tu che c'è un altro dentro di me, non dimenticarlo e concentrati" le disse puntando il dito su quel settore specifico. "Non sono donne normali, ma sono pilastri dell'economia, della finanza, della politica. Non una sola donna comune" sottolineò in attesa della sua reazione.

"Credi che lo abbia fatto per qualche scopo?" domandò sorpresa, rileggendo con maggiore attenzione le note personali di ognuna.

"O quello o gli piacciono le donne di potere. Ora

che ci penso, Scott non ha fatto altro che cercare di mettermi in guardia dal non sposarti. Diceva che la mia vita sociale ne sarebbe uscita a pezzi."

Adhana increspò le labbra in una smorfia strappando un altro sorriso ad Erik.

"Credi si riferisse a questo?" domandò infine la ragazza.

"Ne sono certo. Ha costruito una carriera e una reputazione intoccabile. Forse si aspettava che io non tornassi più" disse amareggiato.

"Per quanto mi riguarda sarà lui a non tornare più" obiettò Adhana mentre il desiderio di cancellare tutto quanto le faceva prudere le mani, ma all'improvviso si rese conto di qualcosa che forse ad Erik era sfuggito.

"Guarda!" disse indicando la lavagna.

"Cosa?"

"Le sue mosse, è tutto calcolato. Non c'è vita privata nelle sue azioni. Guarda invece nelle tue" gli fece notare.

Erik cominciò a rileggere tutto nuovamente. Nelle sue azioni c'era Scott, c'era l'adozione di Ian, c'erano amici, invece in quelle del generale Silver, c'erano solo persone in vista e potenti dei vari settori.

"Hai ragione!" ammise leggermente spaventato. "Sembrano tutte mosse pianificate per accrescere il suo potere e rafforzare la sua immagine pubblica."

"Ma a cosa gli serviva?"

"Non lo so, so solo che ha creato intorno a me

aspettative e legami che non desidero. Una volta tornato sulla Terra dovrò disfare tutto il suo lavoro se voglio avere ancora una vita normale."

"Come? Non sei felice di poter incontrare nuovamente Vanessa, o Tilly, oppure Catya?" cominciò a canzonarlo Adhana per allentare la tensione, aveva visto Erik contrarre i pugni e rabbuiarsi.

Le sue parole ebbero l'effetto sperato, perché l'uomo smise di prestare attenzione al tabellone e prese la sua mano per portarsela alle labbra.

"Ho una sola compagna, ed è qui al mio fianco" disse facendole diventare le ginocchia molli.

"E se ti dicessi che mi sento pronta?" sussurrò a fior di labbra.

Erik la guardò sorpreso.

"Anche dopo aver scoperto dell'altro? E di tutto questo?" disse indicando la vetrata.

Adhana annuì ma, Erik rimase pietrificato al suo posto, incapace di muovere un dito o dire una sola parola. Così fu lei a prendere l'iniziativa e sollevandosi sulle punte incontrò le sue labbra in un timido bacio. Bastò quel semplice tocco delicato, per sabotare il suo autocontrollo. Dimenticò il generale Silver, dimenticò qualunque domanda lo avesse assillato fino a pochi secondi prima, e cercò ancora quel contatto con le labbra di lei.

Adhana era intimorita e al contempo eccitata da quello che quel bacio aveva scatenato. Erik si era spogliato di tutti i suoi timori e le stava dicendo con la bocca e con le mani cosa desiderava. Assaporava le sue labbra, la pelle del suo collo, scatenando in lei piacevoli brividi di eccitazione, che come onde si dipanavano in tutto il corpo. Le sue mani la sfioravano con gentile sfrontatezza e quando gli abiti finirono sul pavimento, si avventurano su ogni centimetro della sua pelle. La sollevò fra le braccia come se non avesse peso, per trascinarla sul letto ancora disfatto, dove si concesse alcuni istanti per ammirarla, facendola arrossire.

"È tutto sbagliato…" disse facendosi all'improvviso distante, distruggendo la magia. Si allontanò da lei solo per sedersi sul bordo del letto, stringendo la testa fra le mani.

Adhana lo guardò allibita.

"Perché?" gli domandò semplicemente pur conoscendo già la risposta.

"Lo sai il perché. Cosa posso offrirti, Adhana? Non so nemmeno cosa sono e cosa mi accadrà. Non posso trascinarti in tutto questo."

La ragazza raccolse il lembo del lenzuolo per coprirsi e si sedette al suo fianco.

"Non puoi smettere di vivere solo perché ora sai della sua esistenza" gli disse posando il capo sulle sue large e muscolose spalle. Ma Erik se ne restava chiuso in un cupo silenzio.

"Lui diventa più forte quando tu sei così."

"Così come?" domandò confuso

"Triste, sconnesso. Ti indebolisci così. Volevi sapere perché non riuscivi più a guarire, il motivo è questo. Quando sei in questo stato d'animo lui diventa più forte. Adesso che so della sua esistenza riesco a sentirlo chiaramente, e questo in qualche modo blocca i tuoi poteri di guarigione."

Erik la guardò allibito e incredulo.

Doveva vedere se lei aveva ragione. Si sollevò in piedi e uscì dalla stanza per andare in cucina. Con il lenzuolo ancora stretto addosso Adhana lo seguì preoccupata.

Erik aprì il cassetto dei coltelli e ne prese uno, con gesto deciso si passò la lama sul palmo e come anticipato da Adhana la sua ferita non guarì.

La ragazza preoccupata afferrò un canovaccio pulito e lo premette con forza contro la ferita sanguinante.

"Adesso concentrati sulle mie parole" gli disse costringendolo a guardarla negli occhi. "Sei tu che gli dai potere, sei tu che gli lasci campo libero. Lui è quest'ombra oscura che ti senti appiccicato addosso."

Erik capendo a cosa si riferiva annuì.

"Riprendi il controllo. I tuoi timori non ti aiutano. Avere paura non lo caccerà via, anzi lo renderà più forte."

Erik cercò di capire. Se lui diventava più forte con le sue paure, con i suoi timori, allora cosa doveva fare?

Ma fu Adhana rispondere per lui, riprendendosi le sue labbra e questa volta con decisione. Erik si lasciò andare, lasciò che quel bacio diventasse tutto, e all'improvviso lo sentì. Il familiare formicolio della rigenerazione cellulare. Si separò da lei solo per togliere il canovaccio insanguinato e guardare la mano adesso perfettamente guarita.

"È per questo che quando siamo caduti dalla scogliera sei riuscito a guarire. Perché hai lasciato tutti i tuoi timori indietro e ti sei gettato con me. L'unico modo che hai per sconfiggerlo è vivere, vivere la tua vita, le tue emozioni. Lasciarti l'oscurità alle spalle, così come sulla scogliera" gli disse Adhana con un sorriso.

"È così facile?" domandò Erik incredulo. La ragazza annuì.

Lo sguardo di Erik ricadde nuovamente sulla mano guarita.

"Il mio potere è legato alle mie emozioni?"

"No, è legato alla tua anima, ma anima intesa come la intendiamo noi halydiani, e non qualcosa di spirituale come siete abituati ad intenderla voi terrestri."

"Cosa intendi?"

"L'anima per voi è qualcosa di astratto, qualcosa che definisce il vostro sacro. Per noi è come un corpo, ma un corpo fatto di energia che per evitare di disperdersi abita un secondo corpo fatto di carne. È così che migriamo. Spostando il nostro corpo di energia in un nuovo corpo di carne. Ma ciò che ci definisce, quello che ci rende ciò che siamo non è l'involucro che viviamo, ma la nostra anima, la sua forma. E la tua è il mare, immensa, profonda. Una forma neutra, né buona, né cattiva. Tutte le anime che ho percepito fino ad ora hanno una forma neutra, quindi sono capaci di bene e male in eguale misura, ma è una loro scelta. Lui invece lo percepisco come odio, odio puro. Non è una forma neutra come la tua, ma è ben definito. È crudeltà! È malvagità! Per questo non devi lasciarlo tornare. Per questo devi seppellirlo in profondità e non lasciargli modo di emergere, e l'unico modo che hai per riuscirci è essere te stesso e vivere le tue emozioni."

Erik strofinò la mano sul retro del collo, un gesto in cui indugiava spesso quando rifletteva.

"Dimmi la verità Adhana. Ora che sai tutto questo, sei davvero disposta a restare al mio fianco?" domandò ancora dubbioso. Voleva offrirle la possibilità di capire davvero in cosa si stesse cacciando e al contempo darle l'opportunità di tirarsi indietro.

"Sei uno sciocco!" lo rimproverò con dolcezza.

Erik sorrise, forse lei aveva ragione. Forse era davvero uno sciocco, perché lei era lì completamente nuda sotto al lenzuolo e lui continuava a tergiversare.

"Che forma ha la tua anima?" le chiese, mentre le sue mani si mossero a liberarla da quel lenzuolo e le sue labbra tornarono a tormentarle la pelle fresca e profumata.

"Non lo so, non posso percepirla" rispose fra i gemiti.

"Sono certo che sia meravigliosa" le disse prima di riprendere a baciarla ancora e ancora.

CAP. 17

Vivien attendeva con ansia la chiamata che purtroppo tardava ad arrivare. Non riusciva a comprendere le ragioni di quel ritardo. Aveva giocato bene le sue carte, il generale non avrebbe dovuto avere alcuna difficoltà ad emergere, ma a distanza di giorni ancora tutto taceva. Forse aveva sopravvalutato il legame fra Erik e l'indigena, lei non era abbastanza importante e doveva cercare un secondo bersaglio.

Migliaia di interrogativi e di improbabili scenari si avvicendavano nella sua mente, mentre sorseggiava nervosamente il suo caffè, seduta in uno dei tanti bar del ponte Città.

Se solo Scott non avesse divorziato sarebbe potuta andare a controllare di persona, ma sia Erik che Scott le avevano revocato i privilegi per accedere all'ultimo ponte e alle loro rispettive abitazioni. Il capitano non le aveva neanche concesso di tornare nell'appartamento per ritirare le sue cose. Si era limitato a gettare ogni cosa che le fosse mai appartenuta in qualche contenitore, per poi farglielo recapitare nel suo nuovo appartamento. Un buco di pochi metri quadri dove si sentiva soffocare.

Le aveva tolto anche il suo lavoro e l'aveva relegata al ruolo di semplice passeggera non pagante. Ogni volta che ci ripensava, Vivien meditava vendetta.

Stava per alzarsi e tornare al suo microscopico appartamento quando una scena attrasse tutta la sua attenzione.

Dall'altra parte della strada Adhana e Erik camminavano mano nella mano. Ma non fu questo a sorprenderla, ma l'intimità che si percepiva fra i due. Un sorriso perfido incrinò le labbra della donna.

"Che ragazzina furba!" esclamò quasi divertita. Adesso capiva perché il generale non era riuscito ad emergere. Il legame fra Adhana e Erik non si era indebolito con la sua bravata, anzi…

Questo cambiava tutto, eppure qualcosa non era ancora cambiato. Adhana continuava ad essere il punto debole di Erik. Solo che questa volta avrebbe sfruttato meglio la sua debolezza.

Vivien non tornò nel suo appartamento, così come aveva inizialmente programmato, ma si diresse al ponte dodici. Di solito quello era un luogo solitario, perché ospitava solo piccoli magazzini di stoccaggio che i passeggeri o i membri dell'equipaggio potevano affittare.

Vivien si diresse al proprio e con un certo fastidio notò che era molto più grande del suo attuale appartamento. Non utilizzò i dati biometrici per accedere, ma una semplice combinazione numerica. Alcune apparecchiature illuminavano il locale con una soffusa luce azzurrina, gettando un'ombra cupa su tutto quello che la circondava. Ben appartata in un angolo spiccava una capsula all'interno della quale galleggiava un corpo femminile. La donna richiuse la porta alle sue spalle e cominciò a preparare quello di cui aveva bisogno.

Hackerare l'ascensore, per poter raggiungere il ponte ventiquattro, richiese solo pochi secondi, ma sapeva che nella sala comandi gli allarmi erano già scattati e stavano provando a riprendere il controllo della situazione. Quando arrivò al ponte attraversò con veloci falcate i pochi passi che la separavano dalla porta dell'appartamento dei Silver, ignorando completamente quella della sua vecchia casa.

Sapeva già che Erik non c'era. Aveva tenuto d'occhio la situazione servendosi dell'impianto di sorveglianza della nave, e sapeva che persino Scott si trovava al ponte inferiore. Sicuramente l'uomo stava cercando di comunicare con Adhana e Erik per avvisarli, ma Vivien aveva pensato anche a quello, bloccando i loro Kom.

Osservò il display sul proprio. Aveva ancora ventisette secondi prima che tutto tornasse a funzionare regolarmente.

Digitò velocemente qualcosa sullo schermo del suo Kom e i sistemi di blocco della porta d'ingresso dei Silver vennero neutralizzati.

"Cosa ci fai tu qui?" domandò Adhana turbata dalla sua improvvisa comparsa, sollevandosi di scatto dal divano dove si trovava pochi istanti prima.

"La vera domanda è cosa ci faccia tu qui. Ma questo è un errore a cui porrò presto rimedio" disse estraendo dalla giacca una pistola e sparando. Da quella distanza avrebbe potuto mirare dritto alla testa, ma non era mai stata brava con le armi, quindi per non correre rischi scelse il bersaglio più grande. Il proiettile al plasma la centrò in pieno petto. Non una goccia di sangue uscì dalla ferita, quel genere di proiettile bruciava la carne. Gli occhi spalancati di Adhana erano colmi di sorpresa, mentre la sua mano si reggeva il petto perforato. Vivien si godette quella sensazione di potere, e trasse un piacere profondo e proibito dalla sua sofferenza.

Senza capire come si ritrovò riversa a terra. Quando i suoi occhi incontrarono quelli colmi di odio di Erik capì di aver sbagliato, era stata troppo ottimista con la tempistica. Aveva avuto molto meno tempo di quanto aveva calcolato.

L'uomo la colpì con un pugno in pieno volto, dimentico del fatto che lei fosse una donna. Che cosa strana pensò nella nebbia che cominciava ad offuscare la sua mente. Erik si era sempre rifiutato di colpire una donna.

La figura di Scott comparve nel suo campo visivo.

"Che cosa hai fatto?" urlò mentre Erik correva a soccorrere la sua indigena. Troppo tardi, pensò con soddisfazione la donna. Anche se era un'halydiana restava pur sempre una vhe'sta. Mai nessuno le aveva insegnato a migrare, a separare i legami fra la carne e l'anima. Sarebbe morta incatenata a quel corpo.

L'identità di Vivien era ormai bruciata. Restare ancora lì significava affrontare le conseguenze del suo gesto. Al contrario di Adhana lei conosceva il segreto della trasmigrazione e lo usò per abbandonare per sempre la sua vecchia vita.

Il corpo di Vivien si accasciò al suolo senza vita, sotto lo sguardo raggelato di Scott. Erik ignaro di quanto appena accaduto, aveva raccolto Adhana fra le sue braccia ed era corso con lei giù nell'hangar. Senza perdere tempo prezioso, l'aveva rinchiusa nella capsula rigenerativa.

La dottoressa Layla Reed monitorò i parametri della ragazza. Dopo due soli giorni trascorsi nella capsula le sue condizioni erano in netto miglioramento.

Erik, che non si era mai allontanato da lei, guardò la dottoressa colmo di domande.

"È fuori pericolo!" fu lieta di comunicargli.

La tensione scivolò via dal suo volto come gocce di pioggia su una lastra di vetro.

"Quando potrà lasciare la capsula?"

"Secondo il programma servono ancora tre giorni, ma per sicurezza voglio tenerla dentro qualche giorno in più" disse calibrando manualmente i farmaci nel liquido di stazionamento. "Se non l'avessi portata subito qui non credo ce l'avrebbe fatta" disse dando voce e corpo ai peggiori incubi di Erik.

"Non posso correre un simile rischio. Questa non è abbastanza" disse l'uomo indicando la capsula. Poco importava che fosse il miglior modello in circolazione. Come aveva detto la dottoressa era stata solo una mera fortuna che la capsula fosse tanto vicina.

"Cosa vuoi dire?"

"Non lo so neanche io – ammise rammaricato – ma lei è la persona più importante della mia vita e devo capire come fare per proteggerla dalla follia che mi circonda."

La dottoressa Layla lo guardò come se realmente capisse a cosa si stesse riferendo e Erik non poté fare a meno di chiedersi quanto Adhana le avesse raccontato di lui.

"Replicanti!" esclamò all'improvviso la donna spiazzandolo.

"Cosa?"

"So cos'è Adhana – ammise – mi ha spiegato molto di Halydor e del dono delle sue donne. Mi ha detto di essere stata lei stessa una vhe'sta. Quindi ciò di cui lei ha bisogno è una vhe'sta. Un replicante senza anima da usare in caso il suo corpo originale venisse irrimediabilmente danneggiato."

"Non uno, almeno cinque" continuò Erik ricordandosi come si faceva a respirare.

"La clonazione è una scienza abbandonata dall'avvento della tecnologia rigenerativa, ma posso documentarmi e organizzarmi."

"Ti prego comincia subito e non preoccuparti, sosterrò io tutti i costi."

Layla annuì e dopo aver controllato gli ultimi parametri lasciò solo l'uomo, non prima di avergli raccomandato qualche ora di sonno.

Raccomandazione inutile, l'appartamento al piano di sopra era dannatamente vuoto e silenzioso senza Adhana.

Non aveva mai coltivato il sogno di trovare qualcuno con cui condividere la sua lunga vita, aveva capito sin da giovane da essere destinato a sopravvivere a tutti coloro che amava, ma Adhana era entrata con dolce prepotenza nel suo cuore e aveva cambiato ogni cosa. Per la prima volta nella sua lunga esistenza aveva paura di perdere qualcuno e questo sentimento lo lasciava stordito e svuotato, ma al contempo gli donava una forza nuova. Era assurdo sentirsi in quel modo, così come era assurdo esserne felici.

CAP. 18

I giorni che seguirono il funerale di Vivien, furono giorni strani. Vennero avviate delle indagini per capire le motivazioni della donna, ma dopo pochi giorni vennero chiuse e il tentato omicidio archiviato come passionale, anche se restavano molti interrogativi a cui nessuno sapeva rispondere. Il più misterioso di tutti riguardava la causa della morte di Vivien.

L'umore di Erik era un mix esplosivo di rabbia, dolore, interrogativi irrisolti e frustrazione. Nonostante gli studi della dottoressa Reed sulla clonazione stessere procedendo velocemente e la stessa si era dichiarata pronta a produrre il primo replicante entro poche settimane, il terrore della perdita era un'ombra oscura che continuava ad offuscare i pensieri di Erik. Sorvegliava Adhana come un falco, diventando quasi soffocante e, quando la ragazza cercava di farglielo notare immancabilmente litigavano. Persino i suoi rapporti con Scott iniziarono a logorarsi, tanto che a stento si rivolgevano la parola.

La colpa, però, non era solo di Erik.

Dopo la morte dell'ex moglie, il capitano, si era stranamente rinchiuso in sé stesso. In un primo momento Erik non ci fece caso. Ogni suo pensiero era calamitato da Adhana e dal terrore di perderla. Solo quando il primo replicante fu pronto e riposto al sicuro nell'hangar privato, si concesse il lusso di rilassarsi. Era mantenuto in stasi da una capsula rigenerativa modificata. Era identico a Adhana, ma era stato modificato con i protocolli della gioventù genica.

"Quindi quando migrerò in questo nuovo corpo resterò giovane a lungo?" domandò a disagio davanti a quell'altra sé stessa.

"Ti dispiace?" domandò Erik. Non aveva mai pensato di chiederle se fosse d'accordo.

"No, ti sono grata per questo" disse Adhana

"Ma?"

La ragazza sorrise, Erik cominciava a conoscerla troppo bene.

"Ma adesso basta! Basta con la paura. Voglio che le cose tornino come prima. Voglio che tu la smetta di sorvegliarmi attimo dopo attimo. Anzi voglio che te ne torni al lavoro su quel vecchio rottame" disse indicando la nave in fondo all'hangar.

Erik la guardò profondamente contrariato.

"Ragazzina insolente. Non osare dare del rottame alla mia nave d'epoca."

"Se non riprendi a sistemarla resterà solo questo, un rottame" continuò a punzecchiarlo divertita.

"Va bene, ma tu sta lontana da chiunque abbia qualcosa di simile ad un'arma"

"E c'è un'altra cosa" disse tornando all'improvviso seria. "Scott!"

"Cosa c'entra Scott?"

"L'ho incontrato ieri in ascensore. Era ubriaco e purtroppo non è la prima volta che lo vedo in quello stato. È il tuo migliore amico e sua moglie si è uccisa lasciando più domande che risposte. Ha bisogno di te. Non puoi più trascurarlo."

Anche se gli scocciava ammetterlo, Adhana, aveva ragione. Aveva incrociato anche lui Scott in quei giorni e si era reso conto della situazione in cui versava, ma era troppo preso dalla propria di situazione per dedicare tempo ed energie all'uomo. Così armatosi di coraggio andò a bussare alla sua porta.

Scott gli aprì con una bottiglia in mano e un sorriso sornione dipinto sulla faccia.

"Guarda cosa mi ha portato il gatto!" esclamò euforico trascinandolo dentro quasi di peso. "Posso offrirti da bere?" domandò dopo averlo quasi scaraventato su una poltrona.

"Credo tu abbia bevuto abbastanza per entrambi" disse sollevandosi in piedi e strappandogli la bottiglia dalle mani.

"Forse…"

Era persino troppo ubriaco per arrabbiarsi, mentre ad Erik bastò guardare la sua casa ridotta ad

185

una discarica per saltare su tutte le furie.

"Hai disattivato i robot inservienti?"

Scott non rispose e cominciò a frugare nel mobile bar alla ricerca di qualcos'altro da ingurgitare. Erik lo fermò prima che le sue mani avide afferrassero una bottiglia di Rum.

"Puzzi!" gli fece notare l'amico storcendo il naso.

"Quanto siamo raffinati" ridacchiò divertito.

"C'è poco da ridere vecchio ubriacone. Ora va a farti una doccia o giuro che ti passo sotto i rulli per il lavaggio delle navicelle."

Erik si assicurò che entrasse nel box doccia e subito dopo riattivò tutti i robot inservienti. Nel giro di mezz'ora le macchine liberarono i pavimenti dai residui della ritrovata vita da scapolo del capitano. L'aria venne cambiata in tutte le stanze e profumata. La biancheria sporca venne lanciata nel vano della lavanderia e i cuscini dei divani smacchiati e riordinati. I pavimenti e i mobili lavati e ogni più piccola cosa rimessa al suo posto.

Nel caos che regnava prima Erik non si era reso conto che in quella stanza, così come nelle altre mancava qualcosa. Mancava Vivien. Mancavano gli oggetti a lei cari e le sue foto.

Quando finalmente Scott uscì dalla doccia, più savio di quanto vi fosse entrato, Erik lo guardò amareggiato.

"Va a vestirti, ti ho lasciato degli abiti puliti sul letto. Ordino anche qualcosa da mangiare. Nel tuo frigo c'è solo birra." Era sorpreso dalla sua stessa calma.

"Certo cara" lo canzonò il capitano.

Erik sbuffò e ordinò il pranzo. I robot inservienti si occuparono delle pulizie in bagno prima di assaltare le altre stanze della casa.

Le ordinazioni arrivarono tramite il carrello portavivande nascosto nella parete della cucina, ben impacchettate e ancora calde. Scott si limitò a sbocconcellare qualcosa era troppo saturo di alcool per trovare lo spazio per altro.

"Da quanto tempo manchi dalla sala comandi?" cercò di prenderlo con le buone.

"Da un po'!" confessò senza remore, almeno aveva avuto il buonsenso di non comandare la nave in quelle condizioni.

"Devi tornare, hanno bisogno di te" lo incoraggiò

"Non me la sento. Ho bisogno ancora di un po' di tempo per rimettermi in piedi."

"Rimetterti in piedi o ubriacarti?" commise l'errore di essere troppo diretto.

"Che diritto hai tu di giudicarmi?" saltò su tutte le furie. "Tu che ti definisci mio amico e non hai fatto altro che voltarmi le spalle e tradirmi?" Il suo tono divenne collerico all'improvviso.

"Non stiamo parlando di me" rispose ferito non sapendo a cosa si riferisse.

"Non parliamo mai di te e di come hai trattato me e tuo figlio in tutti questi anni. Di quello che vuoi fare della nave e della compagnia. Non parliamo neppure di quell'indigena. Però - usò un tono ricco di enfasi - dobbiamo parlare di me, del perché mi ubriaco e del perché non voglio lasciare la mia fottutissima prigione dorata."

Erik non sapeva come replicare e il silenzio gli fu fatale.

"Non sono più il cadetto combina guai che cercavi di redimere ad ogni costo. Sono un uomo se non te ne sei accorto. Io - rimarcò - io sono cresciuto. Ho dei capelli bianchi, ho le mie maledette rughe e, la mia vita ha una data di scadenza. La donna con la quale avrei voluto trascorrere tutto il tempo che mi resta è morta. È morta e mi ha lasciato un meraviglioso ricordo di sé, quello di una puttana, ingrata, assassina e tu mi vieni a chiedere se mi serve tempo per ubriacarmi?"

Non c'erano possibili repliche a quelle parole e Erik lo sapeva.

"È colpa tua se è morta. È solo colpa tua. Perché hai lasciato che la sposassi se sapevi che ti amava fino a questo punto?"

Erik lo guardò basito.

"Amarmi?" domandò.

Vivien non aveva mai lasciato intendere nulla del genere, anche se... ripensò al bacio sulla spiaggia di Dracmor, allo strano rapporto che la donna aveva con lui.

"Non mentirmi!" urlò furibondo distraendolo dai suoi pensieri.

"Non ti sto mentendo. Io non ho mai provato nulla per lei" cercò di difendersi.

"E quanto accaduto su Dracmor?"

188

"Non posso spiegarti cosa è accaduto davvero, ma devi credermi... io non ho mai provato nulla per Vivien" ripeté. Si sentiva preso in trappola e qualunque cosa dicesse aveva solo il potere di far aumentare la rabbia di Scott. Era ancora troppo ubriaco per ragionare e prima di perdere le staffe e complicare la situazione, Erik optò per una strategica ritirata, accompagnata dai peggiori epiteti di cui il capitano era a conoscenza.

Dato che mandare Erik era servito a ben poco e che l'uomo aveva fatto ritorno a casa con umore più cupo di quanto non fosse uscito, Adhana decise di occuparsi della cosa di persona, anche se una volta di fronte alla porta del capitano venne assalita dal dubbio di aver preso una decisione sciocca e pericolosa.

Stava per tornare sui suoi passi, quando una vocina nella sua testa le diede della codarda. Dopo aver deglutito a vuoto si decise a bussare.

Quando la porta si aprì Adhana si trovò davanti ad uno Scott mezzo addormentato. Ma non appena i suoi occhi si posarono sul vassoio della migliore pasticceria del ponte Città, l'uomo tentennò.

"È un offerta di pace" disse Adhana.

"Non ho litigato con te" dichiarò togliendole il peso del vassoio dalle mani ed invitandola, senza troppo entusiasmo, ad entrare.

Adhana prese posto su uno dei divani di pelle nera, e si guardò intorno. La casa era perfettamente pulita ed ordinata, questa volta Scott doveva aver mantenuto attivi i robot inservienti.

Il capitano aprì la confezione di delizie alla crema pasticcera e cannella e li mise sul tavolo fra lui e la sua ospite.

"Come facevi a sapere che sono le mie preferite?" domandò addentandone una con gusto, ma senza perdere quella nota collerica dipinta sul volto.

"È stata la pasticcera. Le ho chiesto se preferivi qualcosa in particolare e mi ha preparato queste" ammise Adhana prendendone una anche lei. Erano davvero deliziose.

"Come mai sei qui?" le chiese senza troppe riserve. "Ti ha mandato Erik?"

"No! Dopo averti fatto visita è tornato di umore cupo. Ho immaginato, dato i vostri trascorsi, che aveste litigato" confessò con altrettanta franchezza.

"Ti ho fatto entrare solo per queste" dichiarò il capitano, indicando i dolci, mentre il suo umore grigio cominciava a dissiparsi.

"Se vuoi posso cucinarti qualcosa. Non sono brava ai fornelli, ma un paio di ricette le conosco."

"Ragazza, tuo marito mi ha parlato delle tue doti culinarie e senza offesa preferisco ordinare cibo d'asporto piuttosto che farmi avvelenare da te."

Adhana lo guardò indispettita.

"Mi spiace per quanto accaduto con Vivien" mormorò sommessamente dopo un lungo silenzio.

"Non devi scusarti. Sei tu quella che è stata ferita" disse l'uomo posando su un tovagliolino metà del dolce. All'improvviso non aveva più fame.

"Erik è preoccupato per te e lo sono anche io. Questa è la tua nave e il tuo equipaggio ha bisogno di te" disse tutto ad un fiato prima di perdere il coraggio.

Scott la studiò a lungo, scegliendo con cura le parole da usare.

"È vero, avevamo divorziato, ma questo non ha mai cambiato quello che provavo per lei" ammise e nonostante il suo tono di voce fosse pacato, Adhana non faticò ad immaginare il suo dolore.

"Perdere qualcuno che si ama è un dolore insopportabile, ma non sei solo. Io ed Erik siamo qui" gli disse.

"Hai mai perso qualcuno?" le domandò Scott.

"Mia sorella. Una vhe'sta, come me" disse Adhana sorprendendolo. A quelle parole il modo in cui Scott la guardava, cambiò.

"Quindi conosci questo dolore?"

"Sì!" confessò la ragazza.

"Mi serve tempo. Mi serve solo tempo."

"E avrai tutto il tempo che vorrai, ma non affrontare il dolore da solo. È un mostro capace di uccidere e so anche questo" disse Adhana.

"Cosa vorresti dire?"

"Tu usi l'alcool, io mi sono gettata nel vuoto" confessò la ragazza. Allo sguardo interrogativo di

Scott si spiegò.

"Sono fuggita dalla mia casa, dopo la morte di mia sorella. ho vagato senza meta per giorni, consumata dal dolore. E quando l'oceano mi ha chiamata con la sua voce, io mi sono gettata da una scogliera. Sarei morta se Erik non mi avesse salvato."

Scott la fissò incredulo.

"È così che vi siete conosciuti?" chiese dopo un lungo lasso di tempo.

Adhana si limitò ad annuire.

"Con la sua presenza, Erik mi ha lentamente riportato alla vita. Senza di lui non sarei sopravvista alla morte di mia sorella. Veniva nella grotta, dove ero nascosta, notte dopo notte, impedendomi di cedere alla disperazione. Rispetteremo il tuo dolore e il tuo isolamento, ma non devi restare solo."

Scott si sollevò di scatto in piedi, bisognoso di nascondersi dallo sguardo intenso di Adhana. Le sue parole erano arrivate più in profondità di quanto lei stessa riuscisse ad immaginare.

L'uomo cominciò a girare nervosamente avanti e indietro, per poi voltarsi di colpo e affrontarla. "Vuoi farmi da assistente?" le domandò di punto in bianco. "Non me la sento ancora di tornare fra la gente, ma questa parte del viaggio è abbastanza tranquilla. Dovresti fare da collegamento fra me e il mio vice. Mi sarebbe davvero di grande aiuto" disse infine mettendo a nudo la sua anima.

Adhana lo guardò basita.

"Scott io... io non so nulla di navi spaziali" ammise senza timori. Non era pronta ad una simile soluzione.

"Lo so, ma Erik dice che sei intelligente e rapida nell'apprendere. Sono certo che tu sia la persona adatta."

Adhana lo guardò colma di timore.

"Vorrei parlarne con Erik" confessò dubbiosa.

"Fa pure ma, ricorda che questa è la tua vita, non la sua."

Con quelle parole scolpite a fuoco nella mente Adhana fece ritorno a casa su piedi malfermi. Essere l'assistente di Scott era un pensiero che la terrorizzava e al contempo la esaltava. Quando ne parlò con Erik l'uomo ne rimase sorpreso tanto quanto lei.

"Hai accettato?" le chiese

"Non ancora, gli ho detto che volevo parlarne con te" ammise timorosa.

Fu allora che Erik la strinse fra le braccia.

"È una tua decisione, e qualunque cosa tu decida io ti sosterrò" sentendo quelle parole Adhana sentì il cuore più leggero.

"Non so cosa fare. Sono terrorizzata ed eccitata al momento stesso" confessò cercando la risposta nel suo sguardo.

"Non sarà facile, devi imparare tanto e in poco tempo, ma tu sei tu, e non ho mai conosciuto prima una persona con una mente come la tua. Quindi non credo che questo debba spaventarti" cercò di aiutarla Erik.

"E se fallissi?"

"Almeno avrai tentato."

"E se Scott mi facesse impazzire?" disse poi.

Erik sorrise.

"A quello ci penserò io. È stranamente convinto che Vivien nutrisse dei sentimenti per me, e forse è vero, ma non ero io l'oggetto dei suoi desideri."

"Tu pensi che fosse l'altro?" domandò Adhana sorpresa.

"Non lo so. I segreti di quella donna sono morti con lei. Ma, non voglio che tormentino ancora Scott."

Quando Erik tornò nell'appartamento del capitano non fu affatto sorpreso della bottiglia di Kelan sul tavolino davanti al divano. Doveva aver fatto rifornimento, pensò amareggiato.

"Cosa vuoi?" gli domandò aspramente l'uomo bloccandolo sulla porta.

"Dobbiamo parlare" rispose con calma Erik, ma non evitò di dargli uno spintone che gli permise di guadagnare l'ingresso.

Scott lo squadrò furioso, ma per fortuna non era abbastanza ubriaco da perdere immediatamente le staffe.

"Di cosa vuoi parlare ancora?"

"Volevo ringraziarti" disse stupendolo.

"Di cosa?"

"Dell'opportunità che vuoi dare ad Adhana. È importante per lei e quindi lo è per me."

"Ha accettato?" domandò innervosito dal fatto che fosse Erik a riferirgli la risposta.

"No, non ancora. Ci sta pensando, ma la conosco. Le sfide le piacciono, sono certo che accetterà."

Scott emise uno sbuffo di compiacimento.

"Ma, sono venuto anche per parlarti di altro" disse sostenendo il suo sguardo carico di rabbia. "È stato un momento di buio, non so chi abbia baciato chi, ma non ero in me. Alle volte mi perdo – cercò di rendere la cosa meno grave di quanto non fosse – per questo ho lasciato la Terra."

Scott lo guardò a metà fra la rabbia e l'incomprensione.

"Cosa significa che ti perdi?" chiese incredulo, convinto che lo stesse prendendo in giro.

"Il mio corpo è lì, ma non ci sono io. Mi ricordo di essermi seduto sul bagnasciuga con lei. Aveva detto che doveva parlarmi di qualcosa, non ricordo cosa. E l'attimo dopo mi accorgo che... lo sai. Non so cos'è accaduto ma, non avrei mai ferito volontariamente Adhana oppure te. Siete le persone più care che ho al mondo, assieme a Ian. Mai vi farei del male di mia volontà" confessò piegando in qualche modo le difese di Scott.

Il capitano smise di troneggiare su di lui e andò a sedersi, prendendosi la testa fra le mani.

"Ha cercato di uccidere tua moglie, secondo te per quale ragione?" continuò cercando di mettere a posto i pezzi del suo puzzle mentale.

"Non ne ho idea ma, se ci fosse riuscita, l'avrei uccisa con le mie mani" confessò Erik e per un attimo la voce gli si incrinò.

Finalmente Scott sollevò il capo e tornò a guardarlo.

"Aiutami" disse il capitano in un sospiro. Erik si sedette al suo fianco.

"Cosa vuoi che faccia?" gli chiese posandogli una mano sulla spalla.

"Devo smettere di bere, ma non ci riesco" confessò con voce incrinata dal dolore. "Ho tutti questi pensieri che mi vorticano in testa, non riesco a farli smettere da solo."

Erik sospirò.

"Contatterò un esperto e ti faremo cominciare un programma di disintossicazione" disse cercando di incoraggiarlo.

"No, niente scorciatoie o maniere gentili. Lo farò alla vecchia maniera, ma ho bisogno di un medico fidato" disse facendolo trasalire.

"Scott, la disintossicazione forzata è una tortura. Ti farà a pezzi. Ci sono metodi meno dolorosi" disse cercando di farlo ragionare.

"Lo so, ma, tu mi conosci. Impiegherei un'eternità nell'altro modo."

"Sei proprio convinto?"

"Sì!" ammise senza riserve.

Erik lo guardò dubbioso, e pensando all'inferno al quale l'amico si sarebbe sottoposto, invidiò la sua sicurezza.

CAP. 19

La dottoressa Reed fu sorpresa da quella strana convocazione. Nonostante fosse stata diverse volte nell'appartamento di Adhana, era la prima volta che metteva piede in quello del capitano. Al contrario di quello di Adhana e Erik, dove trionfavano colori chiari e luminosi, l'appartamento del capitano era un trionfo di colori caldi e avvolgenti. Le pareti effetto legno e la mobilia scura gli davano un'aria più intima.

Adhana e Erik lasciarono che fosse Scott a parlare, limitandosi a dargli sostegno con la loro presenza.

Il medico lo ascoltò con pazienza, nonostante le sue numerose pause, e con professionalità.

"Non preoccupatevi capitano. Posso seguire io l'intero processo senza bisogno di coinvolgere altri medici o infermiere. Possiamo farlo direttamente qui, nel vostro appartamento, e nessuno oltre i presenti saprà della disintossicazione. Ma la prossima settimana sarà terribile, quindi lei non dovrà mai restare solo" spiegò con calma posando lo sguardo su tutti loro.

"Io e Adhana saremo sempre qui" rispose Erik, mentre Adhana annuiva.

"Perfetto, in quanto a me le dedicherò tutte le mie ore libere, fino a quando il processo non sarà terminato. Devo informarla, inoltre, che per i primi due anni dopo la disintossicazione forzata non potrà toccare nessuna sostanza che causi dipendenza. Una volta disinnescasti i meccanismi cellulari colpevoli delle dipendenze potremo introdurre gradualmente un bicchiere di vino ogni tanto, ma sempre in dosi moderate."

"Va bene" rispose Scott stringendo i pugni sulle ginocchia.

"Se è d'accordo domani potremo cominciare. Sarò da lei alla quarta ora" disse la donna dopo aver controllato l'agenda degli appuntamenti sul proprio Kom.

"Allora estenderò la sua autorizzazione a questo ponte e al mio appartamento" disse Scott provvedendo immediatamente. "Così potrà entrare ed uscire liberamente."

Il mattino dopo Layla Reed portò con sé tutta l'attrezzatura di cui aveva bisogno. Preferì che ad aiutarla fosse Erik piuttosto che un comune fattorino che avrebbe potuto benissimo spifferare in giro di aver portato il tutto al ponte ventiquattro. I pettegoli non avrebbero impiegato molto a collegare gli eventi.

Il capitano girava avanti e indietro nervoso come un leone in gabbia. Quando la dottoressa gli iniettò la prima dose della cura non se ne rese quasi conto. Eccetto un leggero mal di stomaco si sentiva bene. Passò l'intera mattinata impegnandosi nella preparazione di Adhana, ma verso l'ora di pranzo cominciò a soffrire di atroci dolori. Passò il resto della giornata a vomitare. La flebo gli assicurava i liquidi e i nutrienti per non indebolirsi troppo, ma quando giunse l'orario di riposo arrivò anche la febbre.

La dottoressa Reed non lo lasciava solo un istante, monitorandolo e dosando di volta in volta la terapia.

Il giorno dopo la febbre era scesa, ma i conati di vomito erano tornati. L'uomo vomitò bile. Era pallido ed emaciato. Era così debole che toccava ad Erik accompagnarlo in bagno per consentirgli di liberarsi lo stomaco.

Il terzo giorno tornò la febbre alta. Scott delirava, ma la dottoressa Reed non sembrava preoccupata. Erik invidiava la sua calma. Ogni lamento dell'amico gli spezzava il cuore. Avrebbe voluto fare qualcosa per farlo stare meglio, ma come aveva detto Layla, quel tormento sarebbe presto terminato.

Il quarto giorno la febbre scomparve del tutto. Layla era dovuta tornare in ospedale, ed Erik era crollato sul divano in soggiorno.

Adhana con una pezza umida asciugava i sudori dell'uomo.

Scott sollevò le palpebre pesanti e le sorrise, anche se esausto.

"Come ti senti?" gli chiese

"Svuotato!" scherzò facendola sorridere.

"Layla ha detto che puoi cominciare a bere un po' d'acqua se vuoi."

"Ho paura di non riuscire a trattenerla" confessò.
"Va bene!"

"Hai un aspetto terribile, ragazzina" disse rendendosi conto degli occhi cerchiati e dei capelli un po' arruffati.

"Colpa del tuo divano. È pessimo per dormire."

"Dici che è arrivato il momento di cambiarlo?" domandò tossendo. Parlare era difficile.

"È quasi sfondato. Credo che tu abbia aspettato già troppo."

Scott ridacchiò tossendo nuovamente.

"Dove hai mandato Erik?"

"Si sta rompendo la schiena sempre sul tuo pessimo divano, ma non ho avuto il coraggio di svegliarlo. Non ha chiuso occhio in questi giorni. Ti vuole davvero bene" disse facendolo commuovere.

"Prima di tutto questo avevo seri dubbi in merito" confessò, la voce diventava sempre meno roca.

"Perché?" domandò sconvolta da quella rivelazione.

"Durante i miei ultimi rientri sulla Terra, ci vedevamo solo dopo l'atterraggio e poco prima della partenza. Sembrava che la mia presenza gli desse fastidio, mentre una volta trascorrevamo insieme la maggior parte del mio anno di sosta."

Adhana dovette mordersi le labbra per tacere sull'esistenza dell'altro. Non solo aveva allontanato Ian, il figlio adottivo di Erik, rovinando il loro rapporto, ma aveva fatto la stessa cosa con Scott.

"Quando è diventato generale le cose sono addirittura peggiorate, non faceva neppure finta di preoccuparsi della compagnia commerciale e della nave. C'erano voci secondo le quali stava addirittura pensando di venderci come oggetti di poco valore. Poi, quando Ian mi ha informato che Erik avrebbe viaggiato sulle Rotte Oscure, ho temuto che le voci fossero vere e questa sarebbe stata la nostra ultima traversata. Invece adesso non so più cosa pensare."

Adhana impallidì.

"Lui non venderebbe mai la nave o la compagnia commerciale" disse cercando di consolarlo. Erik non lo avrebbe mai fatto, ma l'altro?

Quanto altro dovevano ancora scoprire sull'essere che si era finto Erik per cinquant'anni?

Scott si era addormentato nuovamente. Forse non l'aveva neanche sentita.

Quando Erik la raggiunse, aveva anche lui un pessimo aspetto. Avevano bisogno tutti e due di una bella doccia e del loro magnifico e comodo letto.

Osservando l'espressione della moglie si incupì.

"Cosa è successo?" chiese preoccupato.

Adhana si portò il dito alle labbra ed indicò il capitano addormentato. Solo quando la dottoressa Reed diede loro il cambio e i due tornarono nel proprio appartamento, Adhana, si decise a parlare.

"Devi dirgli la verità" disse di punto in bianco.

"Cosa?"

"Devi raccontargli degli ultimi cinquant'anni e dell'altro. Lo ha emarginato. Ha tradito la vostra amicizia e stava per vendere la compagnia" disse tutto ad un fiato facendo sussultare Erik.

"Cosa stava facendo?" urlò sconvolto.

"Hai capito bene. Erik, non sappiamo quanto altro abbia fatto alle tue spalle. Hai bisogno di qualcuno che ti aiuti a collegare gli anni perduti e Scott ha bisogno della verità" continuò Adhana sempre più amareggiata.

Erik sentì le forze venirgli meno. Vendere la compagnia? L'eredità di suo nonno? Dovette poggiarsi al banco della cucina per non perdere l'equilibrio.

"Non posso dirlo a Scott, se lui sapesse…"

"Era convinto che tu lo avessi tradito, che avessi tradito chiunque su questa nave" incalzò Adhana cercando di farlo ragionare. Poi recuperando la calma continuò "Lui è tuo amico, e capirà."

"Come può capire se a stento ci riesco io? Se

gli dico tutto come potrò rispondere alle sue domande quando neppure io conosco le risposte?"

Adhana si avvicinò e prese le grandi e forti mani dell'uomo fra le proprie.

"Non puoi dargli risposte che non hai, è vero, ma forse insieme riusciremo a trovarne qualcuna."

"È tutto così dannatamente complicato."

Adhana non disse altro, ma lo strinse fra le braccia e, Erik si arrese completamente a lei. Per un attimo, un solo attimo aveva bisogno di concedersi il lusso della debolezza e davanti a lei, solo davanti a lei poteva.

CAP. 20

Erano passati dieci giorni dal termine della disintossicazione forzata e Scott Norton si sentiva un uomo completamente diverso. Come conseguenza del cocktail chimico che gli era stato somministrato sopportava a stento l'odore e la vista di qualunque alcolico, così per quella cena Erik, aveva fatto del suo meglio per far sparire qualunque traccia di vino e liquori dal proprio appartamento.

Adhana stava sistemando nei vassoi la cena appena consegnata. Nessuno dei due era bravo a cucinare. Le loro capacità culinarie si fermavano ad un'insalata e un uovo al tegamino, e dato che quella era la prima volta in cui Scott abbandonava il proprio appartamento, gli sembrava abbastanza scortese proporgli il loro misero menù.
Il capitano arrivò puntuale come sua abitudine. Aveva un aspetto fresco ed elegante. Portava i capelli brizzolati pettinati all'indietro e aveva rego-

lato la lunghezza della barba.

"Che buon profumino!" esclamò appena entrato.

"Visto che brava cuoca che sono" rispose Adhana divertita.

"Ringrazio l'universo per le decine di ristoranti di questa nave" rispose Scott senza lasciarsi incantare e facendo sghignazzare Erik. Per tutta risposta Adhana gli fece la linguaccia.

La cena fu deliziosa e invece di accompagnarla con un buon rosso si limitarono ad un succo di egathe, una bevanda rinfrescante originaria di Nemena, uno dei pianeti visitati nei mesi passati.

"Erano settimane che non mangiavo così bene" confessò Scott

"Quando vuoi sei sempre il benvenuto" disse Erik avvicinandosi alla libreria alle loro spalle. Prese due sigari e ne porse uno a Scott. Adhana non amava fumarli, ci aveva provato un paio di volte, ma preferiva annusarne l'aroma intenso.

"Attento potrei prenderti sul serio" disse l'uomo.

"Devi farlo!" continuò Adhana "Anzi dovremmo farlo per davvero. Un giorno si ed uno no" affermò convinta la ragazza.

"Mi piace!" esclamò Erik

"E sia! Vietato disdire!" dichiarò il capitano sbattendo la mano sul tavolo.

Scott sembrava ringiovanito di dieci anni, era da tanto tempo che non si sentiva così entusiasta e a proprio agio. Nonostante la loro partenza burrascosa lui e Adhana erano diventati buoni amici. In pochi giorni come sua allieva, Adhana, aveva appreso così tante cose da lasciarlo sbigottito. Nonostante Erik gli avesse già accennato delle sue doti, non si aspettava nulla di simile.

"Dovresti studiare per diventare un capitano" disse Scott a bruciapelo calamitando l'attenzione dei due ospiti.

"Credi che sia possibile?" domandò Adhana eccitata dall'ennesima sfida.

"È un percorso lungo, ma abbiamo almeno altri otto anni di navigazione davanti a noi e se in questo anno riuscirai a diplomarti poi potrò ufficialmente accettarti come allieva."

Adhana aveva da poco cominciato il suo percorso di scolarizzazione. Essendo il suo pianeta natale classificato come pianeta di quarto ordine, aveva dovuto iniziare dalle scuole primarie, ma il giorno stesso dell'iscrizione aveva sostenuto l'esame sia delle scuole primarie che delle secondarie. Per il diploma le mancavano l'esame delle scuole di terzo, quarto e quinto livello. Secondo il programma stilato con Erik, avrebbero dovuto completare quel percorso entro un paio di mesi.

"Nessun problema! – rispose infatti Erik – Entro due mesi dovrebbe riuscirci" dichiarò colmo di orgoglio.

"Ottimo!" continuò soddisfatto Scott. "Cominceremo con il brevetto di pilota e poi andremo sempre avanti. Intanto comincerai ad accumulare ore di volo e per la fine del viaggio dovrai averne abbastanza per sostenere l'esame finale. Quello dovremmo farlo sulla Terra, deve essere il consiglio della Lega degli Akenty a concederti il brevetto finale. Per tutti gli altri posso bastare io. Però, sta attenta ragazzina, so essere un maestro implacabile" le disse puntandola con il dito.

Adhana però sorrise.

"Attento potrei diventare più brava di te" lo punzecchiò.

"Ci conto" disse Scott con sincerità. "Se tuo marito si decide a mollare l'esercito potreste trasferirvi sulla Yside in pianta stabile e potresti diventare il mio vice. Come sai non sono molto soddisfatto di quello attuale" disse lanciando un'occhiataccia all'indirizzo di Erik.

"Perché guardi me? Non ho mai messo bocca sulla gestione della nave" si difese.

"Non dire menzogne. Sei stato tu ad obbligarmi a scegliere quell'idiota."

Alle sue parole tanto Adhana quanto Erik si rabbuiarono. Scott se ne accorse subito, ma non ne comprese la ragione.

"Che succede adesso?" domandò confuso.

I due coniugi si scambiarono un'occhiata furtiva.

Erik sospirò. Non poteva andare avanti così. Adhana aveva ragione. Scott meritava la verità.

"Non sono stato io" ripeté Erik con tono piatto e prima che Scott potesse dire altro gli fece segno con la mano di aspettare. "C'è una cosa che devi sapere, una cosa importante che non dovrai mai e poi mai rivelare a nessuno" disse l'uomo senza trovare il coraggio di guardarlo in faccia.

"Di cosa si tratta?" chiese Scott, ma Erik rimase in silenzio così l'uomo si voltò verso Adhana in cerca di chiarimenti, ma anche lei taceva.

"Non so da dove cominciare" confessò Erik dopo un lungo silenzio.

"Mostragli la lista" lo aiutò Adhana.

"Sì, forse è meglio" e sollevandosi dalla sedia invitò Scott a seguirlo in sala.

Erik tracciò un segno circolare sulla superficie della vetrata e aprì un menù a tendina. Fece scorrere i vari file e scelse quello che gli interessava. Pochi istanti dopo la vetrata si oscurò e la lunga lista che lui e Adhana avevano stilato in quei mesi fu visibile. Era ancora scritta con due colori. Il verde per indicare la timeline di Erik, e il rosso per indicare quella dell'altro.

Scott la guardò confuso, lesse con calma le varie voci e solo dopo si voltò verso Erik.

"Cosa significa?" chiese capendo meno di prima.

"Per cinquant'anni io non sono stato io" disse guardandolo dritto negli occhi.

"Avevi detto che erano momenti di buio" disse Scott remore della loro conversazione di qualche settimana prima.

"Ho abbellito la cosa. Quella volta è stato un momento, ma la volta prima è durato cinquant'anni, ed io non ero lì perché c'era qualcun altro al mio posto" disse senza mezze misure.

Scott mosse le labbra ma da esse non uscì alcun suono. Le inumidì con la punta della lingua.

"Io ti ho visto. Ho parlato con te. Ho parlato di

cose che solo tu conoscevi. Non poteva essere un sostituto" disse con voce strozzata.

"Non era un sostituto" intervenne Adhana. "Era qualcun altro che vive nel suo corpo e conosce i suoi ricordi."

"Ma come..."

"Non lo so, ci siamo scervellati per mesi su ogni possibile spiegazione, ma non ne abbiamo trovate" confessò Erik.

"Adesso avrei proprio bisogno di bere" disse il capitano cominciando a girare nervosamente avanti e indietro. "Raccontami tutto dall'inizio" disse poi fermandosi di colpo e gettandosi a peso morto sul divano.

"Non so neppure io quale sia l'inizio. So solo che il giorno prima era un giorno come tutti gli altri e quello dopo erano passati cinquant'anni. Mio figlio non era più un bambino, ma un uomo. Un uomo che mi odiava perché lo avevo allontanato spedendolo in un collegio e in seguito, a quanto pare, sfruttato per la mia carriera."

"Lo rammento. Ero sulla Terra quando lo hai spedito in quel collegio. Era poco più di un ragazzino. Quanto ha pianto. Credevo che mi si spezzasse il cuore sotto il peso di quelle lacrime" confessò Scott facendo peggiorare il senso di colpa di Erik.

"Non gli avrei mai fatto una cosa simile. Dopo la terribile morte dei suoi veri genitori gli avevo promesso che non lo avrei mai lasciato solo e quell'altro me lo ha portato via" confessò colmo di rabbia e rammarico.

"Eravamo a Alycion in quel periodo. Mi avevi ospitato, come ogni volta, a casa tua. Ian mi piacque subito. Era un ragazzino allegro che faceva mille domande. Ricordo che ti adorava. Non ricordava molto dei suoi genitori, erano morti quando era ancora in fasce, due agenti dei servizi segreti, come te se non sbaglio" disse Scott.

"Sì! Morirono in missione ma, avendo un bambino piccolo avevano designato un tutore. Lo avevano chiesto a me, certi che non lo avrei mai abbandonato. Ed invece…"

Adhana gli si avvicinò e gli prese la mano. Nulla tormentava Erik più del fato di Ian.

"Cosa ricordi del tuo ultimo giorno di cinquant'anni fa?" chiese Scott.

"Ricordo che stavo partendo per una missione e ti stavo affidando Ian, per quei pochi giorni in cui sarei stato via, poi non ricordo altro" confessò.

"Si, me ne rammento. Di solito lo affidavi ad una governante, ma quella volta ti dissi che me ne sarei preso cura io."

Erik annuì e si sedette sulla poltrona.

"Quando mi sono risvegliato, cinquant'anni dopo, ero in un centro medico. Non riuscivo a capire il perché. Non avevo mai avuto bisogno di medici in vita mia. Ero collegato ad una flebo. Ricordo che guardavo l'ago in attesa che il mio corpo lo espellesse così come faceva con qualunque oggetto estraneo. Ma, l'ago restava al suo posto. Mi sentii gelare il sangue nelle vene. Me lo strappai di colpo cominciando a sanguinare e ancora una volta fui costretto a rendermi conto che le mie capacità rigenerative non funzionavano. Ero terrorizzato e confuso. Un'infermiera venne a controllarmi e per poco non svenne quando l'aggredii chiedendole cosa mi avessero fatto e perché non riuscivo più a guarire. Mi chiamò generale, e mi disse che erano anni che ormai non guarivo più da solo. Fu allora che un medico entrò nella mia stanza. C'era qualcosa di familiare in lui e nel modo in cui mi parlava. Eppure il suo sguardo era colmo di odio. Quindi chiesi che giorno fosse e quando il medico mi disse la data, le forze defluirono via da me, lasciandomi le ginocchia molli. Non poteva essere passato tutto quel tempo senza che me ne rendessi conto. Cominciai a chiedere di Ian, di mio figlio. Ero disperato al solo pensiero di averlo abbandonato. Il medico mi guardò con maggiore astio e mi rimproverò perché non lo avevo riconosciuto. Ero sconvolto, non capivo. Ero forse diventato pazzo? Avevo vissuto quegli anni senza neppure saperlo? Impazzii e fu allora che i miei capelli divennero bianchi. Restai folle per mesi, prima che le mie capacità rigenerative tornassero e rimettessero a posto la mia mente instabile. Fu allora che Ian si convinse che non stavo mentendo, che non ricordavo davvero nulla degli ultimi cinquant'anni. Si prese cura di me, nonostante fossi spezzato. Avevo bisogno di tempo per riprendermi, ma l'esercito mi reclamava a gran voce, continuavano a torturarmi, mettendomi davanti ad una realtà che non conoscevo, rallentando la mia ripresa. Disperato, Ian, decise che era il caso che mi allontanassi da tutto, così mi imbarcò sulla Yside. Il resto lo conosci" disse concludendo il suo racconto.

Scott lo osservò cercando di capire, di collegare gli eventi a cui lui stesso aveva preso parte.

"Sei partito, ma non so per dove. Le tue missioni erano sempre segrete. Quando sei tornato sembravi scostante e infastidito. Non capivo da cosa. Qualche settimana dopo hai spedito Ian in collegio senza una spiegazione, senza una parola. Credo avresti cacciato via anche me, se non fossi ripartito per le Rotte Oscure un paio di giorni dopo la partenza di Ian" disse Scott cominciando a colmare i vuoti di Erik.

"Quindi sei partito e non sai cosa sia accaduto dopo?" chiese Adhana.

"No, non lo so! Ma quando sono tornato circa dieci anni dopo Erik era diverso. Aveva abbandonato da anni i servizi segreti e stava costruendo la sua carriera militare. Come ti ho già detto lo vedevo solo all'arrivo e poco prima della partenza della Yside. Avrei dovuto capire che qualcosa non andava, ma credevo di avergli fatto qualche torto, anche se non riuscivo a capire quale" confessò Scott.

"Tu sei sempre stato il migliore degli amici, o non ti avrei mai affidato Ian" disse Erik con un sorriso lenendo le ferite dell'altro.

"Come hai fatto capire che non eri tu al comando?" domandò Scott.

"Non sono stato io. Fino a pochi mesi fa ero convinto che quel vuoto di memoria fosse frutto di un'amnesia o peggio qualche patologia mentale. È stata Adhana ad accorgersene, a dare un senso a tutto, mentre ero nella capsula rigenerativa, dopo Dracmor."

Le sue parole misero Scott in imbarazzo, perché era stata colpa sua.

"Ti ricordi quando mi lasciasti la branda?" chiese Adhana strappandolo con rapidità ai suoi pensieri.

"Sì!" rispose semplicemente. Quanto avrebbe voluto bere qualcosa di forte, ma il solo pensiero gli causò uno spasmo.

"Stavo dormendo quando all'improvviso non ho sentito più la forma dell'anima di Erik"

"La forma dell'anima?" la interruppe Scott dimenticando il desiderio di bere.

"Scusami, non te ne ho mai parlato. Ho il dono di percepire le forme delle anime, anche se non tutte le anime ne hanno una. Erik la possiede, e anche tu. L'anima è ciò che noi donne halydiane trasferiamo da un corpo all'altro durante la trasmigrazione" non sapeva se fosse sufficientemente chiara, ma dall'espressione di Scott capì che non lo era stata.

"Le halydiane sono fatte di due corpi – disse Erik – uno fisico e uno energetico. Quello energetico, che chiamano anima, vive dentro quello fisico. A quanto pare noi siamo simili a loro visto che

Adhana riesce a percepire anche il nostro corpo energetico. La nostra anima, insomma. Ma la percepisce come una forma, e ad ogni persona i suoi sensi associano una forma bene precisa."

"Penso di capire" disse Scott. Adhana sorrise grata ad Erik.

"Ecco. La forma dell'anima di Erik è il mare, mentre la tua è la tempesta. Ebbene anche se altre persone suscitano in me la forma del mare e della tempesta, non sono simili al mare e alla tempesta che sento accanto a voi."

Scott annuì e Adhana continuò.

"Quella sera, all'improvviso il mare è scomparso dai miei sensi. Ricordo di essermi svegliata di soprassalto con il timore che Erik fosse morto. Ma quando mi sono avvicinata alla capsula ho visto che era vivo. All'improvviso i miei sensi si sono riempiti da un'altra forma, una forma fatta di odio antico."

"Come hai fatto a tornare?" continuò Scott avido di capire.

"È stata sempre Adhana, ma non sappiamo come abbia fatto. Lui è ancora dentro di me, ma adesso si trova così in profondità da non riuscire ad emergere. È stato quando lo ha spinto in basso che le mie capacità rigenerative sono tornate in tutta la loro prepotenza e i capelli sono tornati neri. Adesso è prigioniero, ma è sempre qui" disse portandosi simbolicamente una mano al petto.

"Tu non poi scacciarlo via?" chiese il capitano rivolto a Adhana.

"No! Ma fino a quando Erik sarà forte, lui non avrà modo di riemergere. Per farlo ha bisogno che Erik sia debole."

"Quindi adesso è sottochiave. Siete riusciti a capire chi sia e da dove venga?" continuò Scott

"No! L'unico modo per scoprirlo sarebbe farlo riemergere, ma non voglio correre rischi. Non voglio perdere nuovamente la mia vita."

A quelle parole Scott annuì.

"Almeno sai da quanto tempo è dentro di te?"

"Abbiamo analizzato le timeline diverse volte, prima di quella famosa missione non mi era mai accaduto nulla di simile."

"Quindi qualunque cosa sia accaduta è accaduta durante quei pochi giorni" continuò Scott per lui.

"Una volta sulla Terra cercherò di recuperare i fascicoli della missione per individuare un punto di partenza, ma per ora, posso fare ben poco."

"Lo controlli e non mi sembra poco. – disse il capitano – Fino a quando resterai a bordo sarà facile. Una volta a casa come farai? Quell'essere ha costruito una vita a tua insaputa."

Erik si sollevò e si avvicinò alla vetrata puntando lo sguardo sulla timeline in rosso.

"Devo renderlo innocuo. Devo distruggere tutto il lavoro che ha fatto. Distruggere la sua carriera e il potere che ha accumulato. Lascerò l'esercito, e forse non è poi una cattiva idea tornare sulle Rotte Oscure."

Scott si sollevò in piedi e si avvicinò posandogli

una mano sulla spalla.

"Conta pure su di me, vecchio mio. Faremo a pezzi quel maledetto. Dovrà pagarla per quello che ha fatto al piccolo Ian."

"E non solo. Anche per quello che ha fatto a te" disse Erik voltandosi verso l'amico e stringendolo in un forte abbraccio.

Gli occhi di Scott per un attimo divennero lucidi, ma con una pacca sulla spalla si separò da lui prima di mettersi a piangere per davvero.

"Dammi quel dannato pennarello elettronico e cominciamo a riempire i vuoti di questa lista" disse il capitano con voce rotta dall'emozione.

CAP. 21

Anno dell'Unione Galattica 852

L a vibrazione del caccia aveva trasformato le sue ginocchia in gelatina. Non si fidò a saltare giù, ma preferì usare la scaletta per scendere dal velivolo. Non voleva fare brutte figure davanti alla piccola delegazione che era giunta ad accoglierla. Non appena posò il piede nell'hangar, il professor Maddox non riuscì a trattenere una risatina divertita.

"Mi perdoni, capitano, ma è evidente che il suo caccia ha qualche problemino di vibrazione" disse con ironia, forte della sua esperienza.

"Speravo passasse inosservato" disse Adhana, rispondendo con un sorriso altrettanto cordiale.

"Non si preoccupi, I miei uomini lo sistemeranno."

"La ringrazio per la sua cortesia."

Il professor Maddox dimostrava almeno una sessantina di anni, ma Adhana aveva imparato da tempo a non valutare gli abitanti dell'Unione Galattica con i criteri di tempo halydiani. Incurante della sua andatura zoppicante pose il braccio alla ragazza e la invitò a poggiarsi per recuperare l'equilibrio.

"Un vero galantuomo!"

"Indipendentemente da quello che pensano di noi i terrestri, sulla Luna siamo abituati a viziare i nostri ospiti" disse con orgoglio, mostrando un sorriso perfetto che contrastava con il volto solcato da una qualche ruga. "E in virtù della nostra ospitalità, mi sono permesso di organizzare un ricevimento in suo onore proprio questa sera" le disse conducendola fino al veicolo elettrico che l'avrebbe accompagnata nei suoi appartamenti.

"Per fortuna mio marito mi ha insegnato a portare sempre con me un abito da sera."

"Lei è molto più simpatica di quanto raccontassero i pettegoli dell'alta società."

"Non sono mai stata a mio agio in quegli ambienti" confessò senza pudore mentre l'autista li accompagnava attraverso una serie di capannoni tutti uguali, riconoscibili solo dal numero identificativo verniciato sulla fiancata.

La Luna non aveva un'atmosfera propria e i vari complessi industriali, come i cantieri Maddox, erano circondati da cupole elettrostatiche che trattenevano l'ossigeno prodotto in complesse serre. La densità del gas, era molto più bassa rispetto a quella della Terra, e all'inizio si faticava un po' a respirare. Era necessaria qualche ora perché l'organismo cominciasse ad abituarsi.

"Il capitano Norton parlava di lei con orgoglio e stima, e visto quello che è riuscita a fare in questi tre anni, credo ne avesse ben motivo. Ma dica, come è riuscita a ritrovare la sua nave? In tanti ci hanno provato."

"È stato solo un colpo di fortuna. Siamo riusciti a far ripartire da remoto i computer di bordo e localizzarla" mentì, non voleva che qualcuno usasse la sua idea dell'ISP. Gli umani non potevano trasmigrare e lei non voleva avere nessuno sulla coscienza.

Dal modo in cui Maddox la guardò, comprese che non aveva creduto ad una sola parola, ma fu abbastanza saggio da non chiedere altro.

"Avrà sicuramente bisogno di molte riparazioni."

"Molte più di quelle che mi aspettavo."

"Immagino che sia venuta fin qui per recuperare i pezzi di ricambio che il capitano Norton ci aveva commissionato prima della guerra."

"Sì, e mi auguro che lei abbia avuto il tempo di evadere l'ordine."

"È fortunata, è uno degli ultimi lavori che siamo riusciti a completare prima che l'esercito ci usasse come sua officina esclusiva" disse con una nota amara.

"Come vanno le cose?" chiese Adhana anche se l'autista si era fermato accanto al capannone n. 34, sicuramente quello dove sarebbe stata ospitata.

"Non bene, capitano. Temo per il futuro dei miei cantieri, e l'esercito sotto il comando di Payton non è più quello di una volta. Quell'uomo pensa che tutto gli sia dovuto ed è convinto di essere il padrone di tutti noi. Il problema è che nessuno riesce a porre un freno alle sue ambizioni. Se solo il Generale Silver fosse vivo non ci troveremmo in una situazione simile."

Adhana tacque. La verità era molto diversa da come tutti la immaginavano. Completamente diversa.

"Scott mi ha sempre parlato di voi come di un amico fidato, e spero che fra noi possa instaurarsi un rapporto solido come quello che avevate con lui" rispose allontanando bruscamente il discorso dal generale Silver.

Per un attimo un'espressione di perplessità balugnò sul volto del professor Maddox. Quell'uomo riusciva a leggere fra le righe.

"Solo se voi mi fate l'onore di chiamarmi Emyr. Comunque siamo arrivati – le disse mettendo da parte i suoi dubbi e consegnandole una tessera magnetica con sopra scritto il numero del suo appartamento – Avremo modo domani per parlare di affari e problemi. Questa sera sarà dedicata solo a fortificare la nostra nuova amicizia."

Adhana lo ringraziò e lasciò che l'autista l'accompagnasse fino alla porta del suo appartamento. Si trattava di un comodo monolocale, arredato con gusto e semplicità.

"Quanto tempo sarà necessario per riparare gli stabilizzatori?" domandò il generale Payton all'indirizzo di uno degli ingegneri del cantiere Maddox. Era un uomo alto e muscoloso dai modi impeccabili. Come da regolamento portava i capelli biondi quasi rasati, ma questo non toglieva nulla al suo fascino.

La giovane donna, cercò di smettere di fissare il suo volto mascolino e seducente e osservò con malcelata indignazione lo stato pietoso in cui era ridotta la nave.

"Gli stabilizzatori sono solo la punta dell'iceberg" disse cercando di optare per la diplomazia, controllando per l'ennesima volta la lista dei danni stilata dai suoi meccanici.

"Cosa significa?" domandò alterato il generale, mentre l'ufficiale donna al suo fianco sbuffò infastidita. Portava i lunghi capelli neri legati in uno chignon, così come imponeva il regolamento. Indossava l'aderente uniforme da capitano che risaltava sul suo fisico snello e sodo.

"Purtroppo la nave è malridotta e se mi limitassi a riparare solo gli stabilizzatori fra due giorni sareste di nuovo qui" spiegò la giovane.

"Di quanto tempo stiamo parlando?" domandò sempre più infastidito Payton.

"Un paio di settimane, se mi dedico solo alla vostra nave ma, ne ho altre sei, sempre dell'esercito, e ognuno pretende di avere la priorità sugli altri."

"Un paio di settimane sono troppe. Non possiamo restare fermi tanto a lungo" sentenziò acida l'ufficiale.

"Detesto perdere tutto questo tempo. Contatta il comando e facci mandare un veicolo per il recupero. Lasceremo la nave qui" decise Payton.

"E il carico?" domandò preoccupata.

Payton parve davvero infastidito da quella domanda.

"Lo porteremo con noi!" sentenziò sbrigativo.

"Secondo i protocolli di sicurezza della compagnia durante lavori di riparazione tanto estesi è necessario sgombrare la nave. Potrete sigillare le vostre stanze private, ma necessitiamo di accesso totale e illimitato alle strutture di manovra. Se lo ritenete opportuno qualcuno dei vostri uomini potrà seguire i miei meccanici, ma non più di uno per gruppo."

Passò loro il Kom per autorizzare le riparazioni, ma Payton lo scacciò con un gesto poco educato della mano.

"Autorizzerò i vostri uomini a salire a bordo della nave solo dopo l'arrivo del veicolo che ci riporterà sulla Terra."

Alysa si licenziò con una semplice scrollata di spalle, felice di allontanarsi da quei due e tornare al suo lavoro.

Adhana si preparò con calma, concedendosi un trucco sofisticato che esaltasse i suoi occhi azzurri. Lasciò che i lunghi capelli biondi le scivolassero come un mantello sulle spalle lasciate abbondantemente scoperte dall'elegante abito da sera color antrace. Per ultimi indossò dei delicati sandali con tacchi vertiginosamente alti e si ammirò soddisfatta allo specchio. Immancabilmente ripensò alla sciatta vhe'sta che era stata tanti anni prima. Si illudeva di averla abbandonata su Halydor, ma alle volte quella ragazzina sola e smarrita tornava a tormentarla, proprio come in quel momento, in cui sentì l'irrefrenabile impulso di voltarsi e chiedere al suo Erik cosa ne pensasse del suo abito. Combatté contro quell'impulso, ma ancora una volta perse miseramente e si voltò a cercare un uomo che non c'era più.

Digrignò i denti e abbandonò lo specchio.

Con passo deciso si incamminò verso l'uscita dove un'autista l'attendeva.

La dimora del professor Maddox sorgeva nella zona ovest del cantiere navale. Esternamente non era diversa dalle altre palazzine, fatta eccezione per la mancanza del numero identificato sulla fiancata. Aveva la parvenza di un enorme capannone piuttosto che di un'abitazione, ma l'interno era tutta un'altra cosa. Si trattava di un'abitazione su più piani. Era estremamente lussuosa con i suoi marmi levigati e le meravigliose statue che ne adornavano l'ingresso. Enormi lampadari di cristallo pendevano dai soffitti, inondando l'ambiente di una luce calda e accogliente che immancabilmente ricordò a Adhana la tenuta Silver su Lamia prima che andasse distrutta durante il conflitto.

Il professor Maddox l'attendeva nel suo abito da sera scuro, perfettamente inamidato. Aveva legato i lunghi capelli brizzolati dietro la nuca e aveva sostituito il pratico bastone con uno più elegante.

"Siete una gioia per gli occhi, capitano Var-Hell" le disse porgendole subito il braccio.

"E voi siete davvero impeccabile professore."

"Mi sbaglio o eravamo giunti ad un compromesso noi due?"

Adhana sorrise divertita e si lasciò guidare nella sala dal suo ospite che fu molto orgoglioso di presentarla agli altri invitati e alle sue tre figlie, fra le quali spiccava la giovane e promettente Alysa Maddox. Una giovane ragazza dai profondi occhi scuri e i lunghi capelli neri. Persino Scott Norton aveva intessuto spesso le sue lodi, l'aveva sempre reputata uno dei migliori ingegneri dell'Unione.

Gli ospiti del professor Maddox erano un ristretto gruppo di intimi amici, nonché proprietari degli altri complessi industriali sul satellite.

Adhana li trovò tutti molto interessanti, anche se non poté fare a meno di notare che la serata aveva un che di cupo. Più che una festa le sembrava una commemorazione, ma tenne per sé i suoi sospetti.

La cena fu impeccabile e deliziosa, una delle migliori alle quali avesse partecipato negli ultimi tre anni. A fine serata quando gli animi erano più distessi e l'alcool aveva fatto il suo dovere, il professor Maddox e altri le chiesero di raggiungerla nel salotto privato dell'uomo.

Le versarono da bere del cognac e le offrirono un sigaro che rifiutò. Nonostante Erik ne fosse un fumatore accanito, lei non li aveva mai trovati piacevoli.

"In questi tre anni molte cose sono cambiate sulla nostra Terra, capitano. Non so se ha avuto modo di accorgersene" iniziò Maddox spezzando il ghiaccio.

"Purtroppo si, e la piega che la situazione sta prendendo non mi piace affatto" confessò Adhana capendo all'istante che quella cena era solo il preambolo per il discorso che l'uomo stava cercando di imbastire.

"I cantieri Maddox e molte altre delle attività qui sul suolo lunare hanno i giorni contati. L'esercito vuole assorbirci. Inizieranno con una gestione controllata, ma sappiamo bene che sarà solo l'inizio della fine."

Le sue parole ricalcavano quelle di Patrick, pensò con amarezza.

"Se solo il Gran Consiglio esistesse ancora... ha sempre tenuto a bada le manie espansioniste di alcuni soggetti, proteggendo la politica dell'Unione Galattica. Ma, ormai è praticamente inesistente e noi viviamo sotto legge marziale da almeno due anni. Lei però è un akenty, capitano ed è a tutti gli effetti un cittadino della Lega degli Akenty."

"Come ben sapete la Lega non esiste più. I suoi membri sono morti durante il conflitto" specificò la ragazza cercando di accelerare le cose. I lunghi preamboli non le erano mai piaciuti.

"È un dettaglio insignificante, perché lo statuto della Lega da questo punto di vista è migliore di quello dell'Unione Galattica."

Adhana lo guardò sorpresa.

"Lei si riferisce alla regola di successione del titolo di consigliere?"

"Esatto! In caso di scomparsa del consiglio della Lega degli Akenty, qualunque sia la ragione, sono i capitani di grado più elevato ad ereditare il titolo di consiglieri. E al momento lei è l'unico capitano con otto anni di navigazione all'attivo, se contiamo anche il periodo del suo addestramento sulla Yside, oltre gli ultimi tre anni. Inoltre è l'unica a possedere una nave delle Rotte Oscure. Poi c'è il capitano Frank Dessel, di Marte – disse indicando uno degli ospiti – il capitano Jillian Pain di Venere, e il capitano Jhon Luster sempre di Venere. Voi siete gli unici capitani akenty attualmente operativi e siete tutti membri regolari della Lega degli Akenty e per tanto i suoi nuovi consiglieri."

Adhana ebbe bisogno di sedersi. Fino a pochi istanti prima era certa che la Lega fosse morta e la protezione da essa offerta svanita per sempre.

"Questo significa che abbiamo ancora la nostra indipendenza e inviolabilità?" domandò per essere certa di aver compreso bene.

"Sì, capitano! E avete il diritto di difesa di voi stessi, del vostro carico e delle vostre navi e infrastrutture da qualunque governo, legittimo o meno che sia."

Un sorriso si dipinse sulle labbra della ragazza che osservò gli invitati con uno sguardo nuovo.

"Il capitano Pain ci ha parlato di questa regola. Nessuno di noi la ricordava. Non è mai stata adoperata prima, ma fa parte dello statuto della Lega approvato da tutte le forze governative dell'Unione, quindi ha valore legale."

Maddox si interruppe solo per squadrarli uno per uno.

"Ebbene signori la Lega adesso siete voi, e noi abbiamo bisogno del vostro aiuto. Come Lega vi chiediamo di acquistare tutti i cantieri lunari e metterli sotto la vostra protezione. Permettendoci al contempo di diventare a nostra volta membri del consiglio" disse con la piena approvazione degli altri ospiti.

"Possiamo farlo?" domandò Adhana sorpresa.

Il capitano Pain, unica altra donna del gruppo si fece avanti. Aveva un aspetto fragile e malaticcio, eppure sembrava una donna raffinata e molto posata. I suoi occhi castani si posarono con calma su tutti loro prendendo il tempo necessario per dire quello che doveva.

"In passato i cantieri Maddox e altri cantieri lunari erano di proprietà della Lega. In seguito per ragioni pratiche e di concorrenza sono stati ceduti ad un prezzo di comodo alle famiglie che li gestivano, mantenendo sempre un rapporto di preferenza con la Lega. Nei contratti, che ho avuto modo di studiare durante la mia permanenza, esiste una clausola di revoca a discrezione del consiglio e naturalmente con il benestare dei nuovi proprietari. Fino ad oggi era praticamente impossibile farla valere, perché sarebbe stato difficile trovare un accordo fra le parti, ma in questo caso i cantieri hanno solo due possibilità: tornare in seno alla Lega o lasciarsi assorbire dall'esercito."

La sua voce era stanca e affannata.

Adhana rifletté su quelle parole, ma la sua mente era abituata a lavorare velocemente e quindi andò oltre.

"Se l'esercito dovesse attaccarci noi avremmo diritto di difesa e così anche voi?" chiese rivolta al professor Maddox che si limitò ad annuire.

"E posso assicurarvi che la Luna è ben armata, molto meglio della Terra" si vantò l'uomo.

Il pensiero della Yside sequestrata dall'esercito non l'aveva fatta dormire per settimane, ma alla luce di quelle nuove informazioni provò un senso di sollievo.

"Voi cosa ne pensate?" domandò ai tre nuovi consiglieri che sembravano attendere la sua decisione.

"Non conta cosa ne pensiamo noi. Il consiglio della Lega non è una democrazia. Siete voi il capitano con il grado più alto al momento e siete voi a dover decidere. Se ci fossero altri consiglieri con un grado simile al vostro avreste dovuto discuterne con loro, ma al momento siete sola."

Adhana li guardò basita. Troppo. Tutto quello era troppo anche per lei.

Trasalì quando vide Scott materializzarsi al suo fianco.

"Hanno ragione. Sei tu a capo della Lega degli Akenty adesso. Ed è a te che spetta questa decisione."

La ragazza distolse lo sguardo dall'ombra. C'erano troppe persone attente ad ogni sua mossa e non voleva notassero qualcosa di inconsueto. Lo posò sul capitano Pain, che non smetteva di fissarla.

"Quanto ci costerebbe acquistare tutto?" domandò cercando di analizzare la questione da ogni angolazione.

"Se revocassimo i vecchi contratti nulla. Ma ci sono almeno dieci poli industriali sorti dopo la cessione, quindi completamente privati. Per quelli dovremmo registrare un contratto di vendita, ma dobbiamo muoverci in fretta, perché non appena invieremo il verbale della nuova Lega all'esercito faranno in fretta a minacciarci. Inoltre alcune delle loro navi si trovano già qui in riparazione" spiegò Maddox.

Scott sempre al suo fianco annuì.

"Il prezzo di acquisto?"

"Un biglietto sulle Rotte Oscure per i nostri rappresentanti" intervenne uno degli invitati più anziani. "Come liberi mercanti per le stesse."

Adhana non poté fare a meno che ammirare la loro scelta. Un contratto di liberi mercanti significava un deposito per le loro mercanzie e la libertà di venderle sulla nave o fuori senza dovere nessuna percentuale alla compagnia di navigazione. Era una richiesta esosa, ma le avrebbe permesso di avere accesso ai prodotti delle industrie a prezzo di costo.

"Quanti depositi di stoccaggio, quante persone e quante tratte?" domandò senza preamboli.

"Dieci persone per polo industriale. Un magazzino per polo e almeno tre viaggi."

"E come compenserà il resto della Lega, visto che sarà la sola Silver Company Navigation a rimetterci in questo caso?"

"Divideremo il costo del biglietto, dei magazzini e delle licenze in parti eguali. E noi verseremo la differenza direttamente alla SCN" rispose il capitano Luster.

Il discorso andò avanti per tutta quella che sulla Luna era considerata la notte. Il giorno dopo ben sei caccia partirono per diverse destinazioni, per recuperare in gran segreto gli avvocati di ciascuna delle parti interessate. Sarebbe toccato a loro redigere i documenti in maniera impeccabile così che nessuno potesse confutarli. Maddox offrì loro un intero complesso ben sorvegliato e molto lontano dagli occhi dei militari, così che nessuno potesse disturbarli e per evitare qualunque fuga di notizia l'edificio venne schermato. Non una sola parola sarebbe dovuta trapelare all'esterno, almeno fino a quando tutti i documenti non fossero stati firmati e registrati.

"Capitano Var-Hell, accettereste il consiglio di un vecchio?"

Maddox la prese in disparte per poter parlare con lei in privato, mentre attendevano che i documenti necessari fossero preparati.

"Certo!" rispose Adhana.

"Prima di consegnare i documenti sarebbe il caso di trasportare la Yside sulla Luna. Non solo potrete usare i nostri cantieri e i nostri ingegneri, ma in caso di controffensiva dell'esercito qui possiamo difenderla. Sulla Terra sareste sola."

Adhana sorrise e il professore capì di aver solo anticipato quella che sarebbe comunque stata una sua richiesta.

"Ci avevate già pensato?" chiese per averne conferma.

"Sì, ve ne avrei parlato dopo la cena, ma la rinascita della Lega ha rimesso tutto in prospettiva."

"Invierò i miei rimorchi sulla Terra poche ore prima di spedire il verbale della rinata Lega e delle acquisizioni. Quando quel che resta dell'Unione riceverà gli incartamenti, la Yside sarà già in volo per la Luna. Una volta qui, potremo provvedere al trasferimento del vostro equipaggio."

"Stiamo per iniziare una seconda guerra" gli fece notare Adhana preoccupata.

"Sì, lo stiamo facendo" fu la laconica risposta

dell'uomo. "Ma dobbiamo sopravvivere" le rammentò.

CAP. 22

Adhana e il capitano Pain in quei giorni avevano avuto modo di conoscersi e di legare. Pain aveva voluto sapere tutto dei suoi viaggi degli ultimi tre anni. In fondo Adhana aveva osato raggiungere i confini della galassia servendosi di una nave antica e inadeguata. Questo la rendeva una leggenda vivente.

Le due donne chiacchieravano, passeggiavano nel grande parco dei cantieri navali. Il parco era custodito sotto una gigantesca cupola. Il suo interno ospitava a piante di tutti i tipi, provenienti da diversi mondi, ma c'erano anche arie di svago per i più piccoli e panchine lungo i percorsi pedonali.

"Eccezione fatta per i capannoni distrutti, sembra davvero che la guerra qui non sia mai arrivata" commentò Adhana osservando l'aria serena e distesa degli altri visitatori. "Sulla Terra, c'è come un'ombra oscura che circonda tutto e tutti."

"I pianeti hanno pagato il prezzo più alto. I satelliti invece hanno ricevuto solo danni collaterali. I primi obbiettivi del nemico sono stati le sedi della New Genesis Rebirth. Hanno distrutto la tecnologia rigenerativa e i poli della gioventù genica prima ancora che la guerra iniziasse. Quelle strutture si trovavano solo sui pianeti e non sui satelliti. Si dice che nelle zone dove sorgevano ora ci siano solo dei grossi crateri." La voce della donna era colma di dolore.

"Eppure non ho mai capito questa scelta, – osservò Adhana – hanno perso anche loro i vantaggi della gioventù genica e delle capsule rigenerative."

Jillian Pain smise all'improvviso di ascoltarla. Il suo volto si era fatto all'improvviso pallido, più pallido del solito, e il suo sguardo era distante. Il labbro inferiore le tremò appena prima che la donna si voltasse nuovamente verso Adhana con una strana espressione dipinta sul volto.

Si guardò intorno per essere certa che nessuno le vedesse e con un movimento deciso e fulmineo prese Adhana sottobraccio, spostandola con una certa solerzia dal percorso pedonale.

"Che succede?" domandò Adhana, preoccupata da quello starno comportamento.

"Questa non me l'aspettavo" disse la donna, evidentemente agitata e preoccupata. "Ma non mi aspettavo che Scott si legasse a te invece di..." disse facendola sobbalzare.

"Cosa?"

Questa volta fu il turno di Adhana di guardarla atterrita.

"Avrei voluto svelarti tutto con calma. Anzi avrei dovuto farlo già sulla Yside, molti anni fa, ma temevo che lui si accorgesse della mia presenza" disse portando via dal collo una catenina con una grossa pietra azzurra.

Adhana conosceva quel gioiello.

Jillian Pain lo gettò a terra e la schiacciò sotto i piedi. All'improvviso Adhana riuscì a percepire la forma della sua anima.

Un labirinto!

Conosceva quell'anima, e quel modo di percepirla l'aveva sempre turbata e lasciata con mille interrogativi.

"Tu!" esclamò sconvolta. Ma com'era possibile che lei fosse proprio lì, davanti ai suoi occhi, con un corpo ed una voce diverse da quelle che ricordava.

"Non aver paura. Io sono come te, sono una halydiana, anche se il nome corretto di tutti noi è Aeternus" disse facendola sbiancare completamente.

Adhana sentiva il cuore che le martellava forte nel petto. Non riusciva a capire cosa stesse accadendo. Per un attimo le girò violentemente la testa e Jillian fu costretta a sorreggerla.

"Lo so che è troppo e troppo in fretta, ma ti giuro che avevo intenzione di portartici con calma, ma quello che sento cambia tutto" continuò sempre più frenetica e ansiosa.

"Cosa stai dicendo?" chiese sul punto di urlare Adhana, che non riusciva a trovare una spiegazione valida, un minimo di senso logico in quanto stava accadendo.

"Non senti la forma della sua anima? – domandò sorpresa – Che sciocca! Forse siamo troppo lontani. Il tuo senso non è acuto come il mio. Avviciniamoci, ma sta attenta nessuno deve vederci."

Jillian la trascinò quasi di peso fino al punto esatto in cui il generale Payton era ben visibile.

L'uomo se ne stava seduto su una panchina intento a leggere dal suo Kom aperto a foglio.

Il cuore di Adhana perse un battito ed il suo volto già esangue dopo le recenti rivelazioni divenne ancora più pallido.

Quella forma...

Era inconfondibile.

Odio antico.

CAP. 23

Anno dell'Unione Galattica 841

Q ualcosa turbò il suo sonno. Non avrebbe saputo dire cosa, ma senza rendersene conto si trovò con gli occhi sbarrati e completamente lucido. Si sollevò dal letto ignaro della propria nudità. Posò lo sguardo sulla figura rannicchiata sotto le coperte. Adhana stava dormendo beatamente.

Con circospezione lasciò la camera da letto per raggiungere il salone. Il suo istinto aveva avuto ragione, non erano soli nell'appartamento.

"Si può sapere cosa ci fai qui a quest'ora?" domandò un Erik seccato accendendo le luci.

Scott sobbalzò e il pennarello elettronico gli scivolò dalle dita emettendo un ticchettio metallico sul pavimento laminato.

"Mi hai fatto venire un..." ma non completò la frase che imbarazzato tornò a voltarsi verso le due timeline disegnate in verde e rosso sulla vetrata di casa Silver. Erano mesi che non le degnavano più di un'occhiata. Avevano aggiunto tutto quello che potevano aggiungere, ma nonostante tutto non avevano scoperto molto sul misterioso e sgradito ospite.

Solo allora Erik si rese conto di non essersi vestito, ma una Adhana assonnata comparve alle sue spalle, con un paio di pantaloni.

"Hai dimenticato questi" disse semplicemente. Lei invece si era ricordata di indossare una vestaglia. "Preparo un caffè, chi lo vuole?" domandò dirigendosi in automatico con gli occhi semichiusi verso la cucina.

"Non volevo svegliarvi" si giustificò goffamente Scott.

"Lo sai che si sveglia con nulla" disse Adhana indicando con la tazza il marito che nel frattempo aveva indossato i pantaloni del pigiama.

"Perché sei qui?" chiese nuovamente Erik, ma con più calma. Si sedette al tavolo della cucina, mentre Adhana gli versò una generosa tazza di caffè, poi ne preparò una per sé e una per il capitano che li raggiunse.

Scott non rispose, ma mandò giù pochi sorsi della bevanda calda.

"Com'è andata la serata con Layla?" domandò invece Adhana, mettendo subito l'uomo a disagio.

Erik guardò il capitano con rinnovato interesse.

"Ti sei deciso finalmente?" disse assestandogli una rumorosa pacca sulle spalle.

"Ho combinato un disastro" confessò il capitano

abbandonando il capo sul bancone.

"Se non lo avessi combinato non saresti tu" rispose Erik gustandosi il caffè.

"Smettila di tormentarlo" intervenne Adhana in difesa del capitano. "Perché non ci racconti cosa è accaduto?"

"Sono stato impacciato e ho fatto la figura dell'imbranato. Le ho persino macchiato il vestito con un brindisi" confessò cercando di affondare ancora di più nel bancone.

"Non credo di avere l'abito adatto al tuo quarto matrimonio" disse Erik guadagnandosi un'occhiataccia da parte di Adhana.

"Non può essere andata così male" cercò di rincuorarlo la ragazza.

"Non vorrà più avere a che fare con me" e ignorando la tazza di caffè si gettò sul divano dei due, coprendosi la testa con un cuscino.

Erik sospirò e con un'alzata di spalle lo raggiunse per posargli addosso una coperta.

"Dormici su, amico" gli disse prima di lasciarlo solo.

"Buonanotte Scott" disse Adhana, mentre Erik la prendeva sottobraccio riportandola in camera da letto.

"Cosa ti ha detto?" domandò euforica Layla sistemando i lunghi riccioli biondi dietro l'orecchio, con gesto nervoso.

"Non posso dirtelo, mi ucciderebbe" rispose Adhana mentre versava dello zucchero nella sua bevanda. Le due donne stavano facendo colazione sedute al tavolo esterno di un piccolo bar del ponte Città.

"Sei una pessima amica" obiettò Layla facendola sorridere.

"È il mio mentore e amico, non posso tradire i suoi segreti" si difese.

"Peccato, perché per quanto mi riguarda è stata una serata davvero divertente. Scott è un uomo interessante, se solo si rilassasse un pochino." Getto la sua esca e con furbizia attese la reazione di Adhana.

"Lui è convinto di aver rovinato la serata" si sbottonò infine.

"Era solo teso, e ha macchiato di vino il mio vestito preferito. Penso che potrei perdonarlo se solo mi invitasse ancora." La lanciò lì come se fosse una cosa di poco conto.

"Non è a me che dovresti dirlo" continuò Adhana che non abboccò alla sua trappola.

"Sei pessima!" sbuffò la donna passandogli per dispetto il conto.

"Secondo Erik, Scott è imbranato solo quando una donna gli interessa davvero."

"Smettila di lanciarmi le briciole" sbottò esasperata.

"Perché non lo inviti tu? Lo risolleveresti dalla nube di grigiore in cui è caduto, ed eviteresti che irrompa di nuovo nel mio appartamento in piena notte" si decise finalmente Adhana.

"È venuto da voi?" domandò entusiasta Layla.

"Già! Adesso sai quanto ci sia rimasto male."

"Credi che stasera sia troppo presto?"

CAP. 24

Anno dell'Unione Galattica 842

Q uella serata era stata un'idea di Adhana con la complicità di Layla Reed, natural-mente.
La dottoressa Reed stava aiutando Adhana a muoversi con sicurezza nell'ambiente dell'alta società.
Fin troppe volte Erik e Scott erano stati costretti a tirarsi a lucido per prendere parte a quelle serate che Adhana e Layla si ostinavano a chiamare serate di prova. Tanto Scott quanto Erik avevano protestato più volte facendo loro notare che dato che si trattava di serate di prova avrebbero potuto benissimo vestirsi con meno eleganza. Le due si erano però dimostrate irremovibili.

Adhana era in camera seduta alla consolle. Indossava una morbida vestaglia da camera color porpora. Aveva i lunghi capelli biondi simili a tanti fili d'oro intrecciati sulla nuca a formare un'acconciatura tenuta in piedi da una miriade di fermagli e di pasta modellante. Erik la trovò semplicemente bellissima. Davanti allo specchio, con piccoli colpi sfumati illuminava lo sguardo con ombretti perlati.

L'uomo percepiva il buon profumo della sua pelle anche a distanza e il desiderio di liberarsi dell'abito e della sua vestaglia lo fece fremere. Ma si limitò ad avvicinarsi e a posarle un lungo bacio sul collo, proprio come un vampiro desideroso di rubarle l'anima.

Una risata argentina precedette il tocco delicato della mano di lei che gli scaldò il viso.

"Sono quasi pronta."

Impunemente sbirciò nella sua scollatura scoprendo con rammarico che sotto la vestaglia indossava già l'abito da sera. Attese con pazienza che si passasse il rossetto sulle labbra, perfette anche senza, e con galanteria l'aiutò a sfilarsi la vestaglia. Con gesti misurati, Adhana, rianimò l'organza delle maniche dell'abito che Erik non le aveva mai visto addosso prima. Le sorrise compiaciuto dallo spettacolo che gli stava offrendo, pensando che, dopo tutto quelle serate di prova avevano dei vantaggi. Ammirò l'abito color cremisi che le aderiva come una seconda pelle. Attraverso i lunghi spacchi della gonna intravide le sue gambe tornite e deliziose da baciare.

"Non guardarmi così."

"Così come?" si divertì a stuzzicarla.

"Come se non mi vedessi da anni."

"Terrò il ricordo per quando sarai vecchia e gobba" la canzonò facendole aggrottare la fronte. "Zoticone!"

Erik non riuscì a trattenere una risata. Lei aveva quell'impagabile dono, lei lo rendeva felice.

Si avvicinò di un passo e posò le labbra sulle sue correndo il rischio di macchiarle di rossetto. Prima che potesse assaggiarle qualcuno ebbe la pessima idea di disturbarli. Data la maniera poco gentile con cui stava strattonando il campanello di casa, non fu difficile capire chi fosse.

"Ricordami di tagliargli le mani prima della fine della serata."

Adhana rise e afferrandolo per il braccio lo trascinò fino in soggiorno. Aprì la porta e per poco non gli svenne fra le braccia quando il suo sguardo si posò su Scott e Layla. Persino Erik rimase esterrefatto, quei due avevano avuto il coraggio di presentarsi vestiti per andare in piscina.

"Che ci fate vestiti a quel modo?" domandarono tutti e quattro all'unisono.

"Ehi vecchio mio, mi sa che cominci a perdere colpi. Oggi è la giornata piscina" gli fece notare poco elegantemente Scott.

"Non è vero! Eravamo d'accordo che oggi avremmo fatto un'altra serata prova" ringhiò Adhana in direzione dei due. Il finimondo cominciò a scatenarsi quando Layla, il capitano e Adhana si armarono di Kom mostrando le rispettive agende. Fu in quel momento che Erik sgattaiolò in camera per liberarsi del completo. Nel tempo che i tre impiegarono per decidere cosa fare lui era già cambiato di tutto punto e abbigliato con pantaloncini corti e una pacchiana camicia a fantasia. Il suo guardaroba era fin troppo fornito di quelle oscenità. Quando Adhana si voltò verso di lui i suoi occhi azzurri lo fulminarono.

"Piscina" implorò sentendosi un moccioso di pochi anni che supplica la mamma di accontentarlo. Per l'occasione sfoderò anche il più accattivante dei suoi sorrisi.

Borbottando tanto contro di lui quanto contro l'altra coppia Adhana si avvio a pesanti falcate verso la camera da letto, sfilandosi i fermagli dalla nuca come se fossero pugnali destinati a perforare i loro petti.

"Hai imbrogliato, vero?" fu la domanda che Erik rivolse a Scott.

"Non ne potevo più di mettermi in ghingheri" rispose con un sorriso raggiante.

Lo sguardo sospettoso di Erik si posò su Layla Reed che nel frattempo se la rideva sotto i baffi. "E come hai fatto a convincere il nemico?"

Layla parve risentita della definizione di nemico, ma il suo broncio fu di breve durata.

"Mi ha proposto di trasferirmi nel suo appartamento" confessò euforica la donna.

La Yside era stata costruita per essere una nave da crociera di lusso, solo in seguito era stata trasformata in una nave commerciale. Anche se durante i lavori di restauro molti degli accessori di lusso erano stati smontati e venduti all'asta per finanziare il progetto di modernizzazione, alcune caratteristiche erano rimaste inviolate fra cui le aree di svago. In origine sulla nave erano presenti dodici piscine. Sei erano state smontate e rivendute, mentre le altre sei erano invece rimaste al loro posto. Non si trattava di comuni piscine poiché l'area intorno era stata modificata per rappresentare una assolata spiaggia tropicale. Così quando si entrava in una delle sei aree svago si aveva come la sensazione di essere finalmente sbarcati su una magnifica isola deserta. I pavimenti erano ricoperti da sabbia bianca e fine, scaldata dai potenti raggi luminosi. Giochi di luce creavano l'illusione di un cielo terso e azzurro. Le acque delle vasche erano limpide e cristalline. Persino i fondali erano stati ricoperti di sabbia e pietre, rendendo l'illusione quasi perfetta. Certo l'acqua era dolce e non ospitava nessuna forma di vita acquatica, ma nessuno se n'era mai lamentato.

Adhana e Layla invece di gettarsi in acqua assieme a Scott e Erik preferirono sdraiarsi sul lettino e godersi l'effetto abbronzante dei fari. Quando Erik si ritrovò solo con il suo migliore amico non poté fare a meno di domandargli se fosse davvero sicuro di voler convivere con Layla. Erano passati pochi anni dalla morte di Vivien e non aveva alcuna intenzione di saperlo nuovamente con il cuore in pezzi.

La risposta del capitano alla sua innocente domanda fu uno sguardo di sbieco e un suono di derisione provocato con lo schiocco della lingua.

"Hai un bel coraggio a dire che sono stato avventato" prima ancora che terminasse la frase Erik sapeva già dove sarebbe andato a parare "visto quello che hai fatto tu."

Erik stava già per innervosirsi quando Scott mollando il materassino al quale erano aggrappati entrambi si voltò verso la spiaggia sventolando la mano e gridando a gran voce il nome di Adhana. "Qualunque cosa ti dica tuo marito io ti adoro" gridò incurante della folla di persone che li circondava.

Adhana rispose alla sua confessione con un sorriso divertito e un "Ti adoro anche io" gridato con altrettanta non curanza.

Indispettito Erik posò una mano sulla nuca di Scott e lo schiacciò sott'acqua facendolo riemergere subito dopo.

"Infame, smettila di pararti il fondoschiena" borbottò falsamente arrabbiato, ottenendo solo di farlo ridere ancora di più.

"Come procede l'addestramento?" domandò poi Erik.

La domanda mise Scott in imbarazzo e anche se l'uomo tentò di nasconderlo, Erik se ne accorse immediatamente. "Cosa non mi stai dicendo?" domandò sospettoso.

"Ascolta lo sai che sono stato proprio io a metterle in testa l'idea di diventare un capitano, ma..." non riusciva a trovare le parole adatte per proseguire.

"Scott?" lo incalzò Erik infastidito.

"E va bene – sbuffò rassegnato – con la teoria è la migliore, ma sulla pratica..."

Erik si fece pensieroso.

"Le hai assegnato un insegnante di volo?" domandò cercando di analizzare la situazione con distacco.

"Sì, uno dei migliori anche, ma non riesce in alcun modo a farle vincere le sue paure. Forse è perché è cresciuta su un pianeta senza alcun tipo di tecnologia e non sa fino a che punto fidarsi delle macchine, o forse è altro. Non lo so e non so neanche come aiutarla." Scott sembrava davvero amareggiato.

"Se le cose stanno così dobbiamo costruire il suo istinto" disse Erik volgendo lo sguardo verso la spiaggia dove Adhana chiacchierava con Layla.

"Come pensi di fare?" domandò Scott curioso.

"Non ne ho la benché minima idea, ma qualcosa mi verrà in mente." E, senza dargli possibilità di fare altre domande, si voltò verso la spiaggia. Si gettò bagnato fradicio sul lettino di Adhana che, nonostante le iniziali proteste, finì con l'abbracciarlo e baciarlo.

Il trasloco di Layla negli appartamenti di Scott richiese oltre due settimane, tra esigenze lavorative, liti e incomprensioni che comunque sciamarono in poco tempo. Quando la tensione della convivenza si alleggerì Scott tornò all'attacco. Lo fece in una giornata qualunque, troppo noiosa per essere definita solo tranquilla. La Yside era in volo ininterrotto da oltre un anno e tutto l'equipaggio e i passeggeri erano stanchi per quella mancanza di soste nel lungo viaggio. Nonostante la nave fosse equipaggiata per riprodurre fedelmente ambientazioni terrestri, con il trascorrere dei giorni si finiva con il trovare insopportabile il bagliore dei fari, il freddo asettico delle pareti e si finiva per agognare un orizzonte, un profumo diverso, terra vera da calpestare.

L'ufficio di Scott era impregnato dell'odore di colla vinilica e legno fresco. L'hobby del capitano era quello di intagliare il legno e costruire modellini di navi, sopravvivendo alle continue critiche di Erik.

Scott sapeva che il suo era solo un modo per fargli perdere le staffe e movimentare un po' la giornata. Era un divertimento che si concedeva anche lui tutte le volte che andava a trovare l'amico nel suo hangar dove il vecchio rottame, che occupava la maggior parte del suo tempo, stava infine acquistando l'aspetto di una vera nave.

Scott, continuando a fissare i pezzi di legno e incollandoli con meticolosa cura, gli lanciava ogni tanto qualche occhiata di sbieco.

"Se ti stai annoiando troppo perché non vai a rimettere in piedi il tuo ferro vecchio?" lo stuzzicò aggiustandosi gli occhiali sul naso senza però distogliere lo sguardo dalla sua opera.

"Non ne ho voglia."

"Allora potresti mettere in atto il tuo piano per costruire l'istinto di Adhana" disse usando le sue stesse parole.

"Ci sto già lavorando su."

Nel tono di voce di Erik vibrò qualcosa di insolito che indispettì Scott. Il capitano abbandonò per un attimo il suo giocattolo e posò lo sguardo su di lui.

"Cosa hai in mente?" domandò senza nemmeno provare a girare intorno all'argomento.

"Domani andremo a raccogliere alcuni campioni di acqua marina su RS34566."

Scott si dimenticò completamente del suo modellino e incredulo fissò l'amico.

"Vuoi traumatizzarla definitivamente?" domandò scioccato.

"Sì! Adhana reagisce ai pericoli reali e nulla è più reale dell'atmosfera di quel pianeta."

Erik raggiunse Adhana nella stiva sedici dove stava seguendo alcune lezioni sulla logistica tenute da uno degli ufficiali di Scott. L'uomo attese fino alla fine della lezione e quando la vide avanzare entusiasta verso di lui cercò di convincersi di stare facendo la cosa giusta.

Erik prese il casco spaziale che reggeva fra le mani e lo infilò sulla testa della sua sposa.

"Fammi vedere di cosa sei capace, ragazzina" la sfidò.

Raggiunsero l'hangar privato dove, Erik le mostrò il caccia che avrebbero adoperato. Era uno dei modelli più recenti. Indignata la ragazza guardò il resto del mausoleo che la circondava e non seppe trattenersi.
"Hai scelto questo perché hai paura che rovini i tuoi preziosi ferri vecchi?"
Avrebbe potuto tacere, ma l'espressione che attraversò il volto di Erik valse quell'azzardo. L'uomo puntò il resto della collezione e con gli occhi ancora spalancati per lo sgomento biascicando sillabe senza senso. Adhana non riuscì a trattenere una risata e sollevandosi sulle punte si avvicinò alle sue labbra per rubarne il sapore delizioso.
"Si lo so, non sono ferri vecchi" continuò a canzonarlo "Sono capolavori del passato."
La risposta di Erik alla sua irriverenza fu una sonora pacca sul fondoschiena.
"Fila al posto di comando, piccola indigena ignorante" replicò falsamente indignato borbottando alle sue spalle. "Questo è quello che mi merito per non essermi fatto i fatti miei."

Adhana cominciò la procedura di lancio e richiese l'autorizzazione al decollo.
"Dove ti porto di bello?"
Erik senza degnare la strumentazione di attenzione reclinò il sedile e si mise comodo.

"Il professor Miras vorrebbe alcuni campioni di acqua salmastra dei mari di RS34566. Fa attenzione, non abbiamo molti dati sulla sua atmosfera" la informò per sommi capi. Sapeva essere davvero irritante quando voleva.

Dopo sei lunghe ore di navigazione arrivarono nei pressi del pianeta.

L'ingresso nell'atmosfera di RS34566 non fu migliori. Il pianeta aveva una forza di attrazione molto forte se paragonata alla sua piccola massa e questa forza combinata con la densità dell'atmosfera le fece perdere il controllo del veicolo che cominciò a tremare e sobbalzare. Non appena Erik si accorse del pericolo le sottrasse i comandi passandoli alla sua plancia.

Adhana si aggrappò con forza alla fodera di pelle dei braccioli.

"Ho paura" piagnucolò terrorizzata voltandosi verso Erik che continuava a lottare con tutte le sue forze cercando di stabilizzare il caccia.

"Non preoccuparti, atterreremo sani e salvi."

La struttura tremava come se fossero stati sulla terra ferma, vittime di un terremoto. Le lamiere esterne producevano un rumore macabro e sinistro. Quando il computer di bordo azionò i sistemi di salvataggio individuali, Adhana, dovette mordersi le labbra per non gridare. La sua poltrona e quella di Erik vennero rinchiuse in un cilindro di cristallo, isolato termicamente e acusticamente. Non appena uscirono dalla fascia calda le due capsule vennero lanciate nel vuoto. Il caccia, con i motori in fiamme, precipitò inesorabilmente verso l'oceano che, in quella tenebra, appariva nero e profondo.

Le capsule si tuffarono fra le acque qualche minuto dopo l'inabissarsi del caccia. Quando i flutti ricoprirono le pareti di vetro Adhana si sentì perduta e scoppiò in lacrime, gridando il nome di Erik. Finalmente la forza discendente si esaurì e l'ossigeno contenuto nella capsula la fece risalire. Un cielo punteggiato di stelle salutò il suo ritorno alla vita eppure non smise per un solo attimo di gridare disperata il nome del suo compagno.

CAP. 25

Quando Erik si rese conto che la situazione gli stava sfuggendo di mano, fu troppo tardi. Sapeva che attraversare l'atmosfera di RS34566 sarebbe stato rischioso, ma non immaginava che il caccia non avesse la potenza necessaria per affrontarla.

Voleva che Adhana si spaventasse e reagisse, ma in realtà l'aveva messa inutilmente in pericolo. Presto il caccia smise di rispondere ai comandi. I suoi molti anni di esperienza non avevano potuto nulla in quella situazione. Mentre il disastro diventava inevitabile, i sistemi di salvataggio individuali entrarono in funzione isolandoli in due capsule e lanciandoli fuori dall'abitacolo.

Le acque di un mare gelido li accolsero in un abbraccio possessivo. Quando la capsula di Erik emerse al di sopra della superficie, l'uomo, si rese conto di essere troppo lontano da quella di Adhana. Non sentiva le sue urla e riusciva a malapena a distinguere i led azzurri della sua capsula eppure, sapeva che stava piangendo e gridando il suo nome. Sapeva che aveva bisogno di lui. Sollevò il portellone e un vento gelido gli fece accapponare la pelle. Deglutendo dolorosamente posò lo sguardo sulle acque nere e profonde e non gli fu difficile immaginarne la temperatura. L'uniforme non lo avrebbe protetto dal freddo una volta bagnata, inoltre avrebbe potuto perdere i sensi prima di raggiungere l'altra capsula.

Bastò la consapevolezza di Adhana, sola in quelle acque estranee, a dargli il coraggio o meglio la paura necessaria per gettarsi fra le onde gelide. L'impatto con le acque fu violento e lo shock termico gli mozzò il fiato. Il gelo si insinuò al di sotto degli abiti ustionandogli la pelle. Per un attimo fu incapace di muovere anche un solo muscolo e la corrente cominciò a trascinarlo verso il fondo. La tentazione di lasciarsi andare gli ottenebrò la ragione, ma l'istante successivo stava già urlando per la sofferenza nel doloroso tentativo di muovere gli arti intorpiditi. Riemerse al di sopra delle acque e, con il cuore in gola e le labbra tremanti, si guardò intorno alla ricerca di Adhana. I led azzurri, che aveva intravvisto poco prima del tuffo, erano così distanti che per un attimo temette di averla persa. Combattendo con tutte le sue forze contro il desiderio di chiudere gli occhi, cominciò a nuotare verso di lei. Avanzava dapprima con lentezza e poi con maggiore spinta. Nonostante il dolore e le escoriazioni provocate dal freddo il movimento generava calore e gli permetteva di non cedere. Avanzò spinto solo dalla disperazione, e non poche volte fu vittima del panico.

Quando le acque tentarono di rapirlo nuovamente la capsula di Adhana era ormai davanti ai suoi occhi.

Erik si aggrappò ad una delle maniglie esterne, poco prima di perdere i sensi. Si destò sentendo Adhana gridare il suo nome, mentre con goffi e disperati tentativi cercava di issarlo a bordo. Avrebbe voluto aiutarla, ma non aveva più forze e tutto ciò che riusciva a fare era starsene incollato a quella maniglia. All'improvviso un dolore al capo e la forza segreta della disperazione, mentre Adhana lo tirava per i capelli costringendolo a guardarla in volto. Il freddo della notte le gelava le lacrime sul viso arrossandole la pelle delicata. Erik avrebbe voluto asciugarle ma non riusciva ancora a muoversi. Adhana lo strattonò con maggiore prepotenza e Erik si destò ancora scoprendo che la paura di Adhana era grande quanto la propria. In un ultimo disperato tentativo la sentì issarlo. L'uomo raccolse tutte le forze e finalmente accompagnò il movimento della ragazza fino a precipitare con lei all'interno della capsula.

Perse i sensi, o meglio alternò momenti di consapevolezza a momenti di buio profondo. Sentiva la voce di Adhana ma non capiva le sue parole, la vedeva affaccendarsi su di lui e quando il calore del suo corpo morbido si scontrò contro il proprio gelo trasse un colpevole conforto. Avrebbe voluto rubare la fiamma che la teneva calda e portarla anche solo per un istante dentro di sé.

 Dopo l'ennesimo black out si destò scoprendo che riusciva a sentire la frizione delle piccole mani di sua moglie sulle spalle e il lieve tepore che produceva. Si premette contro di lei avido del suo calore. Nonostante il gelo lei non si ritrasse e continuò a sfregarlo.
 Erik aveva perso la cognizione del tempo. Quando si destò nuovamente si rese conto che i raggi di un pallido sole filtravano attraverso il prisma della capsula, inondandola di un piacevole tepore che cancellò definitivamente gli ultimi residui della sua avventura in mare. Sollevò lo sguardo su una Adhana stremata. Continuava ancora a sfregarlo nonostante fosse esausta e il meraviglioso calore, che Erik aveva bramato durante tutta la notte, si fosse indebolito. Con uno sforzo immane sollevò una mano a sfiorarle il viso. Provò a pronunciare il suo nome, ma emise solo un suono roco e doloroso che gli raschiò la gola. Il volto di Adhana si frantumò in una maschera di lacrime e tutto ciò che Erik seppe fare fu stringerla, baciandole la pelle arrossata e livida a causa del freddo. L'uomo si schiarì la gola e il dolore che aveva provato poco prima si ingigantì. Allora cercò a tastoni la chiusura del doppio fondo del sedile reclinato sul quale erano sdraiati. La trovò e provò a sollevarla, ma non aveva

forze neanche per quello.

Adhana che aveva seguito con lo sguardo i suoi movimenti trovò l'apertura e scostandosi appena riuscì ad estrarre la cassetta nascosta con cura in una tasca dell'imbottitura. Al suo interno conteneva tutto il necessario per la sopravvivenza, inclusa una trasmittente per comunicare con la Yside. Erik la vide frugare senza un ordine apparente all'interno della custodia di materiale plastico gettando via tutto quello che non reputava utile, trovando finalmente l'involucro con la coperta termica. Strappò la confezione con i denti e spiegò con una certa ansia il telo termico distendendolo su di lui. Sotto quel piccolo rifugio Adhana lo raggiunse stringendosi tremante nel suo abbraccio. In pochi minuti furono avvolti da un piacevole caldo e crogiolati da quella meravigliosa sensazione si addormentarono esausti.

Quando si destò il sole era tramontato nuovamente. Non aveva idea se il giorno fosse molto breve o il loro sonno fosse stato molto lungo, ma quando provò a parlare nuovamente un filo di voce uscì dalle labbra raschiandogli la gola e mandandola a fuoco. Era consapevole che il freddo era in grado di rallentare notevolmente le sue capacità rigeneratrici, sempre se queste si decidevano a funzionare, ma non aveva mai sperimentato nulla di simile in passato.

"Adhana!"

Sperò che la sua debole voce riuscisse ad attraversare la barriera del sonno e quando gli occhi azzurri della sua amata lo sfiorarono si sentì pervadere da una nuova energia. "Non farlo mai più" la rimproverò ancora con un filo di voce. "Non rischiare mai più la tua vita per me." Sarebbe potuta morire congelata nel tentativo di scaldarlo.

Gli occhi di Adhana assunsero una tonalità più scura, le capitava spesso quando si arrabbiava, ma Erik non avrebbe sentito ragioni, non quella volta. Prima che potesse dire anche solo una parola le posò un dito sulle labbra, nella vana speranza di sigillargliele.

"Mi sarei ripreso ugualmente prima o poi" chiarì a costo di sembrare ingrato.

Invece di sbottare in una delle sue sfuriate Adhana annuì facendolo davvero preoccupare. Che stesse male al punto tale da non avere la forza di ribattere?

Stava per sommergerla di domande quando si accorse che la ragazza stava cercando di trattenere le lacrime. Un groppo amaro gli si formò in gola e deglutirlo gli fece male, ma senza dire altro la strinse forte.

Nel kit di sopravvivenza trovarono anche una decina di confezioni di cibo liofilizzato e un rigeneratore di acqua. Erik lo riempì di acqua di mare e azionò il meccanismo di purificazione lasciando che fosse Adhana la prima a bere. Avevano indossato nuovamente le loro tutte spaziali ormai asciutte e piacevolmente calde sulla pelle e, dopo aver consumato insieme una busta di cibo liofilizzato, si sdraiarono sul sedile cullati dal mare ad osservare le stelle. Erik aveva lanciato il segnale di emergenza alla Yside da molte ore ormai, ma dubitava che i soccorsi sarebbero arrivati velocemente.

Adhana stretta al suo fianco era insolitamente silenziosa. A dire il vero non aveva detto poi molto dal suo risveglio, limitandosi a parlare quando non aveva altra scelta.

Erik le passò una mano fra i lunghi capelli biondi e ne portò una ciocca al naso inspirandone il familiare profumo.

"Hai ancora paura?"

Non gli piacevano i suoi silenzi, lo inquietavano.

"Ora no."

"Sei così silenziosa."

"Non ho voglia di parlare."

Si rannicchiò ancora di più, come se cercasse di nascondersi al cielo stellato nella notte tersa. Disarmato Erik fu costretto al silenzio a sua volta anche se non aveva alcuna intenzione di darle pace.

"Avrei dovuto scegliere un veicolo migliore, mi dispiace" si scusò.

"Smettila!"

L'urlo di Adhana lo colse impreparato così come la furia nel suo sguardo.

"Non cercare di consolarmi, non ho bisogno della tua pietà" gridò ancora più arrabbiata voltandosi su un fianco e dandogli le spalle.

Erik, ammutolito e attonito, cercò di capire in cosa avesse sbagliato.

"Non sarò mai un capitano, e questo – disse indicando ciò che la circondava con un gesto della mano – ne è la prova."

Quella frase gli spezzò il cuore. Deglutendo l'ennesimo groppo amaro della nottata le posò una mano sulla spalla e quando lei provò a divincolarsi ringraziò l'angusto spazio che non le permetteva di fuggire lontano da lui.

"È colpa mia!"

Quelle parole gli fecero guadagnare il privilegio di potersi specchiare nuovamente nei suoi occhi di ghiaccio. "Ho scelto volontariamente un pianeta tanto anomalo per costringerti a reagire, non immaginavo di aver sottovalutato tanto la situazione. Ho perso le mie capacità di istruttore a quanto pare."

Se lo avessero torturato non avrebbe provato il dolore che lo trafisse leggendo la delusione sul volto di Adhana. Provò a sfiorarla di nuovo, ma lei si ritrasse bruscamente e Erik fu nuovamente costretto ad osservare la linea delle sue spalle mentre il silenzio che all'improvviso era calato fra loro non faceva che ingigantire il suo senso di colpa.

Rinunciò a dire o fare qualunque altra cosa temendo di peggiorare la situazione. Dovette mordersi la lingua per non parlare e, bloccare le mani sotto la nuca per impedirsi di posarle su di lei e catturarla in un abbraccio.

Il suo silenzio si faceva sempre più insopportabile e Erik si congratulò con sé stesso per essere riuscito a sopportarlo per più di due ore.

"Hai deciso che non mi rivolgerai più la parola?" domandò cercando di sembrare arrabbiato almeno quanto lei.

"E se anche fosse?" rispose senza voltarsi. L'uomo si addossò alla sua schiena, accostandole le labbra all'orecchio.

"Allora avresti fatto meglio a lasciarmi affogare" mormorò senza rabbia, costringendola finalmente a voltarsi.

"Non guardarmi in quel modo" lo supplicò allora Adhana.

Erik non smise, anzi osò di più azzardandosi a baciarla sentendola finalmente cedere.

Prima di perdere totalmente il controllo con una mano puntellata sul suo petto, Adhana, lo allontanò costringendolo a guardarla in faccia.

"Non ho speranze, vero?"

Non era una domanda da prendere alla leggera. Era la prova che gli avrebbe permesso di tornare nelle sue grazie e non poteva permettersi di sbagliare ancora.

"Sei caduta! Adesso puoi rialzarti o restare a terra. È una tua scelta."

"Io voglio rialzarmi!" esclamò dopo un lungo silenzio, "Ma non so come fare" ammise poi.

"Ci riproveremo ancora e ancora. Fino a quando non ci riuscirai. Devi imparare a familiarizzare con la nostra tecnologia e capire fino a che punto fidarti e non commettere il mio stesso errore. – disse indicando con un gesto della mano la situazione nella quale si trovavano – In poche parole devi costruire il tuo intuito, ma non ci riuscirai mai se impari dai tuoi errori."

Adhana mosse le labbra per dire qualcosa, ma la capsula cominciò a dondolare pericolosamente, mentre la superficie del mare si increspava e si agitava.

Qualcosa emerse. Qualcosa di enorme e di molto simile ad un antico sottomarino terrestre.

La capsula si venne a trovare sul ponte esterno del sottomarino.

Adhana e Erik rimasero al suo interno in attesa di scoprire se i loro soccorritori fossero amici o nemici.

La loro domanda non rimase a lungo senza risposta perché dal boccaporto principale emerse una folla eterogenea di uomini vestiti rozzamente e armati fino ai denti.

"Uscite da quella capsula da soli" disse quello che fra tutti loro sembrava il più vecchio. Indossava abiti laceri come il resto della sua scompigliata ciurma e parlava la lingua degli akenty con un forte accento esotico.

Dalle informazioni a disposizione di Erik il pianeta doveva avere contatti commerciali con la Ellevyn, l'altra delle tre navi che solcavano le Rotte Oscure.

Erik si voltò verso Adhana, spaventata e tremante nel suo abbraccio, sussurrandole di non allontanarsi mai da lui. Avrebbe voluto trovare il tempo di rassicurarla, ma non era saggio fare aspettare troppo a lungo gente armata. Con estrema lentezza sollevò il portellone della capsula e uscì per primo. L'aria odorava di rancido.

Il vecchio che gli aveva intimato di uscire si avvicinò mentre le armi dei suoi uomini continuavano a tenere i due naufraghi sotto tiro. Il suo volto era una ragnatela di rughe e gli zigomi erano eccessivamente marcati. I pochi capelli che ancora aveva sulla nuca erano sottili e ormai del tutto sbiaditi.

L'uomo dedicò a Adhana uno sguardo che ebbe il potere di far incollerire Erik. Prontamente rinvigorì l'abbraccio nel quale la cingeva, ottenendo un ghigno divertito da parte del vecchio.

"Siete prigionieri del capitano Uraby e sarete venduti al mercato degli schiavi di Eseof" li informò gentilmente del loro destino.

"Siamo liberi akenty e non avete il diritto di venderci o trattenerci contro la nostra volontà" gli fece notare Erik.

L'uomo si voltò verso di lui e lo squadrò da capo a piedi.

"Gli uomini non spuntano mai un buon prezzo all'asta, ma quella ragazza, nonostante il colore dei capelli troppo comune, mi frutterà un bel gruzzoletto. Quindi come vedi non è necessario che ti tenga in vita" scandì con un tono minaccioso. "Naturalmente prima ci divertiremo un po' con lei."

Erik non aveva dubbi che lo avrebbero fatto.

"Non sapete in che guaio vi siete cacciati" li informò prima di scaraventare Adhana nuovamente nella capsula. Non fece in tempo a voltare le spalle ai loro rapitori che le armi fecero fuoco. Centinaia di proiettili metallici attraversarono le carni e gli organi di Erik. L'uomo si accasciò inerte sulla capsula dove Adhana gridava sconvolta.

Il cuore le batteva nel petto, furiosamente. Senza pensarci tentò di uscire da quella trappola di cristallo, ma Erik si gettò con tutto il peso sul portellone per evitare che potesse aprirlo. Il cristallo di cui era fatto l'avrebbe protetta dai proiettili, almeno per un po'.

Erik percepì il familiare formicolio della mitosi ultraveloce e la pressione dei nuovi tessuti che spingeva fuori i corpi estranei. Mentalmente ringraziò le sue capacità rigeneratrici che, una volta tanto, avevano deciso di funzionare a dovere. I proiettili metallici ricaddero a terra con un macabro ticchettio. Sorrise alla sua terrorizzata compagna che al sicuro nella capsula lo guardava sconvolta. Aveva condiviso il suo stesso terrore.

Erik si alzò voltandosi nuovamente verso i mercanti di schiavi.

"Tutto qui?"

I mercanti sollevarono di nuovo le loro armi, ma prima che potessero cominciare a sparare Erik corse nella loro direzione. Le armi erano tutte puntate al suo torace. Quando iniziarono a sparare l'uomo si gettò a terra, scivolando sulla melmosa superficie del ponte. Non fecero in tempo ad abbassare il tiro che con un calcio a rotazione Erik fece perdere l'equilibrio a due di loro. Nella caduta non lasciarono andare le armi che continuarono a sparare colpendo almeno tre dei compagni, facilitando così il suo lavoro. Erik afferrò la mitraglietta di uno degli uomini caduti sotto il fuoco amico e ruotando su sé stesso, incassò i loro proiettili ricambiandoli con i propri, fino ad uccidere tutti gli uomini presenti sul ponte.

Ferito e sanguinante, cadde sulle ginocchia tossendo sangue. Qualche proiettile aveva raggiunto i polmoni. Con la coda dell'occhio si accorse che Adhana stava sollevando il portellone della capsula. Non aveva voce per parlare, ma con una mano le fece segno di attendere. Seppur ritrosa ebbe il buon senso di dargli retta.

Si sollevò in piedi e una pioggia di metallo picchiettò al suolo. I fori minuscoli si erano già richiusi anche se le ossa frantumate dai proiettili facevano male.

"Non muoverti da lì" ordinò ad Adhana per poi impadronirsi di un'altra mitraglietta, ancora carica. Aveva sentito un rumore provenire dal boccaporto dal quale gli aggressori erano usciti. Sicuramente non tutti si erano presentati sul ponte. Tentare di avvicinarsi con circospezione era inutile. Si trovava proprio dinnanzi all'uscio e non poteva raggiungerlo di soppiatto.

"Uscite fuori!" gridò al loro indirizzo puntando

al contempo l'arma contro l'ingresso.

Qualcosa venne sparato. Fece appena in tempo a schivarlo gettandosi alla sua destra. In quello stesso istante un nuovo colpo venne lanciato. Non fece in tempo a sollevarsi in piedi che uno strano schiumogeno lo colpì al braccio. Dapprima non sentì nulla, poi un calore insopportabile gli incendiò le carni. Cercò di liberarsi di quella sostanza, ma la schiuma era diventata solida. Senza perdere tempo e, accecato dal dolore, puntò la mitraglietta sul boccaporto il cui interno era avvolto dalle tenebre. Sparò alla cieca fino a consumare i proiettili. Disarmato gettò anche la mitraglietta verso la porta e corse ad afferrarne un'altra. I nemici nascosti nell'ombra approfittarono di quel momento per spargli addosso. Erik non si lasciò prendere alla sprovvista e si fece scudo con uno dei cadaveri. Il dolore al braccio sinistro era terrificante.

Non poteva continuare a sprecare proiettili contro un nemico invisibile, così abbandonò il rifugio rappresentato dai cadaveri corse in direzione del boccaporto, evitando i getti di schiuma. Era a pochi passi di distanza quando l'ennesimo colpo gli ustionò una caviglia facendolo rotolare malamente a terra. Erik gridò esasperato e prima che potesse rimettersi in piedi venne investito dal getto di altri quattro fucili. La schiuma incandescente lo ricoprì completamente. Il suo mondo divenne dolore. Lampi oscuri, lingue di fuoco che gli saettavano sotto la pelle.

Per un istante, un solo fatidico istante, perse il controllo. l'altro se ne rese conto. Spinse contro le porte della sua coscienza, afferrandolo e catapultandolo nelle tenebre, per poi prendere il suo posto.

Adhana, incapace di pensare razionalmente abbandonò la sicurezza offerta dalla capsula e corse verso Erik. Stava per raggiungerlo quando all'improvviso si fermò terrorizzata.

Il mare era scomparso.

La percezione che aveva dell'anima di Erik si era disciolta, svanendo. Il mare era sprofondato nelle tenebre e la forma dell'odio antico arrancava verso la superficie. Provò a chiamare Erik, con quella voce che giungeva dalla profondità della sua anima, ma non fu abbastanza, e l'altro emerse.

Lo vide strapparsi di dosso quella strana sostanza incandescente, strappando via la pelle, ignaro del dolore. Quando si liberò rimase un ammasso sanguinolento di carne e muscoli.

Adhana cadde devastata sulle ginocchia, incapace di muoversi, persino respirare le faceva male.

I mercanti, che nel frattempo avevano abbandonato il loro rifugio, provarono a colpire quello che restava del corpo di Erik con lo schiumogeno, ma questa volta non ci riuscirono. Nonostante le sue terrificanti condizioni, l'altro, il generale, si muoveva veloce, molto più veloce di quanto Erik avesse mai fatto. Con la mano ustionata afferrò la gola di uno dei mercanti e cominciò a soffocarlo, usandolo al contempo come scudo. I suoi movimenti erano rapidi, funesti. Le sue dita si articolavano in modo strano, così come le sue gambe. Non c'era nulla di umano in lui. Persino nel suo modo di uccidere l'umanità era scomparsa. Era una macchina di morte, una fredda creatura che non arretrava mai. Adhana chiuse gli occhi sconvolta dall'orrore. Trovò rifugio dietro la capsula, tremando come una foglia. Si tappava le orecchie ma le urla dei mercanti, cruente e agghiaccianti la raggiunsero comunque. Non aveva la forza di guardare quello che l'altro stava facendo. Non aveva la forza di sopportare quella carneficina. Trovò il coraggio di uscire dal nascondiglio solo quando quelle urla di morte cessarono e il silenzio l'avvolse.

Non ebbe modo di guardarsi intorno che subito venne adombrata dalla possente figura dell'altro. Gli occhi nei quali si rispecchiò le erano estranei così come il ghigno divertito dell'essere che la squadrava come se fosse una preda. Con tutti i suoi sensi cercò di trovare il mare in quell'uomo che continuava a fissarla divertendosi ad intimorirla.

Atterrita indietreggiò dinnanzi a quello sconosciuto, fino a quando il freddo metallo della balaustra non bloccò la sua fuga. Per nulla preoccupato l'essere avanzò verso di lei.

"Erik" lo chiamò sperando che bastasse questo per sopire l'orribile creatura e riportare a galla l'uomo che amava.

Sulle labbra devastate un nuovo ghigno si disegnò e una voce roca e profonda così diversa da quella che ben conosceva rise della sua ingenuità. Prima che potesse anche solo dire una parola la creatura l'afferrò per la gola in una morsa d'acciaio. Adhana lottò per richiamare aria nei polmoni, lottò per separarsi da lui, colpendolo con calci e pugni.

"Tu, mi hai creato già fin troppi problemi" le disse con la voce alterata dalle ferite.

Adhana riuscì a graffiargli il volto sfigurato, ma la morsa d'acciaio che le stringeva la gola era sempre più forte. Il panico le annebbiava la mente. Provò nuovamente a richiamare Erik indietro, e questa volta la sua voce riuscì a raggiungere il mare. Si sentì afferrarlo e trascinarlo fuori dalle tenebre con mani che non erano di carne.

"Smettila!" le intimò il generale cercando spezzarle il collo. Ma i danni che lui e Erik avevano subito erano troppi e troppo gravi e lui non era in grado di ripararli. La sua forza stava sciamando via, e la sua presa si allentò, mentre egli cadeva a terra ansimando.

Adhana cadde sulle ginocchia tossendo e gemendo richiamando aria nonostante il bruciore atroce alla gola e al petto. Non immaginava che tornare a respirare potesse essere un'esperienza tanto dolorosa. Ancora scossa sollevò lo sguardo sull'essere accasciato al suolo.

"Se non lo lasci tornare morirete."

"No!" rispose l'altro anche se le forze lo stavano abbandonando.

"Cosa vuoi da lui? Perché gli stai facendo questo?" continuò la ragazza ottenendo però di farlo scoppiare in una risata strozzata. Furibonda lo scalciò con lo stivaletto inzuppato di melma e sangue.

"Parla!" lo intimò mentre la gola le bruciava dolorosamente.

"Stupida, sciocca ragazza. Goditi il tuo Erik finché puoi, perché quando avrò finito con lui…" ma non fece in tempo a terminare la frase che Erik, strattonato in superficie da Adhana, riprese bruscamente il controllo, rilegando nuovamente il generale nelle tenebre.

Adhana sobbalzò spaventata da quel rapido e veloce cambio. La forma del mare la sommerse come uno tsunami. Afferrò l'uomo fra le braccia e sotto i suoi occhi adesso lucidi i danni dell'ustione cominciarono guarire.

Erik si risvegliò intontito e dolorante. La pelle tirava come se fosse un abito troppo stretto e persino sollevare le palpebre gli faceva male. Un soffitto sconosciuto accolse il suo risveglio e un odore sgradevole invase il suo mondo. Si sedette per scoprire di trovarsi su un letto scomodo in mezzo a lenzuola sgualcite sporche di una sostanza gelatinosa dal forte odore basico. Sollevò a fatica una mano, scoprendo che la sua stessa pelle era di un delicato colore roseo, simile a quella di un neonato. Ricordò l'orribile sensazione di essere imprigionato in un guscio rovente che si solidificava intorno a lui e non gli lasciava alcuna possibilità di fuga.

Si guardò attorno per scoprire di essere nudo in una camera che non era la sua.

Brandelli di pelle annerita si erano staccati e dispersi fra le lenzuola.

Adhana era in quella camera con lui. Si era addormentata su una scomoda poltrona. Era pallida come un cencio e il suo sonno era pesante. Così pesante che quando Erik scese dal letto, inciampando in un catino, lei non si svegliò.

L'uomo osservò l'acqua sporca di sangue spandersi per il pavimento chiedendosi se quel sangue fosse il proprio. Cercò i suoi abiti e non li trovò. Dovevano essere bruciati assieme a lui e, anche se a malincuore, cominciò a frugare nell'unico piccolo armadio di quella camera, racimolando solo un paio di pantaloni consunti ma puliti e una camicia logora. Sali sul ponte esterno e lo spettacolo che si trovò dinnanzi lo fece cadere sulle ginocchia. C'erano corpi smembranti ed eviscerati. Uno spettacolo raccapricciante. Quella non era opera sua, lo sapeva... era stato l'altro. Era stato il generale a massacrare in quel modo quegli uomini. Disgustato diede di stomaco. Il tanfo della morte ferroso e dolciastro gli impediva di respirare.

Dondolando come un ubriaco, Erik, si trascinò fino al parapetto alla ricerca di aria pulita, ma persino controvento quell'odore disgustoso continuava a perseguitarlo.

Il tempo gli scivolò addosso indifferente e con gli occhi sbarrati e pieni delle immagini di quel mare che sembrava ogni istante più invitante e risolutivo non si accorse nemmeno dell'avvicendarsi delle ore, del gelido alito della notte che prendeva il posto del tepore del sole.

Le mani calde e reali di Adhana si posarono sulle sue spalle. Si era avvicinata senza che Erik se ne rendesse conto. La visione di lei gli tolse il fiato e le poche forze che aveva recuperato in quel lungo intervallo di tempo. Sarebbe stato così bello stringerla e fingere che nulla fosse accaduto, ma non poteva più ingannare sé stesso. Non potevo più ingannare il suo unico amore.

"Non avvicinarti" la supplicò scostandola bruscamente, frantumando le sue speranze con poche semplici parole. "Vattene! Vattene via."

Non aveva il coraggio di guardarla in faccia. Non aveva il coraggio di incontrare i suoi occhi. Era quello che era e non poteva più negarlo.

"Non me ne vado!"

Era prossima al pianto.

"Non me ne vado senza di te."

La collera montò dentro Erik ad una velocità sorprendente e senza neppure sapere come si ritrovò in piedi con il mento di Adhana fra le dita mentre

con irruenza la costringeva a guardare il matta-
toio che li circondava.

"Guarda!" urlò furibondo. "Guarda!" ripeté con
maggiore collera quando terrorizzata provò a
sottrarsi alla sua presa. "Fa un favore a te stessa e
a tutti gli altri. Vattene e lasciami qui."

I suoi occhi si posarono sui lividi che le incor-
niciavano il collo e la sua risolutezza divenne
ancora più spietata. La lasciò andare voltandole
le spalle e posando nuovamente lo sguardo sulle
acque rese argentate dal riflesso delle due lune
di quel maledetto pianeta. Erik sperò di essersi
finalmente liberato di lei, invece se la ritrovò
affianco. Con le mani strette al parapetto, fissava
anche lei le medesime acque.

"Se ti butti ti seguirò" lo minacciò costringendolo a guardarla. Non stava scherzando.

Erik strinse maggiormente la presa intorno al
parapetto e maledì quella ragazza ostinata e prepotente.

Al suo silenzio, lei rispose con il proprio costringendolo a riprendere il controllo della discussione. "Non posso tornare sulla Yside e non posso
tornare sulla Terra."

"Questo significa che resteremo qui" rispose con
non curanza.

"Smettila! Smettila per una buona volta di essere
tanto ostinata e guarda in faccia la realtà. Un
solo secondo. Ho perso il controllo per un solo secondo e lui è emerso!" gridò con tuto il fiato che
aveva in corpo.

"Ed insieme lo abbiamo ricacciato indietro!" gli ricordò Adhana alzando a sua volta la voce.

"Stava per ucciderti!" urlò ancora Erik commettendo l'errore di sfiorare la pelle bollente e livida del suo collo. Solo in quel momento si rese conto che era pallida, assurdamente pallida e il suo volto era segnato dalla sofferenza.

"Adhana?"

Lei gli sorrise, appena un attimo prima di svenire fra le sue braccia. Erik la raccolse e sentì qualcosa di caldo e umido sulle mani. Era ferita.

"Che cosa ti ho fatto?" le domandò retorico.

Adhana deglutì a vuoto.

"Non sei stato tu" mormorò con un filo di voce. "Un proiettile ha attraversato la capsula."

"Avrei dovuto accorgermene" si rimproverò.

"È solo una ferita di striscio" cercò di tranquillizzarlo Adhana.

"Ma hai perso troppo sangue."

"Ho freddo" mormorò prima di perdere i sensi.

Erik la sollevò portandola fino alla capsula, cercò nella cerniera del sedile il kit medico. Lo usò per tamponare l'emorragia, pregando al contempo che i soccorsi dalla Yside giungessero in fretta.

CAP. 26

Un leggero senso di nausea accompagnò il suo risveglio. Si guardò attorno confusa, non riconosceva l'ambiente che la circondava. Galleggiava, senza peso, in una sostanza densa e calda. Ebbe un fremito. Era il liquido di stazionamento delle capsule rigenerative. Ecco spiegato il senso di nausea, pensò l'attimo prima di addormentarsi nuovamente.

Quando si destò nuovamente fu sorpresa di trovarsi in camera propria, nel suo letto. Si voltò verso il lato di Erik, ma era vuoto.

Un brivido freddo le percorse la schiena. L'ultima immagine che aveva dell'uomo lo vedeva intento a rispecchiarsi nelle gelide acque di RS34566.

Si sollevò di scatto dal letto, correndo il rischio di cadere a terra quando un violento capogiro la costrinse a frenare il suo impeto.

Il violento senso di nausea, che accompagnava l'uso delle capsule rigenerative, tornò a tormentarla e dovette fermarsi sul bordo del letto e ricordarsi di respirare per calmarlo.

Si sollevò in piedi, questa volta con più calma, e raggiunse con passi incerti il salone. Di Erik non c'era alcuna traccia. Forse era giù nell'hangar, si disse imboccando le scale che portavano di sotto. Si pentì immediatamente di non aver indossato qualcosa di più pesante della canotta e del paio di pantaloncini con i quali si era risvegliata.

L'hangar era gelido e vuoto. Non c'era traccia di Erik da nessuna parte.

Adhana si guardò attorno terrorizzata. Le cose di Erik erano tutte lì, ma lui non c'era. Posò lo sguardo sul polso.

Il suo Kom non c'era.

Tornò al piano di sopra, ma non lo trovò da nessuna parte, così cercò quello di riserva. Provò a mettersi in contatto con il Kom di Erik, ma non ottenne alcun tipo di risposta.

Il sospetto si fece largo dentro di lei, crescendo assieme al panico.

Erik che fissava le acque gelide di RS34566. Erik che la supplicava di abbandonarlo lì.

Il cuore le martellava impazzito nel petto, faceva un rumore tale da assordarla. Poi all'improvviso vide la porta dell'ingresso muoversi. Non aveva neppure sentito il suono che ne accompagnava lo sblocco.

"Erik!" esclamò correndo verso di lui per poi arrestarsi di colpo.

Scott Norton la guardò sorpreso.

"Layla aveva detto avresti dormito per un'altra ora, non volevo ti risvegliassi da sola" si scusò.

Adhana lo guardò attonita.

"Dov'è Erik?" gli chiese terrorizzata dalla risposta che tanto agognava.

Scott abbassò lo sguardo e Adhana si dimenticò come si respirava.

"Dov'è Erik?" ripeté prossima alle lacrime.

"Se n'è andato" rispose Scott con un filo di voce.

"Andato? Andato dove? Siamo nel bel mezzo del nulla."

"Non lo so, ma ha lasciato la nave non appena ti sei ripresa" continuò l'uomo senza mai incrociare il suo sguardo.

Adhana sentì le forze defluire via, lasciandole gli arti molli come gelatina. Sbiancò per poi crollare sul pavimento.

Scott corse verso di lei cercando di rianimarla, ma la ragazza priva di sensi, sembrava una marionetta alla quale avevano tagliato i fili.

Quando Adhana riprese conoscenza era nuovamente nel suo letto, ma questa volta Scott e Layla erano al suo capezzale.

Adhana lesse ansia e preoccupazione sui loro volti, ma per la prima volta in vita sua non le importava nulla dei sentimenti altrui.

Le dissero qualcosa, qualcosa di convenzionale e stupido, ma invece di rispondere si girò, voltando loro le spalle.

Erik se n'era andato. L'aveva abbandonata.

Scoppiò a piangere, senza controllo, nascondendosi sotto le lenzuola e quando qualcuno provò
ad abbracciarla, lo spinse malamente via. Non
voleva essere toccata. Non voleva essere conso-
lata. Voleva solo piangere.

Layla era preoccupata. Adhana continuava a rifiutare il cibo e tutte le volte in cui provava ad
attaccarle una flebo se la strappava via. Aveva
smesso di urlare e piangere. Dopo una lunga settimana di digiuno, non aveva più e forze per fare
nessuna delle due cose.

Layla approfittava dei sempre più frequenti momenti di incoscienza per iniettarle cocktail di vi-
tamine e nutrienti, ma sapeva che la situazione
non poteva continuare così a lungo.

"Devi dirle la verità!" urlò furiosa a Scott distrutto tanto quanto lei. Adhana si stava lasciando morire sotto i loro occhi.

"Non posso. Lui mi ha in pugno" disse combattuto.

"Sta soffrendo, Scott. E, si rifiuta di mangiare e di
muoversi da quel maledetto letto." Layla cercò di
fargli comprendere la gravità della situazione.

"Maledizione Layla, lo farei subito se potessi."

"Scott sei un uomo pieno di risorse, e so che
puoi trovare una soluzione" disse la donna prima
di abbandonare l'appartamento per tornare in
quello di Adhana.

Quelle parole riuscirono a turbare Scott. In un
gesto disperato l'uomo si afferrò la testa fra le

mani, per poi emettere un rabbioso ringhio di protesta.

Qualche ora dopo il capitano raggiunse Layla nell'appartamento dei Silver.

Adhana stava dormendo, non faceva altro ormai. Era pallida e smunta e Scott sapeva di essere responsabile del suo stato tanto quanto Erik.

Lo sguardo sorpreso della sua compagna si posò su di lui.

"Non mi renderò più complice della sua infelicità" disse Scotte accendendo un sorriso di speranza sul volto della compagna.

"Sei riuscito a trovare un modo per contravvenire agli ordini?" domandò colma di aspettativa.

"Sì!" e quella semplice sillaba le fece battere forte il cuore.

Scott si avvicinò al letto e con gentilezza pronunciò il nome di Adhana. Dovette insistere diverse volte prima che la ragazza aprisse gli occhi.

"Devo dirti una cosa importante – esordì – ma, devi ascoltarmi con attenzione e cercare di capire quello che sto per dire."

Si sedette accanto a lei. Le sue parole riuscirono a calamitare l'attenzione di Adhana che cercò di mettersi a sedere, ma era troppo debole per riuscirci, così l'uomo l'aiutò.

"Ti sto inviando un file. – disse sganciando il proprio Kom dal bracciale e aprendolo a foglio – Questo fa di te l'unica proprietaria della nave e della compagnia commerciale, nonché di tutte le proprietà di Erik, ma per avere valore devi controfirmarlo."

Gli occhi di Adhana divennero più scuri.

"Non voglio le sue cose" mormorò con un filo di voce.

"Aspetta, ascoltami bene fino in fondo" la rimproverò con dolcezza Scott. "L'unica condizione che Erik pone è che al rientro sulla Terra tu divida queste proprietà con suo figlio Ian."

Questa volta Adhana si limitò ad annuire.

"Bene, allora firma e dopo sarai tu il mio datore di lavoro."

Quelle parole accesero una spia nella mente della ragazza che cominciò a capire il senso del discorso di Scott. Si fece passare il proprio Kom da Layla, ma dato che Adhana non aveva più forze fu la dottoressa ad estrarlo dal bracciale e ad aprirlo fino a formare una sorta di foglio nero. Adhana si sollevò su un gomito e lo firmò con i propri dati biometrici. Firmarono anche Layla e Scott in qualità di testimoni.

"Bene, adesso fammi di nuovo quella domanda e non sarò costretto a mentirti, perché non ho più nessun vincolo legale con Erik" disse l'uomo mentre Adhana lo guardava colma di paura e di aspettativa.

"Dov'è – si schiarì la gola con un colpo di tosse – Dov'è Erik?"

"Me lo stai chiedendo come sua moglie o come proprietaria della SCN e della Yside?"

Adhana sospirò.

"Ti ha fatto firmare un contratto di riservatezza?" domandò mentre una rabbia violenta e incontrollabile le restituiva le forze.

"Tu non puoi nemmeno immaginare, ragazzina. Per questo ho bisogno che tu sia chiara. Dopo gli spaccherò io stesso quel maledetto muso" disse il capitano.

Adhana annuì.

"Capitano Scott Norton, in qualità di proprietaria della SCN e della nave Yside ti ordino di dirmi dove si trova Erik Silver" disse, non le importava aver rivelato il vero cognome dell'uomo a Layla. Sapeva che l'amica aveva già capito tutto da molto tempo, ma era stata sempre discreta e non aveva mai fatto domande.

"C'è un contratto di riservatezza, vuole che lo violi?"

"Sì, è un ordine. La responsabilità della violazione sarà solo mia. Lei è libero da qualunque conseguenza" disse Adhana mentre il Kom registrava la loro transazione.

"Erik Silver è stato criogenizzato per sua espressa volontà. E adesso si trova nel magazzino numero ventisette del ponte dodici" rispose Scott.

Un'ondata di sollievo pervase Adhana. Era ancora a bordo della nave, non era fuggito via. Emise un pesante sospiro di sollievo e con le lacrime agli occhi afferrò la mano di Scott stringendola forte.

"Grazie!" sussurrò prima che i suoi nervi cedes-

sero e la diga delle sue emozioni andasse definitivamente in frantumi.

Layla la strinse nel suo abbraccio lasciandole il
tempo di sfogare tutto il suo dolore.

"Va a prenderle qualcosa da mangiare, qualcosa
di cremoso e con tanta carne" disse rivolta a
Scott, mentre liberava la ragazza dall'ennesima
flebo. Dovevano riabituarla ai cibi solidi

Scott annuì e dopo aver posato un bacio sulla
fronte di Adhana se ne andò.

"Non andrai da lui fino a quando non ti reggerai
in piedi" la minacciò Layla.

"Almeno adesso so che è qui e non disperso
chissà dove."

"Ho una gran voglia di prenderlo a schiaffi io
stessa" confessò Layla esternando le sue emozioni così come non aveva mai fatto prima.

Adhana non si stupì di destarsi durante il turno
di riposo e trovare Layla al suo fianco nel letto.
Scott si era nuovamente addormentato sulla poltrona, con una leggera coperta che lo teneva al
caldo. Avevano cercato in tutti i modi di non
lasciarla mai sola durante quella lunga e tormentata settimana. Sentiva il cuore esploderle per il
bene che voleva ad entrambi. Loro erano la sua
famiglia tanto quanto Erik. Scacciò immediatamente il pensiero dell'uomo perché i sentimenti
che nutriva per lui in quel momento erano
troppo confusi e violenti e cercò di focalizzare la
sua attenzione su altro. Qualcosa che la calmasse,

qualcosa come la forma dell'anima di Layla. Non riusciva a percepirla sempre, alle volte la sua essenza le sfuggiva. Con il tempo aveva scoperto che c'erano numerose persone di cui non riusciva a percepire la forma dell'anima. Non ne comprendeva la ragione e non avendo nessuno a cui chiedere si era limitata ad accettarlo e basta.

La forma dell'anima di Layla era stranamente singolare. Le rievocava alla mente un complesso labirinto sul quale si affacciavano numerose porte. Alcune portavano a sensazioni solari e piacevoli, alcune a profonde e oscure tenebre. Non aveva mai percepito prima un'anima tanto complessa e articolata e non poteva fare a meno che restarne affascinata. Sollevò le palpebre e i suoi occhi si fermarono sul collo di Layla stranamente nudo. Il pendente color turchese che indossava sempre non era al suo posto. Che strano, pensò Adhana. Layla non se ne separava quasi mai. Concentrarsi su quel dettaglio sciocco e superficiale riuscì a distrarla da Erik e senza rendersene conto si addormentò nuovamente.

CAP. 27

L'altro se n'era andato e l'uomo che dormiva il suo sonno di ghiaccio, davanti ai suoi occhi, era lo stesso uomo che Adhana amava, o almeno così si illuse. Sentiva il mare, lo percepiva riempire quell'angusto spazio, nonostante Erik fosse rinchiuso nella capsula criogenica. Ma, era un mare diverso. Cupo e freddo. Con un brivido pensò alle gelide acque di RS34566 e al fatto che Erik fosse infine annegato in quella tenebra oscura. Sfiorò con le dita il freddo cristallo che lo separava da lui.

L'aveva abbandonata. L'aveva chiusa fuori. Fuori dal suo mondo, dalla sua vita, dai suoi problemi. Non era più speciale ai suoi occhi, ma una persona come tante, una persona da lasciarsi alle spalle. E per farlo si era sottratto egli stesso allo scorrere della vita.

Adhana però non era pronta a lasciarlo andare, non era pronta a vivere una vita senza di lui. Aveva bisogno del suo amore, aveva bisogno della sua voce, del calore del suo corpo. Ma, in quella battaglia era sola perché Erik si era arreso. Aveva deposto le armi e l'aveva lasciata naufraga del suo amore.

Aveva trascorso gli ultimi dieci giorni davanti a quella bara di ghiaccio incapace di prendere una decisione, ma in quel momento la tristezza, il senso di perdita, il dolore erano troppo e troppo intensi. Aveva pianto tutte le sue lacrime e qualcosa di nuovo stava prendendo il controllo delle sue emozioni, qualcosa che non aveva mai provato con tanta intensità.

La rabbia e l'odio si sostituirono al senso di impotenza e all'amore. Lei l'odiava. Odiava quello che le aveva fatto. Odiava sé stessa per averlo amato al punto da lasciarsi andare. Ma, soprattutto odiava il bisogno che sentiva di urlarglielo contro.

Lasciò il magazzino controllandosi a stento e ripromettendosi di non tornare più lì, così come aveva fatto decine di volte nei giorni appena trascorsi. Se aveva deciso di passare il resto della sua vita in quello stato che facesse pure. Tanto aveva deciso tutto lui, non si era neppure degnato di parlargliene. Aveva persino costretto Scott a nasconderle la verità, censurando la sua vigliaccheria dietro un contratto che avrebbe distrutto l'uomo se solo si fosse rifiutato di obbedirgli. Il suo unico errore era stato quello di lasciargli il comando di tutto, dandole così l'autorità di violare il contratto.

Come si era permesso di farle quello?

Come si era permesso di fare quello a tutti loro?

Era già sulla soglia, quando il demone dell'ira la costrinse a voltarsi indietro.

"Tu non avevi nessun diritto! Nessun diritto di fare questo!" gli urlo contro ben sapendo quanto fosse inutile. "No! Non puoi cavartela così. Non puoi semplicemente fuggire e lasciarmi qui sola."

Non era la prima volta che pensava di farlo, ma era la prima volta che non le importava nulla delle conseguenze del suo gesto. Furiosa si avvicinò al pannello di controllo della capsula e tentò di interrompere il sonno dell'uomo. Erik però era stato più previdente di quanto credeva, aveva impostato una combinazione che le impediva di accedere ai comandi.

"Hai pensato a tutto, eh?"

Si guardò intorno alla ricerca di qualcosa e il suo sguardo si posò su una piccola valigetta metallica, del tipo adoperato per il trasporto di tecnologia fragile. Senza nemmeno controllarne il contenuto la scagliò con tutta la sua forza contro il pannello di comandi una, due, dieci volte. Era senza fiato, la valigetta era pesante, ma la rabbia le deva una forza mai conosciuta prima. Continuò a colpire il pannello fino a quando non lo ridusse in mille pezzi, solo allora il processo di criostasi si interruppe.

Il cristallo della capsula si aprì lasciando cadere sul pavimento il liquido di stazionamento refrigerante e il corpo gelido di Erik.

Adhana si rese conto di quello che aveva fatto che era ormai troppo tardi.

Senza il continuo apporto di sedativi, il corpo dell'uomo metabolizzò quelli ancora in circolo in pochi secondi.

Adhana lo guardava senza avvicinarsi. Persino quando i suoi occhi grigi si posarono su di lei colmi di dolore non reagì.

Un urlo di dolore uscì dalle labbra dell'uomo. Uscire dalla criostasi in maniera tanto brusca e traumatica avrebbe potuto ucciderlo se il suo potere rigenerativo non fosse stato attivo. Ma, neppure le sue sofferenze piegarono il cuore di Adhana. Era ancora troppo arrabbiata, troppo accecata dall'ira.

"Perché lo hai fatto?" le chiese mentre la sofferenza di quel brusco ritorno alla vita lo straziava. Mentre si irrigidiva come una larva sul gelido pavimento.

"Perché non avevi nessun diritto di andartene o di arrenderti" gli disse con voce fredda ed impersonale prima di voltarsi e abbandonarlo a sua volta.

Erik attese con pazienza che quel tormento giungesse al termine. Non riusciva a muovere un solo muscolo, e se ne stava lì accasciato sul pavimento nudo come un verme. Tremava, non per il freddo, ma per Adhana. Per come lo aveva guardato, per il tono gelido della sua voce e la sua fredda rassegnazione quando gli aveva voltato le spalle, lasciando lì solo.

Passò quasi un'ora prima che il suo corpo si riprendesse dal trauma della criostasi bruscamente interrotta.

Ancora impacciato nei movimenti si avvolse attorno al corpo tremante una coperta, presa dal baule in fondo al magazzino. Si sedette sulla superfice metallica ancora scosso.

Come aveva fatto Adhana a trovarlo? Aveva preso tutte le precazioni possibili.

La capsula criogenica era ormai inutilizzabile e su tutta la nave non ne avrebbe trovata nessun'altra. Era l'unico bagaglio che aveva portato a bordo senza farne accorgere nessuno, neppure Ian.

Quando i tremori cessarono si rivestì con calma e con movimenti lenti e ponderati.

Tornò nel suo appartamento solo per scoprirlo deserto. Adhana non era lì. L'attese per ore, ma la ragazza non fece ritorno. L'attese invano per tutte le ore che a bordo della nave scandivano la notte, ma inutilmente.

Quando entrò nella cabina armadio per cambiarsi si rese conto che tutte le cose di Adhana erano scomparse.

Le gambe non ressero il suo peso e cadde a terra senza neppure rendersene conto.

L'aveva abbandonato, così come lui aveva abbandonato lei.

Con gli occhi fissi sull'armadio vuoto si rese conto che non poteva accettarlo. Non poteva esistere una vita senza di Adhana.

Eppure aveva costretto lei a provare la stessa cosa.

Si sollevò in piedi correndo il rischio di ruzzolare nuovamente a terra, forse per gli arti ancora intorpiditi, forse per il terrore.

Bussò alla porta di Scott con tutta la sua forza e quando Layla gli si presentò davanti la travolse per entrare in casa.

"Dov'è?" le chiese disperato cercandola in ogni stanza.

Layla non sembrava affatto sorpresa di vederlo. Non provò neppure a fermarlo, lo lasciò libero di cercare ovunque.

Solo quando si rese conto che Adhana non era lì, Erik, tornò da lei supplicandola.

"Ti prego dimmi dov'è!"

"È quello che lei ha chiesto a Scott per giorni. Ha pianto, ha urlato e si è quasi lasciata morire di fame per colpa tua. E ora pretendi che ti dica dov'è?"

Nonostante la sua voce fosse calma e pacata Erik non si illuse.

"Ho bisogno di vederla."

"Anche lei ma, tu non glielo hai permesso."

"Tu non sai di cosa stai parlando!" le urlò contro furioso e ansioso di rivoltare la nave da cima a fondo pur di ritrovarla.

"Certo che lo so, generale Silver, o meglio capitano, perché il generale è l'altro, giusto?"

Erik la guardò basito. Scott e Adhana avevano infine tradito il suo segreto?

"Te lo hanno detto loro?" domandò disarmato.

"Lo so da prima di te, così come so che Vivien lavorava per lui" disse sconvolgendolo.

"Come?"

"Non sei l'unico della tua specie. Chi ha creato te ha creato anche me e molti altri di noi" disse Layla.

"Non capisco."

Era terrorizzato e confuso.

"Non abbiamo molto tempo. Scott tornerà a breve. Ci vediamo fra mezz'ora a casa tua. Sappi che per ora Adhana non tornerà. – disse confermando le sue paure – Ti racconterò tutto se vorrai, e ti parlerò dell'altro."

Erik deglutì a vuoto.

"Adhana e Scott lo sanno? Sanno chi sei?"

"No! E vorrei che le cose restassero così. Non voglio immischiarli in questa guerra più di quanto già non lo siano."

Quella mezz'ora fu la più lunga di tutta la sua vita, ma quando Layla lo raggiunse l'unica cosa che Erik riuscì domandarle era dove fosse Adhana.

"No! Non così, Erik. Ti dirò dov'è ma, prima devi decidere se arrenderti, e ti costruirò io stessa una nuova capsula criogenica, o combattere. Non mi importa quale decisione prenderai, perché in entrambi i casi mi assicurerò di fermare Aran una volta per tutte, ma non voglio che Adhana soffra ancora. Lei è una dei nostri, così come tutta la sua gente" disse confondendolo ancora di più.

"Lui si chiama Aran?" domandò, pensando che tutta quella situazione fosse assurda.

"Ha avuto molti nomi, ma è con questo che io l'ho conosciuto."

"Non sei una sua alleata eppure dici di sapere tutto di lui" disse Erik sospettoso.

"Lui mi ha creato, così come ha creato la gente di Halydor e anche te."

CAP. 28

Anno dell'Unione Galattica 852

"**A**ran!" sussurrò e Jillian dovette trattenerla per impedirle di correre verso di lui. Adhana la guardò furiosa e allo stesso tempo confusa, ma la donna le indicò i due uomini alle sue spalle, armati fino ai denti.

"Cosa vuoi fare? Andare lì e minacciarlo?" le disse costringendola a ragionare

"Voglio sapere cosa ha fatto al mio Erik."

"Rifletti! Se ci vedono non riusciremo ad avere nessuna risposta. Non riconoscerebbero me, ma riconoscerebbero te" cercò di farle capire.

"Ma..."

"Adhana, ascoltami. Avvicinarlo ora è troppo pericoloso. Non sappiamo nulla. Dobbiamo essere caute."

Cercò di farla ragionare, ma l'altra continuava a strattonarla nel vano tentativo di liberarsi dalla sua morsa d'acciaio.

"Ti prometto che troveremo il modo di confrontarci con lui, ma adesso devi ascoltarmi" le ordinò strattonandola a sua volta con un colpo deciso, guadagnandosi di colpo tutta la sua attenzione. "Dobbiamo andarcene e non dobbiamo farci vedere per nessuna ragione. Indagheremo e cercheremo di capire cosa sta succedendo. Ma ho bisogno della tua parola che adesso verrai con me senza fare nulla di avventato."

C'era qualcosa nel suo volto e nel tono della sua voce che riuscì a spaventarla.

"Non posso lasciarlo così. Ho bisogno di sapere."

"E ti prometto che avrai una risposta ad ogni tua domanda, ma non ora. Non con quelle guardie armate. Cosa credi che farebbero se ti vedessero?" la costrinse a riflettere. E per la prima volta Adhana si sforzò di osservare la situazione con distacco. Jillian aveva ragione.

Stava tremando, ma lasciò che Jillian la conducesse lontano da lì, anche se il suo cuore sembrava aver smesso di battere. Un freddo gelido la stava pervadendo, nonostante il clima fosse caldo.

Si ritrovò seduta sul letto del miniappartamento della donna, senza neanche ricordare come avesse fatto ad arrivare fino a lì.

Jillian le aveva avvolto una calda coperta intorno alle spalle e le stava porgendo una tazza fumante, dalla quale proveniva un odore familiare. L'infuso che Layla usava sempre per confortarla nei momenti difficili, pensò.

Jillian si inginocchiò così da trovarsi all'altezza del suo sguardo, e con gesti affettuosi e materni le raccolse una ciocca bionda dietro l'orecchio.

"Mi spiace tesoro, avrei voluto avere più tempo per raccontarti tutto con calma. Ma sentire l'anima di Aran mi ha fatto capire che dovevo accelerare le cose" si giustificò mentre Adhana si lasciava cingere nel suo abbraccio così come faceva sulla Yside, quando il nome della donna era Layla.

"Che cosa ne ha fatto del mio Erik? Lui è migrato, ma il corpo di Erik… era vuoto quando mi hanno permesso di vederlo…" disse mentre il liquido bollente le ustionava le mani tremanti.

La donna le tolse la tazza dalle mani e la posò sul comodino.

"Non so cosa sia accaduto ad Erik, ma cercheremo di capire le intenzioni di Aran. Adesso, però, sdraiati. Ho paura di un crollo nervoso. Devi dormire."

Adhana pensò che la sua paura era più che giustificata, perché si sentiva come quella volta su Halydor, mentre l'oceano la chiamava a gran voce. Non si accorse di annegare in quelle acque. Il torpore giunse veloce, trascinandola lontano in un mondo di sogni e di incubi, dove tutti erano vivi e morti contemporaneamente.

Quando si svegliò si ricordò di essere sulla Luna,

di essere con Layla e soprattutto di aver appena incontrato Aran. Per un attimo i pensieri le si aggrovigliarono nella mente, ma con calma riuscì a dipanarli. Si sollevò scoprendo che le girava la testa, ma la sensazione durò poco, giusto il tempo di rimettersi seduta.

Jillian se ne stava seduta alla scrivania dall'altra parte del piccolo monolocale.

"Ti senti meglio?" le domandò

"Se mai avessi avuto dubbi sulla tua identità, ora non ne ho più. Continuo a farmi prendere in giro dal tuo maledetto infuso" disse cercando di vincere i residui effetti soporiferi della bevanda.

"Perdonami, ma temevo potessi crollare."

"Ero sul punto di farlo" ammise rammaricata.

"Ho parlato con il professor Maddox. Sua figlia Alysa ci raggiungerà non appena riuscirà a liberarsi. È l'unica che abbia mai avuto a che fare con Payton" disse accendendo una scintilla di speranza in lei.

La sua reazione accese un sorriso sulle labbra della donna.

"Ora ti riconosco."

"Per un attimo lo avevo dimenticato" disse Adhana facendo accigliare l'altra.

"Cosa?"

"Che eri la mia migliore amica. Come ha detto una volta Scott tutto sembra appartenuto ad una vita fa, o forse l'ho detto io, non ricordo."

"Io sono ancora la tua migliore amica, e tu sei la mia. Anche se tieni in ostaggio il mio compagno" si burlò di lei.

"Tu puoi vederlo?" domandò curiosa Adhana.

"No, purtroppo. Ma quando eravamo in riunione da Maddox ad un certo punto ho percepito la forma della sua anima. Credevo che Scott fosse perduto…"

"Sì, ad un certo punto è comparso."

"Avevo detto a Scott di trasmigrare in uno dei tuoi replicanti, ma evidentemente non ci è riuscito, ma in qualche modo è riuscito a legarsi a te. Infondo anche tu ti sei lasciata distrarre dal dolore e non sei riuscita a trasmigrare da sola."

Adhana la guardò allibita.

"Sei stata tu!"

"Sì! Ho sentito l'urlo della tua anima. Così abbiamo trovato la Liverna e posto fine alla guerra."

Adhana era confusa, ma finalmente le domande che l'avevano tormentata in quegli anni stavano per trovare una risposta. Ma c'era un'altra cosa che doveva sapere.

"Perché hai detto che Scott poteva trasmigrare?" domandò

"Anche lui è uno di noi. Ce ne sono molti sulla Terra. Tu ancora non lo sai, ma percepisci la forma dell'anima solo degli Aeternus, non degli umani."

"Ma com'è possibile?"

"Mettiti comoda, perché è una storia lunga. E a quanto pare, nonostante tutti i miei propositi sono costretta nuovamente a condividerla."

CAP. 29

Anno dell'Unione Galattica 842
Anno dell'Unione Galattica 852

L
a mia storia è la nostra storia.

Come accade a tutte le creature che hanno la fortuna di vivere a lungo, molti eventi sono sbiaditi nella mia memoria, e quindi sarò molto breve e non ti racconterò più di quanto non è necessario tu sappia.

C'è stato un tempo, un tempo in cui Halydor era diverso. Un tempo in cui la superficie conservava ancora qualche foresta e la terra era ancora coltivabile.

Sono cresciuta in seno ad una delle tante famiglie della nobiltà halydiana. La nostra casa sorgeva fra le colline di Elleo, un luogo che ormai non esiste più. Adesso è solo un tozzo isolotto in mezzo alla vastità dell'oceano.

Non avevo idea di cosa fossi e neppure di cosa fossero gli Aeternus fino al giorno in cui, in uno sfortunato incidente, venni ferita gravemente. Sarei dovuta morire, ma così non fu. Sotto gli occhi attoniti della mia famiglia e dei nostri servitori la mia ferita si rimarginò da sola, in pochi istanti. Non era la prima volta che mi facevo male e, fino a quel momento mai mi era capitata una cosa simile, ma è pur vero che quella fu la prima volta in cui la mia vita fu in pericolo.

Mio padre intimò a tutti i presenti di tacere, di non dire a nessuno del prodigio al quale avevano appena assistito, pena la morte.

Non compresi il perché di una decisione tanto crudele, così come non compresi perché egli mi trascinò fin nelle segrete del palazzo rinchiudendomi come se avessi commesso il peggiore di crimini.

Nonostante i severi ordini, però, la voce della mia miracolosa guarigione si sparse e le guardie imperiali raggiunsero la mia casa per portarvi morte e distruzione.

Mi accusarono di essere un Aeternus e condannarono me e la mia famiglia a morte.

La notte prima che la sentenza fosse eseguita un uomo giunse e mi portò via di lì, abbandonando il resto della mia famiglia. Mi trascino fino al suo rifugio, un laboratorio sotterraneo che nulla aveva a che fare con il mio primitivo mondo, dove non esisteva nessuna forma di tecnologia.

Quando fummo al sicuro scoprì che il suo nome era Aran, e che egli era il primo di tutti noi, quindi il più antico.

Solo due secoli prima della mia nascita, Halydor era stato un mondo tormentato dalla guerra resa ancora più cruenta e violenta dalla tecnologia asservita alla distruzione. Armi di distruzione di massa che lasciarono solo deserto, macerie e morte. Gli halydiani si stavano distruggendo a vicenda, distruggendo al contempo il loro mondo.

Un gruppo di scienziati per ovviare alla sempre più critica mancanza di soldati da mandare al fronte, cominciò a creare uomini artificiali. Dapprima replicanti, poi man mano che l'idea prese il sopravvento si passò direttamente alla creazione di DNA sintetico. Attraverso varie combinazioni ed esperimenti si giunse alla creazione del primo Aeternus, ovvero Aran. Egli era il soldato perfetto. Possedeva la straordinaria capacità di guarire da qualunque danno, e riparare sé stesso anche in presenza di danni estesi.

Gli uomini che lo avevano creato non si accontentarono e continuarono gli esperimenti, ma c'era qualcosa di diverso negli Aeternus che seguirono, sembravano uomini e donne normali, incapaci di rigenerarsi. Così li usarono come carne da macello in quella guerra che riusciva a raggiungere sempre maggiori livelli di crudeltà.

Quando Aran lo scoprì si ribellò ai suoi creatori e in pochi si salvarono dalla sua furia. C'era qualcosa nel modo in cui Aran uccideva, qualcosa che lo rendeva terrificante e pericoloso.

Dopo la ribellione, gli stessi uomini che lo

avevano creato si resero conto del loro errore. Nessuno sembrava in grado di fermarlo, così gli halydiani smisero di combattere fra loro e cominciarono a combattere lui. La caccia si trasformò in una seconda guerra e solo dopo decenni e con l'inganno riuscirono a confinarlo e infine abbandonarlo fra le stelle.

In sua assenza Halydor cominciò a guarire dalle sue ferite e la popolazione trovò il modo di coesistere, ma a causa della violenta guerra appena conclusa, ogni forma di tecnologia venne bandita dal pianeta.

Intanto Aran vagava nella sua prigione fra le stelle, fino a quando non si imbatté in una nave che lo trasse in salvo. Quell'essere incapace di empatia, non era solo un mostro travestito da uomo, ma anche una mente brillante.

Dopo aver sterminato l'equipaggio della nave ne prese il comando e cominciò a studiare sé stesso. Ripercorse la stessa strada degli uomini che lo avevano creato, creando a sua volta tre nuovi Aeternus. Scoprì che persino le sue creature non possedevano i suoi stessi doni, infatti non riuscivano a guarire, ma possedevano una qualità mai osservata prima. Trasmigravano. Riuscivano a spostare la loro intera essenza da un corpo all'altro. Non era quello il risultato che voleva. Quelli non sarebbero stati buoni soldati e non avrebbe potuto usarli per costruire il suo esercito. Così li abbandonò su Halydor, dando loro una possibilità di vita. Persino Aran fece ritorno in gran segreto sul pianeta.

La tecnologia che aveva trovato sulla nave non gli permetteva di proseguire oltre con i suoi studi, aveva bisogno della stessa scienza che lo aveva creato e sapeva che i laboratori erano ancora lì sotto la superficie del pianeta, abbandonati. Nascosti nel vano tentativo di dimenticare il momento più oscuro della storia della nostra gente.

Aran li trovò e li usò per continuare i suoi studi. Era difficile creare embrioni vitali e quando ci riusciva otteneva solo Aeternus di tipo due e mai di tipo uno come lui.

Gli anni trascorrevano velocemente e ogni fallimento di Aran diventava un neonato abbandonato nel mondo degli halydiani, che ignari della sua natura lo accoglievano e lo crescevano come uno di loro.

I bambini crebbero e generarono la propria progenie, qualcosa di cui il nostro creatore non aveva tenuto conto, qualcosa che mutò la razza halydiana. Una mutazione silenziosa, che proseguiva inesorabile e che, nel momento in cui il declino si è concluso nel mondo che tu conosci, ha permesso alla nostra gente di sopravvivere.

Quando i materiali per far crescere in vitro i nuovi Aeternus terminarono, Aran ebbe la malsana idea di impiantare gli embrioni nel corpo di donne comuni. Le rapiva, impiantava l'embrione e le liberava.

Le donne non sospettavano nulla. Passavano le

poche ore della loro prigionia completamente sedate. Nessuno si accorgeva della loro scomparsa, e nessuno ebbe modo di sospettare nulla.

Fu per quella piccola variazione che i primi Aeternus di tipo uno videro la luce. Bambini che mostravano le caratteristiche rigeneranti sin dai primi giorni della loro vita. Il terrore e il ricordo di Aran, portò gli uomini a uccidere questi bambini, servendosi dello stesso veleno che avevano adoperato per indebolire lui e abbandonarlo fra le stelle. Un veleno letale per i tipo due ma, che su alcuni di noi tipo uno non ha mai funzionato fino in fondo. Ci indebolisce, ma non ci uccide.

Sulla Halydor odierna, quel veleno è noto come il veleno delle vhe'sta, o veleno dell'oblio.

Per i bambini non ci fu via di scampo, così come per le loro famiglie. Nessuno sapeva come facessero a venire al mondo quegli esseri e per evitare che il fenomeno si ripetesse, l'intera famiglia veniva sterminata.

Aran capì che persino lui doveva essere stato generato da un ventre umano, così migliorò gli embrioni inserendo una nuova particolarità. Un meccanismo che impediva alle capacità rigeneranti di manifestarsi, fino al momento in cui la vita del soggetto non fosse stata in pericolo. Quella modifica richiese decenni, e portò a numerosi fallimenti. Nel frattempo i danni causati al pianeta dalla grande guerra stavano progredendo senza che nessuno potesse fare nulla per fermarli. Il mio mondo si stava desertificando e sempre più continenti cominciavano a scomparire sommersi dalle acque o distrutti dai terremoti.

Io fui la prima Aeternus modificata a vedere la luce. Avevo vissuto in mezzo agli uomini per diciassette anni prima dell'incidente mortale che svelò la mia vera natura. Un successo che Aran non era riuscito a ripetere. Mi tenne prigioniera per decenni, studiando la mia biologia e ciò che mi rendeva diversa da tutti i suoi precedenti fallimenti, senza però riuscire a venire a capo del mistero. Intanto i terrestri avevano cominciato a spingersi con le proprie navi lontano dalla Via Lattea, cominciando quella meravigliosa avventura chiamata Rotte Oscure.

Il declino di Halydor proseguiva inesorabile, la superficie era perennemente scossa da violenti terremoti e maremoti. Quando uno di questi danneggiò la mia prigione fuggii e, imbarcandomi clandestinamente su una delle prime navi delle Rotte Oscure, raggiunsi la Terra.

Per secoli mi sono mischiata agli umani, vivendo tranquillamente fra loro fino al giorno in cui non mi imbattei nuovamente in Aran. Anche lui aveva abbandonato Halydor, ormai ridotta ad un misero deserto, circondato da acque che non riuscivano più a dissetare la terra. Con lo scorrere del tempo entrambi avevamo perso l'uso delle nostre capacità rigenerative, ma avevamo scoperto che possedevamo anche noi la capacità di trasmigrare.

Aran aveva imparato a gestire la sua oscurità e a mimetizzarsi in mezzo agli uomini, e questo lo rendeva ancora più pericoloso.

Voleva a tutti i costi creare un nuovo tipo uno, così da poterlo usare come nuovo ospite e recuperare i suoi poteri di guarigione. Riprese i suoi esperimenti, così come aveva fatto su Halydor. Di fatto fra gli umani che popolano l'Unione Galattica ci sono molti dei nostri fratelli, ignari della loro stessa natura.

Convinse gli scienziati terrestri ad aiutarlo, promettendo loro un super soldato ma, tacendo che egli stesso era il frutto della conoscenza che gli stava consegnando.

Purtroppo, però, c'era qualcosa nella biologia umana che differiva da quella halydiana, interrompendo bruscamente il processo di sviluppo degli embrioni impiantati, e le rare volte in cui la gestazione aveva successo portava solo ad Aeternus di tipo due. Fu costretto a modificare i protocolli diverse volte, annullando persino la modifica genetica che aveva protetto la mia identità per diciassette anni.

Seguivo da vicino il suo lavoro, pronta a boicottarlo non appena fosse stato prossimo al successo. Migrando in un nuovo corpo, avevo cambiato il mio aspetto e, fortunatamente Aran non è mai stato in grado di percepire la forma dell'anima. E, quindi, non è mai riuscito a riconoscermi.

Sono pochi a possedere questa particolare abilità e, sono gli unici in grado di distinguere un Aeternus da un comune umano, perché questi ultimi non hanno una forma dell'anima.

Mi sembra ancora assurdo che il successo di Aran sia coinciso con il primo e unico atto d'amore della sua vita. Ma il destino è beffardo, è risaputo.

C'era una giovane donna, una ricercatrice. A prima vista poteva sembrare fredda e distaccata, completamente assorta dal suo lavoro e narcisista al punto da dare sui nervi. Non avevo mai provato molta simpatia per lei, ma Aran invece ne sembrava attratto. Fece di lei la sua amante e insieme generarono un figlio, un tipo due, come tutti i figli nati da Aeternus e umani. Studiandolo, Aran, trovò la chiave per creare un nuovo tipo uno. Si spinse al punto tale da sacrificare la vita di quel piccolo infante, arrivando persino ad ucciderne la madre.

Dalle cellule di suo figlio creò un embrione, da cui sarebbe nato certamente un Aeternus di tipo uno.

Sapevo che non appena il bambino, nato da quell'embrione fosse cresciuto, Aran ne avrebbe sacrificato l'anima con il veleno delle vhe'sta e si sarebbe impossessato di lui. Rubai l'embrione e feci esplodere il laboratorio con Aran dentro. Sapevo che non sarebbe morto e che come me, aveva sicuramente qualche replicante nascosto, ma in quel momento il mio obbiettivo non era ucciderlo, solo rallentarlo. Rubai l'embrione e distrussi ogni traccia del suo lavoro, persino i poveri resti di quello che era stato suo figlio.

Non potevo portare l'embrione nel mio corpo. Nella mia lunga esistenza non ero mai riuscita a portare a termine una gravidanza, indipendentemente dal corpo che avevo vissuto. Avrei potuto sbarazzarmene, ma l'idea di fare del male ad una creatura innocente mi riempiva d'orrore. Fortunatamente conoscevo la persona giusta a cui fare il dono della vita.

Io e Melany Silver eravamo amiche da sempre. Melany aveva perso suo marito dopo pochi mesi di matrimonio e il dolore della perdita l'aveva segnata drasticamente. Aveva fatto dell'isola della sua famiglia, Lamia, la prigione del suo cuore.

Il giorno in cui le portai l'embrione e le spiegai cosa sarebbe nato da quell'ammasso informe di cellule, vidi il sorriso riaffiorare sulle sue labbra. Erano anni che non sorrideva più.

Fui io stessa ad impiantarlo nel suo grembo e a seguirla per tutta la gravidanza. Per essere inoltre certe che Aran non potesse trovarci ci imbarcammo sulla Gallica, la nave del padre di Melany, Stephen Silver, uno dei due capitani delle Rotte Oscure dell'epoca.

Durante quel viaggio visitai Halydor. Erano trascorsi secoli dal giorno della mia partenza.

Non lo riconobbi più. Mi domandavo come un

pianeta tanto inospitale potesse ancora accogliere la vita. Scoprii l'esistenza delle vhe'sta e della dolorosa decisione delle madri di sacrificarle per permettere alla razza halydiana di sopravvivere. Era quell'eredità di Aran, pensai. Non c'erano più umani o Aeternus, ma ibridi delle due razze. Madri che uccidevano le proprie figlie per metter al mondo altre figlie. Era crudele e doloroso, ma necessario. Pensai di insegnare loro la scienza della clonazione, ma mi resi conto che ormai il mio era diventato un popolo di pescatori. Non avevano le materie, l'energia e le competenze per creare i loro replicanti. Così per quanto doloroso li lasciai al loro destino, piangendo ogni vhe'sta che sarebbe stata sacrificata.

Quando Erik venne al mondo riempì la vita di Melany e la mia di gioia. Solo sei anni dopo, però, ci fu una violenta esplosione a bordo della nave. Melany morì e il mio corpo con lei. Migrai in uno nuovo, conservato nella stiva della nave, ma non scelsi quello identico al precedente dato che tutti avevano visto il mio corpo smembrato. Nessuno oltre Stephen e Melany conosceva la verità su quello che ero.

Quando tornai da Erik, lui non mi riconobbe. Allora compresi che non possedeva il dono di leggere la forma dell'anima, e compresi che non potevo riprendere la mia vita da dove l'avevo lasciata. Al ritorno sulla Terra abbandonai la Gallica e lo affidai a suo nonno.

Presi una strada diversa, lasciando ancora una volta la mia vecchia vita alle spalle e ricominciai daccapo, così come i fantasmi come me sono costretti a fare.

Il mio cuore era da poco guarito dal dolore della perdita quando scoprii che Erik aveva abbandonato le Rotte Oscure ed era entrato a far parte dell'esercito. Alle volte mi avvicinavo a lui quel tanto che bastava per incontrarlo, urtandolo per strada, bevendo qualcosa insieme in un bar.

Ero orgogliosa di lui perché riusciva a nascondere il suo segreto e lo usava per essere il migliore nel proprio lavoro, ma in cuor mio speravo si stancasse presto di quella vita e tornasse al sicuro sulle Rotte Oscure.

Quando ha abbandonato il suo ruolo nei servizi segreti per ascendere velocemente ai vertici di comando dell'esercito ho cominciato a preoccuparmi. Soprattutto quando mostrò al mondo intero ciò di cui era capace, confessando di essere un uomo artificiale creato in laboratorio. Stava creando una leggenda intorno al suo nome e alle sue capacità, una leggenda che diventava ogni giorno più rumorosa e pericolosa.

Quando lo avvicinai mi resi conto che il bambino che avevo tanto amato, non c'era più. Aran era riuscito a trovarlo ed era migrato dentro di lui. Ero certa che avesse usato il veleno delle vhe'sta per uccidere la sua anima e prenderne posto.

Fortunatamente il veleno delle vhe'sta aveva avuto su di Erik lo stesso effetto che aveva avuto in passato su Aran. Lo aveva indebolito, permettendo ad Aran di diventare l'anima dominante, ma non lo aveva ucciso. Era ancora lì, prigioniero del suo corpo, incapace di riemergere al di sopra del suo usurpatore.

Cominciai a seguirlo e a studiare le sue mosse, per scoprire con mio grande stupore che le capacità rigenerative di cui si vantava in realtà non funzionavano. Questo perché, per la prima volta nella nostra storia, erano legate all'anima e non al corpo. Ogni volta in cui Aran si feriva lasciava tornare Erik in superficie, giusto il tempo necessario a guarire.

Compresi che l'unico modo che avevo per salvarlo era ferire Aran al punto tale da costringerlo a far riemergere Erik, e poi invertire i ruoli per farlo tornare l'anima dominante.

Ci riuscii, ma erano passati cinquant'anni dall'ultima volta che era stato completamente padrone della sua vita. Il figlio che aveva adottato era cresciuto e lo odiava. Il mondo dal quale si era sempre nascosto lo acclamava come un eroe. Da lì la follia e la decisione di Ian di imbarcarlo sulla Yside. Così ho deciso di seguirlo, creando l'identità di Layla Reed.

Volevo essere certa che Aran non potesse più tornare, ma ben presto sono stata costretta a rendermi conto che Aran è stato molto previdente. Vivien era una delle sue alleate, l'ho capito sentendo la forma della sua anima, anche se spesso adoperava uno smorzatore, come il mio. Credo che il matrimonio con Scott fosse solo un mezzo per stare vicino ad Erik.

Sono certa che diverse volte sia riuscita persino a destarlo, perché ho sentito la sua presenza. Il mio dono è più forte di quello di Adhana, e il mio vecchio appartamento confina con il loro hangar.

So per certo che è stata Vivien ad informare gli halydiani riguardo al rifugio di Adhana su Halydor. All'inizio non compresi il perché volesse ucciderla, ma poi guardandoli insieme in ospedale, ho capito che lei rende Erik più forte e di conseguenza indebolisce Aran.

CAP. 30

Anno dell'Unione Galattica 842

"Devo confessarti che ho usato lei per avvicinarmi a te, ma non avevo previsto di amarla come una figlia. Per questo devi dirmi cosa vuoi fare. Perché non posso permetterti di spezzare nuovamente il suo cuore" concluse Layla.

Erik se restava seduto, immobile, sembrava non stesse neppure respirando. Aveva ascoltato la storia di Layla trattenendo tutte le domande, perché la donna era stata chiara, nessuna interruzione, ma adesso che aveva terminato tutti gli interrogativi si affollavano sulla punta della lingua.

"Scott è uno di noi!"

Non era domanda.

Uno di noi. Fino a pochi istanti prima aveva creduto non esistesse nessun noi, che lui fosse unico nel suo genere e adesso... Scott, Adhana,

Layla, erano la sua gente. Lui aveva la sua gente. Il cuore sembrava esplodergli nel petto. Non era più unico, non era più solo. Adhana... Adhana era la sua gente.

"Sì! Deve essere uno dei discendenti degli Aeternus che Aran ha creato una volta arrivato sulla Terra. Sembra che noi Aeternus abbiamo la particolare abilità di circondarci dei nostri simili. Non chiedermi come sia possibile, perché non ho una risposta a questa domanda. So solo che accade e basta" spiegò con calma Layla mentre Erik pendeva dalle sue labbra.

"Tu hai conosciuto mia madre. Ho ricordi così sbiaditi di lei..."

"Melany era una donna come poche e una madre meravigliosa. La gravidanza non è stata facile per lei, ma non si è mai arresa e quando sei nato... Il suo viso, la sua espressione. Non ho mai visto una persona tanto piccola contenere così tanta gioia" disse lasciandosi trasportare dai ricordi.

"Lui lo sa?" domandò Erik all'improvviso cercando di raccapezzarsi fra le mille domande che correvano imbizzarrite nella sua testa.

"Chi?" chiese la donna non riuscendo a seguire il filo dei suoi pensieri.

"Scott lo sa? Sa cos'è? E Adhana lo sa?"

"Non credo. Scott ignora la sua vera natura. Adhana sente la forma della sua anima, ma da quanto ho capito non sa che solo noi ne possediamo una."

"Noi non lo possiamo uccidere vero?" disse mandando nuovamente in confusione Layla che fu costretta a chiedere ancora una volta a chi si stesse riferendo.

"Aran! Lui non muore, migra."

"No, non possiamo. Non al momento almeno. Ma possiamo tenerlo prigioniero. Sicuramente non aveva previsto di dover condividere questo corpo con te e, adesso che sai della sua esistenza sei più forte di lui."

Erik si sollevò in piedi cominciando a girare nervosamente nella stanza.

"I miei poteri di guarigione si annulleranno come i vostri? Presto diventerò anche io un tipo due?"

Almeno questa volta era stato chiaro, pensò la donna ignorando il suo muoversi agitato.

"Non lo so. Io e Aran siamo nati da halydiane, tu da una terrestre. Seppur molto simile la biologia delle due razze presenta qualche differenza, inoltre non so in che modo la gestazione influenzi le nostre caratteristiche. Per quanto mi è dato sapere i miei poteri di guarigione e quelli di Aran erano legati al corpo che vivevamo. Quando è diventato troppo vecchio li abbiamo perduti e quando siamo migrati in nuovi corpi più giovani, non sono tornati. Nel tuo caso invece sembrano legati alla tua anima. Infatti quando è stato Aran il dominante non funzionavano."

Si versò qualcosa da bere, aveva la bocca secca con tutto quel parlare.

"Per tutta la vita ho studiato me stessa per cercare di capire e spiegare quello che sono e le doti che posseggo, ma la scienza non è mai riuscita a condurmi alle risposte di cui avevo bisogno. Gli halydiani, invece, pur nella loro arretratezza culturale, hanno capito quello che siamo meglio di me. Secondo loro ognuno di noi ha due corpi. Un corpo fisico e uno energetico. Il secondo abita il primo, e ciò che io e Adhana percepiamo come la forma dell'anima non è altro che la vibrazione di questa energia. Seguendo questa convinzione ho cercato di misurare la mia energia e negli anni ho creato questo" disse sfilando dalla camicetta un ciondolo con incastonata una meravigliosa pietra blu.

"La indosso per nascondere la forma della mia anima. La uso per evitare che gli alleati di Aran capiscano che sono un Aeternus. Non so se fra loro c'è qualcuno in grado di leggere le anime, ma preferisco non correre rischi."

"Vivien era una di loro..." ripensò a quella parte del suo racconto poi gli venne in mente qualcosa che lo fece sbiancare. "Non è morta, vero?"

Layla scosse lentamente il capo.

"Ho provato a cercarla a bordo, ma non ci sono mai riuscita. Si vede che non ho mai avuto la fortuna di incrociarla, ma sono sicura che sia migrata."

"Ha cercato in tutti i modi di separarmi da Adhana" ringhiò furioso.

"Te l'ho detto, lei doveva far tornare Aran. Deve essersi imbarcata per invertire i vostri ruoli, e deve aver sposato Scott per potersi avvicinare a te.”

“Quanti anni hai?” le domandò a bruciapelo facendola stizzire.

“Ho smesso di contarli qualche secolo fa, ma dovrei avere più del doppio della tua età.”

Quella notizia lo sconvolse. Si era sempre creduto l'essere più vecchio su quella nave, ed invece…

“Non posso tacere tutto questo a Adhana e a Scott!” esclamò sempre più agitato riempiendosi un altro bicchiere di whiskey.

“No! Loro non devono sapere nulla. Questa è la mia unica condizione, Erik” ribatté decisa.

“Perché?” insistette l'uomo.

“Cosa credi? Ho condiviso questo segreto con altri Aeternus ignari della loro natura e della loro storia e sai cosa è accaduto? Ogni singola volta? Ho fatto a pezzi le loro menti. Ho distrutto le loro sicurezze e le loro identità. Tengo troppo a quei due per fargli una cosa simile. È stato già un grosso rischio parlarne con te. L'unico motivo per cui stai reagendo bene è perché ciò che sapevi prima era altrettanto tremendo.”

Erik tornò a sedersi e raccolse il capo fra le mani, restando in silenzio per un tempo che le parve eterno. La folla di domande che gli aveva riempito la testa solo pochi minuti prima sembrava svanita nel nulla. Sapeva che c'era ancora tanto da chiedere, ma si sentiva incapace di dare forma ai suoi pensieri.

Layla attese in silenzio per quello che sembrò un tempo infinito. Fra tutte le domande che Erik le aveva posto mancava la più importante ma, dato che l'uomo sembrava essersi smarrito in sé stesso fu lei a sollecitarlo.

"Cosa vuoi fare?" gli chiese.

Erik sollevò il capo di scatto, guardandola confusa.

"Hai detto che dirglielo sarebbe pericoloso..."

"Non mi riferivo a quello. Mi riferivo ad Aran. Vuoi arrenderti o vuoi combattere?"

Erik aveva gli occhi fissi su di lei, ma in realtà non la stava guardando.

"Adhana non mi perdonerà mai per quello che le ho fatto. Se n'è andata..." disse esternando il suo dolore.

"È furiosa. L'hai ferita e tradita, ma conosci Adhana. Non riesce a portare rancore a lungo. Sono certa che troverà la forza di perdonarti se gliene darai l'occasione."

Solo in quell'istante Erik si rese conto di aver bisogno di quelle parole. Di aver bisogno di quella tenue speranza.

"Come posso fermarlo?" domandò cercando di capire cosa lo attendeva in caso avesse deciso di affrontarlo.

"Tu sei diventato la sua prigione. La prima volta il suo controllo su di te è durato quasi cinquant'anni, ma eri solo e chi ti stava vicino ha solo notato un tuo cambiamento esteriore. Ma, adesso è diverso. Ci sono io, c'è Adhana e c'è Scott.

Inoltre io e Adhana siamo in grado di capire la differenza fra voi due e guarda com'è andata l'ultima volta. Non sono passati cinquant'anni, ma pochi giorni."

"Minuti!" la corresse Erik. "Lui è stato al comando per pochi minuti. Ero ferito in modo grave e ha dovuto farmi riemergere. E una volta al comando non gli ho permesso di riprendere il mio posto."

"Minuti! – esclamò stupefatta – Non ti rendi conto che il suo controllo è quasi inesistente? Non ha più il fattore sorpresa dalla sua parte."

"Capisco il tuo punto di vista ma, è bastato che io perdessi i sensi per farlo riemergere, quindi cosa gli impedisce di farlo mentre dormo? Anzi cosa gli ha impedito di farlo fino ad ora?"

Layla sorrise benevola.

"Comprendo i tuoi dubbi, ma lascia che ti spieghi una cosa. Quando ho fatto riemergere te, dopo quel lungo lasso di tempo, per riuscirci ho dovuto uccidere lui." Alzò le mani per fermarlo, prevenendo la sua domanda. "Non uccidere in senso letterale. Vedi durante le mie ricerche ho scoperto che in caso di danni estesi la nostra parte cosciente si annichilisce, forse per proteggerci dal trauma e dal dolore, ma funziona così. Dura pochi secondi, ma è quello l'unico momento in cui è possibile lo scambio, non durante il sonno. Eri già ferito quando è accaduto?"

"Sì, e anche gravemente" rispose sovrappensiero. "E quella volta nella capsula allora? Non ero ferito gravemente."

"Ma eri sotto sedativi. Sedativi molto potenti, fra l'altro. Ho visto i tuoi dosaggi quando ho dovuto ricalibrare la capsula per Adhana. A quelle concentrazioni possono indurre lo stato di annichilimento di cui ti parlavo."

Erik sospirò.

"Quindi non può riemergere mentre dormo o sono svenuto?" chiese per maggiore conferma.

"Non può" disse Layla alleggerendo il peso che sentiva sul petto.

"Adhana non corre rischi allora?"

"Nessuno. Solo in caso di danni gravi o con alte dosi di sedativi lui può tentare di prendere il tuo posto. E anche in quel caso è difficile che possa restare a lungo al comando, visto che non può rigenerarsi da solo."

Ogni parola di Layla diminuiva il peso delle sue paure.

"Ora devo farti io una domanda. Come hai fatto a riprendere il controllo quando eri nella capsula?"

"Non sono stato io! – confessò – È stata Adhana. Non so come, è riuscita a scacciarlo in profondità, permettendomi di ritornare."

Un sorriso soddisfatto incrinò le labbra di Layla.

"Se rinunci a lei, per la paura, sei solo uno sciocco" disse sollevandosi in piedi. Prese dalla tasca una sorta di stick nero e glielo lanciò. "Lei è nel mio vecchio appartamento. Cerca di fare le cose per bene, questa volta."

"Dove vai? Ho ancora così tante domande…"

"Sono stanca di parlare e rivangare il passato. Ho bisogno di – fece una lunga pausa – di tornare ad essere Layla."

"Qual è il tuo vero nome?" chiese allora Erik, incapace di trattenersi.

La donna si voltò e sorrise.

"Ogni nome è il mio vero nome, ma se vuoi sapere quale sia stato il primo... era Dana, Dana Renin."

"Un ultima domanda, ti prego."

La donna annuì.

"Che forma ha l'anima di Adhana?"

Quella domanda la sorprese. Era l'unica che non si aspettava.

"L'alba. La forma della sua anima è una splendida alba su un mare placido."

CAP. 31

Adhana se ne stava rannicchiata sotto le coperte tremando per il gran freddo. Non aveva dormito molto negli ultimi giorni e nonostante si sentisse esausta il sonno continuava a tradirla. Forse era per via di quelle mura estranee. Forse perché non era più abituata ad essere sola o, semplicemente perché lui le mancava. Le mancava al punto tale da spezzarle il cuore.

 Si rigirò nervosamente adagiandosi sul fianco destro e pensò che erano passati tre giorni da quanto aveva distrutto la sua prigione di ghiaccio. Tre giorni e lui non era mai andato a cercarla. Quell'assenza le faceva male, tanto quanto il suo stupido esilio. L'idea che avesse trovato una nuova bara gelida dove trascorrere l'eternità era un pensiero costante che continuava ad angosciarla, e quando ciò accadeva, irrimediabilmente, si dava della stupida per aver rinunciato al suo caldo appartamento per quel misero monolocale gelido.

Stava per addormentarsi quando venne bruscamente destata dal suono della porta che si apriva.
Pensò fosse Layla e non si voltò neppure.

"Questo posto è gelido!" esclamò l'unica voce in
grado di farle balzare il cuore nel petto.

Scattò a sedere scioccata e al contempo felice di
trovarlo sull'uscio.

Si rimproverò immediatamente per quel momento di debolezza.

No! Doveva mettere da parte la gioia e mostrargli
la rabbia, la delusione, l'amarezza.

Ringraziò le tenebre della stanza che avevano
nascosto il suo sorriso.

"Cosa ci fai tu qui?" chiese con tono irritato.

"Perché te ne resti qui a congelare quando al
ponte di sopra hai un appartamento comodo e
soprattutto caldo?" domandò a sua volta Erik
senza risponderle.

"I tecnici verranno domani e sistemeranno il
danno. Rispondimi, cosa ci fai tu qui?" cercò
di mettere nella domanda tutta la sua indignazione.

"Domani? Ti ho lasciato la nave e la compagnia
commerciale, quando chiami devono correre immediatamente" continuò Erik continuando ad
ignorare la sua domanda.

"Non voglio nessuna delle due" rispose a tono
furiosa.

"Andiamo di sopra, dobbiamo parlare."

"Io non vengo da nessuna parte" si impuntò

tornando sotto le coperte e dandogli le spalle. "Chiudi la porta e vattene!"

Erik sospirò rumorosamente. Aveva una gran voglia di infilarsi sotto le coperte con lei, ma era consapevole che Adhana aveva tutto il diritto di sfogare la sua rabbia. Si avvicinò al letto, furono sufficienti pochi passi in quell'angusto spazio. Si abbassò fino a raggiungere quel delizioso orecchio che avrebbe preso volentieri a morsi, per poi sussurrarle: "Lo combatterò!"

Quelle due parole la fecero rabbrividire. Se non avesse avuto voglia di fargliela pagare per il suo comportamento sarebbe scattata in piedi e lo avrebbe trascinato nel suo abbraccio, ma non voleva dargliela vinta tanto facilmente.

"Buon per te!" si limitò a rispondere. Qualche altro giorno di agonia gli avrebbe fatto solo bene.

Dal canto suo sentendo quella risposta, Erik, impallidì. Non potendo dire altro senza sembrare uno sciocco abbandonò l'appartamento e con aria sconfitta raggiunse il proprio.

Aveva una gran voglia di menare le mani e di rompere qualsiasi cosa a portata di mano, ma si costrinse a respirare per calmare la rabbia. Doveva avere pazienza. Doveva solo avere un po' di pazienza. Adhana era ancora ferita, doveva solo darle il tempo di calmarsi e sperò per il proprio bene e la propria salute mentale che quel tempo fosse molto breve.

Passò un'altra notte insonne, fumando un sigaro

dopo l'altro al punto tale da provare disgusto per l'odore del tabacco e, bevendo almeno due bottiglie del suo whisky preferito. Peccato che con il ritorno delle sue capacità rigenerative, smaltisse l'alcool troppo velocemente, ma non si poteva avere tutto.

Si concesse una lunga doccia, per togliersi di dosso l'odore del tabacco, mentre i robot inservienti pulivano e arieggiavano il salone.

Si stava rilassando ad occhi chiusi sotto il getto dell'acqua bollente quando una leggera corrente di aria fredda lo colpì.

Sollevò le palpebre e rimase senza parole trovandosi davanti Adhana completamente nuda.

Senza dire una parola la ragazza entrò nella doccia e prima che lui potesse parlare gli intrappolò le labbra in un bacio.

Senza mezze misure gli fece capire cos'era andata a cercare e senza farsi pregare Erik glielo concesse. La prese lì sotto il getto di acqua bollente, senza parole, senza promesse, con solo i loro gemiti di piacere e nulla di più.

La passione li stava divorando. Era sempre così fra loro, sempre tutto intenso e per nulla scontato.

Adhana si aggrappava alle sue spalle artigliandogli la carne, mescolando piacere e dolore, portandolo in estasi per poi abbandonarlo naufrago. Dopo aver preso quello che era andata a cercare lo lasciò ancora una volta senza dire una sola parola.

Erik si sentì perso, le mani che fino a poco prima aveva stretto il suo corpo morbido e caldo adesso erano vuote. Indossò l'accappatoio e tornò in camera, ma con sua grande sorpresa trovò la ragazza seduta sul letto. Rimase imbambolato a guardarla. Indossava anche lei un accappatoio e si tamponava con un telo i lunghi capelli biondi.

"Promettimi che non lo farai mai più" disse infine con tono fermo e deciso.

"Devi essere più chiara" osò controbattere costringendola a sollevarsi in piedi e fronteggiarlo.

"Non prenderai mai più decisioni tanto stupide senza prima parlarne con me. È sufficientemente chiaro?" la sua voce non si era ammorbidita, semmai il contrario.

"Te lo prometto!" rispose sinceramente.

"Annulla il passaggio di proprietà!" continuò, ma questa volta Erik negò con il capo. L'espressione sul volto di Adhana si indurì.

"Ascolta" disse Erik sedendosi sul letto e prendendo le sue mani fra le proprie. Quando Adhana tentò di sfuggirli la sua presa si fece più salda. "Non lo farò per un semplice motivo. Se io dovessi perdere questa battaglia, voglio che lui non abbia nessun'arma per fare del male alle persone a cui voglio bene. E voglio che tu e Ian non dobbiate mai dipendere da lui. Voglio che siate liberi di abbandonarlo se necessario."

Adhana abbassò lo sguardo.

"Promettimi che non userai questa cosa per abbandonarmi di nuovo" chiese e questa volta il suo sguardo era fragile, tanto che Erik portò le sue mani alle labbra baciandole a lungo e con riverenza.

"Te lo prometto. – ripeté – Ma tu dammi almeno questa tranquillità, te ne prego."

Adhana annuì facendolo sentire subito meglio. Senza la compagnia e senza la Yside, Aran avrebbe perso la sua solidità economica e questa era già una vittoria.

"Devo dirti alcune cose" borbottò. Non voleva mentirle, ma Layla era stata chiara a riguardo. Così cercò di filtrare ciò che aveva scoperto.

"Di cosa si tratta?" domandò Adhana preoccupata.

"Ha un nome, si chiama Aran."

"Come lo hai scoperto?"

"Durante l'ultimo scambio. Lui legge i miei ricordi e questa volta io sono riuscito a leggere i suoi." Quella era stata un'idea di Layla.

"Cos'altro hai scoperto?" domandò ansiosa sedendosi al suo fianco.

"Ho chiesto a Layla di esaminarmi, naturalmente prima le ho raccontato la verità. Adesso anche lei conosce il nostro segreto."

Una sorta di sollievo si dipinse sul volto di Adhana. Detestava avere segreti con l'amica, pensò Erik. Peccato che neanche immaginasse quanti segreti, Layla nascondesse a lei. E, adesso, lui era suo complice.

"Per quale motivo?"

"Quando eravamo su RS34566, è bastato che

perdessi il controllo per un attimo per farlo riemergere. Quando sono tornato ho avuto il terrore che potesse riemergere persino durante il sonno. Non potevo stare al tuo fianco sapendo che saresti stata sempre in pericolo" le confessò aprendole il suo cuore e mostrando senza timore le sue paure.

"Per questo sei scappato?" chiese Adhana con gli occhi umidi, comprendendo finalmente il suo punto di vista.

"Ero terrorizzato! Terrorizzato dall'idea di svegliarmi e trovarti morta al mio fianco. Non potevo permettere che accadesse. Tu sei la persona più importante della mia vita, non posso neanche concepire l'idea che qualcuno possa farti del male."

A quelle parole l'autocontrollo di entrambi andò in frantumi. Adhana si abbandonò su di lui. Non aveva neppure osato immaginare la profondità dei suoi timori.

"Mi dispiace di averti abbandonata in quel modo, e mi dispiace aver costretto Scott a mentirti. Mi dispiace per tutto" confessò Erik stringendola forte a sé, senza alcun imbarazzo per le lacrime che gli solcavano le guance.

Adhana deglutì un groppo amaro e sollevò il volto per incrociare il suo sguardo.

"Non farlo mai più, devi dirmi sempre tutto" disse anche lei fra le lacrime.

Erik tirò su con il naso e annuì. Adhana gli circondò la nuca, affondando le dita sottili fra i lunghi capelli neri.

"Non volevo distruggere la tua prigione di ghiaccio. Ma ero troppo arrabbiata con te" disse facendolo ridere, la reazione che voleva.

"Se mai dovessi rifare una stupidaggine simile, non mi aspetto niente di diverso."

Si erano addormentati fra baci, scuse e lacrime, sfiniti dopo aver fatto l'amore così tante volte da non sapere dove iniziasse l'una e finisse l'altro.

Adhana fu la prima a destarsi, piacevolmente dolorante.

Indossò l'accappatoio e andò in cucina a preparare due caffè.

Erik si destò solo sentendone il delizioso aroma invadere la camera. Sollevò le palpebre e vide Adhana che gliene porgeva una tazza.

"Cosa ti ha detto Layla?" domandò la ragazza sorseggiando la bevanda bollente. "Hai detto che ti sei fatto esaminare" specificò poi.

"Che lo scambio non può accadere durante il sonno. Sembra che in caso di ferite molto gravi, o con dosi massicce di sedativi, la mia coscienza si – cercò di ricordare il termine usato dalla donna – annichilisca, ecco è proprio questo ciò che ha detto. Solo in quel momento lo scambio è possibile. Ma proprio per la particolarità di queste condizioni lui non può restare a lungo al comando, perché ha bisogno di me per guarire e dato che adesso io so della sua esistenza posso tornare ad essere la coscienza dominante."

Adhana lo ascoltò con attenzione.

"Per questo ci hai messo tutto quel tempo per venire da me?" chiese abbassando lo sguardo.

"Sì! Avevo bisogno di sapere che sei al sicuro" confessò facendola sorridere "Inoltre, una parte di me sperava ti arrendessi e tornassi da sola" continuò guadagnandosi un buffetto al braccio.

"Io non mi arrendo mai!"

"Ed io adoro questa parte di te."

CAP. 32

Anno dell'Unione Galattica 847

E rik osserva Adhana, la sua sicurezza contagiava anche lui. Sembrava completamente a suo agio seduta sulla poltrona del capitano, mentre Scott Norton troneggiava alle sue spalle, silenzioso eppure accorto. La voce della ragazza scandiva ordini ben precisi. Era calma eppure autoritaria.

Gli ufficiali, in sala comandi, le obbedivano senza ribattere, perché le sue istruzioni erano chiare e concise. Eppure, le sue mani tremarono appena, prima di posarsi sui comandi manuali.

Scott Norton seguiva con attenzione ogni movimento, accorto ad ogni singolo ordine. La sua invadente presenza infondeva sicurezza nella sua allieva.

Scott non era uno sprovveduto, era al comando della nave commerciale Yside da molti anni e se diceva che Adhana era in grado di eseguire un atterraggio tanto complesso da sola, Erik non aveva altra scelta che credergli.

I pianeti con un'atmosfera artificiale erano sempre stati l'insuperabile scoglio di molti provetti comandanti e purtroppo tutti i pianeti del Sistema Solare, eccezion fatta per la Terra, possedevano un'atmosfera artificiale. Una gabbia che intrappolava i gas indispensabili per la vita umana e lasciava gli altri liberi di fluire liberamente.

Le atmosfere artificiali erano state la sorprendente conseguenza di un orribile disastro avvenuto nei primi decenni di vita dell'Unione Galattica.

Una stazione spaziale sperimentale, in orbita intorno a Giove, dopo una perdita di materiale radioattivo, era esplosa, polverizzandosi. Il materiale radioattivo combinandosi con la speciale lega del satellite aveva dato origine ad un pulviscolo dalle caratteristiche elettromagnetiche insolite. Il pulviscolo, intrappolato dalla forza gravitazionale del pianeta, si era disperso uniformemente in tutta la sua atmosfera, stabilizzandosi ad una certa quota, formando una sorta di sfera invisibile. Dopo diversi studi si scoprì che il pulviscolo funzionava come una membrana in grado di filtrare i gas atmosferici. Quell'incidente, costato la vita a trecentosessanta persone, gettò le basi della colonizzazione spaziale.

Adhana sorrise, era il suo sorriso sfacciato, quello che le sfuggiva ogni qual volta affrontava una nuova sfida. Le piaceva tutta quella tensione, se ne nutriva. Erik lo sapeva.

L'ingresso nell'atmosfera artificiale di Nettuno venne accompagnato da una violenta oscillazione della nave. Il passaggio attraverso il campo elettromagnetico, generato dal pulviscolo, causò la momentanea avaria di tutta la strumentazione di bordo. Erano iniziati i "dieci passi nella polvere". Li chiamavano così grazie ad una vecchia storia in cui un eroico pilota spaziale aveva constatato che la sua nave per attraversare la zona elettromagnetica, generata dal pulviscolo, impiegava il tempo necessario a compiere dieci passi. In realtà il tempo di attraversamento dipendeva dalle caratteristiche della nave e dalla velocità, ma gli akenty erano sognatori e ad una sterile "fase di disturbo elettromagnetico" avevano sempre preferito un romantico "dieci passi nella polvere".

La strumentazione divenne inutilizzabile. Le misurazioni alterate dal campo elettromagnetico, non erano più affidabili. Adhana non si lasciò intimorire e reggendo con decisione i comandi continuò ad impartire i suoi ordini. La nave le obbediva e dopo il brusco strattone cominciò una lenta e dolce discesa verso il basso. Abbandonarono la zona del pulviscolo dopo quella che parve un'eternità e immediatamente i veloci computer di bordo tararono nuovamente gli strumenti rendendo operativa la nave in meno di sei minuti. Quando lo spazioporto fu finalmente in vista Adhana corresse l'angolazione e senza alcuno scossone la nave si adagiò sulla pista gentile e aggraziata nonostante la sua possente mole.

La tensione si sciolse in quello stesso istante, ma nessuno osò fiatare. Tutti i presenti voltarono lo sguardo verso Scott Norton che era rimasto immobile e silenzioso durante tutta la manovra. Sul suo volto autoritario si dipinse un sorriso e la sua grossa mano afferrò la spalla di Adhana in una presa ferrea.

"Bella prova, ragazzina."

Fu sintetico e quasi glaciale.

Erik era sorpreso così come tutti gli ufficiali che avevano assistito Adhana durante la manovra. Dovette mordersi la lingua per non imprecare contro l'amico, ma aveva imparato molto tempo prima che quella che per un militare può essere una manovra impeccabile per un capitano delle Rotte Oscure può rappresentare un goffo atterraggio.

La reazione di Adhana fu molto simile alla delusione, ma nonostante tutto si sforzò di sorridere e ringraziò il capitano lasciandogli il posto di comando. Scott si rimpadronì della sua poltrona e come se nulla fosse accaduto cominciò ad urlare i suoi ordini. Gli ufficiali dapprima sorpresi dalla freddezza della sua reazione furono costretti a tornare alle loro mansioni e nessuno fece domande o commenti. Gli occhi azzurri di Adhana si posarono su quelli di Erik. Le sue labbra simularono un sorriso, ma l'uomo sapeva che quella era una maschera che stava indossando per non crollare. Le sorrise a sua volta per aiutarla a reggere quella finta e dopo averle posato un braccio intorno alle spalle la guidò verso l'uscita.

"Erik, più tardi contattami. Ho bisogno di parlarti" disse di sfuggita Scott prima che l'uomo lasciasse il ponte tattico. Anche Erik aveva bisogno di parlargli. Pretendeva una spiegazione. Accompagnò Adhana fuori dalla sala comandi e quando furono in ascensore le disse quello di cui aveva bisogno.

"È stato un atterraggio perfetto!"

Adhana sollevò lo sguardo colmo di aspettative su di lui.

"Dici sul serio?"

Erik le sorrise e le afferrò una mano portandosela alle labbra.

"Decisamente il migliore atterraggio che tu abbia mai fatto. Lo stesso Scott non avrebbe potuto fare di meglio" disse senza alcuna remora. Adhana di nuovo allegra si sollevò sulle punte per impadronirsi delle sue labbra.

Quando le porte dell'ascensore si aprirono i due si trovarono dinnanzi ad una donna alta e bionda.

"Ehi voi due non avete una camera da letto per queste cose?"

Anche se controvoglia si separarono per poi posare lo sguardo su una Layla falsamente indignata.

"Allora com'è andata?" domandò senza nemmeno dare loro il tempo di uscire dalla cabina.

"Credo bene." Adhana rispose senza guardarla negli occhi e questo fece infuriare la donna che puntello i pugni serrati sui fianchi. Il suo sguardo color ambra allora dardeggiò su Erik.

"Diciamo che Scott non è stato prolifero di lodi, ma a mio parere è stato un atterraggio perfetto."

Layla tornò a dedicare la sua attenzione a Adhana strappandola letteralmente dalle braccia del marito per stringerla forte a sé.

"Se conosco bene quel vecchio brontolone, e credo di conoscerlo abbastanza bene ormai, avrà preferito indossare la sua maschera da burbero capitano piuttosto che farsi vedere commosso da tutti gli altri."

Le sue parole parvero tranquillizzare Adhana più di quelle di Erik perché il suo volto si illuminò di gioia.

"Adesso però abbiamo cose molto più importanti alle quali pensare. – le disse afferrandole le mani – Domani sera abbiamo una festa e abbiamo bisogno tutte e due di andare a fare shopping, dobbiamo aggiornarci con la moda del momento."

Adhana sobbalzò, aveva completamente dimenticato la festa. In un solo istante tutto passò in secondo piano e lei e Layla si allontanarono cominciando a chiacchierare di abiti, scarpe e tante altre cose che Erik preferiva di gran lunga ignorare. Prima che una delle due si ricordasse della sua presenza e lo costringesse a seguirle premette un pulsante a caso sul pannello dell'ascensore e si defilò indisturbato. Aveva imparato a sue spese che quando Adhana e Layla decidevano di andare a fare compere era meglio stare il più possibile lontano o avrebbe passato la giornata a entrare ed uscire da ogni genere di negozio, finendo col fare da fattorino. L'uomo cercò nella tasca interna della giacca un sigaro, ma ricordò di aver fumato l'ultimo durante l'atterraggio. Aveva due scelte, una prevedeva il rischio di imbattersi nelle due donne, quindi optò per l'ufficio di Scott.

L'ufficio del capitano sorgeva in una delle stanze attigue al centro tattico. Erik non fu affatto sorpreso di trovarlo seduto alla sua scrivania intento a compilare moduli e rapporti. Ecco una cosa dell'Unione Galattica che non gli era mancata durante tutti quegli anni: la burocrazia.

"In dieci anni di viaggio questa è la prima volta che ti vedo lavorare sul serio" lo canzonò prima di sedersi dinnanzi a lui e servirsi dalla scatola dei suoi sigari, senza alcun invito.

Scott sollevò appena il capo e lo squadrò torvo.

"Hai finito i tuoi?" gli domandò abbandonando il Kom sul quale stava scrivendo, per prendere un sigaro anche lui.

"Scherzi? Layla e Adhana si stavano preparando per uscire e ho dovuto optare per una rapida ritirata strategica." Non fece in tempo a finire la frase che Scott spense il suo Kom così da essere irreperibile. "Giusto per non correre rischi" precisò e Erik non poté fare a meno di sorridere.

"E se decidessero di farcela pagare?"

"Dopodomani mi toccherà partecipare tutto in ghingheri ad una festa mondana." Si voltò verso il mobile bar alle sue spalle e versò da bere per entrambi. "Ce l'hanno già fatta pagare." E brindarono allo scampato pericolo almeno un paio di volte.

"Adesso dimmi come ti è sembrato l'atterraggio di Adhana?" domandò Scott Norton a bruciapelo. Erik lo guardò sorpreso, aveva pensato di fargli lui quella stessa domanda.

"Lo sai che per me è difficile essere obiettivo con lei, ma mi è sembrato magnifico" dichiarò senza timore di sbilanciarsi troppo.

"Magnifico? Magnificamente perfetto, oserei dire. E pensare che qualche anno fa era a malapena in grado di pilotare un caccia."

"Allora perché non glielo hai detto, è convinta di averti deluso."

Scott per un attimo abbassò lo sguardo. Sospirò rumorosamente e si alzò per avvicinarsi alla vetrata. Erik si avvicinò a sua volta osservando lo sbarco dei primi carichi della nave. Dopo dieci lunghi anni di assenza erano tornati nel Sistema Solare, quattro cinque giorni al massimo e la nave si sarebbe nuovamente posata sul suolo terrestre.

"Non le ho detto nulla perché prima dovevo parlare con te, in fondo è anche una tua allieva. Io credo che sia pronta a sostenere l'esame da capitano. Tu cosa ne pensi?"

Erik sorrise e sollevò di nuovo il bicchiere per un altro brindisi.

"Ad Adhana!"

"Ad Adhana!" brindarono facendo risuonare nuovamente i calici.

"Bene visto che le decisioni importanti sono state prese non mi resta che occuparmi della parte burocratica dell'esame. Ho pensato di farle sostenere come prova finale il tratto da qui alla Terra. È un tratto abbastanza impegnativo, ma sono sicuro che se la caverà benissimo."

Erik annuì e abbandonò il bicchiere ormai vuoto sul ripiano del mobile bar.

"Senti Scott, lo so che le cose per te durante questo viaggio non sono state facili e che abbiamo avuto dei brutti momenti..." Non sapeva come continuare, non era abituato a fare simili discorsi. "Quello che voglio dirti è grazie. Grazie per tutto quello che hai fatto per Adhana."

Scott si limitò ad accennare un sorriso e subito dopo, dimentico della sua esistenza, tornò a dedicarsi alle scartoffie che lo attendevano sulla scrivania.

Adhana era nervosa e non faceva altro che ricontrollare gli abiti da sera appena acquistati, esaminandoli con cura uno per uno per poi scartarli gettandoli sul letto.

Nonostante la notizia della partenza di Erik

fosse stata tenuta in gran segreto dopo dieci lunghi anni di assenza si erano fatti tutti un'idea ben precisa di dove l'uomo potesse essere. L'ufficio stampa dell'esercito aveva risposto alla pressione dei giornalisti dichiarando che il generale dopo una lunga ed onorata carriera aveva preso un periodo sabatico per poter risolvere alcune questioni personali.

Non appena la Yside era entrata nel campo di azione delle ancore di comunicazione dell'Unione Galattica, l'addetto stampa della nave era stato bombardato da chiamate di ogni tipo, volte a scoprire se Erik Silver fosse realmente a bordo. Scott aveva fornito precise istruzioni sul messaggio da riferire, ovvero che il generale avrebbe tenuto una conferenza stampa al ritorno della Yside sulla Terra. Inoltre gli aveva fornito una lista di nominativi i cui messaggi dovevano essere registrati e consegnati a lui personalmente. Nella lista figurava il nome del figlio di Erik, ma Ian Silver aveva preferito raggiungere Nettuno piuttosto che limitarsi ad un semplice messaggio.

Adhana continuava a scartare uno per uno i suoi abiti quando Erik entrò in camera felice e allegro come di rado lo aveva visto.

"Ian sarà qui..." distratto dal caos che regnava nella stanza non terminò la frase. "Hai già cominciato a fare i bagagli?"

Per tutta risposta Adhana gli lanciò contro

l'abito che reggeva fra le mani. Con un sorriso divertito Erik l'afferrò e lo scaraventò sul letto assieme a tutti gli altri.

"Di solito quando mi lanci qualcosa addosso vuol dire che ti ho fatto arrabbiare, ma se non ricordo male nelle ultime trentasei ore sono stato irreprensibile."

Adhana strinse forte i pugni e gli diede le spalle. La rabbia la stava sopraffacendo e la cosa peggiore era che non riusciva né a dominarla e né a sfogarla. L'uomo la raggiunse percorrendo la distanza che li sperava con ampie falcate, facendo attenzione a non inciampare nella stoffa degli abiti. Afferrò la ragazza stringendola un abbraccio, ma Adhana non si voltò.

L'uomo percepì immediatamente la sua tensione e preoccupato le avvicinò le labbra all'orecchio.

"Cosa c'è che non va?" le sussurrò con dolcezza sfiorandole il lobo con i denti. Aveva già in mente un piano tutto suo per farla calmare quando il suo sguardo cadde accidentalmente sul Kom della ragazza, aperto e posato sulla scrivania. Senza abbandonare la presa su Adhana si sporse per afferrarlo con una mano e dopo una veloce ispezione sorrise divertito.

"Quel narcisista... anche dei libri ora?" disse riferendosi ad Aran e al file multimediale scaricato sul Kom. Comprese che era il fulcro della questione dal leggero tremito che scosse la ragazza fra le sue braccia. Poggiando il mento sulla spalla di Adhana, l'uomo lesse poche righe. Era un'appendice che conteneva tutti i nomi delle sue amanti. Adhana doveva averlo scaricato dalla rete di qualche libreria locale.

"Sono davvero tante!" esclamò ammirato, "E non ho la benché minima idea di chi siano queste donne. Non compaiono neppure sulla nostra lista. L'autore di questo libro ha molte più fonti delle nostre a quanto pare."

Adhana finalmente voltò lo sguardo verso di lui, mortificata si schiacciò sul suo petto nascondendosi alla sua vista. Con non curanza Erik gettò il Kom fra l'organza e i decori degli abiti accatastati sul letto.

"Sono una stupida, vero?" domandò mortificata.

L'uomo sorrise e la strinse forte a sé.

"Possiamo anche non andare se non te la senti."

Adhana sollevò lo sguardo su di lui e per un attimo ebbe l'impressione che fosse Erik ad aver bisogno di fuggire a quell'evento, piuttosto che lei.

"Scott ha detto che sarebbe davvero scortese rifiutare e poco conveniente" gli ricordò.

Erik sospirò, capiva le motivazioni di Scott e sapeva che erano lecite.

"E allora andremo" sospirò come se quella fosse una resa.

Adhana avrebbe voluto affrontare meglio l'argomento ma il campanello dell'ingresso attirò la loro attenzione facendoli trasalire.

"Mi ero dimenticato Ian è arrivato!"

Adhana si guardò intorno agitata.

"Devo rimettere a posto questo pandemonio."

Erik l'afferrò per una mano e la trascinò via con sé.

"Ti aiuto io dopo" e prima di aprire la porta le sistemò i biondi capelli scompigliati.

Con un sorriso radioso dipinto in volto aprì la porta di casa manualmente per trovarsi dinnanzi ad un giovane uomo dai corti ricci scuri, dal fisico asciutto e i lineamenti gentili. Era alto, ma non quanto il padre adottivo e possedeva meravigliosi occhi neri che li squadrarono dapprima con sorpresa e subito dopo con diffidenza.

"Ian!" Erik pronunciò il suo nome come una preghiera, ma l'uomo davanti ai suoi occhi non si scompose, ma posò lo sguardo su Adhana che se ne stava pochi passi più indietro.

"Quella chi è?" domandò con voce gelida, in netto contrasto con l'espressione del suo volto.

"Lei è Adhana, mia moglie" rispose candidamente Erik.

All'improvviso gli occhi di Ian divennero gelidi, ma non disse una parola.

"Tranquillo, ti racconterò tutto con calma. Abbiamo molte cose di cui parlare" disse invitandolo ad entrare in casa. Ian però restava ostinatamente fermo sulla porta, combattuto per qualcosa che non esprimeva a parole.

Era confuso. Non sapeva neanche lui perché si trovasse lì. Cosa si aspettava di trovare? L'uomo che si era risvegliato dodici anni fa sembrava lo stesso uomo che lui aveva amato da bambino, ma era anche un uomo divorato dai suoi demoni, devastato dall'amnesia che aveva cancellato gli ultimi cinquant'anni della sua esistenza.

L'Erik che si trovava davanti adesso... e se lo avesse deluso ancora? E se avesse fatto nuovamente a pezzi il suo cuore?

La speranza e il timore che il padre della sua infanzia fosse davvero tornato lacerarono il cuore di Ian. Si stava aggrappando ad un sogno pericoloso. Presto o tardi quello stato di cose sarebbe cessato, era impossibile che un essere come lui, in grado di rigenerarsi, restasse privo della memoria ancora a lungo.

Doveva fuggire, doveva salvarsi prima che la speranza lo ghermisse e lo tradisse nuovamente.

"Senti, è stata una pessima idea... meglio tornare a casa" disse voltandosi e tornando sui suoi passi.

Erik non seppe dire nulla. Rimase imbambolato sulla soglia con gli occhi fissi sul vuoto lasciato da Ian.

"Cosa ho sbagliato?" domandò afflitto a sé stesso.

Con due rapide falcate Adhana lo raggiunse e gli afferrò la mano nella propria.

"Tu non hai sbagliato nulla. Ma lui ancora non sa la verità e le sue ferite sono profonde. Raggiungilo e raccontagli tutto" cercò di motivarlo.

"Sarebbe inutile. Non posso sanare ciò che Aran ha distrutto."

Per quanto detestasse ammetterlo Adhana non poteva che dargli ragione. Ian aveva approfittato della prima scusa per fuggire via da lì.

Erik lasciò andare la maniglia della porta e si incamminò verso l'hangar privato. Adhana cercò di trattenerlo ma, quando i suoi occhi colmi di amarezza la supplicarono di lasciarlo andare, abbandonò la presa.

"Tranquilla, ho solo bisogno di stare un po' da solo."

Quando la porta dell'hangar si richiuse dietro di lui, Adhana si precipitò fuori di casa. Mentre l'ascensore la portava all'hangar principale, contattò uno degli addetti, ordinandogli di bloccare la partenza del veicolo di Ian. Questo le diede il tempo di raggiungerlo.

L'uomo fu sorpreso di trovarsela davanti.

"Perché non ci lasciano partire?" le chiese infastidito.

"Scusa, sono stata io a dare l'ordine. So che sei convinto di sapere cos'è accaduto dodici anni fa, ma non puoi saperlo, perché persino Erik lo ha scoperto qualche anno fa. E, non gli hai dato il tempo di parlartene."

Ian la squadrò colmo di rabbia, ma un secondo uomo scese dal veicolo. Indossava una divisa militare, era alto quanto Ian e aveva un aspetto possente e uno sguardo intimidatorio.

"Ian?"

Lo sguardo del nuovo arrivato migrò dall'uno all'altra.

"Cosa succede?" domandò rivolgendosi ad entrambi. "E tu chi sei?"

"Mi chiamo Adhana Var-Hell, sono la moglie di Erik" si presentò facendolo trasalire.

"Il generale si è sposato?" domandò incredulo.

"Lui non è il generale, non lo è mai stato. È questo il punto" disse Adhana catturando all'improvviso la loro attenzione.

"Cosa stai dicendo?" domandò incredulo e furioso Ian.

"Non è questo il luogo adatto a parlarne. Torniamo nell'appartamento e vi spiegheremo tutto" cercò di convincerlo Adhana.

"Non ce la faccio ad incontrarlo di nuovo" confessò Ian.

"Eppure hai affrontato il viaggio dalla Terra a Nettuno solo per incontrarlo" insistette. "So che le ferite che ti hanno inflitto sono profonde e dolorose, ma tuo padre ti ama alla follia. Ti prego se non vuoi parlare con lui sarò io a spiegarti tutto, ma devi conoscere la verità."

L'estraneo si avvicinò a Ian posandogli una mano sulla spalla.

"Ti meriti una spiegazione, e se davvero non vuoi ascoltarla da tuo padre..." e posò lo sguardo su Adhana che lo ringraziò in silenzio.

Ian rimase in silenzio per un tempo che parve infinito, poi annuì.

"Io sono Patrick, comunque, il compagno di Ian" si presentò l'uomo.

"È un piacere! Andiamo nell'ufficio di Scott, lì potremo parlare con calma" continuò la ragazza.

"Patrick, però, verrà con noi" pretese Ian.

"Può venire, ma quello che vi dirò deve restare confidenziale."

Così come si aspettava l'ufficio del capitano era vuoto, ma per sicurezza la ragazza gli mandò un messaggio spiegandogli che gli serviva per un po'.

Adhana versò da bere per tutti ma, Ian rifiutò.

"Quando avrò finito ne vorrai un altro" gli disse posandolo sul tavolino davanti a lui.

"Cosa significa che lui non è il generale?" domandò Patrick Wincott.

"L'uomo che ti ha abbandonato non era tuo padre" esordì a bruciapelo Adhana. "Ma, per aiutarvi a capire devo spiegarvi tutto così lo abbiamo scoperto noi. Dovete sapere che io appartengo alla razza halydiana. Noi donne halydiane..." e raccontò loro ogni cosa, della forma dell'anima, del secondo passeggero nel corpo di Erik, di RS34566, di come avesse provato ad ucciderla, della bara criogenica e tutto il resto.

Quando il suo racconto terminò Ian bevve il suo liquore tutto ad un fiato, per poi fare il bis, seguito a ruota da Patrick, sconvolto tanto quanto lui.

Non riusciva a credere alle sue orecchie. Quella storia era così assurda che non poteva che essere vera. Man mano che Adhana gli spiegava quanto accaduto, la rabbia di Ian si diluiva, perdendosi in quel fitto intreccio di accadimenti.

"Cosa ne è stato di quell'essere?" domandò con gli occhi umidi.

"È ancora dentro di lui, ma adesso che sa della sua esistenza Erik lo tiene sotto controllo. E l'ultima volta che ha tentato di riemergere è rimasto al comando solo per pochi minuti" spiegò con una punta di orgoglio.

"Non mi ha mai abbandonato…"

"No! Detesta quello che hai dovuto passare e si odia per non essere stato in grado di impedirlo. Ti prego dagli una seconda possibilità. Non so come fosse prima dell'arrivo di quell'essere, ma adesso Erik è fragile. Non lo dà a vedere ma, è terrorizzato dall'idea di poter fare del male a chi ama."

Ian la guardò confuso. Fragile era una parola che mai avrebbe accostato a suo padre. Lui gli era sembrato sempre forte e invincibile, prima e dopo il suo cambiamento.

"Lo ami molto" osservò con un tiepido sorriso.

"Sì, anche se alle volte mi fa impazzire" ammise Adhana.

"Lui è fatto così. Non ho mai conosciuto i miei veri genitori. Me ne parlava spesso, ma per me erano solo estranei. È sempre stato lui la mia famiglia e quando mi ha allontanato, quando ha provato a pilotare ogni singolo passo della mia vita, l'ho odiato con ogni fibra del mio essere. Adesso non è facile mettere tutto quell'odio da parte."

"Lo so. Non devi fare tutto in una volta. Nessuno lo pretende. Volevo solo che conoscessi la verità."

Ian rimase in silenzio a studiare il fondo del bicchiere. Se gli avessero raccontato una storia simile riferendosi a qualunque altra persona non avrebbe faticato ad etichettarla come una menzogna, ma Erik... non c'era nulla di normale in lui. Suo padre poteva guarire da ferite in grado di uccidere qualunque uomo, anche se negli ultimi anni della sua carriera aveva dovuto fare spesso ricorso alle capsule rigenerative e, dato che aveva manipolato tutto in modo che il suo unico figlio fosse anche il suo medico, quel segreto era stato ben celato.

Adesso, sapere che quell'uomo non era lo stesso che lo aveva accolto in casa sua e cresciuto per oltre nove anni, non gli sembrava assurdo. Al contrario, gli sembrava più logico della spiegazione che il padre, dodici anni prima, fosse stato colpito da un'amnesia.

"Posso parlare con lui?" le domandò facendola sorridere.

"Certo! Se lo conosco bene starà fumando un sigaro dopo l'altro nell'hangar privato."

Ian scese i gradini che portavano giù nell'hangar del padre senza sapere cosa dirgli o come dirglielo. Un sorriso sfuggì dalle sue labbra quando lo vide seduto su una cassa intento a fumare i suoi sigari. Proprio come aveva detto Adhana.
Fragile.
L'altro non fumava, ma Ian non aveva mai dimenticato l'intenso aroma di tabacco che accom-

pagnava le sue giornate felici. Come aveva fatto a non accorgersi dello scambio. La verità era stata sempre davanti ai suoi occhi, ma non era mai riuscito a vederla. Forse era per questo che lo aveva allontanato. Per impedirgli di unire i tasselli e scoprire che suo padre non c'era più.

"Adhana?" disse Erik sentendo il rumore dei suoi passi, ma quando si voltò e vide Ian il sigaro gli scivolò dalle dita.

"Sei ancora qui!" esclamò incredulo.

"Tua moglie è una gran testarda" disse Ian avvicinandosi "Ma, mi ha raccontato tutto. Adesso conosco la verità" disse con gli occhi velati di lacrime.

"Adhana è la donna più testarda che abbia mai conosciuto e, non la ringrazierò mai abbastanza per questo" disse avvolgendolo in un abbraccio possessivo.

Ian si lasciò andare, sfogando le lacrime che non sapeva di avere. Persino Erik singhiozzava.

"Avrei dovuto capirlo. C'erano tante differenze fra voi" disse quando Erik afferrò il suo volto fra le mani.

"Non potevi, eri solo un bambino e quel maledetto lo sapeva. Quello che ti ha fatto... non lo perdonerò mai per quello che ti ha fatto. Tutto il resto non mi importa, ma ha ferito l'unica persona che non doveva ferire."

Quelle parole furono come un balsamo sul cuore ferito di Ian. Suo padre non lo aveva mai abbandonato. Suo padre era ancora lì e lo stringeva

forte, così come faceva quando lui era solo un bambino. Tutti quegli anni e il loro peso persero importanza e Ian si sentì nuovamente un figlio.
 Suo padre era tornato!

CAP. 33

Quando tornarono nell'appartamento non furono sorpresi di vedere Adhana e Patrick in cucina che sistemavano la cena appena consegnata.

Padre e figlio non si erano resi conto dello scorrere del tempo. Avevano parlato per ore per colmare le lacune degli anni perduti.

Ian sentiva la testa leggera, ubriaco di gioia per quell'inaspettato riavvicinamento. E anche Erik portava stampato in faccia un sorriso da ebete.

"Era ora! Stavo per chiamarvi" disse Adhana mettendo da parte i contenitori riciclabili da riconsegnare al ristorante.

"Abbiamo perso la nozione del tempo" si scusò Erik posandole un bacio sulle labbra. "Tu devi essere Patrick Wincott, il compagno di Ian" disse rivolgendosi all'altro e porgendogli la mano.

Il militare lo guardò confuso non sapendo se fosse il caso di salutare il suo superiore in maniera tanto informale.

"Sì, generale" borbottò timido ricambiando la stretta.

"Non c'è nessun generale qui. Io sono solo Erik. E mi dispiace per i colpi bassi inflitti alla tua carriera solo per persuaderti a lasciare Ian" disse confondendolo ancora di più.

"Non dovete scusarvi. Non siete stato voi."

"Dammi del tu. No, non sono stato io. Non avrei mai fatto una cosa simile al compagno di mio figlio, l'uomo che lo ha protetto in tutti questi anni. So che Aran, è questo il suo nome, è stato spietato con te."

"Ha minacciato l'unica cosa che poteva minacciare, la mia carriera. Ma non ha importanza, indipendentemente da quanto chiasso si faccia intorno alla sua leggenda, sono stati in molti ad essere lieti della sua improvvisa partenza" confessò senza peli sulla lingua guadagnandosi la stima di Erik.

"Ian mi ha detto che in questi anni senza di lui sei riuscito a raggiungere i gradi di colonnello."

"Sì, come ho detto il generale ha molti detrattori."

"Meglio così. Questo renderà le cose più facili."

"Per cosa?" chiese Ian sospettoso.

"Voglio abbandonare l'esercito. Mi ero arruolato per allontanarmi da mio nonno. La vita a bordo di una nave è difficile, quando hai un segreto come il mio, ed ero stanco di dover stare sempre attento a nascondere le mie peculiarità. Volevo fare di più. Per questo sono entrato nei servizi segreti. Ma dopo aver adottato te, avevo abbandonato il servizio attivo per dedicarmi solo all'accademia. Non volevo lasciarti sempre con estranei. Il fatto che Aran, mi abbia reso un generale non mi va a genio. Non è questa la vita che voglio."

"Hai davvero abbandonato il servizio attivo solo per me?" domandò Ian sconvolto.

"Tu sei mio figlio. Era la cosa giusta. Ma non potevo ancora lasciare l'esercito. Il mio contratto prevedeva altri dieci anni di servizio. Avevo deciso di trascorrerli come insegnate in Accademia e alla scadenza del contratto ti avrei portato sulle Rotte Oscure. Mancavano pochi mesi e saremmo partiti con Scott. Avevamo parlato di posticipare la partenza della Yside, ma poi è arrivato lui e tutti i miei piani sono andati in fumo" concluse con amarezza.

Fragile!

Quella parola esplodeva alla mente di Ian ogni volta che vedeva l'espressione del volto del padre rabbuiarsi.

"Sto morendo di fame" disse cambiando volutamente discorso, solo per non doversi confrontare ancora con quella fragilità.

"Come ho già detto a Patrick, sono una pessima cuoca, ma fortunatamente a bordo ci sono decine di ottimi ristoranti. Non conoscendo i vostri gusti ho preso un po' di tutto" disse Adhana lieta di quel cambio di argomento.

"Hai ordinato per un esercito" esclamò Ian

"Non farti ingannare dal suo fisico magro, Adhana è un'ottima forchetta" disse Erik ritrovando il sorriso.

"Colpevole" rispose la ragazza servendosi una generosa porzione di pasta.

"Erik non scherzava" disse Ian seguendo il suo esempio. "Da quanto tempo siete sposati? E devo considerarti la mia matrigna adesso?"

Adhana per poco non si affogò. Tossì un paio di volte aiutata da un paio di pacche sulla schiena da parte di Erik.

"Matrigna? Preferirei amica, se per te va bene. E comunque sono nove anni fra qualche mese" rispose la ragazza.

"Dovrai raccontarmi come vi siete conosciuti, prima o poi."

"Conserverò questa storia per un altro giorno. Oggi credo di aver parlato anche troppo" disse lanciando un'occhiataccia ad Erik che non poté fare a meno di sorridere.

"Domani parteciperemo ad un ricevimento a casa della governatrice di Nettuno. Vi andrebbe di unirvi a noi?" domandò Erik dirottando il discorso.

"Cosa ne pensi Patrick?" domandò Ian rivolto al compagno.

"Va bene, ma non ho portato l'alta uniforme" disse l'uomo.

"Neanche io ho un abito da sera. Domani mattina possiamo comprarne un paio in città prima di raggiungere la nave" propose Ian.

"Io e Adhana abbiamo preparato la sua vecchia

camera per voi due, potete restare qui" disse indicando una delle due porte che si affacciavano sul salone.

"Non vorremmo recarvi disturbo" disse Patrick a disagio.

"Nessun disturbo, sarà bello avervi qui" rispose Erik.

Ian non riusciva a dormire. Quanto accaduto durante quella lunga e interminabile giornata lo aveva stordito.

"Dovresti dormire un po'" disse Patrick ghermendolo nel suo abbraccio.

"Ci sto provando, ma non ci riesco" confessò l'uomo.

"È una storia assurda, ti capisco."

"Assurda non descrive bene la situazione, ma finalmente tutto ha un senso."

"Il tuo vero padre mi piace. È un uomo tormentato dai suoi demoni, è vero, ma è una persona completamente diversa da Aran."

"E se dovesse tornare? E se tutto questo fosse destinato a finire?" confessò mettendo a nudo le sue paure.

"Hai sentito Adhana, adesso è tutto diverso. Puoi goderti la tua felicità, Ian."

"Non voglio perderlo di nuovo, non lo sopporterei. Non voglio ritrovarmi nuovamente di fronte a quell'essere."

"Non accadrà. E se dovesse accadere, adesso sanno come respingerlo."

Ian non disse altro, ma si rifugiò nell'abbraccio del compagno. Voleva sperare, voleva lasciarsi illudere, ma una parte di lui tremava ancora.

Patrick era convinto di essersi destato prima di tutti, rimase sorpreso trovando Adhana intenta a studiare per il suo esame da capitano.

La ragazza se ne stava seduta in cucina studiando sul suo Kom, aperto sul tavolo. Patrick trovava sorprendente che l'abitante di un pianeta di quarto ordine stesse per affrontare un esame tanto difficile dopo soli pochi anni di preparazione.

L'accademia di volo e la Lega degli Akenty avevano dato il via libera all'esame il giorno prima. Dieci dei loro migliori esaminatori erano già in viaggio per Nettuno. Era raro che per un simile esame venisse adoperata una nave grande come la Yside. Di solito i cadetti avanzavano per gradi affrontando per prima l'esame con navi più piccole. Ma Scott Norton aveva sostenuto il suo esame adoperando proprio la Yside e aveva preteso che Adhana, in quanto sua allieva, seguisse le sue orme.

"Buongiorno!" la salutò.

Adhana distolse lo sguardo dagli ologrammi proiettati dal Kom e rispose al suo saluto con un sorriso radioso.

"Già sveglia a quest'ora?"

"Stavo controllando una cosa. Erik è andato a prendere la colazione."

"Pensavo di andare io, ma a quanto pare siete entrambi molto mattinieri."

"A dire il vero abbiamo dormito più del solito. Le tre bottiglie di vino di ieri sera hanno fatto il loro lavoro."

"Ti serve una mano?" domandò l'uomo sedendosi a sua volta attorno al tavolino, ma dalla parte opposta rispetto alla ragazza.

"Tranquillo, stavo solo memorizzando alcune misure. Scott non è puntiglioso da questo punto di vista lui si fida della sua esperienza, ma Erik mi ha detto che gli esaminatori si impunteranno soprattutto su questi particolari."

"Sono molto accademici, il bello è che nessuno di loro ha mai governato nulla di simile a questa nave. Quindi sta attenta perché la maggior parte di loro ti invidierà e la restante parte ti odierà."

Adhana rassegnata abbandonò il capo sul tavolo.

"Non ce la farò mai. Mannaggia a Scott e alle sue manie di grandezza. Gli avevo detto che è troppo difficile. Sarebbe stato meglio iniziare per gradi."

In quel preciso istante Erik entrò in casa reggendo fra le braccia un contenitore di cartone sintetico.

"Buongiorno Patrick!"

"Buongiorno!"

"Tu – disse rivolto a Adhana – metti via quel Kom. Sai già tutto quello che devi sapere quindi smettila di tormentarti."

Adhana invece di ascoltarlo continuava a restare con la testa china sul tavolino con dipinta in volto l'espressione di chi sa già che le cose andranno male. Pazientemente Erik posò il contenitore di cartone sul tavolo da pranzo e con un falso broncio si avvicinò alla moglie per spegnere il suo Kom.

"Stasera abbiamo un impegno molto importante e voglio che tu sia semplicemente stupenda come durante le serate di prova con cui tu e Layla avete afflitto me e il povero Scott. Quindi basta studiare. Lascerai gli esaminatori a bocca aperta anche senza angosciarti."

Adhana provò a protestare, ma il cipiglio del marito la costrinse ad abbandonare ogni rimostranza.

In quel preciso istante qualcuno bussò alla porta di casa. Adhana diede il segnale vocale per l'apertura e un'energica Layla seguita da un assonnato Scott entrarono con un secondo cartone per la colazione.

"Hai appena il tempo di bere un caffè e mangiare qualcosa. Ho prenotato un trattamento completo nel miglior centro benessere della città e voi due - disse puntando tanto Erik quanto Scott avete appuntamento oggi pomeriggio. Il viaggio è finito così come il tempo del look selvaggio. Siamo tornati nella civiltà ormai."

Scott senza alcun invito si sedette a tavola e cominciò a scartare i due cartoni contenti caffè, cappuccini e un assortimento completo di briosce.

Ian destato dall'energica scampanellata di Layla

e mezzo addormentato avanzò barcollando fino al tavolo abbandonando il capo sul ripiano.

"Come fai a stare con una donna tanto energica di primo mattino?" gli domandò mentre il capitano gli passava un bicchiere contenete caffè.

"Non parlarmene, è una tragedia."

La donna aspettava impaziente il suo contatto. Nonostante il suo aspetto fosse diverso, si guardava attorno con circospezione. Aveva già corso il rischio di essere riconosciuta solo il giorno prima, quando casualmente Adhana era entrata nello stesso negozio di abbigliamento dove si trovava anche lei. Non avrebbe avuto di che preoccuparsi, se solo quel giorno non si fosse dimenticata del suo smorzatore. Quella ragazzina insulsa aveva la capacità di leggere la forma delle anime e se si fosse avvicinata abbastanza non avrebbe impiegato che pochi istanti per capire che Vivien Grend era viva e vegeta e per di più era un Aeternus. Quello che in realtà l'aveva colpita durante quel pericoloso incontro era stato il modo in cui l'amica di Adhana, la dottoressa Reed l'aveva fissata.

Non aveva mai avuto modo di avvicinarsi alla nuova compagna di Scott, sapeva soltanto che lavorava nell'ospedale della nave e che era un medico molto stimato.

Ripensare all'espressione che le aveva visto in volto l'agitò e un campanello d'allarme suonò nella sua testa. Non ebbe modo di riflettere oltre sulla questione perché il suo contatto si avvicinò. Senza molta educazione l'afferrò da un braccio e la trascinò nel retro del bar.

"Toglimi le mani di dosso" protestò quella che una volta era nota come Vivien.

"Perché hai cambiato replicante?" domandò furioso l'uomo.

"Che piacere rivederti, Vivien. Come stai, Vivien? Sono passati dieci anni dall'ultima volta che ci siamo visti" lo canzonò liberandosi delle sue manacce. "È così che si fa fra la gente civile, generale Payton."

I lineamenti squadrati del volto dell'uomo si irrigidirono. E i suoi occhi azzurri la esortarono a rispondere alla domanda che gli aveva già posto, promettendo al contempo severe ripercussioni.

"È andato tutto in malora. Non sono riuscita a farlo emergere. L'originale ha il pieno controllo" disse Vivien sostenendo il suo sguardo.

L'uomo si passò una mano fra i corti capelli biondi e strinse i denti cercando di contenere la sua rabbia.

"Com'è possibile? Abbiamo fatto i salti mortali per farti sposare Norton. Dovevi approfittare della vicinanza per far ritornare il nostro comandante."

"Sono riuscita a farlo riemergere solo per pochi istanti, poi l'originale riprendeva sempre il controllo. Così ho approfittato della sosta su Halydor per procurarmi altro veleno delle vhe'sta. Quel maledetto composto è producibile solo con il veleno di alcuni pesci di quel mondo morente. Ma, non conosco la procedura per realizzare il distillato che abbiamo usato per far trasmigrare Aran dentro l'originale. Inoltre proprio su Halydor ha conosciuto una donna della quale si è infatuato. Secondo Aran il legame emotivo con lei lo rende ancora più forte."

"Perché non l'hai eliminata?" domandò furioso l'uomo

"Credi che non ci abbia provato? Questa trasmigrazione – disse indicando il suo nuovo corpo – è frutto di uno di quei tentativi. Sono anni che Aran non riemerge. Non credo potrà più riuscirci ormai, l'originale ha capito come tenerlo a bada. Temo sia necessario rimuoverlo e portarlo in un nuovo replicante" concluse la nuova Vivien facendo accigliare l'altro.

"Lo sai che il comandante non vuole rinunciare alle capacità rigeneratrici dell'originale."

"Come se nei cinquant'anni trascorsi al comando di quel corpo fosse riuscito ad utilizzarle. Restare dentro l'originale sta diventando un fattore limitante" gli fece notare la donna.

"Non possiamo accelerare il piano senza un suo preciso ordine."

"Parli così perché ti scoccia cedergli la tua identità. Ma hai sempre saputo che la tua carriera come Payton ci serviva solo come piano di riserva in caso il progetto di colonizzazione dell'originale fosse fallito" gli fece notare facendolo innervosire.

"Non è una decisione che spetta a te" gli rispose a tono l'uomo.

"Lo so, per questo dobbiamo riunirci."

Erik osservava la sua immagine riflessa nello specchio. Il generale Silver lo guardava dalla lastra di vetro con un'aria perplessa e forse indignata. I lunghi capelli neri erano pettinati all'indietro e legati in un codino da un nastro di seta color oro. L'uniforme era scomoda, troppo attillata in alcune zone. Gli comprimeva il petto quasi facendolo soffocare. La spada e il fodero erano ancora abbandonati sul letto. Avrebbe preferito non indossarle perché troppo scomode, ma non si era mai visto un ufficiale in alta uniforme senza spada.

Quella non era la sua uniforme!

Quel pensiero gli perforò la testa come un proiettile. Apparteneva all'altro, a Aran. Era lui che aveva scalato i vertici del potere per indossarla. Era lui che aveva gettato in pasto al mondo il suo segreto, rendendolo un fenomeno per il circo mediatico.

E adesso lui, Erik, doveva presentarsi al mondo come il generale Silver?

Gli mancava il fiato e il cuore gli batteva all'impazzata. Le ginocchia si fecero fragili e fu costretto a sedersi sul letto per non cadere.

Adhana lo vide impallidire nel riflesso dello specchio. Abbandonando quello che stava facendo corse verso di lui.

"Erik?" lo chiamò preoccupata sedendosi al suo fianco nonostante l'aderente vestito da sera che impacciava i suoi movimenti

"Non posso farcela" mormorò l'uomo.

Adhana gli sfiorò il viso con una carezza per scoprire che la sua pelle era gelida.

"Tesoro, guardami!"

"Io non sono lui, non voglio essere lui!"

Adhana cercava invano di attrarre la sua attenzione, ma Erik non si rendeva neppure conto della sua presenza.

Ian che si trovava nel salone sentì il panico nella voce di Adhana. La porta della camera da letto dei due era aperta e il medico si affacciò.

"Tutto be..." non terminò la frase che vecchi fantasmi del passato giunsero a turbarlo.

L'espressione sul volto di suo padre, il suo continuo mormorare...

Senza chiedere permesso o altro entrò e si inginocchiò davanti al genitore.

"Credevo che questi attacchi fossero terminati" disse rivolto all'indirizzo di Adhana.

"È la prima volta che succede" replicò spaventata la ragazza.

Ian negò con il capo. Non era la prima volta. Per due anni quegli episodi avevano tormentato Erik dopo il suo risveglio.

"È come un attacco di panico. Si presentavano ogni volta in cui era costretto a confrontarsi con il mondo come generale Silver. Per questo ho deciso di imbarcarlo sulla Yside sotto falso nome, per tenerlo lontano dal passato."

"È solo una serata. Come faremo quando torneremo sulla Terra?" domandò terrorizzata la ragazza.

Anche Patrick si rese conto della concitazione e raggiunse i tre.

"Oh, no! Di nuovo!" esclamò vedendo Erik in quello stato catatonico.

Adhana e Ian non riuscivano a catturare la sua attenzione e sul loro volto la disperazione si faceva largo.

"Lasciatelo respirare" disse Patrick Wincott, rendendosi conto che i due nella loro ansia e apprensione lo avevano circondato.

"Capitano Silver, mi sente?" continuò Patrick avvicinandosi di pochi passi. "Capitano Silver!"

Erik ebbe una minima reazione, ma quando Patrick ripeté il suo nome e grado con un tono di voce più militaresco l'uomo sobbalzò.

Adhana e Ian sobbalzarono, sorpresi e confusi.

"Che stai facendo?" domandò Ian incredulo.

"Qualunque cosa stia facendo, sta funzionando" disse Adhana.

Erik aveva smesso di fissare il pavimento e il suo sguardo non era più assente.

"Devi tornare in servizio attivo. La tua missione è diventare il generale Silver" disse Patrick.

"Diventare il generale Silver" ripeté Erik in trance. Si era così che doveva affrontare la situazione. Una missione sotto copertura. Lo aveva fatto centinaia di volte. Era il suo lavoro e lui era maledettamente bravo nel suo lavoro. Poteva diventare chiunque. Sapeva diventare chiunque. Persino il maledetto generale Silver.

Il respiro si regolarizzò e i battiti impazziti del suo cuore si placarono.

Come se si fosse appena svegliato da una trance si guardò intorno. Adhana era sul punto di piangere, mentre Ian era teso come una corda di violino. L'unico tranquillo in quella stanza sembrava Patrick.

"Devo solo trattarlo come un incarico qualunque" ripeté cercando di convincersi da solo.

"Esatto. Eri il migliore nel tuo lavoro, nessuno riusciva ad eguagliarti. Non devi fare altro che usare ciò che sai" continuò Patrick per incoraggiarlo.

"Erik, sei sicuro? Non ti ho mai visto in quello stato" disse Adhana mentre le labbra le tremavano appena.

"Mi dispiace, tesoro. Non volevo mi vedessi così" disse abbracciandola forte.

"Non credo sia il caso di andare stasera" disse la ragazza ancora troppo scossa.

"No! Dobbiamo andare invece. Erik deve perfezionare il suo personaggio e una piccola festa è l'ideale" continuò Patrick.

Erik lo guardò grato.

"Patrick ha ragione. Devo immedesimarmi in lui e cominciare con poche persone che non lo conoscono personalmente è decisamente meglio. Un anno. Devo solo resistere un anno e poi ce ne torneremo sulle Rotte Oscure, in un modo o in un altro" disse rivolto a Adhana.

In un modo o in un altro. Quella precisazione la fece rabbrividire.

"Va bene! Ma non ti allontanerai da me neanche per un secondo" precisò la ragazza.

"Non mi separerò da te per nessuna ragione al mondo, in ogni caso."

"Avessi saputo che sarebbe bastato così poco per aiutarlo, ti avrei chiesto di farlo anni fa" disse Ian rivolto al compagno.

"Ci avevo già provato – confessò Patrick – e spesso anche. Ma, questa è la prima volta che funziona."

I tre lo guardarono sorpresi.

"Non guardatemi in quel modo e finitevi di prepararvi. Siamo già in ritardo" disse Patrick sfuggendo ai loro sguardi interrogativi.

Il castello della governatrice sorgeva su un promontorio dal quale si dominava completamente la vicina città di Sharra.

I sei per l'occasione avevano noleggiato una limousine vecchio stile che Erik guardò immediatamente con cupidigia. Nella sua alta uniforme sembrava un uomo completamente diverso da quello a cui Adhana era abituata. L'ardita mossa di Patrick aveva portato Erik a sentirsi a proprio agio nelle vesti del generale. Lei invece si sentiva confusa da quel suo repentino cambiamento. Patrick aveva fatto leva sulla disciplina militare, confidando nel fatto che fosse più forte dello smarrimento che l'uomo stava vivendo. Era stato un azzardo ma aveva funzionato. Erik era entrato nella parte e adesso sembrava tranquillo. Doveva fare lo stesso anche lei. Doveva diventare la moglie del generale Silver. Non aveva le abilità di Erik e neppure la sua preparazione, ma l'uomo le aveva fatto notare che essere sé stessa era il suo miglior travestimento.

Per la serata aveva scelto un elegante abito di organza bianco, come l'uniforme di Erik, ma dagli intensi riflessi madreperlacei. La stola le ricadeva morbida lungo le spalle lasciate nude. I capelli biondi erano stati raccolti in alto sulla nuca in una raffinata acconciatura impreziosita da autentiche perle e nastri, che ricadevano in raffinati riccioli lungo il collo. Patrick Wincott non avendo con sé la propria uniforme aveva optato per un sobrio completo così come il suo compagno. Scott vestiva con orgoglio l'alta uniforme della compagnia commerciale SCN nei colori blu e nero, mentre Layla aveva lasciato i lunghi capelli biondi sciolti sull'aderente e scollato abito verde smeraldo che metteva in risalto il suo fisico provocante e slanciato.

La limousine degli akenty attraversò il primo di una serie di cancelli, immettendosi lungo il viale che conduceva al palazzo in cima al promontorio, illuminato a giorno da potenti fari. Il giardino era stato decorato con giochi di luce e acqua nelle gigantesche fontane, nelle quali divinità senza tempo davano il benvenuto agli ospiti.

"La governatrice si è data davvero da fare per questa festa" disse Erik.

La limousine si fermò dinnanzi al portone centrale dell'enorme palazzo e uno dopo l'altro i sei ospiti scesero dal veicolo che si allontanò sotto lo sguardo triste di Erik.

"Ne voglio una" dichiarò facendo sorridere Adhana che si rilassò. Erik era tornato nuovamente padrone di sé.

"Signori e signore un attimo di attenzione per favore, sono lieta di poter essere la prima a dare il..." la governatrice De Loussie venne interrotta da uno dei paggi.

"Perdonate l'interruzione, ma mi hanno appena comunicato una notizia che non può che rallegrarmi e sono certa rallegrerà tutti voi."

"Come no!" bisbigliò Ian, facendo sorridere Patrick ansioso come lui di vedere la reazione del mondo intero dinnanzi all'esistenza di una signora Silver.

"Sono lieta di poter essere la prima a dare il benvenuto al nostro amato generale Erik Silver e con mia grande sorpresa a sua moglie Adhana Silver."

La reazione fu immediata, gli ospiti della governatrice cominciarono a lanciarsi l'un l'altro occhiate colme di interrogativi, mentre le giovani fanciulle posavano lo sguardo colmo di rammarico o delusione sui genitori.

Adhana e Erik seguirono il paggio fin dentro il salone per poi essere accolti da una gentile donna dagli occhi neri come la notte e i lunghi capelli bianchi raccolti in un elegante chignon. La folla intorno a lei dava il benvenuto al generale della galassia con uno scrosciante applauso al quale Erik ebbe la prontezza di rispondere scattando sull'attenti.

Patrick aveva ragione, pensò meravigliata Adhana. Erik era dannatamente bravo nel suo lavoro.

Matilde De Loussie lo raggiunse e lo salutò con una calorosa stretta di mano.

"Bentornato a casa, generale!"

"Grazie per la vostra splendida accoglienza" rispose con sincera gratitudine Erik.

I dolci occhi della donna ormai prossima alla fine della sua gioventù genica, si posarono su Adhana.

"Nessuno di noi si aspettava una signora Silver" disse rivolgendole un sorriso cordiale.

"È un piacere fare la vostra conoscenza" disse Adhana.

"Non credevo sarei vissuta abbastanza da poter vedere questo giorno. Avete spezzato molti cuori stasera" disse la donna divertita, mettendo Adhana in imbarazzo e facendo sorridere Erik.

"Certo che è proprio giovane" disse una delle invitate rivolta alla vicina.

"Mi chiedo se il generale Silver si renda conto di

quanto sia ridicolo questo matrimonio. Ha rifiutato i migliori partiti della galassia per sposare una perfetta sconosciuta venuta chissà da dove." Intanto i loro occhi studiavano ogni movimento di Adhana, osservandola con irritazione.

"Questo matrimonio non durerà. Lei è solo una ragazza ingenua e lui è un lupo affamato. Si stancherà di lei come ha fatto come ha fatto con tutte le altre."

"E poi guardarla, è solo una donna ordinaria, niente di speciale. In passato ha frequentato donne decisamente migliori."

La governatrice, da perfetta padrona di casa, li scortò attraverso una lunga processione di saluti, presentazioni, chiacchiere e curiosità. Erik si intratteneva a chiacchierare pochi minuti con ogni ospite, scambiando magari qualche importante informazione o ridendo su qualche battuta che raramente Adhana riusciva a comprendere.

La maggior parte degli uomini la salutò con educata ammirazione, complimentandosi con loro per le nozze. Le donne invece la guardavano dall'alto in basso punzecchiandola con battute sarcastiche sulla famosa infedeltà di Erik. Adhana avrebbe voluto rispondere a tono ad ognuna di loro, ma si limitò ad un cortese sorriso e ad una finta rassegnazione.

"Come sta andando?" domandò Erik mentre volteggiavano sulla pista da ballo.

"Credo che la maggior parte delle donne della

festa mi odi" disse con un tono di voce spento Adhana.

"Sarà meglio convincere quelle ancora indecise, allora." E prima che Adhana potesse comprendere il significato delle sue parole, Erik le rubò un focoso bacio proprio al centro della pista da ballo. Per un attimo lei perse il ritmo e inciampò sui suoi passi, ma Erik fu pronto a sorreggerla.

"Questo è stato un colpo basso" puntualizzò facendolo sorridere.

"Andiamo a prendere un po' di aria fresca? Voglio averti tutta per me per qualche minuto."

Adhana annuì e l'uomo la prese per mano allontanandosi nella folla per condurla verso una delle terrazze che si affacciavano sui giardini esterni. Adhana si resse alla balconata inspirando a pieni polmoni l'aria fresca e pulita della notte. Erik si sedette comodamente sul divano del salotto che ornava la terrazza, osservando soddisfatto l'immagine che aveva dinnanzi agli occhi.

"Te l'ho già detto che sei bellissima?"

La ragazza lo raggiunse abbandonando il capo sulla sua spalla.

"Sì, ma sei libero di ripeterlo per tutte le volte che vorrai."

Erik le baciò il collo.

"Sei bellissima!" le sussurrò all'orecchio.

Adhana sorrise e gli sfiorò il volto con una carezza.

"Come ti senti?"

"Bene! Mi dispiace averti fatto preoccupare. Sono

andato nel panico per una stupidaggine."

"Non è una stupidaggine."

"Ehi voi due cosa combinate?" domandò Ian avanzando verso di loro e sedendosi senza alcun invito ad una delle poltroncine del salotto.

"Avevo bisogno di una pausa" ammise Erik senza timori.

"Mi hai fatto spaventare."

"Mi spiace. Avrei dovuto pensarci da solo a trattare tutto questo come una missione. Se Patrick non fosse intervenuto…"

Il diretto interessato li raggiunse seguito da un cameriere con in mano un vassoio. I quattro si servirono da bere.

"Ci sono anche dei colleghi del generale, sono appena arrivati" disse Patrick sottovoce rivolto a tutto il gruppo.

"Ancora non mi avete parlato del vostro incontro. Come vi siete conosciuti?" chiese immediatamente Ian per cambiare discorso mentre i due generali in alta uniforme si avvicinavano al tavolo.

Ian aveva rivolto la sua domanda ad Adhana che fu costretta, suo malgrado, ad abbandonare il suo riserbo e a parlare al posto del marito.

"È accaduto quasi nove anni fa sul mio pianeta natale Halydor. Erik mi ha salvato la vita e da allora siamo stati inseparabili" sintetizzò, preferendo evitare di raccontare delle vhe'sta e delle conseguenze della morte di sua sorella mentre estranei li ascoltavano. Infatti i due generali si erano avvicinati alle loro poltrone.

"E quando avete deciso di sposarvi?" continuò Ian, per far capire che si trattava di una conversazione leggera, nulla di importante per un militare.

"Tre settimane dopo ci siamo sposati, appena un minuto dopo aver preso la decisione. È stato Scott ad unirci, con una certa reticenza, lo ammetto" intervenne Erik baciando con adorazione la mano della moglie.

I due non davano segno di volersi allontanare. Dal modo in cui lo guardavano Erik capì che lo conoscevano.

"Scusate signori, ma sono anni che non vedo mio figlio. Questa sarebbe una discussione privata" fece notare infastidito Erik.

"Non si ricorda di noi, generale?"

"Sì! – mentì – Ma come ho già detto questa è una discussione privata" sottolineò indignato.

"Mi spiace aver interrotto il ricongiungimento con suo figlio, ma speravamo di salutarla e porgere i nostri omaggi alla signora Silver" dissero imbarazzati.

Erik allora si sollevò per salutarli a sua volta, nel frattempo si era accorto che Layla si era avvicinata.

La donna lo aveva avvisato di aver trovato Vivien solo il giorno prima, anche se l'incontro era avvenuto per puro caso. Inoltre per scoprire eventuali alleati di Aran, Layla stava cercando di capire se fra gli invitati alla festa ci fossero altri Aeternus. Quando Erik la vide scuotere il capo, capì di avere di fronte dei semplici umani. Ma questo non significava per forza che non fossero alleati del suo sgradito ospite.

Quando i due furono andati via, Erik posò lo sguardo su Patrick.

"Li conosci?" domandò sottovoce.

"Non bene" ammise l'uomo.

"Dovrò cominciare a studiare i file di tutti coloro che hanno una qualche relazione con Aran" disse l'uomo segnando i loro nomi sul suo Kom. "E se sei d'accordo potresti diventare il mio braccio destro. Ho bisogno di avere almeno una persona fidata al mio fianco, se devo mantenere questa farsa" disse Erik.

Patrick lo guardò sorpreso, per poi sorridere grato.

"Sarà un onore" disse entusiasta.

Ian li guardava con il cuore colmo di gioia. Non credeva avrebbe mai visto il giorno in cui suo padre e il suo compagno sarebbero stati complici.

"Sono esausta!" confessò Adhana gettandosi a peso morto sul letto. Erik si sedette al suo fianco e cominciò a slacciarle i sandali per massaggiarle i piccoli piedi. La ragazza gli espresse la sua gratitudine con delicati mugolii di soddisfazione.

"Non ho nessuna voglia di arrivare sulla Terra" confessò Erik.

L'espressione che si dipinse sul suo volto non piacque affatto alla ragazza. Adhana rivide nei suoi occhi antichi fantasmi che dopo lunghi anni di assenza erano tornati ad adombrare il suo sguardo. Allungò un braccio e afferrò l'uomo costringendolo a sdraiarsi al suo fianco. Erano ancora vestiti di tutto punto e la spada d'ordinanza di Erik era solo un ingombro di cui l'uomo si liberò facendola cadere sul morbido tappeto ai piedi del letto. Adhana accolse il suo capo sul suo petto e lo strinse forte a sé. Erik l'abbracciò a sua volta stringendosi a lei come per cercare conforto.

"Un anno" gli ricordò.

"Un anno" ripeté aggrappandosi a quel pensiero con tutte le sue forze.

CAP. 34

L'arrivo sulla Terra causò a Adhana la medesima emozione che aveva provato ogni qual volta la Yside era atterrata su un nuovo mondo. La sera prima avevano festeggiato tutti e sei nell'appartamento di Scott la loro ultima notte a bordo della nave e il successo dell'esame di Adhana.

Essere al comando della Yside per ben tre giorni, era stata un'emozione intensa. Scott si era fatto silenziosamente da parte e, le aveva ceduto la sua postazione. Le aveva affidato la sua nave, consapevole che Adhana avrebbe riportato tutti loro a terra sani e salvi.

Gli esaminatori si erano congratulati con lei per il successo del suo esame e con Scott per l'ottimo lavoro svolto.

Una volta atterrati Erik volle portarla subito a Lamia, l'isola della famiglia Silver. Si trattava di un piccolo fazzoletto di terra nell'Oceano Pacifico, lontano poche miglia dalla costa della città di Alycion. La casa, sull'isola, era un'antica costruzione colonica che aveva subito diverse ristrutturazioni nel tempo, testimoniate dalla differenza di stili architettonici fra alcune stanze del piano inferiore e quelle del piano superiore. La mobilia era stata tutta avvolta in involucri traspiranti semitrasparenti che la proteggevano dalla polvere e dalla muffa e sui pavimenti di marmo ricoperti da uno spesso strato di polvere le loro impronte divennero le prime dopo tanti anni.

Il motivo per cui Erik amava quel posto non aveva nulla a che fare con la casa e Adhana lo comprese solo quando scesero nei sotterranei. Dietro una spessa porta metallica si nascondeva la più grande passione dell'uomo, una collezione di veicoli di ogni genere e di ogni epoca che si estendeva a vista d'occhio. Con una nota di amarezza Erik ammise che la maggior parte era ormai inutilizzabile, ma erano tutti conservati in perfetto stato.

Fortunatamente Aran non si era mai dimostrato interessato alla sua collezione e non aveva mai profanato quel luogo.

L'uomo accompagnò Adhana in una stanza vuota, una stanza minuscola se paragonata agli enormi hangar. In quella stanza sarebbero stati custoditi i replicanti della ragazza, della cui esistenza erano a conoscenza solo Scott, Layla e il team di medici che li avevano realizzati.

I due decisero di non vivere sull'isola. Dato che Erik aveva la possibilità di scegliere la propria sede lavorativa optò per la base sotterranea dell'isola di Alycion, così che lui e Adhana potessero risiedere nella vicina città. Solo le famiglie dei dipendenti della base erano ammesse nella cittadina, che a Adhana ricordò immancabilmente il ponte Città della Yside.

Affittarono un appartamento nello stesso condominio di Patrick e Ian. Un attico che confinava con quello dei due uomini. Era stata un'idea di Ian, ed Erik, inutile dirlo, ne era parso entusiasta.

Con l'aiuto di Patrick Wincott si integrò nel ruolo del generale Silver, riuscendo ad ingannare anche gli uomini a lui più vicini. Non si illuse però di ingannare gli altri Aeternus infiltrati nell'esercito. Era stata Layla a dargli conferma della loro esistenza, e indirettamente anche Adhana.

Erik continuava costantemente ad aggiornare la timeline di Aran, creando un nuovo file che occultò a Adhana, condividendolo però con Layla, che lo aiutava ad inserire i pezzi mancanti del puzzle. Come nuova compagna di Scott, la donna, partecipava a diversi eventi mondani organizzati dalle varie associazioni, coinvolgendo al contempo Adhana. Il suo compito era quello di individuare gli Aeternus e aggiornare il file segreto.

A distanza di sei mesi dal loro arrivo sulla Terra, la lista di Aeternus aveva raggiunto già cinquantasei nominativi.

Quello che dava maggiore pensiero ad Erik erano le collocazioni strategiche di quegli uomini e quelle donne. Si trattava di elementi di spicco del consiglio galattico, dell'esercito, delle più importanti multinazionali, fra cui spiccava il nome della Neo Genesis Rebirth, la società che possedeva i brevetti delle capsule rigenerative e della gioventù genica.

Intanto la pratica di dimissioni avviata da Erik, al suo arrivo sul pianeta, stava procedendo, lentamente, ma stava procedendo. Con fermezza, l'uomo aveva spento il caos mediatico intorno alla sua figura. Aveva smesso di tenere conferenze stampa dopo ogni missione, cosa che Aran invece adorava. Aveva anche dato ordine di cancellare ogni file o foto personale. Con rapida efficacia si rimpossessò del suo anonimato causando il malcontento della maggior parte dei media.

Stava procedendo tutto secondo le sue aspettative quando di punto in bianco tutti i poli medici della gioventù genica esplosero contemporaneamente su ogni pianeta dell'Unione Galattica. Poche ore dopo fu il turno degli stabilimenti di produzione e di stoccaggio delle capsule rigeneratrici. In meno di ventiquattro ore l'impero della Neo Genesis Rebirth divenne un cumulo di macerie e i preziosi brevetti vennero cancellati da ogni server. Solo pochi minuti prima delle esplosioni le capsule rigeneratrici e quelle della gioventù genica, sparse nell'Unione, vennero hackerate con un aggiornamento fasullo che le rese inutilizzabili.

In meno di un giorno l'umanità aveva perso i segreti della longevità e gli strumenti che permettevano di guarire velocemente da ferite e malattie.

Adhana non vide Erik per la tutta la settimana a seguire, e quei pochi minuti in cui riusciva a parlare con lui lo vedeva teso e preoccupato.

"Siamo in guerra" le disse nella loro ultima chiamata.

"Cosa succederà adesso?" domandò preoccupata.

"Non lo so. Patrick e io siamo bloccati qui alla base. – fece una lunga pausa – C'è la possibilità che domani debba partire per Nettuno. I nostri nemici si trovano lì, adesso" le disse nonostante la notizia fosse top secret.

"Ho paura!" confessò Adhana tremando.

"Ascoltami, se lui dovesse tornare non perdere tempo a cercare di aiutarmi. Voglio che tu, Ian e Patrick e vi imbarchiate immediatamente sulla Yside. Ordina a Scott di anticipare la partenza in caso fosse necessario. La compagnia e la Yside adesso appartengono a te e Ian e lui non può farvi nulla se sarete a bordo."

"No!" gridò Adhana furiosa.

"Devi farlo, Adhana!" si impuntò Erik con tono severo facendola sobbalzare.

"Erik, io..."

"Ascolta, cercherò di tornare a casa stasera. Non voglio salutarti così, ma promettimi che farai quello che ti ho chiesto." Il suo tono di voce si era ammorbidito. Con le lacrime agli occhi Adhana non poté fare altro che annuire.

Nonostante le sue intenzioni, Erik, non riuscì a tornare a casa quella notte, perché la sua nave, la Liverna lasciò il pianeta poche ore dopo quell'ultima chiamata.

Adhana provò la medesima sensazione di abbandono e sconforto che aveva provato dopo la disastrosa avventura su RS34566, quando Erik l'aveva abbandonata per rinchiudersi nella capsula criogenica.

CAP. 35

Ian aveva chiesto e ottenuto il trasferimento presso l'ospedale alla periferia di Alycion. Si trattava di uno degli ospedali più grandi della città e la maggior parte dei soldati feriti veniva ricoverata lì. Nel giro di un mese la guerra era arrivata fino a Marte. Una dopo l'altra le colonie dell'Unione Galattica erano cadute come tessere di un domino accuratamente predisposto. Se fosse caduta anche la Terra sarebbe stata la fine della più grande istituzione di tutti i tempi della storia dell'uomo.

Anche Adhana aveva deciso di abbandonare la sua vita oziosa per aiutare la sua nuova patria. Aveva messo a frutto i suoi studi e partecipava come volontaria al trasporto dei feriti da Marte alla Terra.

Ian non era stato lieto della notizia, sapeva che Erik sarebbe saltato su tutte le furie se avesse saputo che la moglie correva simili rischi, ma la ragazza era stata irremovibile. Ogni aiuto era prezioso, aveva detto, e per quanto triste era proprio quella la realtà dei fatti. La perdita di tutte le ancore di comunicazione aveva contribuito a peggiorare la situazione impedendo le comunicazioni a distanza.

Ogni sei ore il Soccorso sanitario inviava una squadra di sei navette su Marte o su una delle altre colonie, per il recupero dei feriti e il trasporto delle salme.

Adhana aveva visto il volto di tanti morti che ormai non distingueva più l'uno dall'altro.

Persino la Yside e la Ellevyn, le due navi delle rotte oscure erano state coinvolte nel conflitto. La Ruby che sarebbe dovuta arrivare sulla Terra, quattro anni prima della Yside, non aveva mai fatto ritorno ed era ufficialmente considerata dispersa.

Alle navi delle Rotte Oscure era stato affidato il compito di pattugliare e difendere la Terra. Adhana aveva provato a protestare, ma Ian le aveva suggerito di lasciare correre, o l'esercito avrebbe requisito la Yside con la forza.

Qualche volta durante i suoi spostamenti Adhana aveva intercettato la sua nave, ma non aveva mai avuto tempo per salire a bordo. Approfittando però della vicinanza aveva scambiato con Scott poche notizie sull'andamento della guerra. Il capitano ne sapeva quanto lei, e proprio come lei non aveva ancora visto la Liverna.

Adhana planò con delicatezza sull'ampio soffitto dell'ospedale. Fra i suoi passeggeri quella volta c'era anche una bambina. Una delle poche che aveva trasportato in quel lungo mese. Era sporca di sangue e fango e le maniche del lacero vestito color ruggine pendevano vuote. Ogni tanto Adhana spostava lo sguardo su di lei e sui suoi occhi spenti domandandosi che colpa avessero i bambini per le follie degli adulti.

Affidati i suoi passeggeri alla cura di medici e infermiere la ragazza estrasse una branda dalla parete laterale della zona di carico della navetta e si sdraiò, esausta, cercando di dormire almeno qualche ora prima del volo successivo. I suoi tentativi naufragarono quando Ian chiamò il suo nome scuotendola appena. Adhana scattò in piedi come una molla, trattenendo a stento la sorpresa, quando se lo trovò dinnanzi.

"Non hai una bella cera" disse l'uomo passandole un termos con una zuppa calda. Adhana se ne versò un po' nel bicchiere di carta sintetica e dopo tanto tempo si permise di studiare Ian.

"Senti chi parla, da quanto tempo non dormi?"

"Quattro, cinque giorni, non lo ricordo più."

La ragazza estrasse dalla parete un'altra brandina e Ian la ringraziò con uno sguardo adorante prima di lasciarsi cadere su quello scomodo ma meraviglioso giaciglio.

Adhana non riusciva a prendere sonno, l'odore

di sangue e di disinfettante sembrava esserle entrato fin nei polmoni. Non aveva mai provato prima un simile senso di nausea. Riflettendoci si accorse che gli odori le giungevano addosso, come se si catapultassero dentro di lei. Si sentiva infastidita. Era esausta e aveva una gran voglia di dormire ma il sonno non voleva raccoglierla nel suo abbraccio anche perché il volto della bambina che aveva trasportato nel suo ultimo viaggio continuava a tormentarla. Adhana cercò invano di scacciare il suo ricordo dalla mente imponendosi di pensare che era solo un ferito come tanti altri, ma sentiva i suoi occhi come se li avesse ancora puntati sulla schiena. Quegli occhi le avevano trapassato l'anima riportandole violentemente alla mente occhi simili, gli occhi di sua sorella nel suo rapido addio.

Da quanto tempo non pensava più alla sua casa su Halydor? Da quanto tempo non pensava più a sua sorella? Cercò la risposta solo per essere distratta da odori sepolti sotto il polveroso manto dei ricordi. L'aroma unico dei fuscelli marini che venivano bruciati nel camino. L'odore delle zuppe lasciate a bollire per ore sulle fiamme scoppiettanti. L'odore della cucina nella sua casa natale. Adhana sollevò le palpebre per scoprire che non si trovava più nella navicella sulla Terra. Era su Halydor, nella casa della sua famiglia, sotto gli occhi sconvolti della servitù che urlava terrorizzata in una lingua che ormai non era più avvezza a sentire. Seguì un gran putiferio di urla, ciotole che sbattevano e sedie. Adhana si trovò dinnanzi ad una giovane ragazza che la guardò sorpresa mentre Ebel Var-Hell urlava alla governante che non c'era nessun fantasma in casa.

"E' Adhana!" esclamò la donna guardando dritta verso di lei, e solo in quel momento Adhana comprese che quello non era un sogno e che la donna che la guardava con occhi sgranati era davvero sua madre. Terrorizzata arretrò di pochi passi. Come aveva fatto ad arrivare fin lì? Come aveva fatto a raggiungere Halydor?

"Non spaventarti bambina. Non è accaduto nulla di irreparabile. Ti sei solo staccata dal tuo corpo. Capita quando si possiede un dono potente. Adesso ripensa al tuo corpo, lasciati guidare dal desiderio di tornare a respirare e tornerai indietro veloce come sei arrivata fin qui."

Adhana osservò esterrefatta sua madre. Perché la stava aiutando? Lei l'aveva condannata ad essere una vhe'sta, lei l'aveva trasformata in un oggetto, e adesso l'aiutava? Montò su tutte le furie, quello doveva essere per forza un sogno, non poteva essere la realtà. Lei non sapeva trasmigrare, mai nessuno le aveva spiegato come adoperare il dono.

"Non guardarmi così bambina mia, lo so che sei arrabbiata con me, ma adesso non è il momento. Devi tornare indietro o il tuo corpo morirà. Devi fare maggiore attenzione. Per le anime non esistono distanze, ma i corpi senza anima dimenticano come si respira, dimenticano come si fa battere un cuore. Torna indietro prima che la tua carne muoia e la tua anima si consumi. Non lasciarti ingannare da ciò che ti circonda. Torna nella carne, il tuo posto è quello. Torna nella carne Adhana!"

Sembrava sinceramente preoccupata per lei e i suoi occhi erano lucidi come se stesse trattenendo a stento le lacrime. Avrebbe potuto mentirle con le parole, ma non con gli occhi. Per quanti anni Adhana aveva sognato che la guardasse in quel modo? Per quanti anni aveva sognato il suo amore o anche un solo semplice abbraccio?

Chiuse gli occhi e pensò al suo guscio di carne sdraiato sul lettino in una anonima navicella terrestre. Lo sentiva, il suo corpo stava soffrendo, la stava chiamando e lei sentì all'improvviso il disperato bisogno di respirare. Le figure di sua madre e di suo padre svanirono diluendosi come se fossero fatte di nebbia dispersa dalla brezza del mattino e le fredde e asettiche pareti dell'ospedale invasero il suo campo visivo mentre l'odore dei disinfettanti mescolato al ferroso sentore del sangue sostituiva gli odori della sua infanzia. Il petto le doleva e respirare le costava fatica. La vista era sfocata e voci distorte la esortavano a respirare. Adhana riconobbe il volto di Ian nascosto sotto la mascherina chirurgica mentre con occhi sbarrati la guardava prossimo alle lacrime.

"Il battito cardiaco si sta regolarizzando. La pressione sanguigna sta salendo così come l'ossigenazione" disse una voce affatto familiare, mentre il bianco dei faretti l'accecava e le voci si confondevano nuovamente. Il petto continuava a farle male e sentiva il disperato bisogno di dormire. Chiuse le palpebre e finalmente il sonno l'avvolse catapultandola in un mondo senza sogni e senza dolore.

Si destò ancora dolorante e intontita. Era circondata da odori che appartenevano al suo presente e non ai ricordi.

Era stata davvero su Halydor?

Non riusciva a credere che fosse accaduto sul serio. Sua madre le aveva detto che poteva capitare se si possedeva un dono molto forte. Già il dono. Non tutte le halydiane potevano trasmigrare tranquillamente da un corpo all'altro. Alcune semplicemente morivano senza riuscire a sciogliere i legami fra anima e corpo. Altre non possedevano la forza necessaria per legare l'anima al nuovo corpo, o peggio ancora non riuscivano a risvegliarlo, morendo assieme alla carne. Altre invece avevano un dono talmente debole che riuscivano a trasmigrare solo un paio di volte. Nessuna delle sue sorelle aveva mai avuto un dono forte, sua madre lo diceva sempre. Avevano preso dalla nonna paterna che era riuscita a compiere solo una trasmigrazione. Nella famiglia materna invece il massimo di trasmigrazioni compiute era di tre. Adhana non sapeva quante trasmigrazioni sua madre avesse già compiuto, sapeva solo che il suo dono era normale. Un dono normale corrispondeva ad un massimo di cinque, sei trasmigrazioni. Un dono potente invece voleva dire trasmigrare un'infinità di volte. C'era una donna che viveva a Seth, si diceva possedesse un dono molto forte e avesse già compiuto più di venti migrazioni.

Che tipo di dono era dunque il suo? Possibile che fosse potente quanto quello della donna di Seth?

Pensare a doni e Halydor le fece scoppiare un gran mal di testa. Mugugnò qualcosa destando Ian dal suo fragile sonno. Non si era neppure resa conto che l'uomo si trovava al suo fianco.

"Ti sei svegliata finalmente" le sussurrò scostandole dalla fronte i lunghi capelli biondi sudati. "Temevo di averti persa. Non avevi più battito ed eri cianotica."

Adhana provò a dire qualcosa, ma sentiva la lingua legata e non riusciva a ricordare come si facesse a parlare. Ian le accostò alle labbra un bicchiere di acqua fresca che lei bevve con avidità.

"Ne vuoi ancora?"

Adhana annuì. Si sentiva disidratata nonostante la flebo che continuava a nutrirla.

"Sono stata su Halydor" disse strascicando a lungo le parole facendo lunghe pause fra una sillaba e l'altra per riprendere fiato.

Ian la guardò sconvolto senza capire cosa avesse realmente detto.

"Sono stata solo anima e poi sono tornata anche carne" si spiegò meglio scoprendo che la lingua si scioglieva parola dopo parola.

"Ma è possibile? Hai detto di non essere mai stata addestrata."

"Ha detto che ho un dono potente."

"Chi?"

"Mia madre. Ho rivisto i miei genitori. Sono stata su Halydor. Odio Halydor" mormorò prima di riaddormentarsi nuovamente.

Ian non sapeva cosa fosse realmente accaduto. Sapeva solo che quando era andato a svegliarla Adhana era gelida e il suo cuore aveva smesso di battere. Avevano provato a rianimarla, ma non erano riusciti a fare nulla. Stava per dichiarare l'ora del decesso pensando al contempo al dolore di Erik, quando il suo cuore era tornato prepotentemente e misteriosamente a battere, così come misteriosamente si era fermato. Della trasmigrazione Ian sapeva solo quel poco che Adhana gli aveva raccontato, ma per ammissione della ragazza persino lei conosceva davvero poco di quel particolare dono, tipico della sua gente.

L'uomo non se la sentiva di lasciarla sola dopo quanto accaduto, avrebbe voluto portarla sull'isola dei Silver, lì dove la guerra non era continuamente sotto i loro occhi, ma non poteva abbandonare i suoi pazienti.

Dopo una settimana, Ian, fu costretto a dimetterla. Le sue condizioni erano eccellenti e dato che la crisi era connessa alla trasmigrazione non erano necessarie ulteriori indagini diagnostiche. L'unica vittoria che riuscì a strapparle fu quella di convincerla a non volare per qualche tempo. Mantenere quella promessa non fu difficile, la trasmigrazione l'aveva prosciugata. Le ci vollero giorni prima di sentirsi nuovamente sé stessa. Poi all'improvviso arrivò quella chiamata e tutto precipitò.

CAP. 36

Lo sguardo di Adhana si incollò sulla terribile ferita che deturpava il lato destro del volto del colonnello Patrick Wincott. L'occhio era coperto da una garza sporca di sangue.

"Patrick, ma cosa ti è successo? Ed Erik… dov'è?" La sua voce era piena di apprensione e Patrick Wincott non potendo permettersi di dirle molto, si limitò a inviarle sul monitor una mappa.

"Raggiungimi. È urgente."

La comunicazione si interruppe all'improvviso lasciando la ragazza in uno stato di agitazione e confusione che riuscì a paralizzarla. Le fu necessario qualche minuto per rendersi conto che la situazione richiedeva una certa rapidità. Adhana riascoltò il messaggio una seconda volta e lo bloccò sulla mappa. Servendosi del computer domestico identificò il luogo. Aveva bisogno di un veicolo aereo per raggiungere la postazione indicata sulla mappa, ma non aveva il tempo per andare a recuperarne uno sull'isola di Lamia, avrebbe fatto prima a noleggiarlo. Lungo la strada la ragazza contattò immediatamente Ian. Dopo pochi secondi il volto tirato dell'uomo comparve sul display.

"Sto venendo a prenderti, trova qualcuno che ti sostituisca" disse con un tono di voce che bloccò all'istante ogni possibile protesta.

Adhana decollò colma di ansia e apprensione. Quello era il primo contatto diretto che aveva con Patrick e indirettamente con Erik. Ma perché era stato Wincott a chiamarla e non il marito? Ian al suo fianco era invece un fascio di nervi. Adhana gli aveva detto di portare con sé tutto il necessario per un ferito grave ma non aveva voluto dirgli altro fino a quando il caccia che aveva noleggiato non era decollato.

"Allora vuoi spiegarmi cosa sta accadendo?" domandò innervosito.

"Patrick mi ha contattato. Non mi ha detto nulla, mi ha solo mostrato una mappa."

La delusione sul volto di Ian fu fin troppo evidente. Perché aveva contattato Adhana e non lui?

"Deve essere accaduto qualcosa di tremendo. Ha una gran brutta ferito al viso."

Bastarono quelle poche parole per farlo agitare.

"Quando manca al punto di incontro?" domandò ansioso.

"Quaranta minuti. Sto volando basso per evitare i radar e non posso aumentare la velocità. Patrick è stato troppo circospetto questo significa che non vuole far sapere a nessuno del suo ritorno sulla Terra."

Ian ascoltandola riuscì a rispondere da solo alla domanda che si era fatto poco prima. Adhana riusciva a restare calma nonostante la situazione, forse era merito del suo addestramento come capitano delle Rotte Oscure, o forse quella calma era parte di lei. Se Patrick avesse contattato lui non sarebbe mai riuscito ad analizzare lucidamente e in tempi brevi la situazione.

Il punto di incontro si trovava in uno dei caldi e soffocanti deserti di roccia delle regioni Anabiane. Dalla roccia spiccavano in maniera evidente le testimonianze della presenza di una base militare, nascosta sotto la superficie. La base doveva essere stata distrutta molti anni prima, poiché le lamiere erano smussate ed in parte arrugginite.

Adhana e Ian dovevano essere arrivati per primi perché la zona era completamente deserta.

Pochi minuti dopo il loro arrivo atterrò un secondo velivolo. Era una navicella di quinta classe e lo stendardo, disegnato sulla paratia esterna, era quello dell'Esercito Galattico. Il portellone del caccia si aprì e Patrick Wincott uscì zoppicando. Era malconcio e si reggeva appena in piedi. Adhana lo vide barcollare e crollare privo dei sensi a terra. Ian si precipitò verso di lui per scoprire che la ferita al volto era molto più grave di quanto avesse temuto, inoltre la gamba destra della sua uniforme era macchiata di sangue.

Wincott si svegliò. Era sdraiato su uno dei divani della navicella. Ian aveva medicato le sue ferite e aveva ricucito la terribile lacerazione che gli sfregiava il viso. Si sollevò a fatica e il suo sguardo si posò su Ian che l'osservava colmo di dolore.

"Non posso fare molto in queste condizioni, devo portarti in ospedale o perderai la gamba." Non provò nemmeno ad addolcire la pillola, Patrick non ne aveva bisogno.

"E l'occhio?" domandò preoccupato l'uomo. Ian non trovò la voce per rispondere, e dal suo volto Wincott comprese da solo la diagnosi. "Spero solo che il mio compagno possa accettarmi anche così" disse con un sorriso spento. Ian gli carezzò il viso e si chinò a baciare le sue labbra.

"Sono certo che lo farà, ma adesso dobbiamo pensare alla gamba."

"Prima abbiamo una cosa ancora più importante da fare. Dov'è Adhana?"

"E' in sala comandi."

Adhana era impietrita davanti al monitor che dava nella stanza nella quale era imprigionato Erik. La sua espressione colma di dolore e sofferenza commosse Patrick, che indugiò con lo sguardo su quelle mani congiunte al petto. Lo sguardo di Ian si incollò a sua volta al monitor.

"Cosa è successo a mio padre?" domandò sconvolto voltandosi verso l'uomo che per camminare si reggeva con tutto il suo peso su di lui.

"Quello non è Erik" disse Adhana colma di paura.

Ian sobbalzò. Osservò l'uomo che girava nervosamente avanti e indietro in quella minuscola cella e deglutì a vuoto.

"Come stai Patrick?" domandò Adhana studiando la perfetta fasciatura che nascondeva l'orribile ferita.

"Meglio! A questo punto credo che tu già sappia per quale motivo mi trovo qui, vero?"

"Sì... è tornato."

Era devastata. Erano stati lontani tanto a lungo e adesso che finalmente era tornato, lui era di nuovo prigioniero.

"Cos'è successo, perché è in quelle condizioni?" chiese con voce tremula, e Wincott cercò di rimettersi a sedere, ma non era facile con la fasciatura che gli comprimeva il torace.

"I nostri nemici sono riusciti a trovarci usando lo stesso stratagemma che noi adoperavamo per cercare loro. Sono riusciti a salire a bordo della Hawk, una delle due navi ammiraglie. Quando li abbiamo raggiunti con la Liverna era già troppo tardi. Tutti gli uomini della Hawk erano morti, ma il nemico non aveva abbandonato la nave e ci ha teso un agguato. Sono morti tutti. Io stesso ho rischiato di morire. Se non fosse stato per il tempestivo intervento di Erik, credo che non avrei più un volto per portare questa terribile ferita."

"Sono stati loro a ferirti al volto?" chiese colma di apprensione.

"Sì!" e a quella risposta la ragazza si lasciò sfuggire un sospiro di sollievo. Ma subito dopo si rese conto dell'indelicatezza del suo gesto e abbassando lo sguardo.

"Scusa Patrick, non dovevo, ma se fosse stato Erik, io…"

"Non preoccuparti, comprendo benissimo il tuo sollievo e credimi anche per me sarà più facile accettare questo sfregio sapendo che non è stato Erik causarlo."

Ian aiutò il compagno a sedersi su una delle poltrone della sala comandi.

"È stato gravemente ferito ed ha perso i sensi. La ferita all'addome si stava rimarginando quando all'improvviso il processo si è arrestato. Ho capito che non era lui dal modo in cui mi ha guardato, come se fossi una nullità al suo cospetto. Ho estratto l'arma che portavo nella fondina e ho cominciato a sparare. È stato Erik a dirmi di farlo. Mi ha detto che dovevo metterlo in pericolo di vita per permettere a lui di tornare al comando."

Adhana annuì.

"Aran non può rigenerarsi e adesso che non esistono più capsule rigenerative ha per forza bisogno di Erik. Non capisco allora perché lui non sia ancora riemerso" disse Adhana tornando a fissare il monitor.

"L'ho caricato sulla navicella e l'ho rinchiuso in quella prigione speciale. Ho atteso fino al suo risveglio, sperando che Erik tornasse. Come potete vedere la mia è stata un'attesa vana. A quel punto non avevo altra scelta se non medicarlo e portarlo qui. Lontano dai suoi alleati. Dobbiamo rinchiuderlo in un posto sicuro dove loro non possano raggiungerlo e trovare il modo per far tornare Erik" concluse Patrick.

"Una volta sono riuscita a respingerlo" disse Adhana rivolta ai due uomini.

"Credi di poterci riuscire di nuovo?" domandò Patrick sorpreso.

"No! Non la faremo avvicinare a quell'essere. Ti sei dimenticato che l'ultima volta ha cercato di ucciderla?" sbottò Ian

Adhana rabbrividì. L'idea di trovarsi di nuovo davanti a lui la terrorizzava, ma non avevano altre opzioni al momento.

"Devo andare, Ian. Se c'è anche una sola possibilità dobbiamo provarci."

Ian fece un passo verso di lei, ma Patrick lo afferrò dal polso.

"Non si avvicinerà, ci saranno le sbarre della cella fra loro" cercò di confortarlo.

"Va bene. – capitolò – Ma sta attenta. Se mio padre sapesse che ti ho lasciato fare una simile pazzia mi ucciderebbe con le sue stesse mani."

Adhana lo strinse in un abbraccio, che Ian ricambiò.

"Starò attenta" gli promise.

"Porta questa con te." Wincott le passò la sua pistola, ma Adhana non la sfiorò neppure. Non avrebbe mai avuto il coraggio di adoperare un'arma sul suo Erik.

Adhana seguì l'uomo fino alla cella speciale, dove Aran era stato rinchiuso. Si trovava in fondo alla nave. Attraversò la porta e quando questa si richiuse alle sue spalle una mano forte e gelida le cinse la gola per trascinarla nell'oscurità del suo inferno. Non si era resa conto di essersi avvicinata tanto alle sbarre.

Non la stava soffocando, la teneva semplicemente in pugno.

"Chi sei?" chiese con la sua voce spettrale e cupa che sembrava giungere dalle profondità da un gelido abisso.

"Lo sai chi sono." I denti battevano forte per la paura.

L'uomo emise un gemito di protesta e la scaraventò sul pavimento.

Adhana si sollevò e adoperò il proprio Kom per illuminare l'ambiente, stranamente al buio.

"La piccola halydiana" esclamò divertito Aran.

"Lo sai perché sono qui, vero?"

"Vuoi rispedirmi nuovamente nelle tenebre, ma questa volta sarà difficile far riemergere Erik. Sulla Hawke i miei uomini lo hanno indebolito con il veleno dell'oblio."

Adhana lo guardò esterrefatta.

"Il veleno dell'oblio?" ripeté incredula, mentre Aran la guardava divertito dalla sua reazione.

"Sì! Proprio il veleno dell'oblio usato per uccidere voi vhe'sta. Non l'ho ucciso tranquilla, non ancora almeno."

Adhana sbiancò.

"Cosa ne sai tu delle vhe'sta e del veleno?" domandò incredula.

"Ho creato io la tua gente" la provocò divertito.

Adhana lo guardò allibita, dimentica di qualunque altra cosa.

"Tu?"

"Il tuo popolo ha perso il suo passato. Ma sono stato io a dare vita all'unica razza in grado di sopravvivere su quel pianeta morente."

Adhana deglutì a vuoto.

"Halydor non sta morendo!" esclamò indignata.

"Dici così perché hai conosciuto quel mondo solo dopo il suo declino. Ma molti secoli fa Halydor era un luogo meraviglioso, abitato da gente stupida. C'è stata una guerra, ragazzina, e le conseguenze di quella guerra sono il mondo che tu conosci."

Adhana lo guardò allibita.

"Perché mi racconti questo?"

"Perché sei una di noi. Sei un Aeternus, di tipo due, ma pur sempre un Aeternus. Io avrò l'Unione Galattica, ragazzina, in un modo o nell'altro sarà mia. Tu puoi scegliere, diventare una mia alleata o una nemica" le disse guardandola dritta negli occhi.

Adhana non capiva. Era la prima volta che sentiva parlare degli Aeternus.

"Hai provato ad uccidermi, o lo hai dimenticato?"

Voleva sapere di più del suo popolo, di sé stessa, ma temeva che se gli avesse posto le domande dirette, Aran non le avrebbe risposto.

Aran sorrise. Il suo sorriso era così sgradevole, così diverso da quello di Erik.

"Eri un problema e ho cercato di risolverlo. Ma, Erik, non lo ha gradito ed è tornato. Non commetterò lo stesso errore sue volte."

Si sedette a gambe incrociate nel piccolo spazio a sua disposizione.

"Tu vuoi l'Unione? Ma se l'hai fatta a pezzi. Hai distrutto ogni cosa, persino la sua tecnologia" disse indignata Adhana.

"Ti riferisci alla Neo Genesis Rebirth? Loro hanno rubato il mio lavoro, meritavano di scomparire fra le fiamme."

Davanti alla sua espressione confusa continuò.

"Ho progettato l'embrione che ha dato vita al tuo Erik insieme agli umani, ma quei dannati si sono impossessati delle sequenze genetiche che stavo adoperando quando la mia amica Dana ha rubato l'embrione e mi ha lasciato fra le fiamme del laboratorio. Ho provato a reimpossessarmi delle sequenze per costruire un nuovo embrione, ma sono state ben nascoste, rese inaccessibili e come se non bastasse sono state usate per costruire un impero."

"Tu hai progettato Erik!" ripeté scioccata la ragazza.

"Sì, sono stato io. Così come ho progettato i tuoi antenati."

Il cuore le batteva forte nel petto. Lei e Erik avevano in comune lo stesso creatore.

"Perché?" domandò allibita.

"Per usarlo come vhe'sta."

Adhana fece un passo indietro sconvolta. Erik era un vhe'sta, il vhe'sta di quel mostro.

"Quando sono nato, ero come lui. Potevo guarire da qualunque ferita, ma con il passare dei secoli ho perso quella capacità e sono diventato come gli altri Aeternus di tipo due. Come te posso solo trasmigrare."

"Ma non sei riuscito a liberarti di Erik, e soprattutto non hai ottenuto le sue capacità rigenerative, perché sono legate all'anima e non alla carne" continuò Adhana per lui. Se era davvero un ospite migrato allora potevano costringerlo a trasmigrare ancora, liberando finalmente Erik.

"Esatto! Lui è diverso da me a quanto pare. I miei poteri rigenerativi erano legati al mio primo corpo e non alla mia anima."

"Quindi non hai più nessuna ragione per restare dentro di lui. Perché non migri in un nuovo corpo?"

"Perché credi che abbia distrutto la Neo Genesis? Adesso ho di nuovo le mie sequenze e questa volta non sarò gentile con i miei nemici" confessò divertito.

Adhana arretrò di un passo spaventata. Un terribile sospetto si fece largo nella sua mente. Si sentiva come un topolino in trappola nonostante fosse Aran quello rinchiuso in cella.

"Perché mi stai dicendo tutto questo?" domandò, temendo di aver fatto il suo gioco.

Il sorriso sgradevole tornò a deformare le sue labbra.

"Tic! Toc! Ragazzina! Tic! Toc!"

Il suono assordante di una nave che si avvicinava la fece trasalire. Comprese il suo errore che era ormai troppo tardi.

L'aveva distratta con storie del passato per non farle tentare di riportare Erik a galla. L'aveva tenuta impegnata per dare il tempo ai suoi alleati di raggiungerlo.

"Maledizione!"

Stava per lasciare quella stanza per raggiungere Patrick e Ian quando il mondo intorno a lei tremò violentemente. Un boato assordante. L'aria venne spinta violentemente fuori dai suoi polmoni e il mondo si rovesciò, mentre tutto andava perduto.

CAP. 37

Il vento soffiava impetuoso trascinando con sé l'odore della salsedine. Adhana osservava l'oceano e le onde che si infrangevano sugli scogli. Era convinta di essere l'unica su quella scogliera isolata, troppo lontana da Seth perché la sua gente potesse vederla. Eppure un uomo l'aspettava sul ciglio del precipizio. I suoi profondi occhi grigi erano colmi di amarezza e la grande mano calda con la quale avvinse la sua le sembrava l'unico appiglio reale, mentre il mondo le oscillava intorno. Sull'orlo del baratro il vento si accaniva su di loro con tutta la sua violenza, ma Adhana non lo temeva anzi sollevò lo sguardo fiducioso verso l'uomo dai lunghi capelli bianchi che la guardava in attesa di una risposta, e finalmente comprese. Lei aveva già vissuto tutto quello, era tutto iniziato lì su quella scogliera con un salto. La presa di Adhana sulla mano dell'uomo si fece più salda e senza bisogno di parlare saltarono insieme nel baratro ancora una volta.

"Dottore, si sta risvegliando."

"Capitano Var-Hell riesce a sentirmi?" Le voci le arrivavano distorte e confuse. La testa le doleva per colpa di un ticchettio pressante fra gli occhi. Provò a rispondere alla domanda che le avevano fatto, ma le mancavano le energie per riuscirci. Cadde in un sonno profondo ma, questa volta, senza sogni.

La luce le feriva la vista, il petto le faceva male, così come la testa. Si guardò attorno per scoprire di non essere sola. Uomini e donne in camice bianco continuavano ad affaccendarsi intorno a lei. Producevano suoni che avrebbero voluto essere parole, ma che continuavano ad arrivare al suo orecchio come fastidiosi rumori, echi distorti e senza senso.

Un'infermiera con profonde borse sotto gli splendidi occhi color smeraldo le sorrise amichevole.

"Bentornata capitano."

Nessuno la chiamava capitano, solo i militari così ligi alla regola usavano quel titolo.

"Dove sono?" domandò con voce sottile e impastata.

"Nell'ospedale della base di Alycion."

Era fra i militari, ma perché l'avevano portata fin lì? Non sarebbe stato più facile ricoverarla in un ospedale civile?

Avrebbe voluto porgere all'infermiera questa e

molte altre domande, ma si sentiva nuovamente debole e proprio mentre stava per pronunciare qualcosa si addormentò.

Nei giorni a seguire le sue condizioni restarono stazionarie, alternava brevi momenti di veglia a lunghi momenti di sonno.

Dopo una lunga settimana fu informata su quello che le era accaduto. Era rimasta gravemente ferita durante l'esplosione della navicella con la quale il colonello Wincott aveva fatto ritorno sulla Terra, era stata sul punto di morire diverse volte durante il coma farmacologico, durato quasi un mese, indotto per curare le gravi ustioni e le profonde ferite che le avrebbero lasciato segni indelebili. Adhana non riusciva a credere che tutto quel tempo fosse volato via con la stessa velocità di un batter d'ali di una farfalla senza che lei ne conservasse alcun ricordo. Solo in quel momento comprese realmente come doveva essersi sentito Erik al suo risveglio, dopo che Aran aveva governato la sua vita per cinquant'anni. Eppure la gente dell'Unione Galattica avrebbe ricordato quel mese per sempre. I loro nemici erano sempre più vicini, diverse città erano state rase al suolo e l'Unione Galattica era prossima alla sconfitta.

I giorni si susseguivano veloci ma le condizioni di Adhana non accennavano a migliorare. Nessuno voleva dirle nulla sulla sorte sei suoi cari e questo non faceva che danneggiare il suo umore e rendere più difficile la sua ripresa. Quando fu abbastanza forte da impuntarsi furono costretti ad accompagnarla nella camera di Ian. L'uomo aveva subito ferite molto meno gravi delle sue, ma non si era mai risvegliato dal coma.

Patrick Wincott era stato ricoverato a sua volta nella struttura di Alycion, nonostante le gravi ferite riportate prima dell'esplosione, era stato il più veloce a riprendersi. Aveva lasciato l'ospedale dopo appena due settimane, nonostante il parere contrario dei medici. Per quanto riguardava il generale Erik Silver la versione ufficiale dei fatti lo vedeva ancora fra le stelle a bordo della Liverna. Secondo il rapporto stilato dallo stesso Patrick Wincott l'uomo non aveva mai lasciato il comando della nave e non aveva fatto ritorno sulla Terra. Adhana sapeva che si trattava di una manipolazione dei fatti e che Erik non avrebbe mai lasciato lei e Ian in quelle condizioni. Aran doveva essere ancora al comando, questa era l'unica spiegazione che riusciva a darsi.

Nel lungo mese che Adhana aveva trascorso in bilico fra la vita e la morte, tutte le navi militari in volo nello spazio avevano ricevuto una comunicazione ad alta priorità. Un segnale di emergenza lanciato dalla Liverna con l'identificativo digitale del generale Silver che conteneva anche una traccia di feedback che specificava quante navi avevano ricevuto la richiesta di soccorso. Ogni singola nave ricevette come feedback il numero zero. Questo significava che nessun'altra nave prima di quella aveva ricevuto la richiesta. Così a convogliare nella zona di soccorso non fu una sola nave, ma l'intera flotta. Quando i capitani si resero conto dell'inganno, era già troppo tardi.

Non ci furono sopravvissuti. Non fu neppure una battaglia, ma un vergognoso eccidio.

Il generale Silver li aveva traditi. L'eroe della galassia aveva sterminato la sua stessa gente.

Adhana dormiva un sonno pesante indotto dalle droghe che erano costretti a somministrarle per aiutarla a sopportare i continui trapianti di pelle. Le sue condizioni per quanto stabili non miglioravano ed i medici erano preoccupati per lei. Nelle ultime settimane aveva perso molto peso e anche se continuavano a nutrirla con soluzioni endovenose la situazione restava critica.

La ragazza debole e assopita non si accorse che qualcuno si era intrufolato nella sua stanza, ma si destò di soprassalto non appena venne gettata senza alcuna grazia giù dal letto.

Ancora assonnata e indolenzita sollevò lo sguardo verso l'uomo che la sovrastava.

"Con i saluti del generale Aran" disse prima di pugnalarla all'addome. Il sangue cominciò a sgorgare dalla ferita inzuppando il camice bianco. Non fu però la coltellata a destarla dal torpore dei farmaci, ma la fiala che l'uomo stava stappando. Conosceva quell'odore e quel colore.

Il ricordo della sua sorellina vhe'sta la raggiunse con una violenza tale da farle più male delle ferite.

L'uomo stava per versarle il liquido in gola, forzandola a bere, così come suo padre aveva fatto con sua sorella.

Adhana cercò di fermarlo, agguantando la sua mano con la propria, ma era troppo debole.

Chiuse gli occhi e serrò le labbra. Il legame fra l'anima è il corpo era così debole che sapeva che prima o poi si sarebbe sfaldato. Il timore di non riuscire a compiere la trasmigrazione venne soppiantato dalla necessità di farlo. Fu lei stessa a sciogliere i nodi che ancora la tenevano legata a quel corpo morente, così come aveva inconsapevolmente fatto la prima volta.

Un salto, ancora una volta un salto dalla scogliera.

Il vento le scompigliava ancora i capelli, ma le sue mani erano vuote.

Era sola.

Fece un passo verso l'abisso e lascio che le acque la ingoiassero. Non oppose nessuna resistenza e lasciò che la marea la trascinasse lontano.

Non si era mai sentita meglio in tutta la sua vita. Non aveva mai provato un tale senso di libertà. Si sentiva parte di tutto quello che la circondava in intima comunione con il tutto. Essere liberi dal corpo era la cosa più bella che avesse mai provato. Avrebbe potuto vivere in quello stato di grazia per sempre.

Per le anime non esistono distanze, ma i corpi senza anima dimenticano come si respira, dimenticano come si fa battere un cuore. Torna indietro prima che la tua carne muoia e la tua anima si consumi. Non lasciarti ingannare da ciò che ti circonda. Torna nella carne, il tuo posto è quello. Torna nella carne Adhana!

Le parole di sua madre. Lei non aveva più un corpo a cui tornare. Era libera. Libera e senza distanze.

No!

No!

Così poteva solo consumarsi e lei non voleva, non voleva svanire. Lei non poteva permetterselo. Lei doveva trovare Erik.

Si focalizzò su di lui, ignorando tutte le distrazioni che la reclamavano. C'erano così tante cose da vedere, così tante cose da scoprire, nuove sensazioni da esplorare. Non le sarebbe bastata tutta una vita per afferrarle, ma lei non aveva tutto quel tempo. Cosa le aveva detto sua madre? La carne non sapeva vivere senza l'anima e l'anima senza la carne era destinata a svanire. Ma il corpo che l'accoglieva si era sciolto in caldi rivoli cremisi sul pavimento immacolato. Quel corpo era già morto, quel corpo non era più carne per lei, ma c'era altra carne, altri corpi nascosti nei segreti labirinti dei sotterranei di Lamia. Doveva raggiungerli, doveva insegnare ad un nuovo corpo a respirare, ad un nuovo cuore a battere. Doveva fare in fretta prima di consumarsi, ma prima aveva una cosa ancor più importante da fare. Doveva raggiungere Erik.

Pensando a sua sorella era arrivata fino a Halydor, pensando ad Erik si ritrovò invece in una sala cupa in cui aleggiavano insidiose ombre nefaste. Le sembrava di essere stata catapultata in un universo fatto di magia e di mistero, ma quando domò il terrore si accorse che l'orrore che la circondava era ancora più reale dei suoi peggiori incubi.

Il corpo inerte di Erik giaceva su un lettino medico. La pelle nuda era quasi trasparente, riusciva a vedere i suoi organi. Il suo cuore aveva smesso di battere e i suoi polmoni di respirare. Gli occhi sbarrati fissavano il soffitto, mentre l'odore del veleno delle vhe'sta le confessava il crimine che era stato commesso.

Adhana sentì la sua anima andare in pezzi, il suo cuore sgretolarsi.

Il suo urlo lacerante riempì quella camera e fu così intenso che gli strumenti medici abbandonati sul vassoio tremolarono.

Urlò e urlò così come solo le anime sanno urlare. E quando non ebbe più la forza di farlo si sdraiò accanto al corpo gelido del suo unico amore.

Lo avvolse in un abbraccio e dimenticò l'esistenza del tempo. Sapeva di non poter restare lì, ma che senso aveva tornare a vivere senza di lui?

CAP. 38

Scott detestava quella situazione, ma non aveva altre opzioni. Qualche settimana prima un corriere militare gli aveva consegnato di persona un terribile dispaccio che lo informava che a seguito della perdita della maggior parte delle navi dell'esercito, l'importanza strategica della Yside era cambiata. Gli ordini volevano che nascondesse la nave, mimetizzandosi in una fascia di asteroidi. Era fondamentale che la Liverna, adesso in mano al nemico, non li trovasse fino al momento di lanciare l'attacco.

Scott non riusciva a capacitarsi di come il nemico fosse riuscito ad impossessarsi dell'ammiraglia dell'esercito. Il dispaccio non lo spiegava. Aveva fatto quello che gli era stato ordinato e da giorni se ne stavano nascosti in attesa di nuovi ordini che tardavano ad arrivare. Il morale dell'equipaggio era basso e tutti loro sentivano la pressione di quella lunga attesa.

Il capitano era perso nei suoi pensieri quando

Layla, pallida in volto, si precipitò nella sala comandi.

"Cosa succede?" domandò Scott teso.

Lei mosse le labbra per parlare, ma non ne uscì alcun suono.

Preoccupato Scott abbandonò la postazione di comando e la raggiunse.

"Tesoro che succede?" le chiese sottovoce ancora più preoccupato.

Layla lo guardò consapevole che l'unico modo che aveva per dirgli ciò che aveva appena sentito era tradire il suo stesso segreto, quel segreto che aveva protetto con tutta sé stessa.

"Adhana!" esclamò sottovoce facendolo accigliare. Non voleva che orecchie indiscrete la sentissero.

"Cosa?"

"Ho sentito la sua anima. Ha trovato Erik. È morto" confessò scioccata e incapace di articolare un discorso logico.

"Cosa stai dicendo?" Scott era sempre più confuso, poi la verità si fece largo dentro di lui con una semplicità tale da lasciarlo disarmato. "Tu sei come lei!" esclamò incredulo. Layla non poté fare altro che annuire.

"Ti prometto che ti spiegherò tutto, ma adesso devi ascoltarmi" disse aggrappandosi a lui.

Scott era impallidito, ma annuì.

"Lei ha lasciato il suo corpo. È solo anima, e se io riesco a percepirla vuol dire che non è molto lontana" spiegò sinteticamente.

"Non ci sono navi qui vicino."

"Io posso guidarvi verso di lei e poi dovrò fare una cosa che ti spaventerà a morte, ma devi avere fiducia in me e sapere che tornerò da te" gli disse carezzandogli il volto.

Scott fermò quella mano calda sulla sua guancia.

"Dopo voglio tutta la verità" pretese.

"L'avrai, amore mio. Solo promettimi che non impazzirai."

"È così terribile?"

"Sì!" confessò Layla.

Scott deglutì a vuoto e abbandonò la fronte su quella di lei.

"Dicci dove andare."

Layla seguì la scia dell'urlo di Adhana e indicò la direzione da prendere. Gli ufficiali di Scott erano confusi e lanciavano occhiate interrogative al loro capitano ma Scott non tradì il segreto della sua compagna.

Quando furono abbastanza vicini i radar della Yside impazzirono.

Anche se non potevano vederla ad occhio nudo, la strumentazione di bordo segnalava la presenza della Liverna.

"Non posso crederci, quello che resta dell'Esercito Galattico la sta cercando da settimane!" esclamò sconvolto uno degli ufficiali.

Scott guardò Layla in cerca di risposte.

"Dobbiamo attaccarla, ma mi serve un minuto, un minuto soltanto per portare Adhana via da li. Poi puoi distruggere quel covo di traditori" gli disse prima di recidere i legami con la carne. Il suo guscio si accasciò al suolo privo di vita, mentre Scott correva da lei e la raccoglieva terrorizzato fra le braccia.

Il corpo di Layla era diventato all'improvviso gelido.

Scott sentì il cuore andargli in pezzi, ma cercò di concentrarsi su quello che gli aveva detto la donna. Sarebbe tornata.

Raccolse il corpo gelido fra le braccia e tornò alla postazione di comando, adagiò il corpo di Layla sulla poltrona e restò in piedi.

"Armate tutti i cannoni, preparatevi a fare fuoco con la massima potenza!" urlò.

Era terrorizzato e doveva nascondere le mani per non far vedere al suo equipaggio che tremavano.

Lei tornerà da te! Lei ti ama! Si ripeteva.

Era così concentrato su Layla e sulle sue paure da non accorgersi che uno degli ufficiali aveva abbandonato il suo posto e aveva estratto un'arma.

Si rese conto di quello che stava accadendo solo quando il primo colpo venne esploso.

Elara, l'ufficiale addetto alle comunicazioni aveva cominciato a sparare contro tutti i suoi colleghi per poi posare lo sguardo soddisfatto sullo stesso Scott.

"È assurdo che due delle tue mogli siano Aeternus. È proprio vero che siamo attratti uno dagli altri" disse avvicinandosi e continuando a puntargli contro la sua arma.

"Chi sei?" domandò Scott mentre rivoli di sudore freddo gli colavano lungo la schiena.

"La domanda giusta è chi ero, mio dolce avventuriero" disse con un sorriso perfido adoperando il vecchio soprannome.

"Vivien!" esclamò sconvolto. Il mondo era impazzito. Non c'era altra spiegazione. "Sei anche tu una halydiana?"

"Io non sono mai stata una halydiana, sono nata sulla Terra come te, ma sono un Aeternus, come Layla, Adhana e te" disse facendolo trasalire. "È questa la verità che la tua amata ti ha taciuto."

"Com'è possibile?"

"È una storia che si perde nella notte dei tempi. Fortunatamente questo – disse togliendo dal collo dell'uniforme un ciondolo a forma di ragno – mi ha protetto, impedendo a quelle due di leggere la forma della mia anima. Aran lo aveva detto che Dana ci avrebbe seguiti anche bordo della Yside, ma non credevo che una creatura leggendaria come lei si potesse infatuare di un uomo insulso come te."

"Tu sei uno degli agenti di Aran?" domandò Scott ignorando le sue offese.

"Per quale motivo credi ti abbia sposato? Dovevo avvicinarmi ad Erik e risvegliare il mio signore, ma l'arrivo di quella dannata halydiana ha reso vani tutti i miei sforzi. Adesso però devo assolvere il mio ultimo compito" disse estraendo dalla tasca un detonatore. "Tutti i folli che ti hanno seguito in questa guerra moriranno con te. E la stessa cosa accadrà sull'altra nave. Con la Liverna e le due navi superstiti delle Rotte Oscure, saremo inarrestabili. L'Unione Galattica sarà nostra" disse azionando il detonatore.

Scott si aspettò di sentire delle esplosioni, ma non accadde nulla.

Vivien rise della sua ingenuità.

"La nave mi serve, ma il suo equipaggio no. E in quanto a te, amore mio, sarà un vero piacere ucciderti di persona."

In quel preciso momento Scott sentì la mano di Layla sulla sua. Era calda.

Vivien sparò, ma la donna usò tutto il suo peso per gettare Scott a terra e schivare il proiettile, usando la plancia di comando come scudo.

"Suppongo che sia Vivien" disse rivolta al compagno.

"Sei tornata!" esclamò felice nonostante fossero sotto tiro.

"Te lo avevo promesso. – rispose posandogli un rapido bacio sulle labbra – Tu pensa alla Liverna, io mi occuperò di lei."

Scott annuì e i due si separarono. Layla girò intorno alla plancia di comando. Vivien non si era mossa per andare a cercarli, ma era rimasta ferma nella sua posizione di vantaggio. Sapeva che Scott non era armato, nessuno portava armi nella sala di comando.

Layla si gettò su Vivien che non esitò a sparare di nuovo. Un proiettile la colpì all'addome, e un altro alla spalla, ma la donna non sembrò accorgersene.

"Com'è possibile?" Vivien era incredula.

"Sono morta molte più volte di chiunque di voi. So come padroneggiare il dolore" disse Layla con un sorriso trionfante.

Con poche agili mosse la disarmò e le puntò contro la sua stessa arma.

"Ora Scott, fai fuoco!"

L'uomo si sedette al posto di comando e passò il controllo delle armi alla sua plancia. Fece fuoco con tutto l'arsenale di bordo.

L'Yside così come tutte le navi delle Rotte Oscure era una nave gigantesca, ma sembrava piccola al cospetto della grandiosa Liverna.

Il capitano sapeva che non sarebbe mai stato in grado di distruggerla, ma colpire i motori l'avrebbe paralizzata.

Layla si rese conto che qualcosa non andava non appena l'aria assunse un odore strano.

Posò lo sguardo sulla nuova Vivien che sorrideva soddisfatta.

"Veleno! – le fece notare Vivien divertita – Ci ha messo un po' ma è arrivato fino a qui."

Senza pensarci due volte Layla gli sparò in mezzo agli occhi.

Si precipitò accanto a Scott che aveva cominciato a tossire sangue. Afferrò il suo volto fra le mani e lo costrinse a guardarla in faccia.

"Adesso ascoltami, puoi trasmigrare anche tu. Se senti la tua essenza separarsi dalla carne lascia che accada. Pensa a Lamia, all'hangar di Erik. Ci sono i replicanti di Adhana laggiù. Prendine uno, anche se non lo sentirai tuo, prendine uno. Io ti creerò un nuovo corpo simile al tuo e ti aiuterò a trasmigrare, ma ascoltami bene, devi assolutamente entrare in uno dei replicanti di Adhana."

Scott continuava a tossire sangue, ma annuì.

Layla si rese conto che anche il suo corpo era danneggiato e che le ferite che aveva subito la stavano dissanguando. Era riuscita ad ignorare il dolore perché aveva allentato la presa della sua anima sul corpo quel tanto che bastava per poterlo sfruttare fino alla fine.

"Ti troverò!" ripeté prima di accasciarsi al suolo.

Scott continuava a tossire, ma nel frattempo l'equipaggio della Liverna si era ripreso dall'attacco a sorpresa e rispose al fuoco. Un violento scossone fece tremare ogni cosa, mentre gli allarmi della nave suonavano impazziti. Uno dei motori era stato colpito.

Con le ultime forze Scott programmò il ritorno sulla Terra. I cannoni della Liverna ripresero a fare fuoco, ma questa volta non centrarono il bersaglio, permettendo alla nave di allontanarsi.

Il capitano della Yside non si accorse neppure di morire. I legami con la carne si erano sfaldati, ma era così terrorizzato da non riuscire a muoversi. Cercò di concentrarsi sulle parole di Layla e pensò a Lamia e alla debole speranza che rappresentava.

I sistemi di sicurezza della capsula registrarono

un insignificante aumento della temperatura corporea. Il tracciato dell'elettroencefalogramma smise di essere piatto e la procedura per la sospensione del trattamento di stasi vegetativa si avviò in automatico. La temperatura venne gradualmente innalzata e il sangue venne riscaldato così come il liquido di stazionamento nel quale il replicante aveva riposato per tutti quegli anni. Quando i parametri vitali furono stabilizzati e Adhana riprese conoscenza la capsula si aprì permettendole di uscire. Tremante e infreddolita la ragazza arrancò i primi passi con il suo nuovo corpo ruzzolando malamente a terra. Violenti spasmi e profondi colpi di tosse l'aiutarono a liberarsi del liquido di stazionamento che ancora allagava i polmoni.

Il corpo nudo della nuova Adhana giaceva a bocconi su una pozzanghera di liquido gelatinoso e trasparente, mentre la ragazza in lacrime e furibonda batteva il pugno contro il pavimento. Aveva sentito qualcuno afferrarla e trascinarla fino alle capsule dove i suoi replicanti riposavano. Quella presenza l'aveva guidata di prepotenza dentro uno dei suoi replicanti costringendola a tornare ad una vita che non voleva. Senza Erik nulla aveva più senso.

Layla era nuovamente sulla Liverna. Decine e decine di replicanti erano davanti ai suoi occhi e non solo quelli. Il suo sguardo si posò sulle cisterne trasparenti contenenti il veleno delle vhe'sta. La sua mano fatta di energia accarezzò il freddo cristallo delle cisterne, mentre la rabbia, il dolore e il desiderio di vendetta decidevano per lei.

CAP. 39

Anno dell'Unione Galattica 852

Quello che aveva appreso sulla storia del suo mondo natale, sulla sua stessa specie, su Erik, Aran e persino Layla la lasciò spiazzata e confusa. La testa sembrava volerle esplodere. Si era accasciata sulla poltrona come se non avesse peso, cercando in qualche modo di emergere al di sopra della scioccante verità con la quale il suo mondo era stato completamente rivoluzionato.

"Vuoi che ti versi qualcosa di forte?" domandò Layla nel suo nuovo guscio, avvicinandosi con fare circospetto.

Adhana la guardò, ma i suoi occhi sembravano attraversarla, come se cercasse di vedere oltre la carne.

"Ho stravolto il tuo mondo, lo so. Per questa ragione ho evitato di dirti la verità sulla Yside. Tu eri felice e conoscere la verità su tutti noi ti avrebbe solo fatto del male."

Adhana deglutì a vuoto. Voleva bere qualcosa, ma dubitava potesse esistere qualcosa di così forte da riportarla con i piedi per terra.

"Adhana, lo so che tutto questo è troppo. Lo sarebbe persino per me se non lo avessi vissuto, ma adesso devi recuperare il tuo sangue freddo. C'è altro che devi sapere" disse e Adhana si domandò quale altra oscura verità la donna le avesse taciuto.

"Cosa?"

"Dopo aver guidato la tua anima nel suo nuovo guscio sono tornata sulla Yside. Vivien era lì, in un nuovo guscio. Indossava uno smorzatore, come il mio, per questo non sono riuscita a riconoscerla fino a quando non è stato troppo tardi. Ho capito chi fosse solo quando le ho viso puntare un'arma contro Scott. È stata lei a sterminare l'equipaggio della Yside. Ed è stata lei ad uccidere Scott. Accecata dal dolore sono tornata sulla Liverna. C'erano decine e decine di replicanti, anche replicanti di Erik."

A quelle parole Adhana sussultò.

"Erano replicanti realizzati da poco, quindi non credo che lui lo abbia davvero ucciso. Ha voluto che lo credessimo, ma…"

"Stai dicendo che forse…"

Adhana non aveva il coraggio di pronunciare quelle parole. Aveva paura della speranza in esse racchiusa. Non c'era stato un solo giorno in quegli anni in cui il suo cuore si fosse completamente arreso all'idea della morte di Erik. Ma, aveva imparato sulla sua stessa pelle il prezzo della speranza, e aveva cercato di soffocare in tutti i modi possibili quel desiderio impossibile che continuava a spezzarle il cuore.

Si accasciò sulla poltrona, svuotata.

Se Layla aveva ragione e Erik era ancora vivo perché non si era mai messo in contato con lei?

"Potrebbe essere suo prigioniero" disse la donna come se avesse letto nei suoi pensieri.

"Come possiamo scoprirlo?" domandò Adhana terrorizzata e al contempo determinata.

"Non lo so. In tutti questi anni non ho potuto occuparmi di Aran" disse abbassando lo sguardo.

Adhana la guardò confusa.

"Cos'è accaduto sulla Liverna. In quel giorno è successo di tutto e la guerra è finita." Poi la consapevolezza. "Sei stata tu…"

Layla sollevò il mento e abbassò le palpebre, mentre una lacrima clandestina scivolava sulla pelle del suo nuovo viso.

"Ho scelto uno dei tanti replicanti. Non c'erano solo quelli. C'era anche il veleno delle vhe'sta. Così tanto veleno e così tanto dolore. Non esiste modo di produrlo, serve il veleno di alcune specie ittiche di Halydor. Per questo credo che sia il prezzo che la gente di Seth abbia pagato per sapere dove fossi nascosta."

Adhana sbiancò. Il violento ricordo degli uomini di Seth che la strappavano con ferocia alla sicurezza della sua grotta. Il patibolo. Le frustrate e poi Erik…

Deglutì a vuoto.

"Cosa hai fatto con il veleno delle vhe'sta?" domandò atterrita ad una ritrosa Layla.

"Quello che mi ero ripromessa di non fare mai. Ho ucciso la mia gente, e ho ucciso gli alleati di Aran. Ho liberato il veleno dell'oblio ed il corodox, il veleno usato sulla Yside, nei condotti dell'aria. Sono morti tutti. Aeternus ed umani. Però, il veleno non è riuscito ad uccidere Aran, e nemmeno io, nonostante ci abbia provato. Prima di abbandonare la nave ho preso i resti di Erik e li ho sistemati in una navicella. L'ho programmata per raggiungere la Terra, così da impedirgli di poter usare ancora la sua identità. Il mondo doveva sapere che Erik Silver era morto."

"Perché non sei tornata subito da me? Perché hai aspettato quattro anni?" domandò Adhana scoprendo un sentimento che non voleva scoprire. La rabbia.

"Se avessi potuto lo avrei fatto. Lo scontro con Aran mi ha indebolita. Non sono riuscita a completare la trasmigrazione per mesi. Ogni volta che colonizzavo un nuovo corpo questo moriva nel giro di poche settimane. Persino questa identità ha i giorni contati. Il replicante che ho vissuto prima di questo è durato solo pochi giorni. La verità è che sto morendo, Adhana" le confessò pronta ad affrontare la realtà e le conseguenze delle sue scelte. "Sono come Scott, ma mentre lui si sta consumando senza un corpo, io lo sto facendo nonostante i miei replicanti.”

“Io non voglio perdere nessuno di voi due” disse con voce spezzata.

“Ho vissuto a lungo e, in mezzo a tanto dolore, ho conosciuto anche tanta gioia. Non ho rimpianti, se non quello di doverti lasciare troppo presto.”

I suoi occhi erano umidi per le lacrime che stava trattenendo.

“Sono così fiera di te e di quello che hai fatto in questi anni. Nessuno prima di te aveva avuto il coraggio di tornare in volo. Gli akenty erano morti e neanche lo sapevano, ma poi hanno visto te. Hanno visto una giovane donna prendere una nave vecchia e malridotta e spingerla ai confini della galassia, affrontando ogni genere di minaccia. Ovunque sei stata hai piantato il seme della speranza e gli akenty si sono destati e hanno seguito il tuo esempio. Si sono accontentati di qualunque tipo di nave e hanno ricominciato a viaggiare. Per questo ho voluto ricostruire la Lega degli Akenty, per te amica mia, perché solo tu meriti di guidarla.”

A quelle parole Adhana si commosse. Non credeva di aver fatto una cosa simile. Dal suo punto di vista la sua era stata principalmente una fuga dal dolore e dalla perdita.

“Io...” ma le parole le morirono in gola.

“Prima di consumarmi definitivamente volevo rivederti almeno un’ultima volta. Se poco fa non avessi percepito l’anima di Aran, mi sarei limitata a consegnarti le redini della Lega degli Akenty e sarei scomparsa senza svelarti la mia identità. Non volevo che piangessi la mia morte ancora una volta, non volevo farti soffrire ancora."

"Quanto tempo?" domandò Adhana ormai in lacrime.

"Non lo so, cambia sempre, ma ad ogni trasmigrazione mi sento sempre più debole. – confessò – Ma non sono l'unica. Anche Aran deve essere ridotto nelle mie medesime condizioni. Eppure, vedendolo poco fa ho sentito la sua forma. Non è stabile. Si sta logorando come la mia, ma qualcosa la nutre" disse asciugando le lacrime. Detestava gli addii, preferiva di gran lungo agire.

"Erik?" domandò colma di orrore.

"È l'unica spiegazione. E per farlo non deve essere molto lontano da lui."

"La sua nave?"

Eccola lì. La speranza. Bella e insidiosa.

"Sì! Ho chiesto ad Alysa Maddox di raggiungerci. È lei ad occuparsi delle operazioni di riparazione della nave di Aran."

"Credi che riuscirà a farci entrare?" domandò Adhana speranzosa.

"Non lo so, ma comunque vada, non sarai tu a farlo" puntualizzò Layla con un tono che non ammetteva repliche.

"Perché?" domandò ferita

"Perché comunque vada fra qualche giorno dovrò comunque abbandonare questo replicante. Fortunatamente nella mia nave ne ho anche un altro con un aspetto diverso. Posso bruciare l'identità di Jillian Pain, ma tu non puoi bruciare la tua" le spiegò.

Adhana strinse i pugni. La sua logica era inoppugnabile, ma non voleva comunque lasciarla andare da sola.

Layla lesse il conflitto sul suo volto. La strinse in un improvviso e sincero abbraccio.

"Tornerò e se ho ragione, non sarò sola."

Adhana si aggrappò a lei, lasciando che il dolore che per anni aveva tenuto segregato dentro il cuore potesse finalmente esplodere.

Quando Alysa Maddox le raggiunse, Adhana aveva in parte riconquistato il controllo delle proprie emozioni, anche se gli occhi arrossati tradivano il suo pianto.

Alysa la guardò confusa, ma fu Layla a prendere in pugno la situazione.

"Perdonami se ti ho chiesto di raggiungerci qui" disse la donna invitandola ad entrare.

"Nessun problema, ma non posso fermarmi a lungo. La navicella del generale Payton sta arrivando e presto dovrò iniziare i lavori di riparazione di quel rottame ambulante che chiamano nave" disse la ragazza.

"È proprio di questo che si tratta" disse Layla facendo accigliare la giovane.

"Non capisco!"

"Crediamo che mio marito sia prigioniero di

quella nave" continuò Adhana impaziente e agitata.

Alysa sobbalzò e spostò lo sguardo da una donna all'altra.

"Il generale è morto!" esclamò scandalizzata.

"Quello che hanno seppellito non era Erik" continuò Adhana. Quelle parole le scivolarono sulla lingua alleggerendo il peso che portava sul cuore. Da quanti anni desiderava dirle ad alta voce?

Non aveva nessuna certezza che le ipotesi di Layla fossero corrette, ma si fidava di lei, più di chiunque altro, nonostante tutto.

All'improvviso l'idea che presto l'avrebbe persa la colpì come una lama nel petto. Aveva già pianto la sua morte quando la Yside era scomparsa e quando l'aveva ritrovata solo pochi mesi prima. Aveva bruciato i suoi resti, ignara che anche lei fosse una halydiana.

Deglutì un groppo amaro.

"Adhana?"

Layla la guardava preoccupata.

"Tutto bene" disse cercando di allontanare quei pensieri oscuri dalla sua mente.

"Mi state dicendo che il generale è su quella nave?"

I vertici dell'esercito non avevano mai rivelato nulla in merito al tradimento del generale Silver. Renderlo pubblico avrebbe solo distrutto loro stessi e la loro fragile immagine pubblica, seriamente logorata da una guerra quasi persa. Avevano insabbiato la verità, continuando ad adoperare la leggenda del generale Silver e la sua morte per riguadagnare i consensi.

"Sappiamo solo che Payton non è chi dice di essere."

Alysa spalancò gli occhi.

"C'è sempre stato qualcosa di strano in quell'uomo. Qualcosa di oscuro. Credete che sia uno dei traditori?" domandò curiosa il giovane ingegnere.

"Sì! E crediamo che come tutti voglia impadronirsi del segreto della rigenerazione ultraveloce di Erik."

"Per questo si è innervosito tanto quando il suo capitano ha nominato un carico da portare via con loro" disse Alysa alimentando le speranze delle due.

"Cosa hanno detto di preciso?"

"Nulla di che. Il capitano ha accennato a questo carico, e il generale Payton si è subito innervosito" spiegò la ragazza. "Comunque anche se riuscissi a farvi entrare nella nave, non abbiamo abbastanza tempo per perquisirla. Il loro veicolo di soccorso sarà qui al massimo in un'ora."

Adhana guardò Layla in cerca di una soluzione.

"Vorrà dire che dovrò rubare la nave. Può volare?" domandò rivolta ad Alysa che la guardò allibita.

"Si, ma non andrà lontano, è abbastanza malmessa."

"Non mi serve portarla troppo lontano. Mi nasconderò e non appena la Yside lascerà la Terra mi farò dare un passaggio dai traghettatori, abbandonando la nave di Payton nello spazio. Lontano da qui avrò tutto il tempo di ispezionarla e cercare Erik. Non ci saranno comunicazioni di alcun genere, dovrai avvisare tu i traghettatori prima della partenza dalla Luna. – disse rivolta ad Alysa – E mi serve conoscere la rotta che seguiranno."

Alysa portò quella che una volta era stata Layla negli spogliatoi e le fece indossare una divisa da meccanico. Poi insieme raggiunsero l'hangar dove era ospitata la nave del generale.

Attraverso il suo Kom vide che l'equipaggio aveva già preso possesso degli alloggi temporanei che gli avevano assegnato nella zona residenziale. Restavano solo due guardie, che sorvegliavano l'ingresso della nave.

Layla estrasse un'arma dalle larghe tasche della tutta da meccanico.

"Adesso va! Non voglio che qualcuno sappia che sei coinvolta."

"Sei sicura di potertela cavare da sola?" le domandò la giovane preoccupata.

"Si, ma ho comunque un favore da chiederti. Resta con Adhana se puoi. La speranza può essere pericolosa quando si è da soli."

Alysa si limitò ad annuire e si allontanò prima che qualcuno potesse vederla.

Una volta sola Layla si avvicinò alla rampa di ingresso con passo sicuro.

Le guardie prontamente le intimarono di fermarsi, ma lei non ci pensò due volte a colpirli. Non li uccise, per quanto ne sapeva quelli potevano essere normali soldati e non alleati di Aran. Ma, si assicurò di metterli fuorigioco.

Senza indugi raggiunse la sala comandi.

Ancora prima di mettere piede al suo interno la sentì. Credeva fosse morta sulla Liverna assieme a tutti gli altri, ma invece... in qualche modo era riuscita a sfuggire alla sua vendetta, ma non sarebbe accaduto una seconda volta.

CAP. 40

La donna si accorse dell'intrusa ancora prima che questa stordisse le guardie. La vide sul monitor, la studiò con attenzione cercando di identificarla. Il suo volto non le diceva nulla, ma l'aspetto fisico era irrilevante quando si trattava di quelli della sua razza. Quando comprese che la sua meta era la sala comandi si preparò a riceverla. Si appostò dinnanzi alla porta con la pistola in pugno, pronta a fare fuoco.

La porta si aprì, scivolando sulla guida, emettendo un suono lieve, ma dall'altra parte non c'era nessuno.

L'ufficiale non si fece ingannare. Rimase ferma al suo posto, con l'arma puntata contro chiunque le si fosse parato dinnanzi. Attese con le braccia indolenzite dalla tensione.

Si rese conto di essere stata tratta in inganno quando sentì il freddo metallo di un'arma puntato alla base del collo.

"Girati lentamente" disse l'intrusa alle sue spalle.

La donna obbedì e nel voltarsi si rese conto della grata dell'areazione, alla sua destra era stata rimossa.

L'intrusa sorrise perfida.

"Ciao Vivien!" la salutò con un ghigno prima di colpirla con il calcio dell'arma in pieno volto e farla rotolare sul pavimento. "Credevo di essermi liberata di te sulla Liverna, ma evidentemente il destino ha complottato perché ti uccidessi con le mie stesse mani."

"Layla Reed! Sei venuta a vendicare quello stolto di Scott?" le chiese capendo al volo la sua identità.

Per tutta risposta Layla la colpì con un calcio in pieno stomaco spezzandole il respiro.

"Tu non sei degna di pronunciare il suo nome."

Vivien si contorse per il dolore, ma Layla non le diede il tempo di riprendersi che con abilità la intrappolò in una morsa soffocante.

"Dov'è Erik?" le chiese senza troppi convenevoli.

"È morto, non lo hai saputo?" disse con la voce spezzata.

"Se così fosse Aran non se ne andrebbe tranquillamente in giro, non dopo quello che gli ho fatto" disse strattonandole il capo all'indietro così da costringerla a guardarla negli occhi. Vivien non disse una parola, ma la sua resistenza non faceva che aumentare l'eccitazione di Layla che la fissava con lo sguardo di una predatrice.

"Ci sono altri modi in cui posso ucciderti. Non ho bisogno del veleno delle vhe'sta. Gli esperimenti che Aran ha fatto su di me, durante i decenni in cui mi ha tenuto prigioniera, hanno cambiato la mia anima. Mi ha trasformato in un mostro, un mostro in grado di uccidere i suoi simili. Quindi dimmi dove si trova."

Vivien deglutì a vuoto. Sapeva quello di cui Layla era capace.

Secondo i piani lei non sarebbe dovuta trasmigrare in uno dei replicanti della Liverna, ma avrebbe dovuto raggiungere gli agenti presenti sulle altre navi delle Rotte Oscure per coordinare le operazioni di recupero.

Lo aveva fatto, ma le cose non erano andate come aveva programmato. La Ruby, che non era mai tornata dal suo viaggio sulle Rotte Oscure, era ormai una nave deserta. Un malfunzionamento aveva liberato il veleno nei condotti prima del previsto. Non si era salvato nessuno e la nave era alla deriva nel vuoto cosmico.

La Ellevyn, nascosta non molto lontano dalla Yside, aveva ricevuto un messaggio di Scott, che informava tutti loro dell'imboscata appena subita. Quando il veleno cominciò a sterminare l'equipaggio anche sulla Ellevyn, il capitano prese la drastica decisione di far saltare la nave piuttosto che cederla al nemico.

In poche ore Vivien era morta ben tre volte, troppe per un Aeternus come lei, ma il ritardo con il quale aveva raggiunto la Liverna le aveva

435

salvato la vita. Non era riuscita a rianimare subito il suo nuovo guscio, perché troppo debole ed era rimasta rinchiusa all'interno della sua capsula, mentre il veleno delle vhe'sta uccideva chiunque altro sulla nave. Poi lo aveva visto, o meglio lo aveva sentito. Lei non possedeva il dono di Adhana, ma nonostante tutto aveva sentito la potenza di quelle anime che si affrontavano. Layla e Aran avevano lottato come nessun altro Aeternus poteva fare. Avevano bruciato la loro stessa essenza cercando di distruggersi l'un l'altro.

"È il mio ultimo guscio" la supplicò Vivien senza alcuna vergogna.

"Dimmi dov'è Erik e come ha fatto Aran ad usarlo per alimentarsi" la minacciò allora Layla. La pietà era lontana dal suo cuore.

"Lo tiene prigioniero nel settore quattro. Non so come faccia a nutrirsi di lui, so solo che ha un impianto di Femtoti ancorato al suo midollo" confessò Vivien nella speranza di comprare la sua stessa vita.

Per un attimo il ghigno malefico di Layla si addolcì, ma l'attimo il suo sguardo dopo divenne freddo e remoto.

"Ti avrei lasciato andare se le tue mani non fossero sporche del sangue di Scott."

Vivien deglutì a vuoto.

"Lo amavo anche io" disse mentre Layla le posava la canna della pistola sulla fronte. Sbuffo divertita.

"Tu non sai neanche cosa sia l'amore, sciocca ragazzina" disse lasciando cadere l'arma. Afferrò il suo volto fra le mani. "Per quello che gli hai fatto, per come hai giocato con il suo cuore meriti tutto quello che sto per farti."

Le navi traghetto arrivarono con la Yside due giorni dopo il furto della nave del Generale Payton e la partenza dello stesso. Secondo i video di sorveglianza a rubare la nave era stato il suo stesso capitano, chiaramente visibile ai comandi.

Questo escludeva i cantieri navali da qualunque tipo di responsabilità, ma Aran sapeva che non era stata Vivien a pilotare la nave lontano dalla Luna. Così come sapeva di aver perso l'unica cosa che lo teneva ancora in vita.

Nello stesso istante in cui la Yside raggiunse lo spazio aereo lunare, sulla Terra un vero e proprio esercito di avvocati notificava i nuovi membri del consiglio della Lega degli Akenty e le acquisizioni dei cantieri lunari a tutti gli organi competenti e a tutti i media del pianeta. Nessuno avrebbe potuto censurare la loro aperta ribellione.

Adhana riusciva solo ad immaginare lo scompiglio che la notizia aveva portato, sottraendo all'esercito preziose risorse.

Per sicurezza le palazzine dove erano ospitati i militari erano state messe sotto sorveglianza armata e una copia dei documenti, appena notificati all'esercito e a quanto restava del Consiglio Galattico, era stata fornita anche ai capitani delle navi presenti nei cantieri Maddox.

Adhana, in qualità di rappresentante della Lega degli Akenty e quindi degli stessi cantieri navali, era stato molto chiara, aveva fatto comprendere ai militari che in caso di problemi sarebbero stati allontanati e le loro navi sarebbero state sequestrate fino alla stipula dei nuovi contratti di appalto.

Layla vestiva ancora l'identità che precedentemente era stata di Vivien, ma aveva abbandonato l'uniforme militare in favore di un cambio d'abiti trovato nel suo vecchio appartamento. Adhana riuscì a riconoscerla solo grazie alla forma della sua anima. Con il cuore in gola la raggiunse, ignorando il resto dell'equipaggio giunto fin lì con la nave.

"Lui è…" non completò la frase perché l'espressione sul viso di Layla non indicava nulla di buono.

Adhana sentì mani invisibili serrarle la gola, mentre il castello di speranze che aveva suo malgrado edificato in quei due lunghi giorni le crollava letteralmente addosso.

"È complicato. Forse è meglio che tu lo veda con i tuoi occhi" disse Layla evitando di guardarla.

Adhana la seguì per i corridoi della Yside con il

cuore in gola. Al suo fianco c'era Jarod, giunto con il resto dell'equipaggio. L'uomo aveva dipinta in volto la stessa espressione di Layla.

La strana processione raggiunse l'ospedale della nave, ma prima di portarla nel polo diagnostico, Layla si bloccò sulla porta.

"Sei pronta?" le chiese.

No, non lo era. Layla non le aveva detto nulla. Non era riuscita a dirle nulla. Ci aveva provato ma le parole le erano morte sulle labbra ogni volta. Eppure Adhana annuì.

La porta venne aperta sull'orrore peggiore che avesse mai visto in vita sua.

Il corpo di Erik era tenuto sospeso in aria da contorte strutture metalliche che entravano ed uscivano dal suo costato. Sotto di lui una capsula, sicuramente destinata ad Aran.

Adhana si portò la mano alla bocca per bloccare l'urlo di orrore e sofferenza che sfuggì dai suoi polmoni.

La forma del mare che riempiva i suoi sensi era così debole che riusciva a stento a percepirla.

Senza rendersene conto cadde sulle ginocchia, mentre le lacrime le rigavano il volto.

Alysa, che aveva insistito per accompagnarla, si chinò prontamente al suo fianco, stringendola in un forte abbraccio. Non c'era altro che nessuno di loro potesse fare per lei.

CAP. 41

Adhana non riusciva a distogliere lo sguardo da quello che avevano fatto al suo Erik. Erano giorni che continuava a fissare quel groviglio di carne e metallo cercando il senso di tutto quello.

Reese e Layla stavano conducendo su di lui ogni possibile test, ma neppure loro sapevano come aiutarlo.

Fortunatamente quel complesso macchinario lo teneva costantemente sedato, o il dolore lo avrebbe spezzato prima ancora dell'orrore.

Il veleno delle vhe'sta che veniva parsimoniosamente iniettato nelle sue vene gli impediva di rigenerarsi e espellere quell'orrore.

"Dovresti riposare un po'" disse Alysa facendola trasalire. Non si era neppure accorta che la ragazza aveva preso il posto di Jarod al suo fianco.

"Non posso" si limitò a rispondere con gli occhi incollati sull'uomo che amava. L'unico aspetto positivo era che in quei pochi giorni la forza della sua anima era aumentata. Sicuramente perché Aran aveva smesso di nutrirsi di lui. Persino Layla se ne era resa conto, per questo non aveva ancora bloccato l'afflusso di veleno delle vhe'sta. Voleva che la forma dell'anima di Erik raggiungesse la sua solita intensità prima di costringerlo a rigenerarsi e liberarsi di tutto quello.

Anche se non poteva toccarlo, anche se non poteva stargli vicino, Adhana aveva bisogno di non perdere in alcun modo il contatto con la sua anima. La aiutava a non crollare, a non impazzire.

Percepire la forma del mare, significava sentire Erik.

"Perché gli hanno fatto una cosa simile?" domandò Scott comparendo misteriosamente accanto a lei.

Adhana trasalì, ma non rispose a quella domanda retorica.

In quello stesso istante Layla la raggiunse colma di ansia.

"È qui?" domandò con il cuore in gola.

Adhana si limitò ad annuire, mentre Alysa guardava le due donne confusa.

"Permetti?" domandò Layla avvicinando la mano a quella di Adhana. Pur non capendo la ragazza annuì e Layla l'afferrò.

"Puoi vederlo?" le domandò sorpresa.

"No, ma forse lui potrà vedere me" disse Layla colma di speranza.

"*Chi è?*" domandò Scott confuso rivolto ad Adhana. Fino a poco prima aveva visto solo il guscio di carne di quella donna, ora vedeva la sua forma energetica, così come vedeva quella di Adhana, ma la nuova arrivata era molto più luminosa e intensa.

"Non ti ha riconosciuto" disse Adhana preoccupata.

"Vero, che sciocca. Adesso vede il mio vero aspetto, non il guscio che indosso. Digli che sono io" disse Layla senza lasciarsi abbattere.

"E' Layla… questo che vedi è il suo vero aspetto e non il guscio che viveva sulla Yside."

Il volto di Scott si illuminò e un sorriso radioso si dipinse sulle sue labbra. Fino a poco prima aveva visto solo il guscio di carne di quella donna, ora vedeva la sua forma energetica, così come vedeva quella di Adhana.

"*È davvero una creatura leggendaria!*" esclamò Scott sfiorando con la mano il volto dell'amata.

Layla sentì come una lieve scossa sulla guancia e una lacrima abbandonò i suoi occhi.

"Ti amo Scott!" gli sussurrò con voce spezzata.

"*Ti amo meravigliosa Layla!*" ripeté l'uomo posandole un bacio sulle labbra che non poteva più sfiorare.

Fu in quel momento che la forma del mare svanì. Inizialmente nessuno e n'era reso conto, ma quando gli occhi di Scott si riempirono di orrore, Adhana capì che qualcosa non andava. Le ci vollero diversi secondi per accorgersi che Erik non era più lì. Persino Scott scomparve, più brusca-mente di come era solito fare.

Gli occhi sgranati di Adhana si posarono su quelli di Layla che impiegò qualche altro istante per capire, era troppo sconvolta da quanto appena vissuto.

"Erik!" esclamò spaventata la donna correndo, seguita da Adhana e Alysa, nella stanza al di là della parete di vetro.

"Non lo sento più!" urlò Adhana. Eppure il corpo dell'uomo si stava muovendo. Il suo sonno era stato bruscamente interrotto da remoto.

"Maledizione!" esclamò Layla quando le braccia metalliche che lo tenevano sospeso comincia-rono a muoversi frantumandosi in uno sciame metallico che andò a riempire la cavità addo-minale dell'uomo, che venne delicatamente ri-messo in piedi.

Occhi grigi, vuoti e senza anima, guardavano dritto davanti a loro, mentre il corpo nudo, metà carne e metà metallo avanzava lentamente verso Adhana.

Nessuno di loro aveva armi e quando quell'es-sere, con l'aspetto di Erik, afferrò Adhana non riuscirono a fermarlo.

La ragazza si dimenava nella sua stretta cer-cando di liberarsi, ma chiunque avesse preso il controllo del corpo di Erik non aveva intenzione di lasciarla andare. La stringeva con prepotenza, trascinandola di peso fuori dalla nave. Le guardie dei cantieri lunari provarono a fermarlo, ma non gli spararono contro, per timore di ferire Adhana. Continuavano a tenerlo sotto tiro e quando qualcuno provò ad avvicinarsi, l'uomo lo fermò e disarmò usando un solo braccio.

La strana creatura scaraventò Adhana nel primo caccia che si trovò dinnanzi e posò la mano sul pannello di controllo. Attraverso la pelle trasparente, Adhana vide il flusso di Femtoti trasmigrare verso il caccia.

Qualcuno sparò e la creatura si accasciò a terra, senza più vita.

L'abitacolo del caccia si richiuse e il veicolo si accese da solo. Adhana provò a fermarlo, cercando di bypassare il controllo dei Femtoti, ma ricevette una potente scossa elettrica che la tramortì.

CAP. 42

Adhana si destò in una stanza completamente buia. Era legata mani e piedi ad una poltrona sotto lo sguardo soddisfatto di Aran, che continuava ancora a vestire l'identità di Payton.

L'odio antico, la forma della sua anima, riempiva i sensi della donna, nauseandola.

"Dove sono?"

L'uomo sorrise.

"Sulla Liverna, dovresti riconoscerla, visto che sei già stata qui. – le fece notare – Per colpa della tua sciocca infatuazione per Erik sei riuscita a trovarlo e Dana ha trovato te, anche se non so come. Sai cosa ha fatto dopo che Vivien ha ucciso l'equipaggio della Yside? È migrata qui, sulla Liverna. Ha usato la mia scorta di veleni, nebulizzandoli nei condotti dell'areazione, così come Vivien ha fatto sulla Yside. La maggior parte dei miei alleati si trovava qui, su questa nave. Li ha uccisi tutti, senza alcuna pietà."

Almeno adesso sapeva dove si trovava. La Liverna non era mai stata ritrovata dopo la fine della guerra.

"Cosa ti aspetti, che la biasimi e provi pietà per i tuoi morti?" domandò sprezzante Adhana.

"Sei solo una ragazzina, una ragazzina fastidiosa. La tua Lega degli Akenty ha creato uno stato dentro lo stato. Coloro che fino a poche settimane prima erano pronti a creare una nuova Unione Galattica adesso sono pronti a voltarmi le spalle. Sei stata una spina nel fianco sin dal tuo maledetto primo incontro con Erik. Devo ammettere, però, che mi hai insegnato qualcosa che avevo sempre sottovalutato. La vera forza dell'Unione Galattica non è l'esercito, ma gli akenty."

Adhana lo ascoltava raggelata.

"È una regola vecchia come il mondo" commentò cercando di nascondere la paura.

"Ho un patto da proporti. Ti donerò il tuo Erik, ma in cambio tu mi darai la compagnia commerciale, la Yside e il tuo posto nel consiglio della Lega degli Akenty."

Adhana sussultò.

"È ancora vivo?"

"Usavo il suo corpo per guarire il mio. Lo tenevo incosciente perché il processo rigenerativo era troppo doloroso per lui."

"Bugiardo!" esclamò Adhana sfidandolo con lo sguardo. "Lo tenevi prigioniero perché avevi paura di lui. Hai colonizzato il suo corpo per decenni e conoscevi l'immensità del suo odio nei tuoi confronti. Così, come sapevi che Erik ti avrebbe fatto a pezzi con le sue stesse mani. E adesso vieni a dirmi che vuoi ridarmelo quando sappiamo entrambi che lui non c'è più. Ho sentito la forma della sua anima liquefarsi."

Aran la osservava sorpreso. Non si aspettava una simile freddezza.

"Ho sempre invidiato questa particolare abilità che solo alcuni di noi posseggono. Eppure possiamo affermare che è una sorta di senso, e sappiamo bene che i sensi possono illuderci."

Le sue parole erano forvianti e Adhana sapeva che Aran era bravo ad usare le parole per ingannare. Ti lasciava guardare in una direzione, ma solo per nascondere quello che voleva celare nell'altra. Era caduta vittima della sua furbizia già una volta. Non avrebbe commesso nuovamente il medesimo errore.

"Vuoi la Yside e la Lega? Porta Erik davanti a me e potremo parlarne" disse spiazzandolo.

"Sei diventata più scaltra" osservò divertito, ma dentro di sé sentiva il panico montare. I Femtoti avrebbero dovuto far trasmigrare Erik verso il replicante che aveva preparato per riceverlo, ma quel replicante era ancora vuoto. Forse il dono dell'uomo non era forte abbastanza per garantirgli una seconda trasmigrazione.

Non ricordava molto della sua prima trasmigrazione, anzi non ricordava neppure di averla compiuta, questa volta però fu diverso.

Sentì i legami fra la carne e il vero sé stesso che lentamente si indebolivano, fino a sfaldarsi completamente. All'improvviso il vincolo rappresentato da un corpo fisico venne a mancare e si ritrovò libero, in un mondo dove i suoi sensi vennero aggrediti con una ferocia tale da lasciarlo paralizzato.

In quel mondo fatto di emozioni e sensazione violente, i suoi occhi si incollarono a quelli di Scott Norton.

Cosa stava accadendo?

Perché il suo migliore amico si trovava lì, e cos'erano quei fili iridescenti che lo legavano ad Adhana?

Erik lo guardò confuso, mille domande affollarono la sua coscienza, ma non ebbe tempo di porne nessuna. Qualcosa lo afferrò con violenza, cercando di trascinarlo lontano da lì.

La mano di Scott afferrò la sua, impedendo a quel vortice di energia di trascinarlo via. Arrancando, Erik si aggrappò al braccio dell'amico con la mano libera, mentre la paura gli impediva di ragionare con lucidità.

"Non mollare la presa!" gli ordinò Scott, afferrandolo anche con l'altra mano.

"Che sta succedendo?" domandò allora Erik terrorizzato.

"Nulla di buono amico mio."

Mentre Scott ed Erik, lottavano contro la potenza del vortice, Adhana veniva rapita e rinchiusa nel caccia. Per tutto il tragitto, Scott lo aveva tenuto stretto, impedendogli di essere risucchiato da quella forza violenta, ma quando arrivarono sulla Liverna la potenza del vortice aumentò.

Scott era esausto. La sua figura, prima nitida, stava cominciando a sbiadirsi.

"Devo dire ad Adhana che sono qui" disse Erik recuperando l'uso della ragione. Lui e Scott erano nella loro forma di anime, e Adhana poteva sentire le anime e forse poteva aiutarlo.

"Lo farò io" disse Scott in un grugnito. *"Lei può vedermi."*

"Lasciami andare Scott" lo esortò Erik, rendendosi conto che l'amico si stava indebolendo.

"Cosa vuoi fare?" domandò preoccupato il capitano.

"Seguire la corrente."

Scott non lo lasciò andare, anzi, la sua stretta si fece più intensa.

Erik lo guardò stupito.

"Allora, questo è un addio amico mio" disse colmo di sofferenza.

"Non è un addio. Qualunque cosa sia accaduta Adhana e Layla troveranno il modo..." ma l'espressione sul volto di Scott fermò quelle che, si rese conto, erano solo parole vuote.

"Non c'è un modo. Sono morto e ora mi sto consumando" disse semplicemente il capitano con quel suo sorriso amaro.

"Non può finire così!" protestò colmo di dolore.

"È già finita. Quattro anni fa. Questo è solo un lento ed inevitabile epilogo, ma non abbiamo altro tempo da perdere. Va e salva la tua Adhana" lo sollecitò il capitano allentando la presa.

Il vortice di energia lo risucchiò trascinandolo lontano da Scott che gli sorrideva, un sorriso amaro e colmo di sofferenza.

"Addio Scott!" mormorò mentre il vortice lo trascinava attraverso il labirinto di corridoi conducendolo in una sala, dove alcune capsule criogeniche, con alimentazione indipendente nascondevano diversi replicanti, fra cui i suoi.

Il vortice era generato da uno di quei replicanti. Lo stava chiamando a sé. Aran voleva nuovamente intrappolarlo.

Erik cercò di contrastare quella forza che voleva risucchiarlo, ma non poteva ancorarsi a nulla. Non c'era modo di fuggire a quel destino. Stava per soccombere quando una mano fatta di energia lo afferrò sbattendolo con forza e irruenza in un altro replicante del generale Silver.

Erik provò ad ancorarsi a quella carne, ma non ci riusciva. Il vortice voleva portarlo dentro l'altro corpo.

"Resisti!" disse l'altra anima. Un'anima femminile.

Erik la vide colonizzare uno degli altri replicanti. Non appena la capsula si aprì la donna corse verso il replicante alterato, correndo il rischio di inciampare nel liquido di stazionamento che ancora colava dal suo stesso corpo. Raggiunse il replicante che voleva risucchiarlo e lo uccise servendosi di un comando sul pannello di controllo.

Non appena il replicante morì il vortice svanì a sua volta, ed Erik sentì la sua anima legarsi al nuovo corpo. I suoi parametri vitali sbloccarono la capsula permettendogli di accasciarsi al suolo e tossire per liberare i polmoni dal liquido che li aveva ossigenati fino a quel momento.

Anche la donna era accasciata al suolo, senza quasi più forze.

"Chi sei?" le domandò sollevandosi faticosamente in piedi e afferrando una delle tante uniformi impilate sopra uno scaffale.

Aran cercava di capire quale fosse il gioco di Adhana. Le aveva proposto l'unico scambio che credeva avrebbe smontato le sue difese, ed invece lei se ne stava lì in attesa di una sua risposta. In attesa di una prova.

"Stavi vincendo" disse Adhana prendendo il controllo della situazione. "Avevi tutti in pugno, ma ti sei lasciato guidare dal desiderio di vendetta. Hai ragione, Layla o Dana, come preferisci chiamarla, ti ha trovato a causa mia. A causa di quello che tu mi hai fatto. L'uomo che avevi mandato ad uccidermi mi ha solo costretto a trasmigrare. Aveva il veleno delle vhe'sta, ma non ha fatto in tempo a somministrarlo. Una volta migrata ho raggiunto Erik, o meglio il suo vecchio guscio. È stato il mio dolore, l'urlo della mia anima, ad indicare la giusta direzione a Layla. Se non fosse stato per lei sarei rimasta ancorata al corpo di Erik fino a consumarmi. Sei stato sconfitto da quella che definisci una stupida infatuazione. Se non ti fossi preso Erik, io non avrei avuto bisogno di cercarlo. Se non avessi ucciso Scott, Layla non avrebbe sterminato i tuoi uomini. Tanto vecchio eppure tanto stupido. Accecato dalla cupidigia, hai trascorso la tua lunga esistenza ad inseguire qualcosa di effimero come il potere. Per farlo hai rinunciato a tutto, mi sembra giusto che tu sia stato sconfitto da coloro a cui hai portato via ogni cosa."

"Sconfitto?" ringhiò Aran avvicinandosi pericolosamente a lei. "Sei tu quella legata e prigioniera" le fece notare.

"No! Io non sono mai stata tua prigioniera" disse con un sorriso radioso che le illuminava il volto. I suoi occhi guardavano oltre Aran e il suo cuore batteva così forte da rimbombarle nelle orecchie.

Il suono di passi provenienti dal corridoio alle sue spalle, lo fece voltare di colpo. Un colpo di pistola ferì Aran alla spalla facendolo inginocchiare al suolo.

Erik emerse dalle tenebre come un dio vendicatore. Il suo sguardo gelido trapassava Aran a parte a parte, facendolo sentire perso, insignificante.

"La tua storia finisce qui" disse avvicinandosi al nemico che si reggeva la spalla ferita.

Adhana sentiva il mare riempire nuovamente i suoi sensi e per un attimo le sembrò di annegare nella potenza dell'anima di Erik, adesso così forte e immensa.

"Non puoi uccidermi. Sono secoli che ci provano senza alcun risultato" gli ricordò Aran alzandosi in piedi e fronteggiandolo senza alcun timore.

"Non sarà lui a farlo!" esclamò una nuova voce proveniente dal corridoio.

"Layla!"

La donna sorrise.

Indossava ancora un corpo simile a quello che aveva avuto Vivien quando l'aveva uccisa sui cantieri lunari.

"Dana!" esclamò Aran, il cui volto si rabbuiò. "Ma come..."

"Forse tu non lo sai, ma il mio Scott è legato ad Adhana. – disse Layla – Mi è bastato raggiungere lui per trovarvi. E fortunatamente questa nave conserva molti replicanti."Mentre Erik continuava a tenerlo sotto tiro, Layla gli si avvicinava pericolosamente.

Con un gesto pacato, Layla, posò la mano sull'arma puntata contro Aran. La donna fece un cenno ed Erik abbassò la pistola e raggiunse Adhana, liberandola dalle sue catene. La strinse in un forte abbraccio, mentre lei gli si aggrappava con tutta sé stessa.

La ragazza sfiorò il volto tanto amato per capacitarsi di non stare sognando, e quando Erik le rubò un bacio tutte le tenebre che per anni l'avevano tenuta prigioniera si disciolsero, lasciandola finalmente libera di respirare.

Erano di nuovo insieme.

"Tu credi che io sia il mostro?" domandò Aran spaventato rivolto verso Adhana. "Il vero mostro è lei! – era infervorato – Lei poteva cambiare le cose su Halydor. Ne aveva la competenza e la tecnologia. Ma ha preferito lasciare perdere. Ha lasciato che le madri uccidessero le loro figlie vhe'sta, e tu eri una di loro." La sua disperazione era evidente. Trasudava dalle sue stesse parole.

Adhana sorrise, un sorriso amaro.

"Lo so, me lo ha già confessato" ammise. Avrebbe dovuto odiarla per quello, ma adesso che conosceva la storia del suo mondo, sapeva anche che non aveva avuto altra scelta. Il sacrificio di pochi per la sopravvivenza di molti. Il sacrificio della sua sorellina, per decine di altre vite. Le spezzava il cuore, ma non c'erano compromessi. Non c'erano mai stati. Adesso lo sapeva. Adesso capiva il dolore negli occhi di sua madre. La ferrea disciplina che impediva di amare le vhe'sta. Capiva, ma non poteva perdonare.

"Un giorno la perdonerai e perdonerai te stessa per essere sopravvissuta al tuo destino di vhe'sta, alla guerra e tutti noi."

Gli occhi di Adhana si ancorarono all'ombra di Scott Norton. Era la prima volta che le parlava dei segreti nascosti nel suo cuore. Segreti che lei non aveva mai condiviso con nessuno.

"Ma quel giorno io non sarò con te" le disse facendole irrimediabilmente comprendere che quella coscienza di sé era solo il preambolo di un addio.

"Cosa significa, Scott?" domandò agitata, mentre Erik si voltava confuso verso di lei.

"Finisce qui, ragazzina. Non ho più nulla da insegnarti. Questo è il mio addio. Voglio trascorrere il tempo che mi resta con la donna che amo. Non sarà molto, ma sarà tutto."

Adhana posò lo sguardo su Layla che annuì. Capì che durante la sua trasmigrazione doveva essere riuscita a comunicare con lui.

"Sei stato più di un maestro" confessò fra le lacrime. "Sei stato un padre e io non te l'ho mai detto."

L'uomo le sorrise.

"Lo hai fatto ora. Tu sei stata la figlia che non ho mai avuto. La mia erede. Lasciati tutto questo alle spalle, ragazzina. Tu sei destinata alla grandezza, lo so. Prendi la tua nave e torna sulle Rotte Oscure. Scopri nuovi mondi e crea nuove leggende" le disse sfiorandole il volto con una carezza.

"Non voglio..." cercò di fermarlo. "Non voglio che finisca così."

"Io e Scott siamo condannati, è solo una questione di tempo. Anche Aran lo è, ma non gli lascerò il tempo di salvarsi ancora" disse Layla deglutendo un groppo amaro. Non le piacevano gli addii.

L'abbracciò un'ultima volta, stringendo fino a farle male, poi di scatto l'allontanò da sé, quasi lanciandola verso Erik.

"Portala via da qui. Mettetevi in salvo" disse infine rivolta all'uomo.

Mentre Erik la trascinava lontano da lì, Adhana si voltò un'ultima volta per incontrare il sorriso di Layla, l'espressione sconfitta di Aran e Scott che sembrava nuovamente perso nelle memorie della sua vita passata.

Avevano raggiunto l'hangar principale, quando il mondo intorno a loro tremò. Una densa massa di energia sembrò soffocarli.

La forma dell'anima di Layla divenne così intensa che Adhana riuscì a sentirla persino da quella distanza. Inglobava la forma di Aran, il suo odio antico. Adhana lo sentì divorarlo, così come sentì l'angoscia, il terrore e il dolore di Aran.

Rimase senza fiato, incapace persino di respirare.

Durò solo un'istante, ma le sembrò un'eternità.

L'anima di Layla si affievolì fino a svanire, trascinando con sé quella di Scott che si separò definitivamente da lei. Quel legame che per anni, era stato come una calda coperta sulle spalle, svanì, lasciandola sola in mezzo al gelo.

Terrorizzata Adhana sfuggì all'abbraccio di Erik e corse tornando sui suoi passi.

Quando li raggiunse tutto ciò che trovò furono i cadaveri di Aran e Layla riversi a terra.

Nessuna forma dell'anima riempiva i suoi sensi.

Era tutto sparito. Il labirinto. La tempesta. E persino l'odio antico.

Adhana si accasciò al suolo accanto all'ultimo guscio di Layla. Le sue mani tremanti lo sfiorarono e il suo cuore si spezzò un'altra volta, così com'era accaduto quattro anni prima. Così com'era accaduto quando aveva trovato i loro cadaveri sulla Yside appena recuperata. Credeva di aver versato tutte le lacrime possibili per Scott e Layla, ma il suo cuore non era d'accordo con lei e continuava a piangere e sanguinare ancora.

Si sentiva sola e perduta così come era accaduto quattro anni prima. Eppure il mare tornò a riempire i suoi sensi e Erik si chinò accanto a lei.

Adhana si perse nel suo sguardo.

"Mi spiace, lo so che dovrei essere felice e lo sono. Sei di nuovo qui e io sono davvero felice, ma sono anche distrutta. Se ne sono andati e questa volta se ne sono andati per sempre" disse rifugiandosi sul suo petto per piangere.

Erik la strinse con forza, non c'era altro che potesse fare.

CAP. 43

F u Patrick in persona a recuperali. Era stata Layla a comunicare ai cantieri lunari la loro posizione, subito dopo la trasmigrazione.

Erik trasalì nel vederlo. Le sue cicatrici, la sua gamba rigida. Non era quello l'uomo che ricordava.

Adhana si era addormentata stremata e questo aveva dato modo ai due uomini di parlare. Patrick aveva raccontato ad Erik cos'era accaduto dopo l'agguato sulla Hawke e nei successivi quattro anni. Erik aveva ascoltato in silenzio senza interromperlo. Persino quando gli aveva parlato di Ian, era rimasto prigioniero dei suoi pensieri.

Adhana raggiunse Erik al capezzale di Ian, ancora perso nel suo sonno senza sogni.

Si avvicinò silenziosa e posò le mani sulle spalle del marito, per poi abbracciarlo.

"Mi spiace che il mondo che hai trovato non sia lo stesso che hai lasciato" gli sussurrò.

Erik posò le mani su quelle della ragazza e le strinse appena.

"Grazie per aver lottato per lui" disse con voce rotta dalla sofferenza.

"Ma non è stato abbastanza" ammise con il cuore pesante.

"Tu e Patrick ci avete provato. Ma il medico ha detto che non resterà così stabile ancora a lungo."

"Cosa vuoi fare?" domandò Adhana colma di orrore.

"Non lo so! La verità è che non so più nulla" confessò disperato.

Adhana gli girò intorno e afferrò il suo volto fra le mani.

"Ho visto il tuo cadavere sulla Liverna e mi stavo lasciando morire accanto a lui. Se Layla non mi avesse trascinato di peso in uno dei miei replicanti sarebbe stato quello il mio destino. Eppure contro ogni la logica tu adesso sei qui, davanti a me. Non possiamo arrenderci con Ian, non ancora."

Erik sospirò.

"Allora aspetteremo, ma non voglio farlo soffrire inutilmente."

"Non lo faremo."

Erik la trascinò sulle sue gambe solo per potersi perdere nel suo sguardo.

"Patrick mi ha raccontato cos'è accaduto in questi anni, ma era la sua versione. Voglio ascoltare anche la tua. Voglio sapere ogni cosa."

E Adhana gli raccontò ogni cosa. Gli parlò della sua vita durante la guerra, di come il legame fra lei e Ian fosse diventato più forte durante la sua assenza. Del viaggio della sua anima su Halydor, delle parole di sua madre. Gli raccontò di come Patrick l'avesse contattata, dell'attacco, del lungo mese trascorso in ospedale e dell'uomo che Aran aveva mandato per ucciderla. Gli narrò della fuga dalla carne e del viaggio fino alla Liverna. Raccontò di Layla che l'aveva salvata da sé stessa e di Scott che intanto moriva sulla Yside. Era stata Layla a dirgli di raggiungere uno dei suoi replicanti per prenderne possesso ma, il dono di Scott non era forte abbastanza per completare la trasmigrazione, per questo si era legato a lei.

A quel punto Reese li interruppe. Aveva bisogno di visitare Ian. Così i due si spostarono nell'appartamento assegnato ad Adhana, dove la ragazza riprese il suo racconto. Gli parlò della fine della guerra e dei suoi funerali di stato. Di come si fosse accorta che Scott era un'ombra che solo lei poteva vedere, dei suoi saggi consigli e dei tre lunghi anni trascorsi in viaggio con l'Electra. Gli narrò della disperata fuga dai pirati che le era costata la nave. Gli parlò della Yside, di come l'avevano ritrovata, dei cantieri navali e della rinascita della Lega degli Akenty. Gli raccontò dell'incontro con Layla e delle ultime parole di Scott.

Parlò fino a quando la gola non si inaridì e la

voce le venne meno. Erik l'ascoltò con lo stesso religioso silenzio con il quale aveva ascoltato Patrick.

"Tu non ti sei mai arresa" le disse con il petto colmo di orgoglio. "Tu non ti arrendi mai ed è questo che amo di te."

Adhana sorrise. Il primo sorriso dopo gli avvenimenti sulla Liverna.

"Sei stato tu ad insegnarmi a non farlo, quel giorno... sulla scogliera."

Erik sorrise a sua volta ripensando al loro primo incontro.

"Sono consapevole che per te sono trascorsi troppi anni da quando... – non riusciva a terminare quella frase, così provò in un altro modo – Il mio mondo si è fermato a quel giorno sulla Hawke. Tutto quello che tu hai vissuto appartiene ad un tempo che io non ho vissuto, per questo i miei sentimenti sono fermi a quei giorni. Ma altri giorni si sono sommati a quelli, e tu mi credevi morto..."

Come poteva dirle quello che desiderava dirle, quando la confusione rendeva ogni discorso privo di senso?

Adhana afferrò la sua mano portandosela alle labbra.

"Non ho mai smesso di essere tua moglie e i miei sentimenti non sono diversi da quelli di quei giorni" disse correndo in suo soccorso.

Erik la guardò diviso fra lo gioia e l'incertezza, ma Adhana, stanca di aspettare si impossessò delle sue labbra, per trascinarlo nuovamente nel suo mondo.

Le braccia di Erik la cinsero con possesso e lei dimenticò ogni cosa. La lontananza, il dolore e ogni solitudine bruciò nel fuoco dei loro corpi avvinti e bisognosi l'uno dell'altro. Era un lento ritrovarsi, un lento riscoprirsi. Un lento legarsi nuovamente l'uno all'altra.

Non riusciva a distogliere lo sguardo dal volto di Erik, serenamente addormentato al suo fianco. Per quanto tempo si era destata in un letto vuoto?

Sospirò, scoprendo che quel peso in fondo al cuore, che aveva reso doloroso ogni suo respiro, non c'era più.

Con le dita sfiorò i lineamenti del volto che aveva tormentato i suoi sogni. Senza aprire gli occhi Erik afferrò le sue dita solo per portarsele alle labbra.

"Quando ero sulla Liverna, prima della Hawke non facevo altro che pensare a te sola a Alycion. Mi odiavo per averti lasciato, per aver continuato la farsa del generale Silver, spingendomi fino a quel punto. Ma non commetterò più quell'errore" disse posando i suoi meravigliosi occhi grigi su di lei.

"Cosa vuoi fare?" gli domandò.

"Cambiare. Non posso restare così, mi ricono-scerebbero" disse l'uomo. "Sulla Liverna c'erano diversi replicanti. Potremmo usare uno di quelli, ma dovrai aiutarmi tu, sempre se puoi accettare che cambi il mio aspetto."

"Cambiare aspetto..." ripeté pensierosa.

"Non vuoi?" le chiese ansioso l'uomo.

"Non è questo. Credo che tu abbia ragione. Lasciarci Erik Silver alle spalle è la migliore delle soluzioni. Quello che mi preoccupa è il processo per farlo. Tu sei diverso da me. Non so se sarò in grado di spezzare i legami fra la tua anima e il tuo corpo."

"Aran ha usato il veleno delle vhe'sta per farlo. È stata Layla a dirmelo, subito dopo avermi fatto trasmigrare in questo corpo. E sulla Liverna ce n'è ancora una piccola scorta."

"I mille misteri di Layla..." mormorò Adhana con una nota melanconica. "Se dobbiamo farlo sarà meglio farlo subito, prima che qualcun altro ti veda."

In quel preciso momento qualcuno bussò alla porta dell'appartamento. Adhana indossò la vestaglia da camera e andò ad aprire.

Si trattava di Jarod.

"Ti cercano" farfugliò indicando un uomo quasi al termine della gioventù genica.

Adhana lo riconobbe subito, era uno degli avvocati che avevano stilato i contratti di acquisizione dei cantieri navali.

"Mi spiace disturbarla capitano. Ma il capitano Pain mi ha lasciato precise disposizioni di recapitarle questo al suo ritorno" disse passandole un voluminoso plico.

Adhana lo afferrò e guardò l'uomo confusa.

"Di cosa si tratta?"

L'uomo scrollò le spalle e le passò il Kom da firmare con i suoi parametri biometrici.

Erik che nel frattempo si era rivestito la raggiunse non appena la porta venne chiusa.

"Cos'è?" domandò sorpreso.

"È di Layla!" esclamò sorpresa quanto lui. "Vado a mettermi qualcosa, tu intanto aprilo" disse passandoglielo.

Erik posò il plico sulla scrivania e spezzò il sigillo. Al suo interno erano custoditi decine e decine di volumi in carta sintetica.

L'uomo ne prese uno a caso e cominciò a sfogliarlo con interesse. Quando Adhana tornò, si rese conto che Erik era profondamente turbato.

"Cosa sono?" domandò preoccupata.

Erik mosse le labbra, ma non ne uscì alcuna parola. Dovette fare un altro tentativo per ritrovare la voce.

"Sono i protocolli e i brevetti della gioventù genica, delle capsule rigenerative e il procedimento per creare i replicanti."

"Non può essere!" esclamò Adhana incredula afferrando a sua volta uno dei volumi.

"Erano i segreti meglio custoditi dell'Unione Galattica" disse sconvolto Erik.

"Ma come faceva Layla ad averli?"

Erik lesse il nome sul brevetto.

"Erano suoi. Questo è il suo nome" disse indicano la riga sulla quale era scritto Dana Renin.

Adhana lo guardò sconvolta.

"È stata lei a creare questa tecnologia?"

"I mille misteri di Layla..." disse Erik parafrasandola.

Da uno dei volumi scivolò un foglio che planò sul pavimento. Erik lo raccolse. Era di carta sintetica ed era stato vergato a mano.

Mia cara Adhana, non so se avrò mai la possibilità di consegnarti tutto questo di persona. Ci sono così tante cose che vorrei dirti, ma il tempo a mia disposizione è sempre meno. Sto per raggiungerti. Credo sarà la mia ultima trasmigrazione. La userò per salvarti e per riabbracciare il mio Scott. Quindi prima di iniziare ho affidato tutto questo ad un vecchio amico, che si occuperà di tutta la parte legale della questione. Puoi fidarti di lui.

Come avrai già capito questi sono i brevetti e i protocolli della gioventù genica e delle capsule rigenerative. Sono per te ed Erik, ora appartengono a voi, fatene ciò che più desiderate, ma usateli immediatamente per riparare e rimettere in funzione almeno una delle capsule rigenerative della Yside. Per Ian. Ho controllato i suoi parametri durante il viaggio verso la Luna. È un tentativo disperato, ma forse l'ultimo che gli resta. Per quanto riguarda il resto dell'Unione Galattica, decidete voi cosa fare. Ora questa tecnologia è vostra. Non ho potuto usarla prima, per il timore che Aran tentasse nuovamente di distruggerla così come ha fatto con ogni altra copia digitale. Sono certa che non tornerò da questa mia ultima trasmigrazione, ma non sarò l'unica ad andarmene.

Ho lasciato anche le istruzioni per la creazione dei replicanti, così che tu ed Erik possiate averne sempre di riserva. Dico tu ed Erik perché sono certa di aver sentito la sua anima legarsi a quella di Scott, e sarà seguendo lui che vi ritroverò e potrò dirvi addio.

La voce di Erik si incrinò verso la fine, mentre Adhana singhiozzava.

"Dobbiamo muoverci" disse prendendo con sé il volume contenente i protocolli delle capsule rigenerative. Adhana annuì e asciugando le sue lacrime lo seguì senza indugi fino all'hangar dove presto sarebbero iniziati i lavori di riparazione della Yside.

Erik impiegò tre giorni per riparare la capsula, annullando i danni causati dall'ultimo aggiornamento killer, installato dagli uomini di Aran.

Gli unici ad esserne informati furono Reese e Patrick Wincott.

Non appena calarono Ian nella capsula, il programma si avviò e cominciò la diagnostica. Il danno neurale venne classificato come riparabile, ma questo non garantiva il risveglio di Ian. Incapace di aspettare con le mani in mano, Erik cominciò a riparare una seconda capsula. Questa volta fu più veloce, perché sapeva come muoversi.

"Perché?" gli chiese Adhana.

"Per Patrick" disse soltanto, facendola sorridere.

Non fu facile convincere l'uomo ad usarla. Non voleva che Ian si svegliasse e non lo trovasse al suo fianco. Ma Erik lo convinse mostrandogli che il suo tempo di guarigione era di soli pochi giorni, mentre sarebbero state necessarie almeno un paio di settimane per Ian.

"Adesso che Patrick e Ian sono in fase di guarigione, dobbiamo preoccuparci della tua identità. Non puoi continuare ad andare in giro così. Questo cappello e questa barba non ti nasconderanno per sempre" disse Adhana affrontando il discorso che Erik continuava a rimandare.

"Non voglio che Ian trovi un estraneo al suo risveglio."

"Allora va a prendere il replicante sulla Liverna, migrerai dopo il risveglio di Ian. Porta con te Jarod Byren, puoi fidarti di lui."

"Così il tuo famoso Jarod è in realtà Jarod Byren?" domandò sorpreso.

"Sì!" confermò Adhana divertita.

"Se non si fosse fatto arrestare non ti avrei mai conosciuta" disse melanconico.

"Lo so! Mi racconta questa storia ogni volta che deve rinfacciarmi qualcosa."

"Eppure si è sempre preso cura di te e non lo ringrazierò mai abbastanza per questo."

Quando Erik e Jarod tornarono dal loro viaggio sulla Liverna, Patrick aveva già lasciato la sua capsula rigenerativa. Il danno alla gamba era stato completamente riparato, e lo sfregio sul volto era scomparso. Non era stato possibile riparare l'occhio che venne sostituito con uno artificiale perfettamente funzionante, sintetizzato sempre all'interno della capsula.

"Come ti senti?" gli chiese Adhana non appena si destò. L'uomo sbatté diverse volte le palpebre, rendendosi conto che la sua vista non era più limitata ad un solo occhio.

"Non c'è!" esclamò sconvolto.

"Cosa?" chiesero in coro Erik e Adhana.

"Il dolore. – disse con voce spezzata – Avevo dimenticato come fosse vivere senza" disse l'uomo con l'unico occhio naturale bagnato dalle lacrime. Adhana lo abbracciò forte.

"Ian?" domandò spostando lo sguardo su Erik.

"Sta andando tutto bene. Altri tre giorni e sapremo se si risveglierà."

Furono i tre giorni più lunghi di tutta la loro vita, ma quando il processo rigenerativo terminò, il programma tolse il respiratore dal volto di Ian.

Quando i tre videro il suo torace alzarsi e abbassarsi da solo esultarono.

Le palpebre di Ian si mossero appena, sollevandosi con lentezza estenuante.

"Che ci fate tutti qui?" domandò con una vocina appena udibile.

Patrick lo strinse nel suo abbraccio, ignorando il liquido di stazionamento che ancora impregnava il suo corpo.

 "Sei tornato!"

CAP. 44

Anno dell'Unione Galattica 856

Sulla Luna, nel grande parco dei cantieri navali, era stato eretto un monumento commemorativo, dedicato a tutti gli akenty che avevano perso la loro vita durante il conflitto. Si trattava di un monumento astratto le cui forme fluide sembravano vive sotto gli occhi degli osservatori.

Sulla base del monumento erano stati incisi i nomi di ogni singolo akenty che aveva perso la vita nel conflitto.

Nel giorno dell'anniversario della scomparsa di Layla e Scott, Adhana ed Erik erano soliti recarsi al monumento e lasciare un mazzo di fiori per gli amici perduti.

Erik aveva definitivamente abbandonato l'identità del generale Silver, migrando in un nuovo replicante scelto fra quelli presenti sulla Liverna. Il nuovo guscio era alto, anche se non come il suo corpo originale. I lineamenti del volto erano marcati e mascolini. I suoi capelli erano biondo cenere e gli occhi color smeraldo. Aveva cambiato persino nome, adesso lui era Erik Reed. Aveva scelto il cognome di Layla, per omaggiare la donna che aveva salvato tutti loro, ma aveva mantenuto il proprio nome.

Adhana aveva apprezzato la scelta e anche se tutti e due all'inizio avevano vissuto quel cambiamento con un po' di imbarazzo, il tempo li aveva aiutati.

Subito dopo la trasmigrazione si erano risposati. Era stata una cerimonia in grande stile, con Ian come testimone dello sposo e Jarod della sposa. Ma non era stato l'unico matrimonio, pochi mesi dopo anche Patrick e Ian avevano seguito il loro esempio. Dopo qualche mese i due uomini erano persino riusciti ad adottare due fratelli rimasti orfani, diventando una grande famiglia.

Persino Jarod era finalmente riuscito a trovare la sua dolce metà. Sorprendendo tutti si era fidanzato con Alysa Maddox. I due si erano sposati poco dopo ed erano in attesa del loro primo figlio.

Alysa aveva deciso di imbarcarsi sulla Yside per seguire il marito. Adhana l'aveva assunta come ingegnere capo della nave, ed Erik era diventato il suo braccio destro. Adesso poteva finalmente dedicarsi alla sua vera passione, la meccanica.

Patrick Wincott era invece diventato il vice capitano della Yside, mentre Ian, ormai in forze, aveva preso il posto di Layla alla guida dell'ospedale di bordo.

Negli ultimi anni i lavori di riparazione della Yside erano proceduti senza sosta e presto sarebbero partiti nuovamente per le Rotte Oscure.

La nave era stata completamente ristrutturata. Grazie ai guadagni provenienti dai brevetti della gioventù genica e delle capsule rigenerative. Erik e Adhana erano riusciti ad ammodernarla e dotarla di due navi ausiliarie più piccole. Avrebbero funzionato da ricognitori, per scoprire nuovi mondi con cui poter commerciare.

Dopo lunghi ripensamenti, i due avevano deciso di rendere nuovamente fruibile la tecnologia sviluppata da Layla. Avevano concesso l'utilizzo dei brevetti, mantenendo per loro l'esclusiva proprietà, ad una sola società di cui erano entrambi azionisti assieme al professor Maddox e ad altri imprenditori ormai assimilati alla Lega degli Akenty. Indipendentemente dalle sorti dell'Unione Galattica, erano riusciti a creare un luogo sicuro per coloro che volevano sfuggire ai giochi di potere della politica e dell'esercito.

Le dita di Adhana sfiorarono il nome di Scott e quello di Layla, scritti in cima al settore del monumento dedicato ai caduti della Yside. Una lacrima le solcò le guance, ma fu rapida ad asciugarla.

"Mamma..." piagnucolò un bambino di tre anni dai capelli biondi e gli occhi azzurri, lasciando la mano del padre per correre verso di lei.

"È tutto a posto, piccolo Scott" disse Adhana ritrovando un sorriso solo per lui.

"Sai questo monumento è dedicato anche a dei carissimi amici della mamma e del papà. Lei si chiamava Layla e lui si chiamava Scott" gli spiegò Erik inginocchiandosi accanto a lui.

"Come me!" esclamò felice il bambino.

"Sì, proprio come te" disse Erik sfiorando il nome del suo vecchio amico.

Il bambino ripeté il suo gesto, sorridendo divertito.

"Lui era il capitano della nostra nave prima della mamma" gli spiegò l'uomo.

"Prima della mamma?" ripeté il bambino mentre Erik se lo caricava sulle spalle.

"Esatto!" rispose Adhana con un sorriso.

"Ho il nome di un capitano!" esclamò euforico il bambino aggrappandosi ai capelli biondi del padre.

"Di un grande capitano" continuò Adhana lanciando un ultimo sguardo nostalgico al monumento. Per un attimo le parve di sentire la forma dell'anima di Scott e Layla, avvinte in un abbraccio eterno. Ma fu una sensazione breve, che durò meno di un secondo.

Chiuse gli occhi e quando li riaprì non c'era più alcuna traccia di malinconia. Un sorriso radioso illuminò il suo volto, mentre il piccolo Scott si tuffava sorridente dalle spalle del padre nelle sue braccia.

La Yside lasciò i cantieri navali per raggiungere lo spazioporto terrestre, dove le operazioni di carico e di imbarco ebbero inizio. Dopo solo due settimane la nave era pronta per la partenza.

Adhana fece il suo ingresso nella sala comandi indossando la sua uniforme da capitano. Si voltò per posare lo sguardo sulla foto alle spalle della postazione di comando. Scott vegliava su tutti loro con quel sorriso che in passato l'aveva tanto spaventata.

Chiuse gli occhi e sentì il vento sulla scogliera di Halydor che le strattonava i capelli e le vesti.

Una mano afferrò la sua e i suoi occhi incontrarono quelli di Erik.

"La scogliera?" le chiese intuendo il corso dei suoi pensieri.

Adhana annuì.

"Potrai buttarti tutte le volte che vuoi, ma io sarò sempre lì ad afferrati" le disse accendendo un sorriso sulle sue labbra.

"Lo so" rispose colma di gioia.

"Raggiungo Alysa e il resto della squadra. Tu stai bene?" le domandò l'uomo ricordando quello che la moglie gli aveva raccontato riguardo allo strappare i comandi della nave dalle dita gelate di Scott.

"Sì!" rispose certa di non stare mentendo.

Erik sorrise soddisfatto e la salutò con un bacio.

Adhana sedette al suo posto e aprì il canale di comunicazione. Tenne il suo discorso inaugurale usando le parole del primo discorso di Scott come capitano della Yside. Era un omaggio al suo mentore, all'uomo che aveva trasformato una ragazzina condannata a morte in un capitano delle Rotte Oscure.

Per un attimo le parve di vedere la vhe'sta che era stata, in quello che ormai le sembrava un lontano passato, in piedi sulla scogliera. Un ultimo sorriso e tanto lei quanto la scogliera scomparvero lasciandola sola davanti alla plancia di comando, mentre il resto dell'equipaggio attendeva i suoi comandi.

"Avviate i motori!" ordinò, senza più voltarsi indietro.

LIBRI DI QUESTO AUTORE

Il Figlio Dei Tre Mondi

Adam rappresenta una sfida verso un Dio da troppo tempo assente. Creato da Lucifer, dopo aver rubato i segreti delle creature dei tre mondi, viene abbandonato fra gli uomini, come un sacrificio da immolare sull'altare della scienza. Per venti lunghi anni Adam vive la vita di una cavia, mentre con crudeltà scienziati, senza cuore, cercano di strappargli i segreti della sua immortalità. Quando il suo ruolo si esaurisce, è Luceia, il primo dei tre Calici, a reclamarlo per sé, strappandolo all'umanità e trascinandolo con grazia e sensualità nel mondo enigmatico delle creature immortali. In mezzo a loro Adam imparerà sulla sua stessa pelle che non esistono grandi verità in ciò che lo circonda, ma tutto è un gioco, un gioco di passioni.

Norma Corrotta

In un'ambientazione fantasy-medioevale inizia la storia di Alexander Aiden, signore della contea e misterioso "angelo delle tenebre", nato dall'unione immorale e proibita fra un'umana e un demone.

Alex non è un eroe. Anche se illegittimo si sente il signore delle terre della Cinta del Drago e difende ciò che reputa suo, tanto dagli uomini quanto dai demoni. La sua natura blasfema è un affronto a Dio e ai suoi monaci Blade, che venuti a conoscenza dell'esistenza di questo figlio della proibizione inviano nelle lontane terre della Cinta del Drago il giovane Sean Blade con il compito di uccidere l'essere impuro.

Sean, poco entusiasta del suo ruolo, del bianco immacolato mondo clericale e della vita stessa conosce così l'esuberante e impudente Alexander Aiden con il quale instaura da subito uno strano rapporto, che declinerà in una strana amicizia dai contorni affatto definiti.

Il loro amore germoglierà tra le difficoltà della vita, dei doveri e delle superstizioni di sacerdote di Sean e tra il ripudio, gli infiniti tradimenti e segreti del castello e dell'intera famiglia Aiden.

Può un sacerdote amare una creatura a metà fra due mondi? Per di più un uomo?

Tutte le risposte che Sean riesce a darsi lo vorrebbero lontano da quel sentimento proibito, ma Alex non gli permetterà di ignorarlo e tanto meno di lasciarlo, distruggendo con la sua forza d'animo e la sua irruenza il fragile mondo del giovane Blade e catapultandolo in un nuovo mondo fatto di sentimenti forti, ma anche di violenza e paura. Un mondo in cui Jacal, terribile demone un tempo amico e protettore di Alex, coltiva l'arrogante sogno di spezzare il Sigillo, liberando così tutti i suoi simili imprigionati in un luogo arcano denominato Varco.

Printed by Amazon Italia Logistica S.r.l.
Torrazza Piemonte (TO), Italy

60546803R00276